mtb

Zum Buch:

Fünf Jahre war Nicole mit Hollywoodstar Gabriel Lane verheiratet, und nun verfolgen die Paparazzi mit ungeteilter Aufmerksamkeit ihre Scheidung. Sie ist froh, dass ihr Vater ihr als Anwalt zur Seite stehen kann. Doch dann erfährt sie, dass an seiner Stelle Victor Reuben sie vertreten wird. Victor, mit dem sie damals vor ihrer Hochzeit eine heiße verbotene Affäre hatte und der jetzt noch immer eine unwiderstehliche Anziehungskraft auf sie ausübt. Doch Nicole weiß: So sehr sie sich nach ihm verzehrt, nichts ist für ihn wichtiger als seine Karriere, und auch für sie selbst steht dieses Mal zu viel auf dem Spiel …

„Fesselnd, provokativ, phänomenal!"

Black Heart Reviews

Zur Autorin:

Die New-York-Times-Bestsellerautorin ist vor allem bekannt für ihre zeitgenössischen Liebesromane, schreibt aber auch Romantic Suspense und erotische Geschichten. Wenn sie nicht schreibt oder auf Social-Media-Plattformen unterwegs ist, lässt sie sich gern von den Geschichten anderer Autoren begeistern und träumt von den Orten, die sie eines Tages bereisen möchte.

Lieferbare Titel:

Kein Tag mehr ohne dich
Mit jedem Wort von dir

Claire Contreras

Mein Geheimnis bist du

Roman

Aus dem Amerikanischen von
Sophie Wölbling

mtb

MIRA® TASCHENBUCH
Band 26082

1. Auflage: Januar 2018

Deutsche Erstausgabe

Titel der amerikanischen Originalausgabe:
Elastic Hearts

Published by arrangement with
Bookcase Literary Agency

Umschlaggestaltung: Formlabor, Hamburg
Umschlagabbildung: benjamas154, Lumitar / Shutterstock
Redaktion: Anne Nordmann
Satz: GGP Media GmbH, Pößneck
Printed in Germany
Dieses Buch wurde auf FSC®-zertifiziertem Papier gedruckt.
ISBN 978-3-95649-749-0

www.mira-taschenbuch.de

Für jeden, der meint,
Liebe gebe es nur im Märchen –
Liebe ist grenzenlos.
Glaubt mir.

Prolog

„Wir können nicht mehr so weitermachen“, sagte er.

Dass ausgerechnet dieser Satz aus seinem Mund kommen würden, hätte ich nicht erwartet, vor allem nicht, wenn man bedachte, wie er bei meinem letzten Besuch meinen Namen an meinem Hals geraunt und mir gesagt hatte, ich solle leise sein, damit uns niemand hört. Ich blinzelte, schluckte, blinzelte erneut und konzentrierte mich auf seine haselnussbraunen Augen, die mir prüfend ins Gesicht sahen, als wolle er sichergehen, dass ich ihn richtig verstand.

„Okay“, sagte ich tonlos. Ich wollte fragen, warum, aber ich blieb stumm. Ich kannte die Antwort. Oder ahnte sie zumindest. Stattdessen sprach ich mir im Stillen selbst gut zu. Wir hatten uns sympathisch gefunden und waren ein paar Mal im Bett gewesen. Keine große Sache, dass es nun wieder vorbei war. Gar nicht. Aber wenn es nicht schlimm war, warum fühlte es sich dann so an, als würde er mir das Herz herausreißen?

„Es liegt nicht …“ Er hielt inne, seufzte und fuhr sich durch die Haare. Die Haare, durch die vor ein paar Wochen meine Hände gefahren waren. „Ich wollte sagen, dass es nicht an dir liegt, aber das klingt nach einer faulen Ausrede. Du weißt, warum wir nicht weitermachen können.“

„Weil du Angst hast, dass mein Vater es herausfindet“, sagte ich. Er nickte. Das hatte ich mir schon gedacht. Es sähe nicht gut aus, wenn der Neue mit der Tochter des Chefs erwischt würde, auch wenn wir uns gar nicht hier kennengelernt hatten.

„Sind halt ungünstige Umstände", erklärte er. „Wenn wir uns an dem Abend nicht in der Bar kennengelernt hätten, hätte ich es nie so weit kommen lassen."

„Schon verstanden", unterbrach ich ihn. Ich wollte seine weiteren Ausflüchte gar nicht hören.

„Ich muss mich auf meine Karriere konzentrieren."

Ich schluckte. Mein Blick tastete sein Gesicht ab und machte gedanklich Erinnerungsfotos. In vierundzwanzig Tagen würden sie verblasst sein. Dann würde ich die Augen zusammenkneifen und die Schubladen in meinem Kopf durchwühlen müssen, um sein Gesicht vor mir zu sehen, seine Kleidung, die Orte, an denen wir gewesen waren. Nur an seinen Geruch würde ich mich noch erinnern und daran, wie ich mich in seiner Gegenwart gefühlt hatte. Wichtig und sexy und klug. Victor war nur vier oder fünf Jahre älter als ich, aber von solchen Dingen hatten Jungs in meinem Alter keinen blassen Schimmer.

„Du machst gerade deinen Collegeabschluss. Du hast noch dein ganzes Leben vor dir", sagte er.

„Ich weiß." Ich zögerte. „Du musst mir jetzt nicht gut zureden. Ich hab's kapiert."

Er atmete erleichtert auf, schloss seine schönen Augen, in die ich nicht mehr in Momenten der Leidenschaft blicken würde. Ich fragte mich, ob er überhaupt auf die Idee gekommen war, was *ich* davon hielt, es meinem Dad zu sagen. Wahrscheinlich nicht. Vic war zu ehrgeizig. Er hielt sich an Regeln. Und tief in mir wusste ich, er hätte gar nicht mehr gewollt. Es war ihm nur um seinen Spaß gegangen. Er war nicht auf der Suche nach etwas Festem, bevor er sich nicht etwas aus der Wahrheit aufgebaut hatte, die er verdrehte, um seine Fälle zu gewinnen.

Genau wie mein Vater.

Ich hatte mir immer geschworen, niemals auf jemanden wie ihn hereinzufallen. Wie *sie beide*. Stattdessen wollte ich jemanden finden, der zu meiner Lebensweise passte. Jemanden, der nicht zu viel plante und kalkulierte. Der sich seine Träume erfüllen wollte, wie verrückt sie auch waren. Männer wie Victor waren nicht so. Sie würden in ihrer Arbeit versinken – in richtiger Arbeit, nicht in kreativen, schönen Träumen, wie ich sie hatte. Das mit uns wäre nie gut gegangen. Das stimmt. *Es wäre nie gut gegangen.* Vielleicht glaubte ich es, wenn ich es mir nur oft genug sagte.

„Tja, es war … nett mit dir." Ich stand auf und ging zur Tür. Auch er stand auf, blieb aber hinter seinem Schreibtisch stehen und sah mich an, als wüsste er nicht, was er machen sollte. Ich atmete tief aus. „Denk dran, deine Pflanzen zu gießen", sagte ich mit einem Blick auf den kleinen Bonsai auf seinem Schreibtisch, den er immer vergaß.

„Mache ich. Und du, denk dran, mal wieder Tennisstunden zu nehmen, nur für alle Fälle", erwiderte er.

Bei diesen Worten musste ich lächeln. Einige Monate zuvor hatte ich mir beim Tennis den Knöchel verstaucht. Er hatte mich gnadenlos damit aufgezogen, weil es nicht im Spiel, sondern während der Pause passiert war, als ich auf den Rand des Wasserspenders geklettert war. *Völlig* bescheuertes Missgeschick.

Ich schloss die Tür hinter mir, blieb stehen und atmete tief ein, um die frische Luft in meine Lungen zu inhalieren. Dabei fragte ich mich, ob ich cool genug gewirkt hatte. Als ich mich beruhigt hatte, fuhr ich zum Set einer neuen Sitcom, wo ich als Schwangerschaftsvertretung für die Kostümbildnerin engagiert worden war.

Auf dem Weg dorthin ließ ich die kurze Liaison zwischen Victor und mir mindestens vierzig Mal Revue passieren. Ich überlegte, an welchem Punkt er wohl zu dem Schluss gekommen war, dass es mit uns nicht funktionieren konnte. Vielleicht als wir in dem Café im Stadtzentrum zufällig einem seiner Freunde begegnet waren? Er hatte uns als Freunde vorgestellt, was wir ja auch waren, aber sein Tonfall hatte erkennen lassen, dass wir keinesfalls mehr als das waren. Lag es an meinem Alter? Oder schlichtweg an ihm? Wir hatten über Ehe und Beziehungen gesprochen und über unsere Abneigung dagegen. Einer von uns hatte das absolut ernst gemeint, der andere hatte ein klein wenig gelogen, denn in Wahrheit wollte ich eine Beziehung mit richtiger Bindung und langfristigen Zielen.

Ich stellte den Wagen ab und winkte auf dem Weg zum Gebäude dem Parkplatzwächter zu. Während ich mich noch nach ihm umblickte, lief ich gegen die Person, die gerade herauskam.

„Tut mir sehr leid“, sagte er mit einem gedehnten Südstaatenakzent, wie ich ihn noch nie außerhalb eines Films gehört hatte. Ich ließ meinen Blick langsam seinen Körper entlanggleiten bis hinauf zu seinem Gesicht. Seine Augen waren strahlend blau. Heilige Scheiße. Er war der Inbegriff von Hollywood.

„Schon gut. Ich habe nicht aufgepasst.“ Wir versuchten

dreimal vergeblich, aneinander vorbeizukommen, und mussten schließlich lachen. „Tut mir leid“, sagte ich erneut, mit knallroten Wangen.

„Das Universum will uns wohl unbedingt zusammenbringen“, sagte er und schenkte mir sein bezauberndes Lächeln. „Ich bin Gabriel“, stellte er sich vor und versperrte die Tür nun ganz.

„Nicole“, erwiderte ich mit klopfendem Herzen.

„Bist du Schauspielerin?“, wollte er wissen. Ich schüttelte den Kopf.

„Kostümbildnerin.“

Er nickte langsam, ohne seine Augen von mir zu wenden. „Neu hier?“

„Mein erster Tag.“

„Aufgeregt?“

„Sehr“, sagte ich lächelnd, und endlich hielt er mir die Tür auf.

„Wir beißen nicht, versprochen“, sagte er dann breit grinsend. „Zumindest nicht alle.“

Lachend ging ich hinein. Den Rest des Tages und der Woche suchte Gabriel nach Gelegenheiten, mir am Set über den Weg zu laufen, und so verblassten alle Gedanken an Victor einfach so. Genauso sollte es sein. Victor und Nicole gab es nicht mehr. Das musste ich einsehen, und Gabriels Charme half mir dabei.

Kapitel 1

VICTOR

In letzter Zeit kam Nicole Alessi nur selten in die Anwaltskanzlei. Ich konnte ihre Besuche an zwei Händen abzählen, sechs von ihnen hatten vor ihrer Verlobung stattgefunden. Bei einem der letzten Male hatte der Ring bereits ihren Finger geziert. Ich sah sie ab und zu im Vorbeigehen, und sie machte einen großen Bogen um mich. Als wollte ich sie in mein Büro zerren, um sie zu vernaschen, während mir das Ding entgegenfunkelte und mich daran erinnerte, dass sie jemand anderem gehörte. Für mich war es okay. Die Verlobung hatte mich nicht getroffen, nur überrascht. Gerade hatten wir noch darüber gesprochen, wie irre man sein musste, um zu heiraten, und plötzlich gehörte sie selbst zu diesen Irren. Sie hatte nicht die geringste Andeutung gemacht, dass sie mehr gewollt hatte, mehr von mir, mehr vom Leben … mehr von allem.

Obwohl dieser Dampfer schon vor fünf Jahren abgefahren oder richtiger: gar nicht erst in See gestochen war, versetzte mich ihr Name in Alarmbereitschaft. Von meiner Sekretärin bis hin zur Empfangsdame tuschelte jeder über den Besuch der schönen Nicole, Ehefrau des gut aussehenden Gabriel Lane, als wäre sie selbst eine Hollywoodgröße. Vielleicht war sie das. Ich war bei ihr bewusst nicht auf dem Laufenden geblieben. Warum auch? Weil ich wusste, dass sie kam, beschäftigte ich mich voll und ganz damit, Informationen über Sam Weaver zu sammeln, einen bekannten Footballstar, den ich in einem Scheidungsprozess von großem öffentlichen Interesse vertreten würde. Ich hatte ihm mehr Fragen gestellt als bei jedem Zulassungstest für die Uni, und dennoch hatte der Kerl nicht alles wahrheitsgemäß beantwortet.

Ich würde nie verstehen, wie meine Mandanten von mir erwarten konnten, dass ich sie erfolgreich vor Gericht vertrat, wenn sie mir nicht alle notwendigen Informationen lieferten. Ein lautes Klopfen an der Tür riss mich aus meinen Gedanken. Bevor ich etwas sagen konnte, wurde sie geöffnet, und ich musste nicht vom Bildschirm aufsehen, um zu wissen, dass es William war. Nur er hatte den Mut, so unaufgefordert hereinzukommen. Das lag nicht zuletzt daran, dass er mein Boss war und ihm dieses Gebäude gehörte.

„Was kann ich für dich tun?", fragte ich, während ich die neueste Klatschnachricht über Sam überflog, wonach er nicht nur mit einer, sondern gleich mit zwei Prostituierten erwischt worden war. Als ich hörte, wie Will wortlos zu mir herüberkam, sah ich auf. Er machte *dieses* Gesicht, das bedeutete, er wollte mich um etwas bitten, was ich definitiv nicht tun wollte. Wie damals, als er mich bat, den Scheidungsfall des Pornosternchens zu übernehmen, bei dem dem sechzehnjährigen Vic wörtlich einer abgegangen wäre, der einunddreißigjährige Vic allerdings nur damit beschäftigt war, genug Desinfektionsmittel dabeizuhaben, wenn er sich in der Nähe der „Arbeitsstelle" seiner Mandantin aufhielt.

„Los, spuck's schon aus."

Will lachte, knöpfte sich mit einer Hand das Jackett auf und setzte sich mir gegenüber. Dass er nicht gleich mit der Sache herausrückte, sondern sich hinsetzte, um mit mir darüber zu reden, ließ bei mir die Alarmglocken noch lauter schrillen. Ich schenkte ihm meine ganze Aufmerksamkeit.

„Du weißt, du bist der beste Anwalt in meinem Team“, begann er. Ich sagte nichts. Mir war klar, dass er mich nicht feuern würde, aber wenn ein Gespräch so anfing, konnte das nur heißen … bei dem bloßen Gedanken setzte mein Herz einen Moment aus. „Deine Arbeitsmoral ist beneidenswert. Du bist ehrgeizig, ein Mistkerl, aber irgendwie schaffst du es, dir noch einen Rest Menschlichkeit im Umgang mit deinen Mandanten zu bewahren.“

„Wenn du nicht vorhast, um meine Hand anzuhalten, solltest du einfach direkt mit der Sprache herausrücken, um welchen Riesengefallen du mich bitten willst“, sagte ich, weil mir langsam unheimlich wurde, wie seine blauen Augen mich ansahen. Er grinste.

„Ich will dich zum Partner machen“, verkündete er.

Mir blieb der Mund offen stehen.

Die sechs Worte.

Für die ich alles getan hätte.

Ich zügelte meine Gefühle, bevor sie mit mir durchgehen konnten, und rutschte ein wenig nach hinten. „Einfach so? Was ist mit Bobby?“ Bobby, dessen Eltern langjährige Freunde von Wills Eltern waren, war ein Jahr vor mir eingestellt worden. Auch wenn ich der wesentlich bessere Anwalt war, konnte ich mir nicht vorstellen, dass er nicht zuerst Bobby diese Chance anbieten würde.

„Ich habe ausführlich mit ihm darüber gesprochen. Er

kann meine Argumente nachvollziehen, und er ist ebenfalls der Meinung, dass du besser passt."

„Besser passe … als Partner", musste ich nachhaken.

„Als Partner und für den Fall, den du dafür übernehmen musst", sagte er mit einem breiten Grinsen. Mir wurde mulmig. Worum zum Teufel wollte er mich bitten?

„Worum geht es diesmal? Braucht ein Schauspieler Beistand, weil seine Frau die Scheidung will, nachdem sie ihn in flagranti mit dem Kindermädchen erwischt hat?"

„Nicht ganz, aber nah dran", sagte er, und sein Gesichtsausdruck wurde ernst. „Du sollst Nicole bei ihrer Scheidung vertreten."

Ich blinzelte. *Was? Nein.* Ich schüttelte den Kopf und schluckte hörbar. Ich war nicht oft sprachlos, aber das war …

„Sie lässt sich scheiden?"

„Ja, und ich kann offenkundig nicht ihr Anwalt sein, also möchte ich, dass sie den zweitbesten Anwalt bekommt."

Mich. Den zweitbesten. Das allein war schon ein großes Lob von William.

Für einen Moment schloss ich die Augen, doch das Einzige, was ich sah, war sie, wie sie in dieses Büro gekommen war und Will sie als seine Tochter vorgestellt hatte. Damals wäre ich am liebsten im Erdboden versunken. Ich sah meine Karriere schon enden, bevor sie überhaupt begonnen hatte. Es wäre nicht so unrealistisch gewesen, wenn man bedenkt, was sie und ich in einer der Toiletten in einem der angesagtesten Klubs von L. A. gemacht hatten. Ich hatte kaum ein ‚Schön, dich kennenzulernen' herausbekommen. Sie hatte gelächelt, als wäre nichts gewesen, aber die Röte auf ihrem Gesicht und Hals sprach Bände. Sie hatte bei meinem Anblick die Augen aufgerissen, als müsse sie ihre Erinnerung an mich mit der Realität außerhalb des dunklen Klubs und schummrig beleuchteten Waschraums abgleichen. Diese Erinnerung war mir durch meinen gesamten Körper bis in meinen Unterleib geschossen, als sie eine Woche später wieder ins Büro gekommen war und mit mir geflirtet hatte.

Ich hatte mir geschworen, nichts mit ihr anzufangen, aber plötzlich waren Nicoles gebräunte Beine genau auf diesem Schreibtisch vor mir weit gespreizt gewesen, und ich war süchtig danach geworden, wie sie ihren Kopf zurückwarf und mit leicht spanischem Akzent meinen Namen sagte, trotz dessen, was ich mit ihrem Körper machte. Ich schluckte, räusperte mich und atmete tief ein.

„Ich kann nicht“, brachte ich schließlich hervor.

„Wegen des Sam-Weaver-Falls? Den kannst du auch an Bobby abtreten. Du sollst dich um Nicole kümmern.“

Du sollst dich um Nicole kümmern.

Nicole, von der ich in dem Moment, als ich sie das erste Mal sah, wusste, sie könnte mein Untergang sein. Nicole, deren blaue Augen jedes Mal, wenn sie mich anblickte, gefährliche Versprechungen machten. Nicole, die geschworen hatte, gegen die Ehe zu sein, was ich stark bezweifelte, als die Klatschpresse die Bombe von ihrer Verlobung hatte platzen lassen. Nicole mit ihrer wilden Art, die jede meiner Äußerungen mit irgendeiner witzigen Bemerkung parierte. Nicole, deren Mund von Göttern und für Götter erschaffen war und den ich seit mindestens fünf Jahren nicht aus der Nähe gesehen hatte. Ich atmete schwer aus und versuchte, alle Gedanken an Nicole abzuschütteln. Er hatte keine Ahnung, was er da von mir verlangte.

„Hat sie darum gebeten, dass ich es mache?“

„Nein. Noch weiß sie es nicht. Sie müsste jeden Moment kommen. Ich wollte dich nur schon vorwarnen. Aber Victor, wenn du den Fall übernimmst und deine Sache gut machst, mache ich dich zum Partner.“

Verdammte Scheiße. *Das* klang zu verlockend. *Partner.* Der einzige Grund, warum ich so viele Überstunden machte.

„Einverstanden.“

„Du machst es?“

„Ja.“

Jetzt musste ich nur dafür sorgen, dass ich es nicht *mit ihr* machte und dabei meine Zulassung verlor.

Kapitel 2

NICOLE

„Scheidung ist scheiße“, sagte ich bestimmt zum millionsten Mal, seitdem diese Tortur begonnen hatte. Nicht, dass ich das für irgendwen hätte wiederholen müssen. Niemand heiratet und denkt dabei an Scheidung. Obwohl ich selbst Scheidungskind und mein Vater Scheidungsanwalt war, hätte ich nie gedacht, dass ich einmal in dieser Situation sein würde. Ich hatte mir immer gesagt, sollte ich jemals heiraten, wäre es für immer. Aber das war damals gewesen, als das Für-immer noch nicht so trostlos und abgekühlt gewesen war. Als das Wort an sich mich noch nicht dazu brachte, mich einigeln zu wollen bei dem Gedanken an meinen Nochehemann mit einer Flasche in der Hand oder den Tabletten, für die er seit zwei Jahren eine Schwäche hatte. Als noch nicht alles den Bach runtergegangen war. Und so klagte ich mein Leid dem neuen, sexy Sicherheitsmann, den mein künftiger Exmann mir zugewiesen hatte.

„Sind Sie so weit?“, fragte Marcus. Marcus. Sogar sein Name klang sexy. Als ich ihn das erste Mal sah, hatte ich mich gefragt, ob Gabes Manager ihn absichtlich ausgesucht hatte, damit da vielleicht etwas lief und ich Gabe freiwillig verließ. Oder etwas lief, das er beim Scheidungsprozess gegen mich verwenden konnte.

„Er ist so von sich eingenommen“, gab ich zur Antwort. Marcus’ braune Augen blickten mich ohne jede Spur von Heiterkeit im Rückspiegel an.

„Wie bitte?“

„Gabriel. Er ist so von sich eingenommen. Er glaubt, er brauche mir nur einen heißen Bodyguard zu engagieren, und schon sei die Scheidung nicht mehr so schlimm. Ich will Ihnen mal was sagen, Marcus. Ich kümmere mich um den ganzen Scheidungskram. *Ich.* Ich gehe zu Anwälten und versuche, alles ohne viel Trara zu klären. *Ihm zuliebe.* Und wissen Sie, warum? Nicht weil ich so ein toller Mensch bin, sondern weil ich immer noch Gefühle für ihn habe und er ein Eins-a-Liebhaber ist. Da hilft auch kein knackiger Chauffeur.“

Marcus zog überrascht seine hellblonden Augenbrauen nach oben. Ich wusste selbst nicht, ob ich froh war, dass er nichts sagte und ich mich auskotzen konnte, oder sauer, dass er sich nicht zu meiner Schimpftirade äußerte. Ich konnte es nicht leiden, wenn man nicht mit mir zusammen schimpfte.

„Ich kenne ihn nicht persönlich, und er bezahlt mich, also weiß ich gerade nicht, was ich sagen soll“, meinte er. „Klopfen Sie ans Fenster, wenn Sie bereit sind auszusteigen.“ Er öffnete seine Tür und trat in den Pulk Paparazzi, der meine Ankunft erwartete.

Mit Sicherheit wollten sie mich weinen sehen. Aber da hätten sie schon vor meinem Schlafzimmer kampieren müssen, um so einen Schnappschuss zu kriegen. Während Marcus um den Wagen ging, sammelte ich meine Gedanken. Er blieb wie abgemacht mit dem Rücken zu meiner Tür stehen. Ich strich meine Haare glatt und nahm einen tiefen Atemzug, während ich auf die Meute Fotografen sah.

Von all den Dingen, die Gabe tagtäglich ertragen musste, war das für mich das Unvorstellbarste. War ich allein unterwegs, kamen sie mir selten hinterher, aber sobald sie Wind davon bekamen, dass er in meiner Nähe war, gab es kein Halten. Sie nahmen uns ins Visier, selbst wenn wir mit meinen Patenkindern unterwegs waren, die weinten, weil ihnen das Blitzlicht und die ständigen Fragen zu viel waren.

Nach einigen Sekunden klopfte ich dreimal ans Fenster. Marcus öffnete die Tür, reichte mir seine Hand und stellte sich einem Fotografen in den Weg, der auf mich zugerannt kam.

„Nicole! Wie geht es Ihnen mit den Gerüchten, dass Gabriel eine Affäre mit seiner neuen Kollegin Lina hat?"

„Nicole! Hier drüben! Sie sehen heute ganz bezaubernd aus. Reichen Sie die Scheidung ein?"

„Erstatten Sie Anzeige gegen Fey Winters wegen Sachbeschädigung?"

„Meinen Sie, Gabriel hat eine zweite Chance verdient?"

„Stimmt es, dass er das Kindermädchen Ihrer besten Freundin vögelt?"

Wenn ich fotografiert wurde, zeigte ich niemals irgendeine Reaktion, aber die letzte Frage ließ mich die Stirn runzeln. Meine beste Freundin hatte gar kein Kindermädchen. Ich war mir sicher, sie würden dieses Stirnrunzeln so hindrehen, dass ich auf dem Weg zum Scheidungsanwalt schlimm ausgesehen hätte, aber wen interessierte das schon? Offensichtlich hatten Gabes Leute, allen voran sein Manager, den Fotografen einen Wink gegeben. Sie wollten mich als die Böse hinstellen. Das typische Hollywoodmärchen, bei dem die unbekanntere Person immer im Unrecht war.

Ich war erleichtert, als Marcus die Tür zum Gebäude öffnete und wir diesen nicht enden wollenden Fragen entkamen, obwohl die Stimme der Empfangsdame augenblicklich diese Aufgabe übernahm.

„Mein Dad meinte, du würdest kommen, aber das wollte ich ihm nicht glauben. Stimmt das, was in den Klatschblättern steht? Dass ihr euch trennt, Gabriel und du?“, fragte sie.

Ich bemühte mich, meinen Schmerz hinunterzuschlucken und traurig zu lächeln, aber meine Lippen reagierten nicht, und der Schmerz kratzte weiterhin in meinem Hals. Stattdessen nickte ich nur langsam und sah nach unten. Ich war immer selbstbewusst gewesen. In Bezug auf meinen Körper, meine Berufswahl, meine Gedanken, meine Intelligenz. Auch nachdem Gabe wieder öfter ohne mich ausging, so kühl und abweisend wurde, lieber zur Flasche griff oder länger als nötig an Drehorten blieb. Erst als die Gerüchte über Seitensprünge aufkamen, hatte sich das geändert – mein Herz war gebrochen. Als die Paparazzi mich auf Schritt und Tritt verfolgten, mir die Kamera vors Gesicht hielten und ihre Fragen ins Ohr brüllten, hatte ich mich wie durch den Fleischwolf gedreht gefühlt.

Aber das war Vergangenheit. Jetzt war ich wieder so selbstbewusst wie früher. Oder zumindest selbstbewusster als im vergangenen Jahr. Wir hatten nichts in Richtung Scheidung verlauten lassen, doch als die Zeitungen irgendwann trotzdem Wind davon bekamen, mussten wir uns der Presse stellen, und das war der reinste Albtraum. Woche für Woche wurde ich darauf getrimmt, was ich sagen oder vielmehr nicht sagen sollte. Gabes Pressesprecher erklärte, wir würden an unserer Ehe arbeiten. Sobald eine Kamera auf Gabe gerichtet war, sprach er in den höchsten Tönen von mir und wie sehr er sich um unsere Ehe bemühe. Überrascht hatte ich mir das alles angehört und ihm zunächst sogar geglaubt. Kein Wunder, schließlich war er neben allem anderen ja auch ein verdammt guter Schauspieler. Aber auch das war Vergangenheit. Jetzt hatte ich keine Lust mehr auf all das.

„Das tut mir leid", sagte Grace leise, ihr Lächeln gefror. „Ihr saht so glücklich aus."

„Danke", erwiderte ich. Das schien nicht das treffende Wort zu sein, aber passend für Leute wie Grace, die jung waren und noch an die große Liebe glaubten. So wie ich früher. Vor fünf Jahren. „Ist mein Dad im Konferenzraum?"

Einen Moment war sie verwirrt, dann setzte sie sich in Bewegung. „Oh. Ja. Tut mir leid. Es ist jetzt ein anderer Raum. Ich führe dich hin."

Als sich die großen Holztüren öffneten, hatte ich keine Zeit, die Inneneinrichtung auf mich wirken zu lassen, die mit Sicherheit meine Stiefmutter ausgewählt hatte, denn sofort blieb mein Blick an Victor Reuben hängen. Victor, in einem perfekt sitzenden marineblauen Anzug. Man konnte seine breiten Schultern und starken Muskeln darunter erahnen. Sein Gesichtsausdruck war verschlossen, aber allein dass er mich ansah, ließ mein Herz schneller schlagen. Jahrelang hatte ich ihn nicht gesehen, doch mein Körper erinnerte sich gut an ihn. An seine großen Hände und wie sie mich gepackt hatten. An sein tiefes Lachen und an das Gefühl, dass mein Herz stehen blieb bei den wenigen Malen, als ich es gehört hatte. Der Klang seiner Stimme, wenn er meinen Namen gesagt hatte. Tief, dunkel, als wäre er verdammt für das, was er begehrte, was er tat – was wir taten –, und er der Versuchung dennoch nicht widerstehen konnte.

Ich schluckte meine Erinnerungen hinunter. Gern hätte ich gesagt, durch meine Ehe mit einem der begehrtesten Promis der Welt sei mein Verlangen nach diesem Mann gedämpft worden, doch das wäre gelogen gewesen. Zwar war ich es, die geheiratet hatte, aber in meinen Augen war Victor derjenige, der sich aus dem Staub gemacht hatte. Auch wenn wir uns lange nicht mehr gesehen hatten und ich tief in mir wusste, dass es mit uns niemals funktioniert hätte, ließ mich die Art und Weise, wie er seinen Blick zärtlich über mich gleiten ließ, langsam verbrennen. Mir war, als wäre es erst heute Morgen gewesen, dass er mich an einer Wand genommen hatte. Bei dieser Erinnerung bekam ich eine Gänsehaut. Als Antwort sah er mich glühend an.

„Nic. Ich habe dich gar nicht hereinkommen hören", sagte mein Vater und stand von dem Stuhl neben Victor auf.

Er kam herüber, nahm mich in den Arm, und ich wurde wieder zu dem siebenjährigen Mädchen, das sich in seine Arme kuschelt. Dad war nicht viel größer als ich, aber groß genug, damit ich meinen Kopf bequem auf seine Schulter legen konnte. Einen Moment verharrte ich mit meiner Wange dort – atmete den vertrauten Geruch nach Zigaretten und Aftershave ein – und schaute zu Victor. Er sah mich an, regungslos, undurchdringlich und ganz schön verwirrend.

„Erinnerst du dich an Victor", fragte Dad und gab mir einen Kuss auf die Wange, bevor er mich wieder losließ. Beinahe hätte ich losgelacht. Ob ich mich an Victor erinnerte?

Lieber Gott. Wie könnte ich ihn vergessen? Victor erhob sich, kam aber nicht zu mir herüber, und ich war dankbar für den Abstand zwischen uns. Nach der Woche, dem Monat, dem Jahr, das hinter mir lag, glaubte ich nicht, dass ich eine Berührung von ihm hätte ertragen können, noch nicht einmal einen Händedruck.

„Natürlich", antwortete ich und schenkte ihm ein Lächeln.

Er war größer und breitschultriger, als ich ihn in Erinnerung hatte, seine Haare etwas länger und heller, und er trug einen Dreitagebart, den ich noch nie an ihm gesehen hatte. Aber seine haselnussbraunen Augen erinnerten mich noch immer an verruchtes Vergnügen und wilden Sex. Die Gedanken an all das ließen mich erröten und wegsehen. Zwar war ich die letzten viereinhalb Jahre mit einem Hollywoodschwarm zusammen gewesen, aber ich konnte weiterhin sagen, dass mir noch nie ein Mann begegnet war, der mehr Selbstbewusstsein hatte als Victor Reuben.

„Schön, dich wiederzusehen", sagte Victor pflichtschuldig.

„Ebenso", antwortete ich und räusperte mich, um das Kratzen in meiner Stimme loszuwerden.

„Komm, setz dich", sagte Dad und führte mich zur anderen Seite des Raumes.

Er nahm am Tischende Platz, links neben ihm saß Victor, ich setzte mich auf die andere Seite. Ich drehte den Kopf, um meinen Vater anzusehen, und hoffte, dieses Treffen zu überstehen, ohne der Ablenkung durch den Mann mir gegenüber zu erliegen. Ich fragte mich nicht einmal, wieso er hier war. Dad hatte gern jemanden bei Gesprächen mit seinen Mandanten dabei, um direkt verschiedene Möglichkeiten zu diskutieren, und ich war einfach nur froh, den bestmöglichen Beistand zu haben, wenn es um diese Scheidung ging.

„Wir müssen noch mehr Schriftstücke aufsetzen", sagte Dad.

Ich nickte und schluckte den Kloß in meinem Hals herunter, der sich bei diesen Worten gebildet hatte. So vieles an dieser Sache war mir verhasst, aber am meisten mein eigenes Versagen – als Ehefrau und als Frau.

„Hast du schon mit Gabriel gesprochen, seit die Presse Wind von der Scheidung bekommen hat?"

Wieder nickte ich. „Gestern."

„Und was hat er gesagt? Willigt er ein?", wollte Dad wissen. Gabe hatte so getan, als käme mein Scheidungsantrag vollkommen unerwartet. Da außer ihm niemand darüber überrascht war, war ich mir nicht sicher, ob er tatsächlich nicht damit gerechnet hatte oder ob er eher nach der Devise *Aus den Augen, aus dem Sinn* handelte. Als ich den Blick auf den Tisch senkte, legte Dad seine Hand auf meine. „Liebling, das ist okay. Wir müssen darüber reden."

Ich atmete tief ein und wischte mir über die Augen. Ich war mir Victors Anwesenheit vollkommen bewusst. Ich wollte nicht, dass er mich weinen sah oder verletzt oder schwach. So ein Mädchen war ich nicht. War ich nie gewesen. Aber darüber zu sprechen, während mein Vater mich tröstete, war kaum zu ertragen.

„Er hat dem Antrag zugestimmt und gesagt, er habe gewusst, dass ich ihn im Stich lassen würde. Dass ich gehen würde, sobald es schwierig wird", erzählte ich leise. „Dass ich mit dem wahren Leben nicht klarkommen würde."

Ich zuckte zusammen, als Dad mit seiner freien Hand auf den Tisch schlug und abrupt aufstand.

„Genau deshalb kann ich das nicht machen! Ich würde diesem Bastard im Gerichtssaal den Hals umdrehen. Wenn er jetzt hier wäre, würde ich ihn auf der Stelle erwürgen."

Ich blinzelte verwirrt und sah zu Victor hinüber, der mich aufmerksam beobachtete und dann wieder zu meinem Vater sah. „Was soll das heißen, du kannst das nicht?"

„Victor wird den Fall übernehmen. Er ist der Beste, Liebling", sagte Dad. „Das ist so, als würde ich dich vertreten. Versprochen."

Versprochen. Ich schloss die Augen. Das sagte er nur, wenn er sich sicher war, sein Versprechen auch halten zu können. Ich öffnete meine Augen und schaute Victor an, seinen kantigen Kiefer, die hypnotisierenden Augen und seine weichen Haare, durch die ich so gern mit meinen Fingern gefahren war. Es forderte all meine Kraft, die Erinnerung zu verdrängen, nicht an unser Geplänkel zu denken, bevor ich seine Bürotür abgeschlossen hatte und zu seinem Schreibtisch gegangen war, so voller Begierde – *voller Verlangen* –, voller Hunger, den nur er stillen konnte.

Er hatte meinem Dad offenbar nichts von uns erzählt, sonst hätte sich dieser wohl nach einem anderen Anwalt umgesehen, der mich bei meiner Scheidung vertrat. Dad hielt nämlich gar nichts davon, Beruf und Privatleben zu vermischen. Ich wusste aber, dass Victor ein verdammt guter, wenn nicht sogar der beste Anwalt war. Einige meiner Freunde hatten ihn für ihre Scheidung engagiert, und sie alle hatten ihn in den höchsten Tönen gelobt. Ich zweifelte seine Qualitäten nicht im Geringsten an. Ich zweifelte nur daran, dass ich Beruf und Privates trennen konnte, denn was *uns* betraf, ging alles in Flammen auf. Zumindest war das früher so gewesen. Vielleicht war er jetzt anders, wenn man sein Desinteresse bedachte.

„Wie lange wird das Ganze dauern?", fragte ich Victor.

„Das Verfahren hat begonnen. Meist dauert so etwas sechs Monate. Wenn er mit im Boot ist und uns keine Schwierigkeiten macht und wenn er nicht so ... stur ist wie du, sieht es gut aus."

Dad schmunzelte bei der Erwähnung meiner Sturheit, und Victor sah kurz lächelnd zu ihm hin, bevor er sich wieder mir zuwandte.

„Wie auch immer, ich werde alles tun, damit das Ganze für dich so schmerzfrei wie möglich abläuft. Ich stehe dir jederzeit zur Verfügung. Was auch immer du wann auch immer brauchst, ich bin zur Stelle", sagte er, während sein Blick kurz zu meinem Mund wanderte, dann zu meinem tief ausgeschnittenen Kleid und danach auf eine Art zurück zu meinen Augen, dass ich am ganzen Körper Gänsehaut bekam.

Wie wäre es wohl, wenn einem dieser Mann jederzeit zur Verfügung stand? Ich war mir sicher, das bot er nicht oft an. Er schien nicht der Typ dafür zu sein. Dads Handy klingelte, er stand auf und entschuldigte sich. Ich sah ihm über meine Schulter hinterher, bis er den Raum verlassen hatte, bevor ich mich wieder Victor zuwandte.

„Welchen Deal hast du ausgehandelt?"

„Was meinst du damit?", fragte er, stieß sich leicht vom Tisch ab und legte den Knöchel auf sein Knie. Ganz ungezwungen, als redeten wir über Sport.

„Warum hast du zugesagt?"

„Warum ich zugesagt habe, meinen Job zu machen?", fragte er und sah belustigt aus. „Mal überlegen, zum einen mag ich meinen Job, dann habe ich drei Jahre Jurastudium hinter mir und, tja, am wichtigsten ist wohl, dass ich dafür bezahlt werde."

Hätte ich ihn nicht gekannt oder nicht so gut, wie ich dachte, ihn zu kennen, wäre ich von dieser Antwort genervt gewesen. Stattdessen seufzte ich. „Hast du meinem Dad von uns erzählt?"

„Von uns?"

„Ja, von uns. Du weißt schon", sagte ich und warf ihm einen vielsagenden Blick zu.

„Es gibt kein uns, Nicole. Gab es auch nie. Wir waren befreundet, wir hatten Sex und das war's. Ich dachte, das wäre klar."

In seinen Worten war kein beißender Unterton. Er sprach beruhigend, als würde er mit einem Kind reden oder seine Exfreundin beruhigen wollen, nachdem er mit ihr Schluss gemacht hat. Ich war offensichtlich zu emotional. Sonst wären seine Worte einfach an mir abgeprallt. Aber sie verletzten mich ein wenig. *Ich war gegangen und hatte geheiratet.* Nicht dass ich erwartete, dass ihm das etwas ausmachte. Kurz sah ich ihn an. Es schien ihm nichts auszumachen, und was spielte das jetzt schon für eine Rolle?

„Du hast recht", sagte ich, nachdem ich mich gesammelt hatte. „Und was machen wir jetzt?"

„Die entscheidende Frage ist: Hast du einen Ehevertrag?"

„Selbstverständlich."

Mein Vater war Scheidungsanwalt. Glaubte Victor wirklich, er hätte mich ohne Ehevertrag heiraten lassen? Anscheinend konnte er meine Gedanken lesen, denn er nickte.

„Ich lasse ihn mir von Corinne bringen“, meinte er, schlug den Ordner vor sich auf und notierte etwas, bevor er mit dem Ordner in der Hand zu mir herum kam.

„So kann ich es dir einfacher erklären“, sagte er, als er sich neben mich setzte. Der Duft seines Rasierwassers hüllte mich ein, und ich bemühte mich, flach und schnell zu atmen, während ich mich auf die Akte vor mir konzentrierte.

„Nic?“, fragte er leise an meinem Ohr. Mein Magen überschlug sich.

„Ja?“, flüsterte ich.

„Du solltest lernen weiterzuatmen, wenn du in meiner Nähe bist. Das wird noch öfter vorkommen.“

Mein Kopf schnellte zu ihm herum, und er rutschte etwas von mir ab.

„Du bist unglaublich“, sagte ich.

„Das wurde mir schon öfter gesagt.“

„Lass uns weitermachen“, erwiderte ich und bemühte mich, nicht die Augen zu verdrehen.

Und dann ging Victor den Prozessablauf durch und erklärte mir jeden Schritt. Die Details interessierten mich nicht wirklich, zumal ich wusste, dass er mich bestmöglich vertreten und nicht ins offene Messer laufen lassen würde, aber ich hörte dennoch zu. Schließlich beugte er sich von hinten über mich und tippte auf die Stellen in den Unterlagen, an denen ich unterschreiben musste. Im Stillen fragte ich mich, wie viele Frauen wohl schon seine warme Brust an ihrer Schulter gespürt hatten. Als wir fertig waren, richtete er sich auf, sammelte die Dokumente zusammen und setzte sich wieder an seinen alten Platz.

„Das hätten wir also", sagte er und holte ein großes Notizbuch hervor. „Widmen wir uns jetzt den Dingen, die ich wissen sollte. Wie viele Häuser besitzt du? Damit meine ich, bei wie vielen steht dein Name im Grundbuch?"

„Zwei. Eins in Calabasas und ein Apartment in New York."

„Und Gabriel ist ebenfalls Eigentümer von beiden?"

„Korrekt."

„Ist einer von euch aus der Hauptwohnung ausgezogen?"

„Nein."

Sein Stift hielt inne, und er sah zu mir auf. „Hat einer von euch vor, demnächst auszuziehen?"

„Keine Ahnung."

Er legte den Stift zur Seite, verschränkte seine Hände und sah mich an.

„Hast du mit Gabriel über irgendetwas gesprochen?"

Ich schüttelte den Kopf. „Nein."

„Warum nicht?"

„Er ist auf einem Dreh in Kanada, und ich arbeite an einem Set hier."

„Du arbeitest immer noch als Kostümbildnerin?"

Ich nickte und lächelte, weil er sich daran erinnerte. Das war das Einzige, was mich davon abhielt durchzudrehen. Schon seit einer ganzen Weile. Arbeit und Alkohol, die Garanten, dass unglücklich verheiratete Frauen auf der ganzen Welt nicht den Verstand verloren.

„Schön. Dann lass uns mal eine Zeitleiste erstellen." Er schob Stift und Notizbuch zu mir rüber. „Schreib bitte dein

Hochzeitsdatum auf und alle wichtigen Daten, von denen du denkst, sie könnten von Interesse sein – egal ob gut oder schlecht."

Das tat ich. Ich schrieb das Hochzeitsdatum auf und wann andere Dinge passiert waren, auch wenn ich mir nicht alles in meinem Kalender notiert hatte. Was ich jetzt bereute. Als ich damit fertig war, schob ich Stift und Buch zu Victor zurück.

„Du warst schwanger?", fragte er und sah mich an, als wäre ich eine vollkommen Fremde. Ich nickte.

„Fehlgeburt in der neunten Woche."

Er nickte. „Und ihr habt es nicht weiter probiert?"

Mein Herz verkrampfte sich. „Es hat sich nicht ergeben", sagte ich leise. Wir hatten es nicht weiter probiert, obwohl ich es mir gewünscht hatte. Gabe hatte dann Hauptrollen bekommen und mir stattdessen mit den Worten, dass unsere Familienplanung warten müsse, einen Hund gekauft. Warten, bis er Zeit für Kinder hätte. Dagegen konnte ich nichts sagen. Ich räusperte mich und sprach wieder lauter. „Warum ist das wichtig?"

„Ist das ein Grund, warum eure Ehe gescheitert ist?"

„Nein", antwortete ich, obwohl ich mich selbst oft fragte, ob wir unsere Ehe durch ein Kind hätten retten können. Wären die Dinge mit ihm dann anders gelaufen? Wie dem auch sei, ich weigerte mich, unser Scheitern darauf zu schieben. Wir hatten einander geheiratet, nicht die Vorstellung von gemeinsamen Kindern.

„Bist du sicher? Du hast mit deiner Antwort etwas gezögert."

Ich schloss die Augen und schnaubte. „Bin ich. Können wir weitermachen?"

Victor schaute mir prüfend ins Gesicht. „Ich will nicht weiter darauf herumreiten. Aber ich muss alles wissen, was relevant sein könnte. Ich hatte schon Fälle, da ist der Ehemann genau mit solchen Dingen mitten in der Verhandlung angekommen, und ich wusste nichts davon. Also bohre ich lieber nach. Ganz tief. Ist das okay für dich?"

Ich atmete tief durch und nickte.

„Hier steht, dass du 2010 geheiratet hast und seit Ende 2013, Anfang 2014 die Ehe als gescheitert ansiehst. Was ist zu der Zeit passiert?"

Ich sah wieder aus dem Fenster und hätte so viel lieber dort am Meer als hier in diesem Konferenzraum gesessen.

„Ich habe ja unüberbrückbare Differenzen als Scheidungsgrund angegeben, kann ich dann nicht einfach sagen, dass er nicht mehr derjenige war, den ich kennengelernt und geheiratet habe?"

Er musterte mein Gesicht so lange, dass ich glaubte, er müsse die Antwort auf all seine Fragen dort finden. Unter seinem forschenden Blick wurde ich unruhig. Endlich räusperte er sich, nickte mir knapp zu und ging zum nächsten Punkt, den ich notiert hatte.

„Willst du das Haus behalten?"

„Eigentlich nicht, aber ich würde ihm gern eins auswischen. Er liebt dieses Haus."

Victor lachte, und es klang so verführerisch, dass ich mich zusammenreißen musste, um nicht zu seufzen. „Menschen sind doch immer wieder für eine Überraschung gut. Du willst allein in einem Acht-Millionen-Dollar-Haus mit sechs Schlafzimmern wohnen, nur um ihm eins auszuwischen?"

Ich zuckte die Achseln. „Was schlägst du denn vor?"

„Nun, da die Versicherungskosten für dieses Häuschen enorm sind, würde ich schnurstracks ausziehen, einen höheren Unterhalt fordern und mir ein kleineres Haus dort kaufen, wo ich gern wohnen würde."

Das erste Mal seit ich hier war, entspannte ich mich etwas. Ich lehnte mich in meinem Stuhl zurück und stützte die Ellbogen auf den Tisch.

„Die Idee gefällt mir. Das machen wir."

Sein Lächeln blieb, als wir die restliche Liste durchgingen. Er überraschte mich, weil er sogar lachte, als es um meinen Hund ging.

„Du möchtest ein geteiltes Sorgerecht für den Hund?"

„Klar. Harlow Edwards hat auch gerade eine Scheidung hinter sich und teilt sich auch das Sorgerecht mit ihrem Ex."

Victor schloss kopfschüttelnd die Augen. „Ich sollte einen Bonus für dämliche Forderungen bekommen."

„Da lässt sich bestimmt etwas machen", sagte ich. *Mist.* Meine Stimme sollte nicht so klingen, wie sie klang, so rau und bedürftig.

Als er die Augen wieder öffnete, war sein Blick glühender, und er hielt meinem stand. Ich spürte, wie ich mich auflöste, spürte die Anziehung zwischen uns in dem plötzlich zu heißen Büro. Zu gern wäre ich einfach aufgestanden, hätte mir das Kleid hochgeschoben und ihn direkt an Ort und Stelle geritten. Bei dieser Vorstellung stöhnte ich.

Ich sah, wie sich sein Adamsapfel auf und ab bewegte, als er schluckte. „Wir sollten es für heute gut sein lassen und ein anderes Mal weitermachen."

Ich blinzelte, sah weg und schluckte die schlüpfrigen, schmutzigen Dinge herunter, die mir auf der Zunge lagen. *Was zum Teufel stimmte nicht mit mir?* Ich war hier, um meine Scheidung zu regeln. Auch wenn Gabe und ich seit eineinhalb Jahren an verschiedenen Enden des besagten Acht-Millionen-Dollar-Hauses wohnten. Auch wenn er halb Hollywood flachlegte und so tat, als wäre das in Ordnung, während ich zu Hause blieb oder ruhige Abende mit meinen Freundinnen verbrachte. *Ich.* Der frühere Wildfang blieb ruhig zu Hause, während *er*, der ehemals brave Junge aus der Kleinstadt, ausging und herumvögelte. Trotz der achtzehn Monate Enttäuschung und Verletzung, schien es mir unangemessen, scharf auf Victor zu sein.

Er stand auf, ich tat es ihm gleich und ging neben ihm zur Tür. Ich rechnete damit, dass er sie öffnen und sofort das Weite suchen würde, aber er hielt nur den Türgriff fest und drehte sich zu mir um. Ich neigte den Kopf leicht nach hinten, um ihm ins Gesicht sehen zu können. Er blickte mich ernst, aber nicht weniger feurig an als vorhin.

„Das zwischen uns", sagte er langsam, damit ich jedes Wort gut verstand, „ist vorbei. Da war nichts. Du bist meine Mandantin. Ich bin dein Anwalt. Es gibt Vorschriften, dass nichts zwischen uns laufen darf; wenn ich sie missachte, kann ich meine Zulassung verlieren. Hast du das verstanden?"

Ich musste schlucken und nickte, ohne meinen Blick von seinen Augen zu nehmen. Mein Herz schlug laut.

„Sag ‚Ja, Victor, ich habe es verstanden'."

Er meinte es wirklich ernst. Das Problem war, wir standen so dicht beieinander, dass ich mich nur ein klitzekleines bisschen hätte bewegen müssen, um ihn küssen zu können. Sein Geruch war berauschend. Seine Lippen waren schon immer weich und einladend gewesen. Verfluchter Mistkerl. Ich würde ihm nicht gestatten zu gehen und mir das Gefühl zu geben, nur mich hätte unser Gespräch bewegt. Ich lachte auf.

„Verstanden. Tut mir leid, dass ich dir das so direkt sage, aber ich habe nicht vor, mit dir rumzumachen. Hatte ich schon, brauche ich nicht noch mal, die Erinnerung steht bei mir zu Hause im Schrank."

Er lachte verächtlich. „Den Film würde ich ja gern mal sehen."

„Kann ich dir bei Gelegenheit mal zeigen. Er heißt: ‚Keine große Sache'."

Sein Mund formte sich langsam zu einem breiten Grinsen. „Das Wort groß kommt bestimmt vor, aber ich glaube kaum, dass der Film so heißt. Warum hättest du sonst immer wieder ankommen und mich betrunken von deinen Mädelsabenden anrufen sollen?"

Ich riss die Augen auf und trat einen Schritt zurück. „Habe ich gar nicht."

„Oh doch. Und geschrieben hast du auch. Die Nachrichten habe ich gespeichert, willst du sie sehen?"

Mir fiel die Kinnlade runter. „Warum solltest du … selbst wenn ich geschrieben hätte – was ich nicht glaube –, warum solltest du das speichern?"

„Du bist die Tochter von meinem Chef. Nicht auszudenken, wenn du durchgedreht wärst und behauptet hättest, dass, hm, ich dich zum Beispiel vergewaltigt hätte oder so. Ich brauchte den Beweis, dass du diejenige warst, die hinter mir her war, nicht andersherum."

„Du warst auch hinter mir her. Oder meinst du etwa, es

zählt nicht, dass du mich angesehen hast, als würdest du mich auf der Stelle vernaschen wollen?"

„Wenn du das nicht schriftlich hast, zählt es nicht."

Ich starrte ihn an. „Du bist so ein Arsch."

„Ich wollte nur sicherstellen, dass hier nichts laufen wird, du kannst dir deinen ‚Victor, bitte fick mich'-Blick also zukünftig sparen, wenn wir über deine Scheidung reden."

„Nicht, dass ich dich auch nur im Geringsten so angeguckt hätte, aber egal. Wenn du mich jetzt entschuldigen würdest. In der Lobby wartet jemand auf mich, dem ich vielleicht tatsächlich so einen Blick zuwerfen werde."

Er öffnete mir die Tür und lief hinter mir den Flur entlang. Ich machte mir nicht die Mühe, nach meinem Vater zu suchen. Ich wollte hier nur weg. Mein Vater und ich würden uns sowieso am kommenden Abend zum Essen sehen, also ging ich schnurstracks zur Lobby, wo Marcus mit dem Handy in der Hand auf mich wartete. Sobald er mich bemerkte, legte er es weg.

„Lass uns gehen, Marcus. Ich muss meine aufgestaute Anspannung loswerden", sagte ich. Über die Schulter hinweg warf ich Victor einen Blick zu. Er sah zu mir, dann zu Marcus, dann wieder zu mir. Wenn ich ihn nicht so gut gekannt hätte, wäre mir nicht aufgefallen, wie seine Augen sich verengten und sein Kiefer sich anspannte. Aber ich kannte ihn.

„Wir bleiben in Kontakt. Es gibt noch andere Dinge, die ich dich fragen muss. Ich gebe dir Bescheid, wenn das alles eingereicht ist", sagte er und reichte mir die Hand. „Ich freue mich, mit dir zusammenzuarbeiten."

Als er das sagte, wurde sein Griff ein wenig fester, und mein Herz raste. Sofort wurden Erinnerungen wach: wie wir über Belanglosigkeiten stritten und ich um seinen Schreibtisch herumging, seine Beine auseinanderdrückte und mich dazwischen stellte, wie seine Finger aufreizend langsam meinen Rock hinaufschoben, wie er meinen Hintern packte, als er in mich eindrang, wie er an meinem Hals sagte, ich solle verdammt noch mal leise sein, damit wir nicht erwischt würden.

Oh Gott.

Es wäre gelogen, wenn ich behauptete, seitdem ich mit Gabe zusammen war, hätte ich nicht mehr an diese Dinge gedacht, mich nicht gefragt, mit wem Victor das jetzt wohl tat. Seufzend verließ ich das Gebäude und fand mich zwischen den Paparazzi wieder. Ich wusste, dass Victors Drohung ernst gemeint war. Vor fünf Jahren war er sehr klar gewesen. *Ich muss mich auf meine Karriere konzentrieren.* Das hatte er augenscheinlich getan. Und zwar mit Erfolg. War es falsch, darüber nachzudenken, ob er sich noch einmal auf den schmalen Grat der Anziehungskraft begeben würde? Damals hatte er mich weggestoßen. Das würde er jetzt vermutlich wieder tun, ich wusste das. Leider kam diese Nachricht aber nicht bei meinem Körper an. Ich konnte nicht anders, als mich fragen, wie weit er gehen würde, ohne die Grenze zu überschreiten.

Kapitel 3

VICTOR

Ein Vorteil, wenn man den Strand direkt vor der Tür hat: Man kann direkt nach dem Aufwachen ein paar Wellen reiten. Nur leider nicht heute. Ich hatte den Wecker überhört und kam eine Stunde zu spät zum Frühstück zu meinen Eltern.

„Du siehst ja scheiße aus", kommentierte mein bester Freund Oliver, der schon am Tisch saß. Ich zeigte ihm den Mittelfinger. Um etwas zu sagen, fehlte mir die Kraft.

„Was hast du letzte Nacht gemacht?", wollte meine Schwester Estelle wissen, während sie sich zum dritten Mal Orangensaft nachgoss.

„Nichts", grummelte ich.

Ich war bis fünf Uhr nachts damit beschäftigt gewesen, „Recherchen" über Nicole und Gabriel anzustellen. Meine Kollegen fragten oft, ob meine umfangreichen Recherchen wirklich notwendig seien, und bislang war meine Antwort immer ein klares Ja gewesen. Üblicherweise übernahm meine Assistentin Corinne diese Aufgabe, aber Nicole war … meine persönliche Sache. Ich redete mir ein, das liege nur daran, dass ich gesehen hatte, wie mies einige meiner hochkarätigen Mandanten ihre Frauen im Scheidungsprozess behandelt hatten. Und wenn das stimmte, was man sich über Gabriel erzählte, ging es Nicole gerade gar nicht gut. Aber das war nicht der einzige Grund. Auf den Fotos hatte ich eine tiefe Traurigkeit in ihren Augen und in ihrer Haltung erkennen können.

Ich hatte Nicole das letzte Mal gesehen, bevor sie geheiratet hatte, und seitdem ich davon wusste, hatte ich kaum noch an sie gedacht, aber sie wiederzusehen ... es hatte irgendetwas in mir ausgelöst. Da machte ich mir nichts vor. Doch ich durfte Privates und Geschäftliches nicht vermischen. Alles rein geschäftlich halten. Blöd war nur, dass mein Büro normalerweise mein zweites Zuhause war, mich dort aber alles an sie erinnerte. Keine Ahnung, warum das nach so vielen Jahren noch immer so war. Nachdem ich all die Klatschartikel über Gabriels Affären und Feiergelage gelesen hatte, konnte ich mir nicht erklären, warum sie so einen Typen geheiratet hatte. Sie hatte gesagt, er habe sich verändert. Das musste ich ihr wohl glauben. Vielleicht hatte sie sich auch verändert. Vielleicht war sie nicht mehr die lustige Nicole, die ich kannte. Das Mädchen mit dem schelmischen Grinsen und genug Biss, dass ich mir mit ihr etwas Ernstes hätte vorstellen können ... nur nicht genug, um es in die Tat umzusetzen. Zumindest nicht damals. Und heute übrigens auch nicht. Meine Freunde hatten alle geheiratet, aber ich konzentrierte mich weiterhin nur auf meine Karriere. Die Wahrheit ist, dass keine Frau in mir je das Verlangen geweckt hatte, sesshaft zu werden.

„Ich hol dir noch mehr Pancakes“, unterbrach Mom meine Gedanken und wollte meinen Teller nehmen. Ich hielt sie zurück.

„Lass gut sein, Ma. Das kann ich auch allein.“

Ich musste den fragenden Blicken von Oliver und meiner Schwester entkommen. Seit ihrer Heirat behandelten sie mich, als wäre ich ein kleiner dummer Junge. Irgendwann hatte es ihnen wohl gereicht, sich immer einen neuen Namen zu merken, wenn ich jemanden mitbrachte, also hatten sie es sich zur Aufgabe gemacht, eine Frau für mich zu finden, die mich ihrer Meinung nach wirklich interessieren müsste. Also praktisch jede Frau, die ihnen über den Weg lief. Genau das versuchte meine Mutter schon, seitdem ich mein Jurastudium erfolgreich abgeschlossen hatte. Drei Kuppler im Nacken konnte ich wirklich nur wohldosiert vertragen. Ich strich mir in der Küche gerade Butter auf die Pancakes, als Oliver mit seinem Teller hereinkam.

„Was ist los? So müde habe ich dich schon lange nicht mehr gesehen."

„Die Arbeit. Ich bin zu spät ins Bett, weil ich noch zu einem neuen Mandanten recherchiert habe."

Er sah mich skeptisch an. „Macht das nicht deine Assistentin?"

Ich stellte die Butter zur Seite und griff nach dem Sirup.

„Dein Teller ruft ganz laut Herzinfarkt", sagte er. Ich sah ihn an und goss Sirup auf meine Pancakes.

„Ach, wirklich? Weißt du das von Dr. Oz?", fragte ich.

Ich ärgerte ihn gern damit, dass er von Dr. Oz so besessen war wie meine Ma von Oprah Winfrey. Er sah mich missbilligend an, aber diesmal sagte er nicht wie sonst, dass Dr. Oz ihn nicht die Bohne interessiere. Stattdessen nahm er sich etwas von seinem lächerlichen Haferschleim.

„Selbst Gefangene bekommen mehr zu essen als du", meinte ich mit Blick auf seinen Teller.

Er lachte, strich sich seine Mädchenfrisur aus dem Gesicht und nahm einen Löffel voll.

„Ich diskutiere nicht mit dir über den Ernährungszustand Gefangener, weil ich weiß, dass du nicht gern den Kürzeren ziehst. Ich sage lediglich: Du bist keine 21 mehr. Du solltest aufpassen, was du in dich hineinschaufelst."

Ich stöhnte. „Ich bin müde und esse nur am Wochenende so was. Das weißt du genau, und dennoch muss ich mir deine Moralpredigt jede Woche aufs Neue anhören. Ich hab dir doch schon erklärt, dass es bewiesenermaßen den Stoffwechsel ankurbelt, wenn man sich einen Tag pro Woche schlecht ernährt."

Er schnaubte. „Glaub ruhig, was diese Anabolika-Möchtegern-Ernährungsberater auf Instagram von sich geben. Du wirst schon sehen, was du davon hast."

Ich lächelte ihn mit einem Mund voller Pancake an. Ich war noch nicht mal bei Instagram. Das wusste er. Mein Leben war nicht so aufregend, dass ich es fotografisch hätte festhalten müssen. Wir kauten eine Weile wortlos, bevor er sagte: „Hast du Lust auf eine Wohltätigkeitsveranstaltung kommendes Wochenende?"

„Nicht wirklich", erwiderte ich. „Aber ich spende was. Worum geht's?"

„Adipositas bei Kindern."

„Ich spende."

„Du willst wirklich nicht mitkommen? Da gibt's viele weibliche Singles", sagte er mit einem Tonfall, als wolle er ein Kind locken.

Schon wieder wollte er mich verkuppeln. Ich unterdrückte ein Stöhnen und sah ihn genervt an.

„Ganz sicher nicht. Du solltest doch am besten wissen, dass ich bei so etwas keine Hilfe brauche."

„Das ist es ja. Du lernst nur Frauen kennen, die sich ein paar schöne Stunden machen wollen. Aber die Frauen dort suchen was Festes."

„So wie ich", lachte ich spöttisch. „Die Frauen dort suchen ihren nächsten Sugar Daddy."

„Nein", sagte er gedehnt. „Sie suchen jemanden mit Feuer, der weiß, was er will. Da ist nichts Verwerfliches dran."

„Nein", äffte ich ihn nach. „Sie sind auf der Suche nach Geld. Geld und Macht."

Als ich die Fotos von Nicole und Gabriel gesehen hatte, war mir genau das in den Sinn gekommen. Offenbar wollten Frauen das: Geld und Macht. Irgendwie beunruhigend, wo Nicole doch beides auch ohne ihn gehabt hatte. Vielleicht fand sie es auch nur toll, dass er berühmt war. Aber die Nicole, die ich kannte, hätte aus solchen Gründen nicht geheiratet. Oder besser gesagt die Nicole, die ich zu kennen *glaubte*. Die Nicole, die ich zu kennen glaubte, hatte überhaupt nicht heiraten wollen. Keine Ahnung, was sich da wann geändert hatte, aber die Vorstellung, dass sie mit mir Sex gehabt und sich nur ein paar Wochen später verlobt hatte, war … verrückt.

„Hörst du mir überhaupt zu?", fragte Oliver. Ich blinzelte mehrmals und stellte meinen leeren Teller in die Spüle.

„Entschuldige. Ich war mit den Gedanken woanders. Was hast du gesagt?"

„Ich wollte wissen, ob du über diesen Fall reden willst, für den du deine Nächte opferst."

Ich wich seinem Blick aus und strich mir durch die Haare.

Nicole war zwar nicht mein schmutziges Geheimnis, in einem schwachen Moment hatte ich Oliver und unserem Freund Jensen von ihr erzählt, aber ich redete nicht gern über sie. Sie gehörte mir. *Mir.* Das stimmte zwar nicht so ganz, weil sie mir nicht gehörte und nie gehört hatte, aber das änderte nichts an dem Gefühl in meinem Bauch, das immer auftauchte, wenn ich an sie dachte. Wenn ich an den Sex dachte, unsere Telefonate und wie das alles aufhörte, als ich die Sache abgebrochen hatte. *All das.* Ich war es gewohnt, dass mir die Frauen einige Zeit hinterherliefen, nachdem ich die Sache beendet hatte. Bei Nicole war das anders gewesen. Sie war mir nicht hinterhergelaufen. Sie hatte nach vorn geschaut.

Sie hatte ihr Leben weitergelebt.

„Vic?“, riss mich Oliver aus meinen Gedanken. *Schon wieder.*

„Was?“ Ich blickte zu ihm. Er runzelte die Stirn und sah fast ein wenig besorgt aus.

„Willst du darüber reden?“

„Nein, Dr. phil.“

Er lachte. „Du bist so ein Arsch, wenn du Stress hast.“

Stress. An den war ich gewöhnt. Hier ging es um etwas anderes. Die Angst vor dem Unbekannten, vor Neuland. Ich hasste es, wenn ich keinen Masterplan hatte. Ich wusste, ich musste einen kühlen Kopf behalten und die Vorstellung, zwischen Nicoles Beinen zu sein, verdrängen. Es wäre gelogen zu behaupten, ich hätte gestern nicht daran gedacht, als sie wie eine Königin hereinkam. Atemberaubend. Sexy. Doch als sie sich in den Armen ihres Vaters vergrub, wusste ich, dass das alles nur Fassade war. Ich hatte ihr gesagt, sie solle sich in meiner Nähe zusammenreißen, aber das galt genauso auch für mich selbst. Ich würde ihrer Anziehungskraft nicht erliegen. Ich durfte nicht.

Bevor ich Oliver etwas erwidern konnte, kam meine Schwester herein, die Hände in die Hüften gestemmt, und ich war dankbar für diese Unterbrechung. Diese beiden konnten in mein tiefstes Inneres sehen, mich wie ein Buch lesen – und das ertrug ich gerade nicht. Schon gar nicht, wenn ich noch nicht mal wusste, in welcher Sprache dieses Buch geschrieben war und zudem die Person, die solche Gefühle in mir auslöste, nun regelmäßig sehen musste.

„Jetzt ist keine Kuschelzeit für Bean und Vic. Das könnt ihr morgen machen“, meinte Estelle.

„Je älter du wirst, desto mehr nervst du. Weißt du das eigentlich?“, sagte ich und grinste sie an, als sie mir die Zunge herausstreckte.

„Das habe ich doch neulich schon mal gehört“, sagte sie zu Oliver gewandt, der lachte. „Ich wollte euch nur sagen, dass ich morgen, während ihr im Wohnzimmer versauert, in einem Waisenhaus bin.“

„Und was machst du da?“, fragte ich, während wir zu meinen Eltern zurückgingen.

„Malen. Ich spende die zugehörigen Materialien.“

„Und ihre Zeit“, ergänzte Oliver verliebt lächelnd. So sah er immer aus, wenn meine Schwester bei ihm war. Keine Ahnung, warum ich erst gemerkt hatte, dass sie zusammen waren, als ich sie ertappt hatte. Jetzt musste ich mir dieses kitschige Getue stets und ständig antun.

„Cool. Und warum erzählst du mir das?“, wollte ich wissen und setzte mich aufs Sofa.

„Weil ich keine Zeit für den blöden Bohnendip oder irgendwas anderes hatte, also musst du den machen oder selbst was einkaufen."

„Toll", sagte ich, schloss die Augen und lehnte mich zurück. Ich nickte weg, während meine Schwester und Oliver sich über Supermärkte unterhielten und meine Mutter fragte, ob sie den Dip machen solle. Ich schlief ein und träumte von Nicole Alessi und wie sexy sie sich bewegte.

Es war nur Sex gewesen. Verdammt guter Sex, aber ich konnte auch mit vielen anderen Frauen guten Sex haben. Eigentlich hatte ich gar nicht vorgehabt, nach der Sache Nummern auszutauschen, aber als sie ihr Kleid zurechtrückte und über ihre zerrissene Unterwäsche lachte, wollte ich eine Wiederholung. Ich wusste nicht, warum. Nur, dass ich es wollte. Ich hatte nicht erwartet, dass ich sie wirklich anrufen und am Telefon bleiben würde, nachdem sie meine Nachfrage nach einem weiteren Treffen abgelehnt hatte. Ich hatte nicht damit gerechnet, sie zwei Wochen später in mein Büro kommen zu sehen, wo ich gerade erst neu angefangen hatte. Und erst recht hatte ich nicht damit gerechnet, dass ihr Nachname Alessi war.

So vieles war falsch gelaufen.

So viele verbotene Gedanken.

So viele Gründe, warum es zu keiner Wiederholung kommen konnte.

Doch dann hatte sie an meine Tür geklopft. Mit halb offenem Mund und mit vor Entsetzen weit aufgerissenen blauen Augen.

„Du bist der Neue?", hatte sie gefragt.

In dem Moment wusste ich nicht, ob ich genauso entsetzt

sein oder lieber den Sicherheitsdienst rufen sollte, weil sie mich offensichtlich stalkte. Selbst der rationale Teil meines Gehirns war in Alarmbereitschaft.

„Korrekt", erwiderte ich und sah voller Unbehagen zur Tür, die sie hinter sich schloss. „Was machst du hier?"

Bitte sag nicht, dass du hier arbeitest. Bitte nicht. Vielleicht war sie nur von jemandem geschickt worden. Oder sie war Floristin und brachte Blumen vorbei. Vielleicht vögelte sie auch mit einem meiner Kollegen. Bei diesem Gedanken erschauderte ich. Dann gäbe es für uns ganz sicher kein nächstes Mal.

„Ich … mein Dad …" Sie seufzte und setzte sich ohne zu fragen auf einen Stuhl mir gegenüber.

Das hätte mich normalerweise gestört, aber ich stellte schnell fest, dass mit „Nicole aus dem Nachtklub" nichts normal war. Nachdem sie mich abserviert hatte, hatte sie nicht mehr angerufen. Nur ein paar Textnachrichten geschickt, mehr nicht, und ich war gelinde gesagt kein großer Schreiber. Ich hasste es. Ich hasste die Vorstellung, dass sie ihren Freundinnen zeigen könnte, was wir schrieben. Und dass jeder wissen konnte, was wir vorhatten. Keine Ahnung warum. Es gab keine plausible Erklärung, warum mich das störte. Keine einzige. Aber als sie mir jetzt gegenübersaß, kam ich zu der Schlussfolgerung, dass ich richtig gehandelt hatte.

„Dein Dad", hakte ich nach, „lässt sich scheiden?"

„Ähm … nein", sagte sie und fuhr sich nervös mit der Zunge über ihre vollen Lippen. Die Lippen, die ich vor einigen Wochen geküsst hatte. Die Lippen, die ich mir immer noch vorstellte, wie sie mich umschlossen. „Will ist mein Dad."

Ich blinzelte mehrmals und riss den Blick von ihren Lippen. „Was?“

„Er … ist mein Dad“, sagte sie zaghaft, ihre Augen wirkten entschuldigend. Okay. Sie wusste also, dass es keine Wiederholung geben konnte. Aber was zum Henker? Das war wohl die Strafe dafür, dass ich im College die Freundin meines Bundesbruders flachgelegt hatte. Ganz bestimmt. Verdammte Scheiße!

„Dein Dad“, sagte ich matt. Sie nickte und zog ihre Unterlippe zwischen die Zähne. Dieser Anblick brachte etwas in mir zum Beben.

„Jepp“, sagte sie. Einen Augenblick sah sie mich an, sah mich einfach nur an, ihr Blick wanderte über mein Gesicht, zu meiner Brust und wieder zurück. „Der Anzug steht dir wirklich gut.“

„Nicole“, warnte ich sie.

Sie grinste. „Ja.“

„Sieh mich nicht so an.“

„Na gut.“ Sie zuckte mit den Achseln, grinste aber weiter spöttisch. „Scheidungsanwalt also.“

Ich sah sie unverwandt an. „Genau.“

„Sind deine Eltern geschieden?“

„Nein.“

Sie runzelte leicht die Stirn und sah nachdenklich aus. „Interessant. Sind sie glücklich?“

„Ja“, antwortete ich und spürte, wie mein Mund sich zu einem Lächeln verzog. „Und du? Hauptfach Psychologie?“

„Nein“, sagte sie mit großen Augen, und es klang so, als wäre allein der Gedanke lächerlich.

„Was studierst du denn? Falls du studierst“, ergänzte ich.

„Kostümdesign. Nächste Woche mache ich den Abschluss."

„Kostümdesign", wiederholte ich, und mein Blick wanderte über ihren Körper.

Sie trug ein hautenges Kleid mit großem buntem Blumenprint. Es hatte kurze Ärmel und einen Ausschnitt, der nicht viel vom Dekolleté sehen ließ, aber es stand ihr so gut, dass man sich alles Weitere vorstellen konnte. Ihre perfekten Brüste zeichneten sich ab – eine gute Handvoll. Ihre schmale Taille, die kurvigen Hüften. Als ich ihr wieder ins Gesicht sah, lächelte sie mich erneut kokett an. Es ging mir durch Mark und Bein. Als sie dann aufstand und ich, während sie die Tür schloss, freie Sicht auf ihren perfekten, knackigen Hintern hatte, musste ich schlucken und atmete etwas schwerer. In diesem Moment drehte sie sich um und kam langsam um meinen Schreibtisch herum. Ich schloss die Augen.

Mein Gott, ich hatte diesen Job gerade erst bekommen. Sie hatte doch nicht vor, was ich dachte. Ich riss die Augen auf. Scheiße. Nein.

„Nicole, ich bin hier noch ganz neu", erklärte ich, und meine Stimme wechselte von fest zu leise, als sie meinen Bürostuhl herumdrehte und sich vor mich kniete.

„Mein Dad ist nicht mehr da", sagte sie und blickte unter ihren langen, dunklen Wimpern zu mir hoch.

Ich schluckte. „Wir sollten das nicht tun."

„Es gibt vieles, was wir nicht tun sollten."

„Ich … wir dürfen nicht …", begann ich, aber da nestelte sie bereits an meinem Gürtel.

„Hast du eine Freundin?", fragte sie mich und hielt inne. „Ach, Mist, das hätte ich als Erstes fragen sollen. Hast du eine?"

Ich runzelte die Stirn. „Scheiße, nein."

Sie setzte sich auf die Fersen, ihre Hände lagen weiterhin auf meiner Hose, sie sah mich an. „Scheiße, nein, weil du generell keine Freundin haben willst, oder scheiße, nein, weil du so etwas nie tun würdest, wenn du vergeben wärst? Ich bin mir nicht sicher."

Ich legte meine Hand auf ihre, damit sie nicht weitermachte, denn ich wurde von Sekunde zu Sekunde härter. „Beides."

Skeptisch zog sie eine Augenbraue hoch. „Generell keine Lust auf eine Freundin, wirklich? Du bist also doch ein Aufreißer."

„Nein", antwortete ich. Das Wort blieb mir im Halse stecken, als sie eine Hand auf meinen Schoß legte. „Kein Aufreißer."

„Du verknallst dich bloß oft?", hakte sie feixend nach.

„Ich habe oft Sex. Das ja."

„Aber nicht mit mir, weil ich die Tochter von deinem Chef bin." Es war eher eine Feststellung als eine Frage. Wieder schluckte ich und nickte. „Würde es das nicht sogar aufregender machen? Wir können ja leise sein."

Ich schüttelte den Kopf, aber leider hatte sie recht. Nur noch ein einziges Mal. Ein letztes Mal. Dann würde ich den Schlussstrich ziehen, ihre Nummer löschen und … das war's dann.

Unsere Blicke trafen sich. Heiß. Bereit, übereinander herzufallen. Meine einzige Antwort war, dass ich meine Hand von ihrer wegzog und mein ‚Scheiße, nein' ganz schnell zu einem ‚Scheiße, ja!' wurde.

Kapitel 4

NICOLE

So eng mit meinem Nochehemann zusammenzuleben, war nicht unbedingt die klügste Idee meines Lebens. Das merkte ich spätestens in dem Moment, als er unerwartet von einem Dreh in Kanada zurückkam, mit der Crew noch einen trinken ging und dann die After-Party bei uns zu Hause stattfinden ließ. Zu allem Überfluss fragte er mich auch noch, ob ich mich nicht anschließen wolle, nachdem ich aufgewacht war und nachsehen wollte, woher der Lärm kam. In angetrunkenem Zustand mit dem Mann herumzumachen, von dem ich mich gerade scheiden ließ, war eine noch viel blödere Idee. Nicht zum ersten Mal, seit ich aufgewacht war, rieb ich mir die Augen und stöhnte. Es war nicht so, dass Gabe und ich nichts mehr miteinander gehabt hätten, seit wir beschlossen hatten, es zu beenden, aber seit wir es offiziell gemacht hatten, waren wir uns aus dem Weg gegangen. Ich schob meinen Fehltritt auf den Umstand, dass ich ein Jahr lang nicht flachgelegt worden war, die zwei Flaschen Wein, die ich getrunken hatte, bevor er nach Hause kam, und jenen flüchtigen Moment, als er mich anlächelte und ich dachte, dass diese Ehe vielleicht, ganz vielleicht, doch noch funktionieren könnte.

Aber das war, bevor eine Frau in sein Schlafzimmer getorkelt kam, in dem wir fast nackt lagen, und ihn fragte, wo er das Kokain hingetan habe, das sie gerade gekauft hätten. Was sie sagte, was sie machte, die Tatsache, dass sie wusste, wo sein Schlafzimmer war, und dass er sie nicht augenblicklich wieder rausgeworfen hatte, erweckten alle meine Sinne zum Leben. Ich sprang aus dem Bett, richtete meine Kleider und verzog mich wieder in den Teil des Hauses, den wir als meinen deklariert hatten.

Ich ignorierte Gabe, als er rief, ich solle zurückkommen. Er kam nicht mal aus dem Bett, geschweige denn in den Flur, um mich aufzuhalten. Und jetzt stand ich da in unserer Küche und räumte seinen Dreck weg, wie ich es schon eine Million Mal getan hatte. Fast war ich versucht, unsere Haushälterin Amelia anzurufen und sie an ihrem freien Tag kommen zu lassen, aber ich wollte nicht, dass noch mehr Leute unter dieser Scheidung litten.

Die Klingel am Tor ging kurz nachdem ich auf allen vieren Dinge vom Boden geschrubbt hatte, von denen ich sicher war, dass man sie nicht mal auf dem Fußboden von Verbindungshäusern findet. Das Haus sollte vorzeigbar sein, wenn Victor heute Nachmittag vorbeikam. Ich drückte auf den Türöffner, ohne hinzuschauen, wer da am Tor stand. Das tat ich sonst immer, aber aufgrund der Uhrzeit war ich sicher, dass es eigentlich nur UPS oder irgendein anderer Kurierdienst sein konnte. Ohne weiter darüber nachzudenken, wendete ich mich wieder meinem Schrubber zu.

Nie hätte ich gedacht, dass die Woche diesen Verlauf nehmen würde, niemals. Auch, dass ich mal aus einem anderen Grund in dieser Küche auf dem Boden knien würde, als dass Gabriel vor mir stand, hätte ich nie geglaubt. Seufzend schob ich den Gedanken beiseite. Das war vorbei. Aus und vorbei.

Nie wieder. Ich wollte es auch nicht mehr, vor allem nach der unsanften Erinnerung von letzter Nacht nicht. Ich war gerade wieder damit beschäftigt, irgendwelche ekligen, klebrigen Partikel von meinem Fußboden zu entfernen, als mich das laute Klopfen an der Tür aus meinem Trott – schrubben, würgen, schrubben, würgen usw. – riss. Ich ließ den Schrubber fallen, stand seufzend auf, zog meine Gummihandschuhe aus und warf sie in den leeren Eimer. Dann wusch ich mir schnell noch die Hände, bevor ich mich auf den Weg zur Haustür machte.

Zu meiner großen Überraschung ging Gabe im selben Moment zur Tür. Ich hätte geschworen, dass er bis heute Abend durchschlafen und erst wieder aufstehen würde, um etwas zu essen und eine weitere Nacht mit Drogen und Alkohol zu durchzechen. Ich erschauerte bei der Vorstellung. Dieser Mann hatte mich einmal aus ganz anderen Gründen zum Erbeben gebracht. Er hatte immer noch diese Wirkung auf Frauen, mit seinem gestählten Körper, den markanten Zügen und dem aufgesetzten Lächeln.

„Erwartest du Besuch?“, fragte er und spähte bereits durch den Spion.

„Eigentlich erst später“, sagte ich langsam und sah mich um, als könnten die weißen Wände mir die Uhrzeit verraten. Plötzlich kam mir ein Gedanke, und ich stürzte auf Gabe zu. „Oh, Mist. Wie spät ist es denn?“

„Kennst du diesen Typ?“, fragte er, als wir beide an der Tür standen.

Ich ignorierte seine Frage, schloss die Tür auf und öffnete sie. Davor stand Victor und blickte verwirrt von Gabe zu mir, von mir zu Gabe und schließlich wieder zu mir.

„Komm rein", sagte ich und bewegte mich auf Gabe zu, sodass er keine Wahl hatte, als einen Schritt nach hinten zu tun und Victor Platz zu machen.

Ich schloss die Tür hinter ihm und stand daneben, als die beiden sich begrüßten.

„Wir gehen in den Garten. Putz deinen Dreck selbst zu Ende weg", rief ich über die Schulter, während ich ins Wohnzimmer ging und wusste, dass Victor mir folgte.

Ich ging weiter bis zur Gartentür und öffnete sie, damit wir uns auf die Veranda setzen konnten, wo ich einen einzelnen silberfarbenen Stiletto fand.

„Wer zum Henker lässt einen Schuh auf einer Party liegen?", murmelte ich, hob ihn am Riemen hoch und warf ihn beiseite.

„Aschenputtel?", sagte Victor hinter mir, während er die Glastür schloss.

Ich merkte, wie ich lächelte. Er war schon immer witzig gewesen. Mysteriös, stark und witzig. Er war der Typ Mann, der einen im einen Moment gegen die Wand pressen und im nächsten schon aus seinem Büro werfen konnte, ohne dass man überhaupt merkte, dass er einen rauswarf. Er gab einem das Gefühl, dass man selbst die Entscheidung getroffen hatte zu gehen. Ich hatte es nicht als Manipulation angesehen, aber wenn ich jetzt zurückblickte ... So oder so, ich wusste die kurze Zeit, die wir zusammen gehabt hatten, zu schätzen, vor allem die Nacht, als ich ihn wegen einer Reifenpanne angerufen hatte und er aus der Kneipe geschossen gekommen war, um mir zu Hilfe zu eilen. Ich werde nie vergessen, wie er den Kopf geschüttelt und mich böse angeblickt hatte.

„Du kannst dich doch nicht so anziehen, wenn du nachts ausgehst“, hatte er gesagt, und ich merkte, dass er versuchte, mich nicht anzusehen.

Nachdem er meinen Reifen gewechselt hatte und mir nach Hause gefolgt war, hatte ich mich gefragt, ob er mit reinkommen würde, aber er tat es nicht. Ein kleiner Teil von mir wusste natürlich, dass er das nicht tun würde. Ich wohnte damals bei meinem Vater im Gästehaus. Was hätte Dad gedacht, wenn er den neuen Anwalt, den er gerade erst eingestellt hatte, um Mitternacht in die Wohnung seiner Tochter hätte gehen sehen? Ein größerer Teil von mir hatte sich gewünscht, wir wären gar nicht erst in dieser Situation gewesen. Dass ich nur ein Mädchen wäre und er bloß ein heißer Typ, der nichts dagegen hatte, seine Chancen wahrzunehmen. Aber das waren wir nicht.

Ich schob die Erinnerung beiseite, nahm auf einem der Stühle Platz und sah zu, wie er sich mir gegenüber hinsetzte. Er war heute leger gekleidet, was für Victor offensichtlich Jeans, ein kariertes Hemd und elegante Lederschuhe bedeutete. Seine sonst so frechen Augen wirkten müde und seine rauen Stoppeln verrieten, dass er sich schon seit Tagen nicht mehr rasiert hatte. Er fuhr sich auf eine Weise mit der Hand durchs Haar, dass ich unwillkürlich versuchte, mein eigenes zu richten und meinen Pony zu ordnen.

„Harte Nacht?“, fragte er, während seine Augen über mich wanderten.

„Kann man so sagen.“

Ich fingerte wieder an meinen Haaren herum, obwohl ich wusste, dass es keinen Sinn hatte. Plötzlich stand mir klar vor Augen, wie ich aussah mit meinem schwarzen Sport-BH, einer passenden Yogahose und ohne eine Spur von Schminke im Gesicht. Noch vor wenigen Tagen hatte er mich in einem körperbetonten dunkelblauen Kleid und High Heels gesehen. Eigentlich war ich meistens, wenn er mich gesehen hatte, perfekt zurechtgemacht gewesen, und selbst beim Sex waren wir beide größtenteils angezogen geblieben. Ich fragte mich, wie Victor nackt aussah. Es war nur ein flüchtiger Gedanke, und doch brachte er mich zum Erröten. Ich schluckte, als sich unsere Blicke trafen, weil ich mich bei einer sexuellen Fantasie ertappt fühlte.

„Nicole", sagte er warnend, fixierte mich aber weiter mit diesem leidenschaftlichen Blick, und ich wusste, dass er das gleiche elektrisierende Prickeln spürte wie ich.

„Ist das nicht komisch für dich?", fragte ich mit flüsternd leiser Stimme.

Victor taxierte mich noch eine Weile und neigte den Kopf, während seine forschenden Augen mein Gesicht betrachteten. Ich hätte getötet, um zu erfahren, was er dachte. Ich hätte getötet, um ihn fragen zu können. Aber das ging nicht. Ich saß da, voller Ungewissheit, hoffte, dass er antworten würde, wartete mit angehaltenem Atem. Ich beugte mich ein bisschen vor, und er ahmte meine Bewegung nach, stützte die Ellbogen auf die Knie und ließ die Hände locker dazwischen herunterhängen.

„Komischer als ich gedacht hätte", gab er zu, und sein Blick brannte sich in meinen. „Ich muss mich immer wieder daran erinnern, dass die Nicole, die ich mal kannte, nicht dieselbe ist, die jetzt vor mir sitzt."

„Wie kommst du darauf?"

Er lehnte sich auf seinem Stuhl zurück, blickte auf das

Haus und den Pool und dann wieder zurück zu mir. „All das. Die Nicole, die ich kannte, brauchte weder das große Haus noch einen Ehemann.“

Mein Herz setzte aus. Die Nicole, die er kannte, war eine verdammte Lügnerin. Noch etwas, was ich sagen wollte, aber nicht tat. Stattdessen versuchte ich es anders.

„Vielleicht wollte die Nicole, die du kanntest, dass du sie um ein echtes Date bittest.“

„Vielleicht hätte die Nicole, die ich kannte, mich ihrerseits um ein echtes Date bitten sollen.“ Seine Lippen formten sich zu einem verschlagenen Lächeln. „Sie hatte ja auch kein Problem, mich um andere Sachen zu bitten.“

Meine Wangen fingen an zu glühen. „Ich dachte, du wolltest kein Date mit mir.“

Sein Blick wurde weicher, doch seine Worte trafen mich hart. „Wollte ich auch nicht.“

Okay. Das tat weh.

Dankenswerterweise suchte sich Gabe genau diesen Moment aus, um die Tür hinter uns zu öffnen, und unsere Köpfe fuhren zu ihm herum.

„Das ist also dein Anwalt?“, fragte Gabe und zog die Augenbrauen hoch, als keiner von uns antwortete. „Okay, ich wollte euch nur sagen, dass ich jetzt gehe. Heute kommt der Typ, der sich um den Pool kümmert. Er hat den Schlüssel zum Tor verloren, kann also sein, dass er klingelt. Danke, dass du mir beim Saubermachen geholfen hast.“ Er zog den Kopf wieder zurück, steckte ihn aber dann noch mal heraus, als hätte er noch etwas vergessen. „Und danke für letzte Nacht. Es war echt richtig gut.“

Was in Dreiteufelsnamen? Hatte er schon vergessen, wie

es gelaufen war? Oder vielmehr nicht gelaufen war? *Vielleicht war die Frau geblieben, nachdem ich weg war. Arschloch.* Wie auch immer, seine Anspielung war nicht zu überhören, zumal er die Stimme senkte und augenzwinkernd auf meinen Mund schaute. Er schloss die Tür, und ich sah, wie er sich entfernte. Victor sagte nichts. Stattdessen öffnete er seine Aktentasche, um mir ein paar Papiere auszuhändigen. Ich versteckte mich förmlich hinter den Blättern.

„Die musst du unterschreiben", meinte er, jetzt wieder voll im Geschäftsmodus. „Auf jeder Seite, die du dir ansehen solltest, ist ein X. Darin steht, dass du mit dem Verfahrensantrag fortfährst und Unterhalt forderst."

„Und was passiert, wenn ich ihn einfach vergifte?", fragte ich leise und verbarg immer noch mein Gesicht, während meine Augen die Seite überflogen.

„Dann müsste ich dich mit einem Strafverteidiger verkuppeln, denn dann könnte ich dich nicht mehr vertreten."

Ich blickte zu ihm auf und sah, dass seine Lippen ein Lächeln umspielte, was alles Mögliche mit mir anstellte und mich ebenfalls zum Lächeln brachte. Er hatte ein Bein angewinkelt und den Fuß locker auf sein Knie gelegt, seinen sportlichen Körper zurückgelehnt und sah mich leidenschaftlich an.

Einfach nur … wow.

„Wenn das hier vorbei ist, kannst du mit deinem Leben weitermachen und so tun, als wäre das nie passiert", sagte er und deutete mit dem Kinn auf das Haus.

Ich sah nach drinnen. Es war so groß und leer. Das war es immer gewesen, wie mir klar wurde, aber was sich einst warm und behaglich angefühlt hatte, kam mir jetzt kalt vor, die Räume schienen größer, es gab mehr Platz für Probleme. Ich konnte mir nicht leisten, mir deswegen Vorwürfe zu machen. Wie meine Freunde sagten, hatte ich mich schon genug fertiggemacht für Dinge, die nicht allein meine Schuld waren, während Gabe weiter auf der Erfolgswelle ritt und sich einen Namen machte.

„Ich habe das Gefühl, versagt zu haben, verstehst du? Das hörst du sicher oft, aber ich komme einfach nicht gut mit Versagen klar."

„Du hast nicht versagt. Eine Scheidung muss nicht bedeuten, dass man versagt hat, und wenn, dann ganz bestimmt nicht nur einer von beiden." Er machte eine Pause und kratzte sich am Kinn, während seine Augen über meine Schulter hinweg zum Pool wanderten. „Wann ist die Entscheidung gefallen, dass es aus ist?"

„Vor einem Jahr", sagte ich. Das hatte ich ihm doch schon gesagt. Victor schüttelte den Kopf.

„Ich meine dich persönlich. Wann wusstest du, dass es für dich vorbei ist?"

Ich rutschte auf meinem Stuhl zurück, zog die Füße hoch und umklammerte die Knie vor meiner Brust. „Schon vor langer Zeit."

„Warum hast du dann so lange gewartet?"

„Weil ich niemand bin, der so leicht aufgibt", flüsterte ich, und meine Augen füllten sich mit Tränen.

„Wohnst du deswegen immer noch hier? Mit ihm?" Sein Ton hatte etwas Scharfes, das zu dem Ärger passte, der plötzlich in seinen Augen aufblitzte.

„Vermutlich, ja."

Ich wischte mir über die Augen und widmete mich wieder den Papieren vor mir. Er starrte mich weiter an. Der Text verschwamm immer wieder vor meinen Augen, weshalb ich mit dem Lesen nicht besonders weit kam. Ich unterschrieb, wo es nötig war, und zeichnete den Rest mit meinen Initialen ab. Ich dachte mir, dass ich nicht mehr verlieren konnte, als ich ohnehin schon hatte, und mein Dad schließlich Victors Chef war, weshalb er mich wohl kaum reinlegen würde. Ich sah wieder zu ihm auf. Aber flachlegen konnte er mich. Ich schüttelte den Kopf, blickte wieder auf das Blatt und versuchte ein Lachen zu unterdrücken. Irgendetwas stimmte ganz und gar nicht mit mir, wenn ich von *Reinlegen* auf *Flachlegen* kam. Etwas stimmte ganz gewaltig und irreparabel nicht mit mir. Vor ein paar Tagen hatte ich Victor noch unmissverständlich klargemacht, dass ich an einer Wiederholung unserer Geschichte nicht interessiert war, doch je länger ich ihn ansah, desto weniger glaubte ich mir selbst.

„Was ist denn so lustig?“, fragte er, als ich ihm die Papiere und den Stift, den er mir geliehen hatte, zurückgab.

„Nichts. Hab nur an einen Film gedacht, den ich mal gesehen habe.“

Seine Augenbrauen zogen sich für eine Sekunde vor Verwirrung zusammen, bevor er es kapierte und lächelte.

„Der Film muss dir echt gefallen haben.“

„Du hättest die weibliche Hauptrolle mal sehen sollen“, sagte ich augenzwinkernd.

Daran, wie es in seinen Augen aufflackerte, konnte ich ablesen, dass meine Worte irgendein Bild in seinem Kopf hervorriefen. Er sagte nichts, wie er es früher getan hätte. Das war damals immer unser Spiel gewesen. Ich warf die Angel aus, bis er anbiss. Aber nicht dieser Victor. Er räusperte sich, stand auf und reichte mir die Hand. Ich nahm sie und ignorierte, wie auf seine Berührung hin alles in mir zu Beben begann. Wir gingen durchs Haus zurück zur Eingangstür, und er machte Bemerkungen über den elektrischen Kamin und die Farbe des dunklen Parketts. Als ich den Türgriff berührte, legte er seine Hand auf meine. Mein Herz machte einen Satz. Ich spürte die Wärme seiner Hand auf meiner, und seine langen Finger gruben sich in meine Haut, nur ein klein wenig, aber gerade genug. Mein Blick flog zu seinen Augen.

„Fürs Protokoll: Ich würde dich gern noch mal in dem Film sehen", sagte er mit leiser Stimme und senkte sein Gesicht zu meinem, sodass wir fast Nase an Nase waren, Auge in Auge. „Wenn das Angebot noch steht, wenn das hier zu Ende ist, komme ich vielleicht darauf zurück."

Mein Atem geriet ein wenig ins Stocken. Ich fuhr mit der Zunge über meine Lippen. „Das wird noch Monate dauern."

„Es kann ein Jahr dauern", sagte er. Er atmete jetzt etwas lauter. Ich fragte mich, was er täte, wenn ich mich vorbeugen und meine Lippen auf seine pressen würde.

„Wir wissen beide, wenn ich will, dass es passiert, wird es auch passieren", flüsterte ich.

„Das wird es nicht. Das darf es nicht."

Er richtete sich auf, nahm seine Hand von meiner und ging hinaus zu seinem schwarzen Jaguar, ohne sich noch mal umzublicken. Mein Herz raste noch immer, als sein Wagen schnurrend zum Leben erwachte. Unsere Blicke begegneten sich kurz, während er wartete, dass sich das Tor vor ihm öffnete. Ich war unfähig, mich abzuwenden. Sicher spiegelte sich in meinem Blick meine Bedürftigkeit wider. Ich hasste es, wie verletzlich ich mich fühlte, wenn ich in der Nähe dieses Mannes war. Ich lebte mit dem Mann zusammen, der neulich zum heißesten Mann des Jahres gekürt worden war. Und doch stand ich jetzt hier und empfand Dinge wie seit über einem Jahr nicht mehr. Ausgerechnet für Victor Reuben. Mir war echt nicht zu helfen.

Kapitel 5

NICOLE

„Keine Ahnung, was mit mir nicht stimmt“, sagte ich zu meiner Freundin Talon, während ich an dem Kleid im Stil des 18. Jahrhunderts nähte.

Talon hatte mich überredet, bei diesem Film mitzuarbeiten. Einerseits wollte sie wegen der Trennung ein Auge auf mich haben, andererseits hatten wir immer viel Spaß, wenn wir am selben Set arbeiteten. Wieder etwas, was schon seit über einem Jahr nicht mehr vorgekommen war. Sie war Maskenbildnerin, und ich entwarf die Kostüme. Völlig verschiedene Berufe, aber mit ähnlichen Pausenzeiten.

Sie seufzte und steckte sich eine ihrer dunkelbraunen Locken fest, die ihr ins Gesicht gefallen war. „Ich weiß gar nicht, was ich sagen soll, Süße. Du hast ein paar harte Jahre hinter dir, und nun bist du auf den Kerl angewiesen, in den du damals schwer verknallt warst. Das ist echt kein Spaß!“

„Ich bin nicht auf ihn angewiesen“, sagte ich stirnrunzelnd. Sie warf mir einen vielsagenden Blick zu. „Was denn? Wirklich nicht. Ich kann auch einen anderen Anwalt engagieren. Nur ist er zufällig der beste.“

„Nicht nur als Anwalt, wenn ich mich recht erinnere …“ Sie lächelte schelmisch, und ich musste loslachen.

„Das ist ein echtes Problem. Die ganze Zeit bin ich von heißen Typen umgeben. Ich meine, hallo?“, sagte ich und deutete auf das Poster für den Film, an dem wir gerade arbeiteten. Zu sehen war ein fast nackter Eric Austin als Tarzan. „Und trotzdem muss ich nur zwei Sekunden in seiner Nähe sein und benehme mich wie eine Fünfzehnjährige auf einem Konzert von One Direction.“

Talon schnappte nach Luft. „Ich bin 32, na vielen Dank auch. Und Harry ist nun mal heiß.“

„Victor auch.“ Sehr, sehr heiß.

„Weiß ich.“ Sie machte eine Pause. „Aber ihr habt eine Vergangenheit.“

„Haben wir nicht“, fiel ich ihr ins Wort. Hatten wir auch nicht. Wir hatten ein kurzes Techtelmechtel gehabt, wenn man es überhaupt so bezeichnen konnte. Nächtliche Anrufe, Quickies im Büro, auf der Toilette ... solche Sachen machten ja noch keine gemeinsame Vergangenheit aus. Oder?

„Na ja, eine sexuelle Vergangenheit“, sagte sie. „Und du willst ganz bestimmt wieder mit ihm ins Bett hüpfen.“

„Ich bin nie mit ihm ins Bett gehüpft“, stellte ich klar. Eine wahre, aber nutzlose Klarstellung.

„Du weißt, wie ich das meine.“

Ich zuckte mit den Schultern.

„Was ist mit Gabriel? War er komisch, nachdem ihr in der einen Nacht fast miteinander geschlafen hattet?“

Ich stöhnte. „Komisch? Nein. Nervig? Ja. Er musste es sogar vor Victor erwähnen. Ich fasse es nicht, dass ich beinahe ...“ Ich fühlte mich schlecht, nicht weil ich angewidert war, sondern weil ich über mich entsetzt war. Wenn mein Dad das wüsste, würde er mich umbringen. Er hätte für nichts Verständnis, was diese Scheidung verkomplizieren würde.

„Es lag am Wein", meinte Talon. „Wir hätten nicht so viel trinken sollen. Die zweite Flasche habe ich dir ja förmlich aufgedrängt, also bin im Prinzip ich schuld."

Ich lachte. „Danke, aber diese Schuld kann ich dir nicht in die Schuhe schieben, obwohl es beinahe im peinlichsten Moment meines Lebens geendet wäre."

„Tja, Alkohol und Peinlichkeiten gehen oft Hand in Hand. Worauf ich hinaus will: Du wolltest Gabriel im letzten Jahr noch nicht mal anfassen."

„Weil er seine Nase immer gepudert hatte."

Sie verdrehte die Augen. „Diese Ausrede kannst du dir für jemanden aufsparen, der sie dir abkauft. Du bist auch kein Unschuldslamm. Tu nicht so, als wäre Kokain in diesen Kreisen nicht vergleichbar mit einem Schluck Tequila."

Ich sackte auf meinem Stuhl zurück. Sie hatte recht. Der Unterschied war, dass Gabriel ein völlig anderer wurde, wenn er es nahm. Aggressiv und richtiggehend fies. Ich hatte niemandem, noch nicht einmal Talon erzählt, wie oft ich im Gästezimmer übernachtet hatte, weil mir klar war, dass ich in einem Hotel von Fotografen erwischt werden und die Gerüchteküche brodeln würde.

„Warum ist er überhaupt hier?", wollte Talon wissen und riss mich aus meinen Gedanken.

„Wer?", fragte ich und sah mich um.

„Gabriel. Ich dachte, er ist in Kanada."

„Ach so. Ja. Er meinte, es sei gerade Drehpause. Ich muss mal nachhaken, wie lange. Bin mir nicht sicher, ob ich im Haus bleiben sollte, wenn er das jede Nacht macht."

„Oh, du verlässt dein bescheidenes Heim?“

Ich seufzte. „Wollte ich eigentlich nicht, aber ich glaube, ich ertrage es nicht, dabei zuzusehen, wie er vor die Hunde geht. Das ist ja der Grund für alles, und er wird sich nicht ändern. Jetzt ist mir das klar.“

Talon setzte sich neben mich, nahm meine Hände in ihre und blickte mich mit ihren grünen Augen voller Sorge an. „Du kannst zu uns kommen. Mike wird das nicht stören. Wir haben ja Platz. Und die Kinder würden sich freuen, wenn Tante Nicky mal wieder da wäre.“

Langsam schüttelte ich den Kopf. „Danke. Vorübergehend kann ich immer bei meinem Dad wohnen. Oder mir eine eigene Wohnung suchen. Das muss ich irgendwann ja sowieso.“

Sie machte große Augen. „Also überlässt du ihm das Haus?“

„Weiß nicht. Vielleicht. Ich bin diesen Groll so leid.“

Talon nickte, drückte meine Hände, ließ sie los und stand auf. „Ich muss mich mal wieder an die Arbeit machen, aber wenn du etwas brauchst, bin ich immer für dich da. Und sei vorsichtig mit dem heißen Anwalt.“

„Muss ich nicht“, sagte ich lachend. „Er hat mich schon zweimal darauf hingewiesen, dass nichts mehr laufen wird.“

„Na ja, das hat er damals auch gesagt, und vergiss nicht, wo es geendet hat“, sagte sie augenzwinkernd und ging.

Ja, es hatte damit geendet, dass er die ganze Sache gestoppt hatte, gerade als ich dachte, wir hätten eine neue Stufe erreicht. Diese neue, bescheuerte Stufe hatte aber wohl nur in meinem Kopf existiert. Am meisten ärgerte mich, dass ich nicht hingehört hatte, als er meinte, er sei nicht an einer Beziehung interessiert. Und als er meinte, wir könnten das nicht tun. Aber ich hatte dazugelernt. Ich hatte gelernt, dass man hinhören sollte, wenn jemand sein wahres Ich offenbart. Und das hatte er die ganze Zeit getan. Er hatte nie falsche Versprechungen gemacht oder schöne Worte von sich gegeben. Seine Taten entsprachen seinen Worten, und daraus machte ich ihm keinen Vorwurf. Das konnte ich nicht.

Victors Ehrlichkeit hatte ich erst dann zu schätzen gewusst, als mir klar wurde, dass der Mann, mit dem ich mein Leben teilte, mich anlog. Andauernd. Und dann hatte ich herausgefunden, dass er log *und* mich betrog. Als ich mit der Scheidung drohte, war er ausgerastet und hat jedem in der Branche Mist über mich erzählt. In *meiner* Branche. Er war so hinterhältig, dass er sogar mit Leuten sprach, die ich nicht kannte, mit denen ich aber gern zusammengearbeitet hätte. Kurz nachdem eine Freundin mir das erzählt hatte, waren die Klatschblätter voll mit Geschichten über die Scheidung und wie sehr es ihm das Herz brach. Es hieß, seine Affären hätten erst begonnen, nachdem *ich* gesagt hatte, ich würde mich trennen. Am traurigsten war, dass ich zunächst geglaubt hatte, die Gerüchte würden nicht stimmen. Dass es einfach nicht sein konnte, dass er schon eine andere hatte, doch schnell wurde mir klar, dass an solchen Geschichten immer ein Fünkchen Wahrheit ist.

Wäre ich nicht ich, sondern eher wie Harlow Winters, hätte ich den Spieß rumgedreht und Gerüchte in die Welt gesetzt, durch die Gabe schlechter weggekommen wäre als

Ben Affleck, nachdem dieser Jennifer betrogen hatte. Aber so war ich nicht. Und schlussendlich glaubte ich, dass hinter all dem Scheiß, der seinen Charakter und unsere Ehe überschattete, doch noch der nette Junge vom Land zu finden war, in den ich mich einst verliebt hatte.

Kapitel 6

NICOLE

Ich sagte ohne zu zögern Ja, als meine beste Freundin Chrissy mich anrief und fragte, ob ich mit ihr in einem neuen Szenelokal zu Abend essen wolle. Ich rief Marcus an, der nicht wenig überrascht war, als ich ihn bat, sich für neun Uhr bereitzuhalten. Nicht, dass ich seit der Trennung nicht ausgegangen wäre, aber ich hatte es vermieden, Aufsehen zu erregen. Ich war lieber zu Freunden nach Hause gegangen und hatte dort etwas getrunken, anstatt in der Öffentlichkeit, wo jeder Fotos von mir – und mich damit lächerlich – machen konnte. Nicht, dass ich fremde Hilfe dabei gebraucht hätte, mich lächerlich zu machen, wenn ich betrunken war. Nein, das schaffte ich schon ganz allein, aber es musste ja nicht gleich in sämtlichen Klatschblättern stehen.

Ich verabredete mich mit Chrissy um halb zehn, und als Markus zum zweiten Mal an meine Tür klopfte und mir sagte, dass es zwanzig nach neun sei, und ich immer noch überlegte, welche Schuhe ich anziehen sollte, wusste ich, dass ich zu spät kommen würde.

„Cool spät", sagte ich auf dem Weg zum Auto zu ihm.

„So kann man's auch sehen", entgegnete er. Ich lächelte und spürte langsam, wie die Aufregung in mir aufstieg, dass ich heute Abend ausgehen würde. „Nehmen wir den Porsche?"

Ich nickte, als er auf die Fernbedienung für das Garagentor drückte. Flackernd gingen die weißen Neonröhren an, und wir gingen zu dem weißen Cayenne. Ich wusste nicht genau, wie Gabe zu der Autofrage stand und wer welches behalten würde, ich interessierte mich nicht besonders für Autos. Meistens fuhr ich meinen Prius, aber wenn ich es mir aussuchen konnte, wollte ich definitiv den Cayenne behalten. Wir kamen gleichzeitig mit Chrissy vor dem Restaurant an und stiegen im selben Moment aus unseren Autos aus. Die wenigen Paparazzi, die draußen standen, rannten zu ihr, um ein Foto zu machen. Ich ging schon mal auf den Eingang des Restaurants zu, weil ich mir überlegte, dass wir uns lieber drinnen begrüßten, um nicht noch mehr Aufsehen zu erregen, aber sie kreischte meinen Namen, und so musste ich mich umdrehen und konnte sie nicht mehr ignorieren.

„Du siehst so gut aus“, sagte sie, als sie zu mir gerannt kam, um mich zu umarmen.

Sie roch nach Blumen und Burberry-Parfüm. Der Duft unserer Jugend, als unsere einzigen Sorgen gewesen waren, wie lange wir schlafen konnten und ob unsere Eltern morgens zu Hause sein würden, nachdem wir eine wilde Nacht in der Stadt gehabt hatten.

„Du auch“, sagte ich und hob die Hand, um die Spitzen ihres kurzen, welligen blonden Haars zu berühren. „Toll, deine neue Frisur.“

„Ich habe sie heute machen lassen. Muss mich noch dran gewöhnen. Gruß von der Familie übrigens.“ Sie grinste breit, als sie beiseitetrat, damit wir in das Restaurant gehen konnten. Ich lächelte, als sie sie erwähnte. Als Kinder und später auf dem College waren wir unzertrennlich gewesen. Ich glaube, es gibt keine Erinnerung, in der Chrissy nicht vorkommt. Während der Highschool hatte ich quasi bei ihr zu Hause gewohnt, vermutlich, weil ich selbst keine Geschwister hatte, und mich, wenn ich dort war, fühlte, als hätte ich drei Schwestern. Manchmal, wenn das Leben beschissen war – und das war es im Moment definitiv –, hatte ich Sehnsucht nach ihr und ihren Schwestern.

Wir wurden so schnell zu einem Tisch geleitet, wie man es erwarten kann, wenn man mit einem Reality-Star unterwegs ist. Einer der Gründe, weshalb ich sie seit ein paar Monaten nicht gesehen hatte, war, dass sie mit dem Dreh ihrer Show beschäftigt war. Unsere Freizeit zwischen ihren Dreh- und meinen Arbeitszeiten überschnitt sich selten.

„Wie ich sehe, hast du noch alle deine Finger“, sagte sie und nahm einen Schluck von ihrer Margarita. Lächelnd nippte ich an meiner.

„Wie kommst du darauf, dass ich mir die Finger abschneide? Du musst das endlich mal überwinden.“

„Ich habe gesehen, wie schnell du an diesen Schnittmustern arbeitest. Wie ist es so am Set? Wie geht’s Austin?“, fragte sie und hob provozierend ihre hellen Augenbrauen. Ich lachte.

„Wenn du wissen willst, ob er immer noch so heiß ist, lautet die Antwort Ja. Wenn du wissen willst, ob zwischen uns irgendwas gelaufen ist, heißt die Antwort: Nein, und das wird es auch nie.“

„Wie langweilig. Ist es wegen der Geschichte mit Gabe? Meinst du, du schwörst Schauspielern von jetzt an für immer ab?“

„Schwörst du Sportlern für immer ab?“, fragte ich und zog eine Augenbraue hoch. Ihre letzten drei Freunde waren Sportler – und allesamt untreue Schweine – gewesen.

„Der Punkt geht an dich.“

Wir plauderten weiter, aßen Edamame und stießen fröhlich miteinander an, bis sie das „Lass uns heute in einen Klub gehen!“ platzen ließ und ich schon angeheitert genug war, um einzuwilligen. Wir verbrachten die restliche Zeit damit, einander auf den neusten Stand zu bringen und uns so zu unterhalten, wie man es nur mit einer alten Freundin kann – laut, mit schrillem Gelächter und Aufeinander-Zeigen, jedes Mal wenn wir uns an einen alten Insiderwitz erinnerten.

„Ist das dein neuer Sicherheitsmann?“, fragte Chrissy, als Marcus um den Wagen herumlief und dem Mann vom Parkdienst ein Trinkgeld gab.

„Ja, genau.“

„Vielleicht sollte ich mit dir fahren“, sagte sie mit einem Bühnenflüstern. Ich lachte.

„Mach doch. Sag Frederick, er soll uns hinterherfahren.“

Sie drehte sich um und sagte es ihrem Bodyguard, der uns vor den Kameras abschirmte, während wir ins Auto stiegen.

„Wie läuft es bei deinem Dreh? Hast du gerade Pause?“, fragte ich.

„Ja. Gott sei Dank. Meine Familie treibt mich schon in den Wahnsinn“, stöhnte sie. Ich lachte. Nur Chrissy schaffte es, dass sich eine Reality-Show, bei der sie pro Folge Hunderttausende von Dollar verdiente, so anhörte, als sei es ein Knochenjob.

„Du Ärmste“, sagte ich grinsend.

„Im Ernst, Nicole. Du siehst verdammt gut aus. Machst

du Diät?“, fragte sie und betrachtete mich von Kopf bis Fuß, als wir nebeneinander im Auto Platz nahmen.

„Die sogenannte Scheidungsdiät. Solltest du auch mal ausprobieren. Offensichtlich wirkt sie Wunder.“

Sie lachte spöttisch. „Dazu müsste ich erst mal heiraten. Obwohl, wenn er noch zu haben ist, überlege ich es mir vielleicht noch mal“, fügte sie anzüglich grinsend hinzu und deutete mit dem Kopf auf Marcus.

„Hör auf, ihn in Verlegenheit zu bringen“, sagte ich und versuchte dabei ein Lachen zu unterdrücken.

„Marcus, für wen haben Sie schon alles gearbeitet?“, fragte Chrissy, ohne meinen Einwand zu beachten.

„Das unterliegt der Schweigepflicht, Ma'am“, sagte er mit einem flüchtigen Blick in den Rückspiegel. Ich konnte sein Gesicht nicht sehen, war aber sicher, dass er lächelte.

„Exmilitär. Das sind die Einzigen, die immer erzählen, dass sie keine Auskunft über ihre früheren Arbeitgeber geben dürfen – als würde ich es nicht mit ein paar Anrufen herausfinden können“, sagte Chrissy und verdrehte die Augen. Sie legte den Kopf schräg und sah mich an. „Aber die sind immer gut im Bett. Marcus, wir fahren ins Lure.“

Ich lachte und spürte schon, wie mir der Alkohol zu Kopf stieg. „Das hast du ihm schon gesagt.“

„Ach, stimmt ja. Warst du in letzter Zeit mal da?“

„Nö. Ich habe mich vom Rampenlicht ferngehalten, auf Dads Befehl hin.“

„Das wird so ein Spaß“, quietschte sie.

Als wir am Lure ankamen, stand bereits eine Schlange um das Gebäude herum.

„Ach, du Scheiße“, sagte ich mit aufgerissenen Augen. Ehrlich gesagt, war ich seit einer Ewigkeit in keinem Klub mehr gewesen und hatte das lange Anstehen und die Ausweiskontrollen schon ganz vergessen. Außerdem war das letzte Mal mit Gabe gewesen, und Anstehen und Ausweiskontrollen gab es nicht, wenn man mit einem A-Promi unterwegs war.

„Fahren Sie zum Hintereingang“, wies Chrissy Marcus an.

Marcus fuhr ein Stück weiter und bog dann in eine Seitenstraße ein. Dort wurde er langsamer, weil der Mob der Paparazzi zum Leben erwachte, als er einen Neuankömmling erblickte. Hätten wir irgendwelche Zweifel gehabt, wo sich der Hintereingang befand, hätten wir ihn spätestens jetzt gefunden.

„Oh Gott“, murmelte ich.

Selbst in meinem angeheiterten Zustand wusste ich, dass das bedeutete, dass unser heutiger Mädelsabend die TMZ-Website füllen würde. Andererseits war das immer so, wenn man mit Chrissy unterwegs war. Damit, dass unser Essen in der Klatschpresse auftauchte, hatte ich kein Problem. Es war dieser Teil des Abends, der mir Angst machte. Ich holte tief Luft, rückte meine Brüste zurecht und sang im Geist ein kleines Mantra, um mich daran zu erinnern, den Bauch einzuziehen.

„Bist du bereit?“, fragte Chrissy, als der Wagen vor der Masse von Kameras hielt, die sich nun auf uns gerichtet hatten.

„Schätze schon.“

Ihr Bodyguard öffnete uns die Tür und half uns dabei, aus dem Auto zu steigen, ohne jemanden unsere Unterwäsche sehen zu lassen. Augenblicklich hagelte es Fragen.

„Nicole, wussten Sie, dass Gabriel heute Abend hier ist?“

Verdammter Mist. Zum Glück war der Klub riesig.

„Haben Sie es eingefädelt, ihm hier zu begegnen?"

Atmen. Bauch einziehen. Lächeln. Nein. Nicht lächeln.

„Werden Sie wieder zusammenkommen?"

Scheiße. Ich hatte gelächelt. Verdammt.

„Ist die Scheidung vom Tisch?"

Pokerface.

„Was sagen Sie dazu, dass er mit seiner Filmpartnerin ausgeht?"

Pokerface. Pokerface. Pokerface. Wenn ich es mir oft genug sagte, würde ich es behalten oder zu Lady Gaga werden. War beides okay für mich.

Obwohl ich am liebsten jede Antwort rausgebrüllt hätte, hielt ich den Kopf gesenkt, denn das macht man, wenn man mit privaten Fragen bombardiert wird, auf die man keine Antworten hat. Der Türsteher warf einen kurzen Blick auf uns und ließ uns dann ohne zu zögern rein. Ein weiterer Vorteil, wenn man Chrissy im Team hatte. Ihr Gesicht erkannte jeder zwischen neun und neunundneunzig. Aufgrund der Schlagzeilen war ich sicher, dass er mich auch erkannte, aber das war eindeutig nicht der Grund, warum er mich reinließ, vor allem nicht, wenn Gabe wirklich da drinnen war. Wir gingen einen dunklen Gang entlang auf die laute Housemusik zu, aber noch bevor wir die Tanzfläche erreicht hatten, wurden wir von einer Bedienung abgefangen, die nur ein Bikinioberteil und das passende Höschen zu tragen schien.

„Chrissy, schön, Sie wiederzusehen. Uns wurde nicht Bescheid gesagt, deshalb habe ich noch nicht alles für Sie vorbereitet, aber das kriegen wir schnell hin. Möchten Sie Ihren üblichen Platz?", fragte sie.

„Ja, bitte", sagte Chrissy, überlegte es sich dann aber anders und schüttelte den Kopf. „Das heißt, ist Gabriel Lane da oben?"

Der Blick der Frau wechselte zu mir. „Ja, aber nicht auf derselben Seite. Allerdings müssten Sie an seinem Tisch vorbei. Wenn das ein Problem ist, kann ich versuchen, Sie durch das Personaltreppenhaus hinzubringen."

Beide sahen mich an. „Ist mir egal. Ich brauche keine Extrawurst. Ich brauche nur einen Fireball, und alles ist gut."

Chrissy lachte. „Du bist super."

Wir folgten der vollbusigen Blondine die Treppe hinauf in den VIP-Bereich, wo die Leute zu einem neuen Fetty-Wap-Song tanzten. Die Tanzfläche war kleiner und wesentlich leerer als die unten, brodelte aber genauso. Obwohl es dunkel war, hielt ich nach Gabe Ausschau. Nicht weil ich ihn sehen wollte, sondern im Gegenteil, weil ich wissen wollte, von welcher Ecke ich mich fernhalten musste. Ich sah ihn nicht, also ging ich weiter und überlegte mir, dass es am klügsten wäre, den uns zugewiesenen Bereich einfach nicht zu verlassen, außer, wenn ich zum Klo musste, was hoffentlich nicht allzu bald passieren würde.

„Hast du ihn gesehen?", fragte Chrissy, sobald wir die gemütliche Ecke erreicht hatten, wo sie offenbar regelmäßig saß.

„Nee. Du?"

Sie schüttelte den Kopf und fuhr sich mit der Hand durchs Haar. „Können wir bitte ein paar Fireballs haben? Und eine Flasche Champagner?"

Die Blondine nickte und trippelte davon.

„Du musst nicht hierbleiben", sagte Chrissy zu ihrem

Bodyguard, der immer noch hinter uns her zockelte. „Du kannst dich zu Marcus gesellen, ich schicke dir eine Nachricht, wenn ich gehen will."

Wie dieses winzige Frauchen solche gestandenen Männer herumkommandierte, fand ich immer lustig.

„Mal sehen, ob meine Schwester hier ist", sagte Chrissy und tippte auf ihrem Telefon herum. Ihre Schwester war genauso berühmt wie sie, vor allem in diesen Kreisen.

„Da ist sie doch", sagte ich und sah zu ihr, sie saß genau gegenüber von uns. Chrissy lachte.

„Dass wir sie nicht gesehen haben! Los, sagen wir ihr hallo."

Wir gingen zu ihr und ihren Freunden und plauderten, soweit es die laute Klubmusik erlaubte, über alles Mögliche, Arbeit, Freunde und so weiter. Bis das unvermeidliche Thema aufkam: Gabe.

Ich zuckte mit den Achseln. „Ist mir egal. Aber ehrlich gesagt, würde ich lieber nicht darüber reden. Es geht mir gut."

Und überraschenderweise stimmte das sogar. Ich hatte mich immer gefragt, was es für ein Gefühl sein würde, wenn ich ihn tatsächlich mal mit einer anderen Frau sähe. Ich fragte mich, ob ich sauer oder eifersüchtig war, doch ich war keins von beidem. Ich fühlte gar nichts. Es war alles so lang her, ich fühlte einfach gar nichts. Ich fing an zu lachen. Es war ein leises Lachen, das lauter wurde und dann plötzlich verstummte.

„Ich bin ein wenig angetrunken, und mir ist gerade ein bisschen komisch", sagte ich. „Und ich muss aufs Klo."

Chrissy lachte und hakte sich bei mir ein. „Gehen wir."

Wir schoben uns durch die Menge und sahen Gabe mit einer Blondine im Arm auf den Ausgang zugehen. Chrissy sah mich mit großen, warmen Augen an.

„Tut mir leid."

Ich schob es auf den Alkohol, dass mir Tränen in den Augen brannten. Ich weinte normalerweise nicht in der Öffentlichkeit, und ich würde definitiv nicht um ihn weinen. Damit war ich durch. Wir waren nicht mehr zusammen. Schon lange nicht mehr. Trotzdem war es ein komisches Gefühl, ihn mit einer anderen rausgehen zu sehen. *War er mir je treu gewesen?* Erst das mit der Frau, die in sein Schlafzimmer geplatzt war, und dann die Art und Weise, mit der er klargemacht hatte, dass er mich hinter sich gelassen hatte – da musste ich mich das einfach fragen. War ich blind gewesen, oder hatte es den Mann gegeben, für den ich ihn damals gehalten hatte? Ich seufzte und schüttelte langsam den Kopf. Nur Gabe selbst konnte das wissen. Ich war nicht verletzt, nur … ein bisschen irritiert.

„Ist schon gut. Ich bin froh, dass ich es gesehen habe", sagte ich und räusperte mich.

„Ich hoffe, dass er sich Herpes holt", sagte sie. Wir lachten und hielten uns am Geländer fest, um nicht die Treppe runterzufallen. „Oh, Scheiße. Wir halten den Verkehr auf", sagte sie. „Entschuldigung. Wir stehen im Weg. Oh … wow."

Ich blickte auf und sah, wen sie mit *oh wow* meinte. Er war groß und schlank und hatte haselnussbraune Augen, die mich gerade mit Blicken durchbohrten.

„Ach, du Scheiße", stieß ich aus.

Chrissy schaltete umgehend in den Flirtmodus. „Wohin des Wegs?"

„Das könnte ich genauso fragen", sagte Victor, dessen gesamte Aufmerksamkeit nur auf mich gerichtet war. Seine

Augen wanderten meinen Körper hinab und dann wieder hinauf zu meinem Gesicht. Ich unterdrückte den Drang, ihm um den Hals zu fallen, um die letzten zehn Minuten aus meinem Gedächtnis zu löschen. Die Schnäpse hatten ihre Wirkung auf mich offenbar nicht verfehlt, denn ich fühlte mich absolut dazu bereit und willens.

„Pinkeln."

Chrissy lachte. „Sie meint, die Nase pudern." Sie packte mich am Arm und durchbohrte mich mit einem Blick. „Der ist heiß. Pinkeln zu sagen gehört sich nicht."

Ich konnte nicht anders als loszulachen. „*Der* ist mein Anwalt."

Ihr Blick war unbezahlbar, als sie zwischen uns hin und her sah. Victor stand zwei Stufen weiter unten, auf Augenhöhe mit uns.

„Also dann … gehe ich mal …" Sie zeigte auf die Toilettentür ein paar Stufen weiter unten. Ehe sie ging, beugte sie sich zu mir und flüsterte: „Der arbeitet für deinen Dad?" Ich nickte. „Das ist der, den du … du weißt schon …?"

Ich zog meine Unterlippe nach innen, die Augen immer noch auf Victor gerichtet, und nickte Chrissy zu, die einen scharfen Atemzug ausstieß, bevor sie wegging. Sie schaute noch mal zurück und hielt beide Daumen hoch, und ich musste schon wieder lachen.

„Hi", sagte ich, als sie weg war. Meine Stimme ging unter, als die Musik wieder loslegte. Victor beugte sich vor, und die Stoppeln in seinem Gesicht streiften meine rechte Wange, als er mir ins Ohr sprach.

„Hi", sagte er mit einer tiefen Stimme, die mich zum Zittern brachte.

„Wie ich sehe, gehst du immer noch in Nachtklubs", sagte ich und wich leicht zurück, um ihn anzusehen.

Seine Augen erglühten, und seine Lippen umspielte ein Lächeln, das mir verriet, dass er sich an dasselbe erinnerte wie ich. *Wie wir auf die Toilette eines vollen Klubs gestürmt waren, er mir das Geburtstagsdiadem aus den Haaren gezupft und mir mein Höschen heruntergerissen hatte, bevor er sich ein Kondom überstreifte und mit einer Heftigkeit in mich stieß, die ich noch nie erlebt hatte.* Dadurch dass er so dicht vor mir stand, konnte ich seinen Atem in meinem Gesicht spüren und einen Hauch von Alkohol riechen. Die Anziehungskraft, die er auf mich ausübte, war unbeschreiblich. Es war, als verschwinde alles andere in diesem kleinen Raum zwischen uns, einschließlich jedes vernünftigen Gedankens.

Vor allem jedes vernünftigen Gedankens.

Denn als er den Mund aufmachte, um etwas zu sagen – mit Sicherheit seine nächste Warnung –, presste ich meine Lippen auf seine, und als er leicht zurückwich, um Halt zu suchen, folgte mein Körper seiner Bewegung. Er unterbrach den Kuss schnell, doch nicht, bevor seine Zunge einmal in meinen Mund geglitten war und meine vollständig umrundet hatte. Und *zum Glück* nicht, bevor er mir mit der Hand ins Haar gegriffen und dabei an meinen Lippen gestöhnt hatte. Plötzlich war es nicht mehr der Bass der Musik, der durch meine Adern pulsierte, sondern das Gefühl, wie Victor sich an mich presste und mich festhielt. Dann zog er sich genauso abrupt, wie das Ganze begonnen hatte, wieder zurück.

„Nicole", sagte er warnend. Ich machte die Augen auf und sah ihn an.

„Ja?", flüsterte ich.

„Komm mit."

Er drehte sich um und ging die Treppe hinunter, und ich lief hinter ihm her, um die Ecke in einen spärlich beleuchteten Flur, wo wir eine Tür erreichten, die er aufstieß. Ich blinzelte mehrmals und schaute mich um, während ich mich an das rötliche Licht des Büros gewöhnte. In dem Raum stand ein Schreibtisch, und es gab Glaswände, durch die man auf den ganzen Club blicken konnte.

„Wessen Büro ist das?", fragte ich.

„Das des Eigentümers."

„Woher kennst du den Eigentümer?"

Victor neigte leicht den Kopf und trat näher an mich heran, sodass ich den Hals recken musste, um ihm in die Augen zu sehen. Was ich darin erblickte, ließ mein Herz einen Satz machen.

„Willst du dich wirklich *darüber* unterhalten?", fragte er mit tiefer Stimme.

„Worüber willst du dich denn unterhalten?", flüsterte ich.

„Du hast mich geküsst. In der Öffentlichkeit, Nicole", sagte er ernst.

Ich blinzelte wieder und wieder, um meinen Kopf irgendwie vom Alkohol frei zu kriegen. „Du hast den Kuss erwidert."

Er schloss die Augen und schnaufte. „Das war ein Fehler. Das Ganze war ein Fehler."

„Meinst du mich? War ich ein Fehler?", fragte ich, während mein Herz wie wild schlug.

Ich versuchte, mich zu sammeln, doch es war eine harte Nacht. Erst musste ich mit ansehen, wie mein zukünftiger Exgatte mit einer anderen Frau abzog, und jetzt würde ich hier stehen und mich wieder daran erinnern lassen, warum es mit Victor und mir nicht geklappt hatte. *Ein Fehler.* Das traf eindeutig mein Selbstwertgefühl.

„Ja“, sagte er.

Ich war unfähig, dazustehen und mir anzuhören, wie er mich beleidigte. Außerdem wusste ich genau, wenn ich dieses Büro verlassen und auf die Toilette rennen würde, dann um zu heulen. Daher drehte ich mich um und ging auf die Glasscheibe zu. Ich legte meine Hand darauf, spürte die Vibrationen der gedämpften Housemusik und sah den farbigen Laserstrahlen zu, die in alle möglichen Richtungen fielen. Ich spürte eher, als dass ich hörte, wie er hinter mich trat. Als könnte er mir einfach nicht den Raum lassen, den ich brauchte. Als bräuchte er es, mir zu sagen, dass ich mich von ihm fernhalten solle, während er mich gleichzeitig näher an sich zog. Ich schloss die Augen.

„Du warst kein Fehler“, sagte er, und seine Stimme klang nun dunkel und weich. „Dich in der Öffentlichkeit zu küssen, war ein Fehler.“

„Wir waren in einem dunklen Treppenhaus“, sagte ich. „Und du kennst den Eigentümer. Selbst wenn uns die Kameras erwischt haben, kannst du das Material also löschen lassen.“

Victor lachte leise hinter mir. Ich öffnete die Augen drehte mich um und lehnte mich mit dem Rücken gegen das kühle Glas. Als ich spürte, wie der Bass mich massierte, schloss ich die Augen kurz wieder.

„Du würdest eine hervorragende Kriminelle abgeben.“

Ich lächelte und begegnete seinem Blick. „Ich weiß, wie man Geheimnisse wahrt.“

„Nic."

„Hmm?", fragte ich und rückte näher an ihn heran. *Ich frage mich, was es für ein Gefühl es wäre, an diesem Fenster Sex zu haben.*

Die Art, wie er vor mir zurückwich, sagte mir, dass ich diesen Satz entweder laut ausgesprochen oder er ihn von meinem Gesicht abgelesen hatte. Er begann im Büro auf und ab zu gehen, strich sich durchs Haar und murmelte Sachen, die ich nicht verstand.

„Das funktioniert nicht", sagte er schließlich und drehte mir sein Gesicht zu, als er hinter dem Schreibtisch stand.

„Was?"

„Das hier. Das mit uns. Ich und dieser Fall. Es funktioniert nicht."

„Weil du es mit mir an diesem Fenster treiben willst?", sagte ich.

Er umklammerte die Stuhllehne und senkte den Kopf, erwiderte aber nichts auf meine Bemerkung. „Vielleicht sollten wir uns nur sehen, wenn wir unbedingt müssen ... wegen der Scheidung", sagte er.

Ich lachte auf. „Ich hatte nicht vor, heute Abend hierherzukommen, geschweige denn, dir in die Arme zu laufen."

„Du hast recht", sagte er und begegnete meinem Blick. „Du hast recht, aber wir sollten uns trotzdem an diesen Plan halten."

„Als mein Anwalt solltest du mich nicht zu überstürzten Entscheidungen drängen, wenn ich betrunken bin", sagte ich. Er blickte wieder nach unten, aber ich sah sein Lächeln, bevor er versuchte, es zu verbergen.

„Ich meine es ernst, Nicole."

„Ist schon gut, Victor. Ich hab's kapiert. War's das? Ich habe mich oben mit einem echt süßen Typ unterhalten, und ich muss immer noch zur Toilette. Vielleicht nehme ich ihn mit." Selbst in meinem Zustand konnte ich sehen, wie sich sein Blick bei dieser Ankündigung verfinsterte.

„Du hast gerade gesagt, dass du betrunken bist", knurrte er und klammerte sich noch fester an den Stuhl.

„*So* betrunken nun auch wieder nicht." Ich hielt inne, um sein Gesicht zu sehen. „Würde dich das stören? Wenn ich's mit diesem Typ auf dem Klo treiben würde? Ich treibe es irgendwie ganz gern auf dem Klo."

„Nicole", sagte er mit hartem Tonfall, und sein Blick senkte sich in meinen.

„Du weißt, dass du der Einzige bist, mit dem ich das je gemacht habe", gab ich zu. „Aber es war so heiß. Du hast mir die ganze Zeit diese versauten Sachen ins Ohr gesagt, weißt du noch?"

„Ich weiß", sagte er mit zerknirschter Stimme.

„Du hast das da gemacht", sagte ich und zeigte auf seine Finger, die sich in die Stuhllehne gruben. „Meinen Hintern gepackt. Ich hatte blaue Flecken am nächsten Tag. War das heiß."

„Nicole", knurrte er.

„Zu blöd, dass du nur an deinen Job denkst, sonst könnten wir ein bisschen Spaß haben", sagte ich drehte mich zur Tür und fragte: „Sind wir hier fertig?"

Bevor ich den Türgriff herunterdrücken konnte, war Victor hinter mir, und seine Hand legte sich auf meine.

„Warum machst du es uns so schwer?", fragte er, und seine Stimme war ein tiefes Murmeln in meinem Ohr. Ich wusste es nicht. Ich wusste es ehrlich nicht. Es lag an ihm. Er war schuld daran, dass mein Urteilsvermögen vernebelte, sobald ich in seiner Nähe war. Ich schloss die Augen. Ich wollte meinen Kopf zurücklehnen, ihm Zugang zu meinem Hals verschaffen, damit er daran saugen konnte. Ich wollte mich in dem Gefühl verlieren, wie er in mich stieß. Ich wollte ganz unbedingt gevögelt werden. *Und mein Körper wollte ganz unbedingt, dass Victor Reuben dieses Bedürfnis befriedigte.*

„Warum solltest du mich in ein dunkles Büro führen, um dich mit mir darüber zu unterhalten, dass wir uns nicht in der Öffentlichkeit küssen sollen? Das hättest du mir auch im Flur sagen können", sagte ich und schlug die Augen auf. Seine Hand klammerte sich so fest um meine, dass ich mich nicht rühren konnte.

„Ich kann in deiner Gegenwart einfach nicht klar denken", sagte er, sein Atem in meinem Nacken.

Er drückte die Türklinge herunter und legte seine Hand auf meinen Rücken, um mich hinaus und zurück Richtung VIP-Bereich zu führen. Seine Berührung ließ mich erschauern. Ich sah ihm über die Schulter hinweg direkt in die Augen und fragte mich, ob er diese Anziehung auch spürte. Seine Nasenflügel blähten sich. Als wir an jene dunkle Ecke gelangten, wo der Flur drei Optionen bot: Ausgang, Toiletten oder die Treppe zum VIP-Bereich, blieben wir stehen, und ich drehte mich zu ihm um. Seine Hand glitt von meinem Rücken über meine Seite und meinen Bauch, ehe er sie sinken ließ.

„Ich schätze, wir sind irgendwie auf einer Wellenlänge", sagte ich.

„Wenn das so ist, sollte einer von uns schnellstens die Frequenz wechseln“, antwortete er, riss seinen Blick von mir los und sah Richtung Ausgang.

„Willst du wirklich gehen?“

Er sah mich an. „Ist wohl das Beste.“

„Weil ich dich in Versuchung führe“, sagte ich, und meine Kinnlade entglitt mir ein wenig, als er nickte.

„Nichts Gutes passiert nach Mitternacht“, sagte er. „Es wäre klug, wenn du dasselbe tätest.“

„Du willst nur nicht, dass ich jemanden aufreiße.“

Er lächelte und griff hinter mich, erwischte eine Handvoll von meinem Haar und zog leicht daran. Das hatte er schon einmal gemacht, und wie damals spürte ich es bis in meine Zehenspitzen.

„Du hast doch schon gesagt, dass ich der Einzige war, mit dem du das gemacht hast. Ich glaube nicht, dass du in einer einzigen Nacht mit dieser Tradition brichst.“ Er zwinkerte mir zu, als er meine Haare wieder losließ.

„Du kennst mich doch, ich bin gern spontan“, sagte ich. Sein Kiefer zuckte, als er seinen Blick kurzzeitig von mir losriss.

„Sei vorsichtig, Nicole. Mach bitte keine Dummheiten“, fügte er hinzu und beugte sich vor, um mit seinen Lippen über meine Wange zu streifen, bevor er sich umdrehte und durch die Tür verschwand.

Es war einfach nicht fair. Der Mann war zu sexy. Zu verlockend. Zu begehrenswert. Ich wollte ihn. Mein Körper wollte ihn. Trotzdem war ich nach dieser Begegnung ziemlich sicher, dass mein Herz eine Wiederholung mit Victor Reuben nicht überleben würde.

Kapitel 7

NICOLE

Am nächsten Morgen schlief ich meinen Rausch aus und drückte abwechselnd Gabes Manager und Victors Assistentin auf dem Handy weg. Gegen 15 Uhr machte ich es mir auf dem Sofa bequem, aß mein Müsli und schaute Peaky Blinders auf Netflix. Es war ein perfekter Nachmittag, bis es an der Tür klopfte. Ich schloss die Augen und hoffte, Cillian Murphy würde vor der Tür stehen. Ich wusste, dass ich schwer enttäuscht werden würde. Seufzend warf ich meine Decke weg und machte auf. Vor mir standen Gabe und sein Manager. Ich schloss die Augen und zählte bis drei. Darryl mit seinen grau melierten Haaren, der dicken Brille und dem Bauch sah aus, als sei er der Vater von irgendwem. Oder wie jemand, der auf Teeniepornos steht. Er jagte mir so eine Angst ein, dass ich schon überlegt hatte, ihn von unseren Hochzeitsfotos wegzuretuschieren. Aber reden konnte er, und er war völlig skrupellos – ein großer Vorteil in dieser Branche.

„In meinem letzten Leben muss ich wohl etwas ganz furchtbar Schlimmes gemacht haben."

„Schön, dich mal wieder zu sehen, Nicole", sagte Darryl und versah mich mit seinem übertrieben aufgesetzten Lächeln.

„Was willst du?“, fragte ich an Gabe gewandt, der die Hände in den Hosentaschen seiner Jeans vergrub und mit hängendem Kopf dastand.

Er sah aus wie ein missmutiger Schuljunge. Das und die Tatsache, dass er neben seinem Manager stand, konnte nur eines bedeuten. Etwas richtig, *richtig* Schlechtes. Mir blieb das Herz stehen.

„Was?“, wiederholte ich und achtete nicht auf mein schneller schlagendes Herz.

„Wir wollen dir einen Vorschlag machen. Einen tollen, von dem du immens profitieren wirst, wenn du ihn annimmst“, sagte Darryl. Sosehr ich ihm misstraute, wusste ich doch, dass er immer im Interesse seiner Klienten handelte. Ich zog die Augenbrauen hoch.

„Lass hören.“

Wir setzten uns an unseren großen Esstisch. Wir hatten nur wenige Male daran gesessen, um Gäste zu bewirten oder über lächerliche Vorschläge zu reden, denn auf Letzteres lief es hier hinaus. Absolut irrwitzig und lächerlich. Im Prinzip wollten sie, dass ich so tat, als würde ich mich ganz vielleicht doch nicht von Gabe scheiden lassen.

„Man hat uns seit fast einem Jahr nicht mehr zusammen gesehen“, stellte ich fest. „In dieser Zeit wurde er mit zahlreichen Frauen gesehen – außer mir.“

„Er war beruflich viel unterwegs. Du warst mit deiner eigenen Karriere beschäftigt. Jetzt ist er vorübergehend wieder hier und hat begriffen, wie gut er es hat und dass er seine Ehe retten will“, erklärte Darryl.

Erneut blieb mir das Herz stehen. Verstand er nicht, wie sehr mir das wehtat? Das zu hören, während mein Nochehemann mir gegenübersaß und ich lange Zeit alles gegeben hätte, um unsere Ehe zu retten? Ja, ich war über ihn hinweg. Ja, ich wollte nach vorn schauen, aber dass sein Manager beschrieb, was Gabe in Wahrheit nie so fühlen würde, tat dennoch weh. Ich schluckte meine Gefühle herunter und hob den Kopf.

„Ich höre lediglich, dass Gabe abermals gewinnt. Ich habe noch nicht gehört, was Nicole davon hat“, sagte ich.

Gabe räusperte sich und faltete die Hände. „Vielleicht stimmt es ja. Vielleicht will ich es noch mal versuchen.“

Mir blieb der Mund offen stehen. Ich blinzelte, blinzelte noch mal. „Das ist nicht dein Ernst!“, sagte ich, als ich meine Stimme wiedergefunden hatte. Die Art, wie er sagte, dass er es noch mal versuchen wolle, ließ mich an die Situation denken, als er mich in mein Lieblings-Sushi-Restaurant ausgeführt hatte, weil er mir etwas Gutes tun wollte, und wir stattdessen in der Notaufnahme gelandet waren. Er hatte Krebse bestellt, auf die er, wie sich herausstellte, allergisch reagierte. Es war so süß, als ich ihm sagte, dass wir dort nie mehr hingehen könnten, und er mich mit seinen geschwollenen roten Augen ansah und sagte: „Vielleicht will ich es noch mal versuchen. Für dich.“

Er zuckte mit seinen breiten Schultern, und ich schüttelte die Erinnerung ab. „Warum nicht?“, fragte er.

„Was zum …“ Ich unterbrach mich und versuchte, meine Wut im Zaum zu halten. Ich atmete tief durch. „Gabe. Ich habe gerade die Scheidung eingereicht.“

„Vergiss das“, meinte Darryl. „Lassen wir mal Gefühle außen vor. Wir müssen es ja nicht komplizierter machen, als es ist. Wenn du über eure Ehe sprechen möchtest, okay, auch wenn ich glaube, dass wir alle zustimmen, dass es nicht klappt.“ Seine dunklen Augenbrauen kamen über seiner Brille zum Vorschein, und er warf Gabe einen vielsagenden Blick zu.

„Arschloch“, sagte ich.

Gabe seufzte.

Darryl zuckte mit den Schultern. „Hier kommt unser Vorschlag: Geh mit ihm diese Woche zur Filmpremiere und sag vor der Presse etwas über eure Beziehung. Etwas Positives. Lass sie rätseln. Trag ab und zu deinen Ehering. Gabe wird seinen die ganze Zeit tragen und einfach mitspielen.“

„Und wozu? Die Scheidung ist eingereicht. Die Unterlagen sind an die Presse gelangt. Das kommt doch total dämlich rüber. Und außerdem fehlt immer noch der Teil, in dem es darum geht, was ich davon habe.“ Ich blickte zu Gabe, der mich so ansah, dass ich ihm am liebsten eine gescheuert hätte. Fast bewundernd, als wäre er von mir beeindruckt.

„Wir sagen allen Produktionsfirmen, dass ich es nicht so gemeint habe, als ich sagte, ich würde nicht mit ihnen zusammenarbeiten, wenn sie dich als Kostümbildnerin engagieren“, erklärte Gabe. Ich machte ein verbissenes Gesicht und erdrosselte ihn in Gedanken. Mehrfach. Als ich merkte, dass meine Hände zu zittern begannen, setzte ich mich drauf.

„Ihr haltet euch für ganz toll, wie ihr da so mit meiner Karriere spielt. Du glaubst wohl, nur weil du Gabriel Lane bist, Hollywoods Sweetheart, dass ich dich nicht fertigmachen kann?“, fragte ich. „Du vergisst, wessen Heimatstadt das hier ist, Gabriel Rogers. Oder hast du deinen richtigen

Nachnamen etwa auch vergessen? Vielleicht solltest du mal eine Zeit von deinen Drogen runterkommen.“ Als ich aufstand, kratzte mein Stuhl über den Marmorboden.

„Du bekommst die Wohnung in New York“, sagte Gabe, als ich mich gerade umdrehte, um in mein Zimmer zu gehen. Mein Herz kam ins Schlingern, als er meine geliebte Wohnung erwähnte. Ich hielt an und drehte mich um.

„Einfach so?“

„Ich hab's verbockt, Nicole. Das weiß ich, aber wegen all dem … Feiern und so, ist mein Ruf gerade wirklich mies. Und das, wo in den nächsten vier Monaten zwei neue Filme mit mir herauskommen. Ich muss mich wieder in ein besseres Licht rücken“, erklärte er mit flehenden blauen Augen, stand auf und faltete die Hände wie zum Gebet. „Bitte. Nur du kannst mir helfen. Ich verspreche dir, ich lege dir keine Steine mehr in den Weg.“

Ich ließ das einen Moment sacken und blickte in seine entschuldigenden blauen Augen, Augen, die problemlos lügen konnten. Augen, die mich in der Vergangenheit so oft angelogen hatten. Er fuhr mit den Fingern über sein frisch rasiertes Gesicht und sah mich wieder an. Er sah so verdammt gut aus. Attraktiv, charmant, klasse im Bett, und er hatte einmal mir gehört. Als ich ihn so ansah und abwog, ob er nur so tat oder es ernst meinte, konnte ich mich traurigerweise an keinen einzigen guten Moment mit ihm erinnern.

„Das will ich schriftlich“, sagte ich schließlich. „Schriftlich und von euch beiden unterschrieben.“

„Ich lasse Phil gleich einen Vertrag aufsetzen“, sagte Darryl.

„Scheiß auf Phil. Das lasse ich meinen Vater machen.“

„Danke, Nic. Vielen Dank. Ich weiß, es steht mir nicht zu …“

Ich hob die Hand. „Halt die Klappe. Wenn ich das schon mache, sollst du einfach nur die Klappe halten. Ich spiele mit, weil du mir – aus welchem bescheuerten Grund auch immer – noch wichtig bist, aber mehr kann ich nicht versprechen. Und wenn du bei unserem Schlichtungsgespräch in ein paar Wochen irgendetwas Negatives sagst, dann kannst du dich auf was gefasst machen. Also leg es nicht darauf an.“

Mein Dad war außer sich. Das hatte ich geahnt.

„Was sagt Victor dazu?“, wollte er wissen.

„Ich werde es ihm nicht sagen. Keine Ahnung. Ich habe nicht mal daran gedacht, es ihm zu sagen. Ich will meine Forderungen einfach nur schriftlich festgehalten haben.“

„Nicole, solche Sachen musst du doch mit deinem Anwalt besprechen. Was glaubst du, warum ich dir einen besorgt habe?“

Mir war klar, dass er mit seinem Latein am Ende war. Und obwohl wir nur telefonierten und ich kein kleines Mädchen mehr war, das die Küchenschränke ausgeräumt hatte, spürte ich seine Rüge.

„Papi“, sagte ich leise. „Por favor.“

Am anderen Ende der Leitung seufzte er laut, ich schloss die Augen und atmete schwer aus.

„Na gut, aber du musst zu uns nach Newport kommen.“

Mir fiel die Kinnlade herunter. „Wieso? Schick es doch per E-Mail.“

„Nein. Wir haben dich lange nicht gesehen, im letzten Jahr warst du so selten hier, und außerdem mache ich morgen ein

Barbecue. Morgen. Komm rechtzeitig. Und bring dir was zum Anziehen mit“, sagte er, ohne einen Widerspruch zu dulden. Mein Vater schafft es, dass ein Tag am Strand wie eine Strafe klang.

„Okay. Dann bis morgen.“

Kapitel 8

VICTOR

Als Will mich gestern Abend anrief und in sein Strandhaus einlud, war ich in Versuchung, mir eine Ausrede einfallen zu lassen, aber dann fielen mir der abgelegene Privatstrand und die Ruhe dort wieder ein, und ich sagte zu. Ich hatte schon mehrmals in dem riesigen Haus mit den sieben Schlafzimmern übernachtet, und es war toll gewesen, warum also nicht auch jetzt? Mit seinen ersten Worten beim Brunch hatte ich allerdings nicht gerechnet: „Wir müssen uns über Nicole unterhalten.“ Und auch nicht damit, wie mir das Herz beim Klang der Worte bis zum Hals schlug. Sofort dachte ich an Freitagnacht, als ich sie in dem Klub gesehen hatte. Unser Kuss, wie ich sie dazu gebracht hatte, mit mir unter vier Augen zu reden und die ganze Zeit versucht hatte, nicht die Tür abzuschließen, sie dagegenzupressen und ihr das Kleid hochzuschieben. Ich hatte mich bemüht, ein so ausdrucksloses Gesicht wie möglich zu machen.

„Was ist denn mit Nicole?“, fragte ich und lächelte, als Meire, Wills Frau, mit einem Tablett hereinkam und Kaffeetassen vor uns auf den Tisch stellte.

„Wo ist denn Maya?“, fragte Will sie.

„Ich habe sie einkaufen geschickt, wir hatten nichts im Kühlschrank. Aber wenn nur wir hier sind, werde ich ihr wohl sagen, dass sie früher nach Hause gehen kann", antwortete sie, als sie mit dem Tablett wieder hinausging.

„Willst du dich denn nicht zu uns setzen?", rief Will ihr hinterher.

„Ich will noch nachsehen, ob Maya das Zimmer für Victor vorbereitet hat", rief sie ihm aus der Küche zu.

Will schüttelte den Kopf und nahm einen Schluck Kaffee, und obwohl ich eigentlich nichts dagegen hatte, das Nicole-Gespräch, worüber genau auch immer er sich unterhalten wollte, hinauszuzögern, saß ich doch wie auf heißen Kohlen.

„Also, Nicole?", bohrte ich nach.

„Genau", sagte er und stellte die Tasse ab. „Fangen wir von vorn an." Ich stöhnte innerlich.

Will machte gern eine lange Geschichte aus Sachen, die er genauso gut in weniger als zwei Minuten hätte sagen können. Wenigstens waren wir nicht im Büro, und ich hatte nicht eine Million Akten auf meinem Schreibtisch, die darauf warteten, bearbeitet zu werden. Solange ich in seinem protzigen Esszimmer in seinem riesigen Strandhaus saß, musste ich mir die Story wohl anhören.

„Als sie mir damals erzählte, dass sie heiraten will, war ich schockiert", sagte er. *Nicht nur du,* wollte ich sagen, aber das konnte ich schlecht. „Nicht weil ich nicht geglaubt hatte, dass sie heiraten will. Ich glaube, sie und ihre Mutter hatten ihre Hochzeit schon geplant, als sie sechs war. Sie lieben so was." Das war definitiv eine Überraschung für mich. „Eine Tante von ihr schenkte ihr eine Hochzeits-Barbie, als sie klein war, und zwei Tage später wollte Nicole auch noch das Barbie-Traumhaus dazu. Trotzdem war ich schockiert, weil sie den Kerl gerade mal seit zwei Sekunden kannte, als sie einwilligte, ihn zu heiraten."

Ich nickte, führte die Kaffeetasse zum Mund und nippte daran.

„Ich versuchte, es ihr auszureden, aber sie wollte nicht auf mich hören, und jetzt lässt sie sich scheiden, und ich kann nicht anders, als mich dafür verantwortlich zu fühlen", seufzte er. „Mein kleines Mädchen hat etwas Besseres verdient."

„Das sehe ich auch so", sagte ich.

„Sie verdient jemanden, der ihr mehr gibt, als sie ihm", fügte er hinzu. Auch wenn ich nicht die leiseste Ahnung hatte, was er damit meinte, nickte ich wieder zustimmend. „Sie hat sich Jobs durch die Lappen gehen lassen, nur damit sie Gabriel an seine Drehorte hinterherreisen konnte. Kannst du dir vorstellen, dass er sie einmal sogar zurückgewiesen hat, als sie aufgetaucht ist?"

Ich merkte, wie mir der Mund offen stehenblieb. Will nickte mit hochgezogenen Augenbrauen. „Sie flog nach Kanada, um ihn zu sehen, doch er versuchte gar nicht, sich mit ihr zu treffen. Sein Manager sagte ihr, sie solle wieder abreisen."

„Was für ein Arschloch", sagte ich und spürte, wie mein Blut anfing zu kochen. Wie konnte jemand ihr so etwas antun? Seiner eigenen Frau?

„Ein totales Arschloch. Und jetzt versucht er, sie dazu zu kriegen –" Will unterbrach sich, als es laut an der Tür klingelte. „Wir reden später weiter."

Ich wollte jetzt wissen, worum es ging, aber dann hörte ich, wie Meire jemanden begrüßte, dann Schritte hinter mir, und dann sah ich das Lächeln in Wills Gesicht. Bevor ich sie sah, roch ich sie, den süßen, blumigen Duft, der sie stets umhüllte. Als ich zu ihr blickte und sie mich anlächelte, fühlte ich, wie die Luft aus meinen Lungen entwich. Sie trug ein langes, locker sitzendes orangefarbenes Kleid, ihr dunkles Haar war offen und noch feucht vom Duschen, und ihre blauen Augen leuchteten, als sie mich ansah. Ich lächelte zurück, und ließ meinen Blick ihren Körper hinabwandern, bis er an einer Reisetasche in ihrer Hand hängen blieb.

Oh nein.

Ach, du Scheiße.

Übernachteten wir beide heute hier?

„Hi, Victor", sagte Nicole mit weicher Stimme, und ihre Wangen erröteten, als sie ihren Blick von mir abwendete.

Ich runzelte die Stirn. Eine schüchterne Nicole war neu für mich. Vielleicht lag es daran, dass ihr Dad und ihre Stiefmutter dabei waren. Vielleicht auch daran, dass sie daran dachte, was neulich Nacht zwischen uns vorgefallen war. Ich musste mich immer wieder daran erinnern, das nicht zu tun. Wenigstens auf die Art hatte ich mich von ihr fernzuhalten. Sie war eine zu große Versuchung. Ich rief mir immer ins Gedächtnis: Verbotene Früchte sind der Karriere Tod. Es hätte sicher geholfen, wenn ich als Kind in der Bibelstunde besser aufgepasst hätte.

„Nicole", begrüßte ich sie.

„Setz dich zu uns. Wir sprechen gerade von dir", sagte Will.

„Ich bringe deine Tasche hoch. Ich wollte sowieso gerade Handtücher oben hinlegen", sagte Meire, nahm Nicole die Tasche aus der Hand und verschwand wieder.

„Worüber habt ihr denn geredet?“, fragte Nicole und setzte sich neben mich.

Warum neben mich? Vielleicht weil es ihr üblicher Platz war und wir uns als Gewohnheitstiere immer an dieselbe Stelle am Tisch setzen. Vielleicht auch, weil sie so am nächsten an den Pancakes saß. Es konnte viele Gründe haben, aber der einzige, den ich mir wünschte, war, dass sie in meiner Nähe sein wollte. Neben mir. Und die Erkenntnis, dass es mir etwas bedeutete, weil ich wollte, dass ich auf sie genauso eine Wirkung hatte wie sie auf mich, war echt bescheuert. Ich hatte die Sache schon einmal beendet, und ich konnte es mir jetzt nicht leisten, dass mir immer wenn sie da war all diese Dinge durch den Kopf gingen. Ich konnte es einfach nicht. Sie war tabu. Aber nun saß sie neben mir, und ihr Duft weckte in mir den Wunsch, mich in ihre Richtung zu lehnen. Ich konnte an nichts anderes mehr denken als an sie. Wenn ihr Vater uns nicht gegenübergesessen hätte, hätte ich in diesem Moment etwas gesagt, was ich nicht sagen sollte.

„Ich wollte Victor gerade von dem Vertrag erzählen, den ich für dich aufsetzen soll.“

Ich blinzelte, und an die Stelle ihrer Anziehungskraft trat die Neugier. „Was denn für einen Vertrag?“

„Ganz einfach“, sagte sie mit leiser Stimme, fast flüsternd. „Ich stimme zu, mit Gabe zu einigen Veranstaltungen zu gehen, lasse ein paar Fotos machen, erzähle der Presse positive Sachen über ihn und dass wir unsere Ehe vielleicht doch noch retten, und er gibt mir dafür die Wohnung in New York. Außerdem will er die Lügen, die er den Produktionsfirmen über mich erzählt hat, zurücknehmen und erklären, dass er nur nicht gut auf mich zu sprechen gewesen sei.“

Ich fuhr auf meinem Stuhl zu ihr herum. Sie sah mich nicht an, sondern schaute auf ihre Hände, die in ihrem Schoß lagen, aber ich wusste, dass sie meinen Blick spüren konnte. Ich wusste es, weil sich ihre Wangen tiefrot färbten, und ich sah ihr an, dass sie sich mir gegenüber unwohl fühlte. Das war nicht meine Absicht, aber ich fühlte mich mit dieser Bitte auch unbeschreiblich unwohl. So unwohl, dass ich sie am liebsten von ihrem Stuhl gerissen und den aufmerksamen Augen ihres Vaters entzogen hätte. Ich schluckte meinen Ärger und die Einwände hinunter, die mir auf der Zunge lagen.

„Und du bist damit einverstanden?“, fragte ich.

Endlich, nach einer gefühlten Ewigkeit, drehte sie ihren Kopf und ihr Blick begegnete meinem. „Ja.“

Wir sahen einander ein oder zwei Herzschläge lang in die Augen, lange genug für mich, um in diesen tiefblauen Augen den Faden zu verlieren. Lange genug, um mich zu erinnern, wie sich ihre Lippen auf meinen angefühlt hatten und wie sie sich mir hingegeben hatte. Will schnaubte auf der anderen Seite des Tisches, und unser beider Köpfe fuhren zu ihm herum. Der Bann war gebrochen.

„Ich halte das für keine gute Idee“, sagte Will und sah Nicole an. „Wenn du diesen Forderungen nachgibst und Zeit mit ihm verbringst, fürchte ich, dass du dir das mit der Scheidung noch mal überlegst.“

Allein bei der Vorstellung zog sich mir das Herz in der Brust zusammen. Aber was zum Teufel kümmerte es mich? Warum machte es mir etwas aus? Darauf hatte ich keine Antwort, doch es war klar, dass ich nicht wollte, dass sie wieder mit einem Kerl zusammen war, der sie so schlecht behandelte.

„Es gibt nichts zu überlegen, Dad. Ich hätte die Scheidungspapiere nicht unterschrieben, wenn ich auch nur ein Fünkchen Hoffnung hätte, dass diese Ehe funktionieren könnte“, sagte sie.

Ich schwieg, bis Will das Wort an mich richtete, um mir zu sagen, dass ich den Vertrag für sie aufsetzen solle, dann entschuldigte ich mich, brachte meinen Teller in die Küche und ging nach oben in das Zimmer, in das Meire mich einquartiert hatte. Es war ein verdammt großes Zimmer mit einem breiten Doppelbett und einem Balkon, von dem aus man auf den Pool und den Ozean sehen konnte. Da stand ich nun und dachte darüber nach, wie ich den Vertrag formulieren sollte. Ich hatte schon für alle möglichen Promis Verträge aufgesetzt, ohne groß darüber nachzudenken. Aber dieser würde mich um den Verstand bringen. Ich war erstaunt, als ich ein Schniefen neben mir hörte. Ich drehte den Kopf in die Richtung des Geräuschs, konnte aber niemanden sehen. Als ich es wieder hörte, runzelte ich die Stirn, beugte mich auf meinem Balkon vor und blickte hinüber auf den nebenan. Da saß Nicole auf einem der Stühle, die Füße hochgestellt, die Arme um die Knie geschlungen und den Kopf gesenkt. Weinte sie etwa?

Ich wich zurück. Ich wollte sie nicht in ihrer Privatsphäre stören. Wie sollte ich mich verhalten? Ich könnte nach drüben springen und sie umarmen, aber das wäre merkwürdig. Ich könnte an ihre Tür klopfen und fragen, ob bei ihr alles in Ordnung sei … aber das wäre ebenfalls merkwürdig. Ich könnte einfach so tun, als hätte ich sie nicht gehört, aber irgendwie wäre ich mir bei dieser Version ziemlich mies vorgekommen. Ich ließ mein Genick knacken, lockerte die Arme und maß ab, wie dicht die Balkone nebeneinanderlagen. Sie waren einander so nah, dass mein Körper nicht dazwischen gepasst hätte, also brauchte ich mir keine Gedanken zu machen, dass ich hinunterfallen könnte, sondern nur darüber, wo Will und Meire waren und ob sie mich beim Rüberspringen sehen konnten oder nicht. Scheiße. Was für ein Gedanke. Fast hätte er mich davon abgehalten. *Fast.*

Nicole schrie auf, als ich neben ihr landete, ihr Kopf fuhr hoch, und sie wischte sich mit den Händen über ihre erschrockenen, verheulten Augen.

„Was in aller Welt soll das?“

Ich sah sie einen Augenblick lang an, bevor ich vor sie trat. „Ich sage es dir geradeheraus. Ich weiß nicht, wie ich mit emotionalen Frauen umgehen soll, und wenn du mich nicht hierhaben willst, sag es, und ich springe wieder zurück in meine Parzelle und tue so, als hätte ich dich nicht gesehen.“

Sie machte den Mund auf, um etwas zu sagen, und schloss ihn dann mit einem leichten Stirnrunzeln wieder. „Will ich nicht.“

Okay. Nichts leichter als das. Ich drehte mich wieder um, doch als ich gerade auf die Balustrade klettern wollte, hielt sie mich an der Hand fest. Der Ruck ließ mich die Augen schließen. Ihre Berührung ging mir durch und durch. Warum bloß war das so? War das schon immer so gewesen? Es war so lang her, und ich war so jung und dumm gewesen, dass ich mich nicht einmal mehr daran erinnern konnte.

„Geh nicht“, flüsterte sie. Ich öffnete die Augen und drehte mich wieder um, meine Hand immer noch in ihrer, als sich unsere Blicke begegneten.

„Du hast doch gesagt, du willst mich nicht hierhaben“,

flüsterte ich zurück und trat näher. Was ich wirklich wollte, war sie hoch und auf meinen Schoß zu heben. Würde ich natürlich nicht. *Konnte* ich nicht.

„Bleib trotzdem hier“, sagte sie. „Du hättest dir beim Versuch rüberzukommen, das Genick brechen können. Ich will nicht, dass deine Mühe umsonst ist.“

Ich lachte und löste meine Hand aus ihrer, während ich zum Stuhl neben ihr ging und dort Platz nahm. „Willst du darüber reden?“

Sie seufzte. „Eigentlich nicht. Es ist schon schlimm genug, dass du mich hast heulen sehen, und ehrlich, es ist nichts. Es ist blöd.“

Ich widerstand dem Drang, meine Hand nach ihr auszustrecken und auf die ihre zu legen, in dem Versuch, sie zu trösten. Stattdessen rückte ich mit meinem Stuhl näher zu ihrem, sodass wir beide aufs Meer blickten.

„Es ist nicht blöd, deswegen sentimental zu werden“, sagte ich, den Blick auf den Ozean gerichtet, auf die Wellen, die sich in der Ferne hoben und senkten, auf die Segelboote jenseits davon. Ich war nicht besonders gut darin, Frauen zu trösten, aber durch Estelle als Schwester hatte ich zumindest gelernt, wie man mit ihnen umging, und wusste, dass es nicht klug war, ihren momentanen Zustand abzutun.

„Ich will überhaupt nicht mit der Presse reden“, sagte sie nach einer Weile. Ich sah zu ihr hinüber. Ihr Blick ging in die Ferne, sodass ich Gelegenheit hatte, ihre weichen Gesichtszüge zu studieren, ihre kleine Nase und ihre Wangen.

„Dann lass es.“

Sie seufzte. „So einfach ist das nicht. Sie werden fragen. Sie fragen immer. Heute Morgen rief mich eine Zeitschrift an, die eine Story bringen will. Ich bin sicher, dass sie meine Nummer von Gabes Manager haben, da er die ganze Sache vorgeschlagen hat, aber es gibt ja nun mal keine Story."

„Sie finden immer eine Story."

Sie schüttelte den Kopf und begegnete meinem Blick. „Ich würde ihnen ohnehin keine pikanten Details erzählen. Ich würde ihn nie so in die Pfanne hauen."

Ihre Worte hätten bei mir nichts auslösen dürfen, aber ich spürte, dass ich stolz auf sie war – und ärgerlich auf mich selbst, auf mein altes Ich, das gedacht hatte, dass sie dafür verantwortlich gewesen wäre, wenn wir erwischt worden wären. Das Ich, das dachte, dass sie mich den Wölfen zum Fraß vorwerfen würde, wenn jemals der Tag kommen sollte, an dem sie sich zwischen uns beiden entscheiden musste, und meine Karriere den Bach runtergehen würde.

„Du bist ein guter Mensch, Nic", sagte ich. „Und Gabriel ist ein Idiot."

„Wie die meisten Männer", sagte sie, und ihre Lippen bogen sich zu einem leichten Lächeln.

Ich blickte einen Moment auf ihren Mund und hatte das Verlangen, mich zu ihr zu beugen. Vor ein paar Tagen hatte ich ihre Lippen auf meinen gespürt, und ich wollte das wieder erleben. Aber das war verboten, und ich würde definitiv nicht derjenige sein, der diesen Schritt machte. Vielleicht war es unfair von mir, etwas so sehr zu wollen und nicht bereit zu sein, etwas dafür zu tun. Aber ich wusste, wenn ich etwas dafür tat – wenn ich mich auf sie einlassen würde –, würde ich aufs Ganze gehen, und das konnte ich mir nicht leisten.

„Stimmt", entgegnete ich. „Wir sind Vollidioten. Das solltest du nicht vergessen."

„Das ist mir völlig klar, Victor. Ich weiß, du glaubst es nicht, aber das war es schon immer. Das zwischen uns“, sie schüttelte den Kopf und atmete aus, „es war gut, und ich wusste, warum du es beendet hast. Ich kapiere es, und ich glaube nicht, dass einer von uns den anderen ausgenutzt hat. Ich glaube, wir haben uns damals gegenseitig gegeben, was wir gebraucht haben, und das ist in Ordnung.“

„Obwohl ich mir inzwischen ziemlich sicher bin, dass du dir mehr erhofft hattest“, sagte ich und hoffte, dass sie verstand, dass sich das auf ihre Heirat bezog.

Ich wollte das Thema eigentlich nicht auf- und irgendwie mit mir in Verbindung bringen, aber ich wollte verdammt noch mal verstehen, warum sie sich so schnell in eine feste Beziehung gestürzt hatte. Ich musste wissen, ob ich sie dazu gebracht hatte. Sie lachte.

„Das werden wir wohl nie erfahren“, sagte sie, und ihre Augen funkelten dabei. Ich machte ein finsteres Gesicht, und sie lachte erneut, aber diesmal wurde es unterbrochen von einem lauten Klopfen an ihrer Tür. Wir sahen einander erschrocken an. „Bleib hier“, flüsterte sie.

Ich stand auf, versteckte mich hinter der Balkontür und hoffte, dass, wer immer es war, nicht hereinkommen würde. Ich fühlte mich wieder wie sechzehn, und mein Herz hämmerte in meiner Brust, während ich lauschte, wie sie sich vermutlich mit Meire unterhielt. Statt dort zu warten, sprang ich wieder zurück auf meinen Balkon und setzte mich, immer noch mit pochendem Herzen, auf einen meiner Stühle. Kurz darauf trat Nicole wieder auf ihren Balkon, und drehte den Kopf in meine Richtung. Sie lächelte.

„Angst bekommen?“

„Scheiße, ja“, gab ich zu. Sie verdrehte die Augen und kam auf die Seite, die mir am nächsten war. Ich tat dasselbe, und wir trafen uns dort, stützten beide die Ellbogen auf das Geländer.

„Früher hast du mich in deinem Büro vernascht, und jetzt hast du Angst, in meinem Zimmer erwischt zu werden“, sagte sie und zog eine Augenbraue hoch. Mein Herz machte einen Satz, als sie das erwähnte. Bei der bloßen Erinnerung daran wurde ich schon fast wieder hart. Ich schloss die Augen und versuchte, es mir nicht vorzustellen, doch es endete mit einem Bild von Nicoles Gesicht zwischen meinen Beinen und ihren Augen, die in meine blickten, während sie mir einen blies. Ich stöhnte.

„Schöne Gedanken?“, sagte sie in flirtendem Tonfall. Ich sah sie an.

„Ich war ein Idiot.“

„Das hab ich auch schon gehört.“ Sie zögerte kurz. „Wie lang brauchst du, um den Vertrag aufzusetzen?“

„Ungefähr eine Stunde, vielleicht weniger. Warum?“

„Du hast mir mal gesagt, dass du versuchst, jeden Tag surfen zu gehen“, sagte sie. „Machst du das immer noch?“

„Fast jeden Morgen“, sagte ich und lächelte, weil sie sich daran erinnerte.

„Ich will, dass du es mir beibringst. Oder zumindest versuchst. Ich kann auf einem Paddelbrett stehen – so viel anders kann das doch nicht sein, oder?“

Ich lachte. „Ach, Nicole, du musst noch eine Menge lernen.“

„Na dann bin ich ja froh, dass ich mir einen so guten Lehrer ausgesucht habe“, sagte sie augenzwinkernd, als sie sich umdrehte. „Ich gehe mir meinen Badeanzug anziehen. Treffen wir uns in einer Stunde unten?"

„Du …" Ich schüttelte den Kopf. „Ja, in einer Stunde."

Ich verbrachte die nächsten vierzig Minuten damit, einen Vertrag aufzusetzen und die Vorstellung zu verdrängen, wie sie sich im Zimmer nebenan nackt auszog. *Nackt.* Im Zimmer nebenan. *Scheiße.* Wie sollte ich da schlafen? Vielleicht sollte ich früher nach Hause fahren. Vielleicht sollte ich einfach von hier verschwinden, sobald ich den Vertrag vorbereitet hatte. Ich war gut darin, mir Ausreden einfallen zu lassen. Aber dann kam mir wieder in den Sinn, wie emotional sie vorhin auf dem Balkon gewesen war, und ich beschloss zu bleiben. Eine Stunde später hatte ich ihr den Vertrag geschickt, meine Badeshorts angezogen und war auf dem Weg nach unten, um mich mit ihr am Strand zu treffen. Ich begegnete Will und setzte ihn über alles ins Bild. Als ich das Ende ihres Gartens erreichte und meine Füße den warmen Sand berührten, sah ich sie. Sie trug den knappsten Bikini, den ich je gesehen hatte, und ich war dankbar, als ich den Surfanzug in ihrer Hand wahrnahm, den sie gerade anziehen wollte.

„Brauchst du Hilfe?", fragte ich, als ich sah, wie sie auf einem Bein hüpfte und um ihr Gleichgewicht kämpfte. Ihr Kopf fuhr hoch, und ihre Lippen formten sich zu einem Lächeln, das genau die Art von Problemen versprach, in die ich mich so gern verwickeln ließ.

„In Anbetracht der Tatsache, dass ich mich gerade auf den Hintern gesetzt habe", sagte sie und drehte sich ein bisschen, um mir ihre mit Sand bedeckte Rückseite zu zeigen. „Ja."

Ich lachte bei dem Anblick und versuchte mein Bestes, sie nicht zu mustern. Als ich neben ihr stand, reckte sie den

Hals, um zu mir aufzublicken. Ich hielt ihr meinen Arm entgegen, damit sie sich an mir festhalten konnte, während sie mit einem Bein in den Anzug stieg. Dabei klebten unsere Blicke aneinander, und ich war froh um die lauten Wellen wenige Meter von uns entfernt. Sonst hätte sie nämlich meinen heftigen Atem gehört, und ich ihren vermutlich auch. So gab es nur die aufgeheizten Blicke, die wir einander zuwarfen. Während sie mich berührte, konnte ich nicht anders, als an meine Hände auf ihren zu denken und an ihre Lippen auf meinen. Als sie den Anzug fertig angezogen und den Reißverschluss geschlossen hatte, dachte ich, ich hätte es hinter mir, weil ihre Haut nicht zu sehen war, aber wie dieses Teil an ihr saß … Himmel. Ich räusperte mich und sah aufs Wasser hinaus.

„Die Wellen sind heute nicht so gut“, sagte ich. „Paddeln ist vielleicht die einzige Option, die wir im Moment haben.“

„Macht nichts“, sagte sie und folgte meinem Blick. „Ich glaube, die Option gefällt mir sowieso besser.“

Wir gingen zum Haus, holten die Bretter, die dort an der Wand lehnten, und schleiften sie zum Wasser. Ich joggte zurück, um die Paddel zu holen, und auf dem Rückweg konnte ich nicht umhin, Nicole zu betrachten und zu bemerken, wie nachdenklich sie heute wirkte, ganz anders als die draufgängerische Frau, die ich sonst kannte. Wir ließen uns beide auf unseren Brettern ins Wasser treiben, doch anstatt aufzustehen, saßen wir im Wasser, die Beine auf beiden Seiten der Bretter hinunterhängend.

„Kann ich dich was fragen?“, setzte ich an und räusperte mich, als wir beide auf den endlosen Ozean blickten, den Häusern den Rücken zugekehrt. Sie warf mir einen kurzen

Blick zu und nickte. „Du hast neulich gesagt, dass ich der Einzige war, mit dem du je …" Ich schaffte es nicht, den Satz zu beenden.

„Sex auf der Toilette hatte?", fragte sie und musterte mich lächelnd. Ich nickte. „Bist du auch."

„Ich weiß, dass du keinen Grund brauchst, um etwas zu tun", sagte ich. „Du handelst intuitiv, mehr als alles andere, aber ich bin überrascht."

„Du hältst mich für eine Schlampe", sagte sie, doch ihr Lächeln wankte nicht. „Klingt logisch, wenn du das sagst. Das bin ich nicht, aber wenn du das sagst, klingt es trotzdem logisch."

„Ich mag keine Schubladen", entgegnete ich. Das stimmte. Schlampe, Hure, promiskuitiv. All diese Schubladen verstand ich weder bei Männern noch bei Frauen. Ich fand, es ging niemanden etwas an, was man mit seinem Körper machte.

„Ich weiß", sagte sie, „Mr. Ich-will-niemals-eine-Freundin."

„Von solchen Schubladen spreche ich nicht. Ich habe kein Problem damit, eine Freundin zu haben."

Sie hob eine Augenbraue und wandte den Blick von mir ab, wieder auf das Meer. „Vielleicht ändern Menschen sich ja doch."

Wir schwiegen einen Moment, und das Wasser bewegte uns auf kleinen Wellen. Wir beobachteten ein paar Familien, die mit ihren Kindern am Strand spielten, Jogger, die vorbeikamen, krächzende Möwen.

„Ich bin nie einfach so mit einem Kerl ins Bett gegangen", sagte sie schließlich und füllte damit die angenehme Stille, die zwischen uns geherrscht hatte. Sie schaute mich an, aber ich konnte sehen, dass es ihr Mühe bereitete, meinem Blick standzuhalten. „Auf dem College habe ich mit Fremden rumgeknutscht, aber weiter bin ich nicht gegangen. Richtig mit Fremden schlafen? Niemals."

Mich packte plötzlich die Zuversicht: „Warum dann mit mir?", fragte ich. Ich hatte das Gefühl, mir für diese Frage selbst auf den Rücken klopfen zu müssen. Sie zuckte mit den Achseln.

„Wenn ich es dir sage, würdest du denken, ich bin verrückt, beziehungsweise, weil ich weiß, wie du bist, wirst du vermutlich davonlaufen", sagte sie und riss ihren Blick von meinem los. Mein Herz begann etwas schneller zu schlagen. Etwas an der Art, wie sie das gesagt hatte. Scheiße. Vielleicht würde ich davonlaufen wollen, aber ich wollte es trotzdem wissen.

„Die gute Nachricht ist, dass du eine Weile an mich gefesselt bist, also spielt es eigentlich keine Rolle, was du mir sagst. Ich werde nicht davonlaufen", sagte ich lächelnd, weil ich versuchte, die Stimmung etwas aufzuhellen, aber als sie mich ansah, lächelte sie ganz und gar nicht. Ihr Blick war eine Mischung aus Verzweiflung und Unsicherheit. „Sag es mir einfach", sagte ich und flüsterte fast.

„Ich habe etwas gefühlt, als ich dich ansah. Etwas Merkwürdiges. Etwas ... nicht Normales. Ich weiß nicht, wie ich es anders erklären soll, als dass meine Seele vielleicht etwas in dir erkannt hat. Und ich weiß, dass du nicht dasselbe empfunden hast. Ich wusste, was wir waren", sagte sie und sah mich durchdringend an. „Oder was wir nicht waren, denn du hast ja selbst gesagt, dass wir nichts waren. Aber immer, wenn wir zusammen gewesen sind, habe ich es gespürt."

Ihre Worte waren wie Klauen, die sich in mich gruben und die schützende Schale aufrissen, die mein Herz umgab. Anders konnte ich es nicht erklären. Ich schluckte diese unerwünschten Gefühle herunter.

„Warum hast du mir das denn nicht gesagt?"

Sie lachte kurz auf. „Was für einen Unterschied hätte das gemacht? Im Zweifelsfall hätte es die Sache nur noch schneller beendet." Sie machte eine Pause und wurde wieder ernst. „Ich sage nicht, dass ich in dich verliebt war, Victor. Ich sage nur, dass ein Teil von mir das Gefühl hatte, dass da etwas Größeres war, als wir tatsächlich zugelassen haben. Zumindest die Möglichkeit dazu." Sie zuckte mit den Schultern. „Egal."

„Du hast dich ein paar Wochen später verlobt und geheiratet", sagte ich stirnrunzelnd.

Verärgerung drohte an die Stelle der Verwirrung und Verwunderung zu treten, die ich verspürte. Ich hatte es beendet, aber sie hatte geheiratet. Wer machte so was? Offensichtlich jemand Verrücktes, aber Nicole wirkte nicht wirklich verrückt, wenn man mal von ihrer Spontaneität absah.

„Das könnte dir verraten, in was für einem Zustand ich war. Ich schätze, ich war eine bedürftige Zweiundzwanzigjährige", sagte sie achselzuckend. „Damit meine ich nicht, dass ich es bereue, denn das tue ich nicht."

„Nicht einmal jetzt? Wo ihr euch scheiden lasst?"

Sie sah weg, und ihre Stimme war leise, als sie weitersprach. „Nicht einmal jetzt. Ich habe ihn geliebt. In gewisser Weise tue ich das immer noch. Ich will nicht mit ihm zusammen sein. Ich kann nicht mit ihm zusammen sein, aber ich bin dankbar für unsere gemeinsame Zeit."

Das Gefühl, das mir ihre Worte gaben, störte mich, obwohl ich es mir nicht anmerken ließ. Stattdessen brach ich das Gespräch an diesem Punkt ab und paddelte los, um etwas Abstand zwischen uns zu bringen. Ich war mir nicht sicher, ob ich noch weitere Enthüllungen von ihr ertragen konnte, was immer es auch war, was ich in diesem Moment empfand.

In der folgenden Nacht schlief ich beschissen. Ich warf mich hin und her, während ich im Geiste immer wieder ihre Worte hörte; ich dachte daran, wie sie im Zimmer neben mir schlief und fragte mich, was sie wohl anhatte und wie sie ganz nackt aussah. Ich musste mich echt in den Griff bekommen, bevor das hier noch alles explodierte.

Kapitel 9

VICTOR

Vielleicht war es egoistisch, aber ich wollte nicht, dass sie mit Gabriel Lane zusammen in dem Haus wohnte. Erst recht nicht nach unserem gemeinsamen Tag am Strand, nach ihrem Geständnis und meinen verworrenen Gefühlen. Am schlimmsten war es, erlebt zu haben, wie das Leben mit ihr ohne Presse und die Einschränkungen durch meine Anwaltspflicht sein könnte. Ich spürte tatsächlich … irgendetwas. Was wiederum Ärger bedeutete. Verdammt großen Ärger. Als ihr Anwalt wollte ich, dass sie auszog, um ein Statement zu setzen. Als Freund, oder was auch immer ich war, war es mir wichtig, dass sie nicht mehr bei ihm wohnte. Letzte Nacht vor dem Einschlafen hatte ich mir vorgestellt, wie dieser Kerl sich nachts in ihr Zimmer schlich, so wie ich es am liebsten getan hätte, als ich im Zimmer neben ihr schlief. Die Vorstellung machte mich völlig wahnsinnig.

Darüber hinaus lief es bei meinem anderen Mandanten, Sam Weaver, gerade exakt genauso, nur dass er der Gabriel war und seine zukünftige Exfrau die Nicole. Für seine Frau war das Zusammenleben die reinste Hölle.

Wir waren bereits einmal vor Gericht gewesen, und während der gesamten Anhörung hatte sie geweint; nicht weil ihre Kinder nicht die Aufmerksamkeit bekamen, die ihnen zugestanden hätte, sondern weil sie vor deren Augen wie ein Stück Dreck behandelt wurde. Solche Momente machten es mir schwer, den „Bösen“ zu verteidigen, denn das war Sam ohne Frage. Aber natürlich hatte auch seine Exfrau Fehler gemacht, und die meisten davon brachten wir während des Scheidungsprozesses auf den Tisch.

Ich wusste, ich konnte Nicole nicht reinreden. Ich konnte ja überhaupt kaum mit ihr reden, was meine Arbeit nicht gerade einfacher machte. Immer wenn ich sie sah, fiel mir wieder ein, wie sie auf dem Höhepunkt ihrer Erregung ausgesehen hatte, und meine Konzentration war dahin. Ich klopfte an die Tür und wartete. Ich musste mit Will sprechen, bevor er wegfuhr.

„Herein“, rief Will. Langsam betrat ich sein Büro. Mir fielen das gedimmte Licht und die Kerzen in der Ecke auf. „Meires Idee einer Stunde Auszeit. Sie hat mich vor die Wahl gestellt: entweder das oder ich muss sofort mit dem Rauchen aufhören. Also dann doch lieber das hier.“ Er seufzte laut und knipste das Licht wieder an. „Was ist los?“

„Ich wollte mit dir über Nicole reden“, sagte ich, öffnete den Knopf meines Sakkos und setzte mich ihm gegenüber. Ich hob eine Hand, damit er mich nicht unterbrach. „Ich bin der Meinung, sie sollte aus dem Haus ausziehen.“

Will sah mich skeptisch an. „Sobald sie auszieht, verliert sie das Haus.“

„Nicht unbedingt, Will. Und wenn sie bleibt, verliert sie sich selbst“, ergänzte ich.

„Wie meinst du das?“

„Ich war dort, um ein paar Unterlagen zum Unterschreiben vorbeizubringen, und offensichtlich hatte Gabriel am

Abend zuvor eine Party gegeben. Die Bude war nur deshalb nicht völlig verdreckt, weil Nicole bereits die Hälfte des Mülls beseitigt hatte – seines Mülls, während ihm alles egal ist und er gedankenlos in den Tag lebt. Letztens in Newport war sie seinetwegen völlig mit den Nerven am Ende. Ich glaube einfach nicht, dass es ihr guttut, dort zu bleiben." Bei diesen Worten bebten sowohl meine Stimme als auch meine zu Fäusten geballten Hände. Mir war nicht bewusst gewesen, wie sehr mich das alles aufregte, bis ich es laut ausgesprochen hatte. Will bemerkte es und zog seine Augenbrauen nach oben, während er mich taxierte. Eine Weile lang sagte er nichts.

„Muss ich mir Sorgen machen?", fragte er und deutete auf mich. „Es freut mich, dass du so reges Interesse an Nicole und diesem Fall hast, aber mir fällt auf, dass du dabei deine Gelassenheit verlierst, während du dich im Gerichtssaal unter Kontrolle hast. Ich möchte, dass das auch so bleibt, denn wenn du dort verlierst, nehmen sie dich, sie und diese Kanzlei auseinander. Und wenn dein Name besudelt ist, kann ich dich nicht zu meinem Partner machen."

Ich holte tief Luft, versuchte mich ein wenig zu beruhigen. „Mir geht's gut. In ein paar Stunden habe ich einen Gerichtstermin wegen Sam Weaver. Deshalb bin ich so aufgewühlt."

„Wie läuft es denn?"

„Gut. Ich denke, heute sind wir damit durch. Er gibt ihr alles, was sie verlangt, also gibt es keinen Grund, dass es noch länger dauert."

Will nickte. „Konzentrier dich darauf, und ich überlege derweil, was ich mit Nicole machen kann."

Ich schaute Will noch einmal an, stand auf, nickte und

ging. Dann packte ich meine Aktentasche und machte mich auf den Weg zu Sam, um gemeinsam mit ihm zum Gericht zu fahren. Das Thema Nicole musste jetzt erst einmal in den Hintergrund treten. An dem Grundstück in Beverly Hills angekommen, ließ ich mein Autofenster herunter, klingelte und wartete, bis sich die zwei großen Eisentorflügel vor mir öffneten. Ich fuhr hinein, um den überladenen Springbrunnen mit der bronzenen Meerjungfrau in der Mitte herum und hielt direkt vor der Treppe zum Haus. Während ich wartete, las ich meine E-Mails. Nachdem ich ein paar beantwortet hatte, war Sam immer noch nicht da. Ich rief ihn auf seinem Handy an, und er nahm beim ersten Klingeln ab.

„Ich stehe draußen", sagte ich.

„Bin sofort da."

Beim letzten Wort trat er aus dem Haus, schloss die Tür hinter sich und kam schwungvoll die Treppen herunter. Ich war froh, dass er einen Anzug trug, auch wenn dieser orange war und er darin aussah wie ein Kaubonbon.

„Ich dachte, du würdest mich versetzen", sagte er, als er die Beifahrertür öffnete und den Sitz fast in Liegeposition einstellte. Ich sah fragend zu, sagte aber nichts.

„Ich bin dein Anwalt, nicht deine Begleitung zum Abschlussball", erwiderte ich und fuhr los. Sam lachte und rieb sich nervös die Hände.

„Alter, ich kann nicht glauben, dass wir damit nun endlich durch sind."

„Hoffentlich. Wir mussten eine Menge Gefälligkeiten anbieten, um einen Samstagstermin zu bekommen."

Sam stieß die Luft aus. „Ich bin nur froh, dass diese Schlampe dann endlich aus meinem Leben verschwindet."

An einer roten Ampel warf ich ihm einen Seitenblick zu. „Nicht ganz. Du hast zwei Kinder mit ihr, also wirst du den Rest deines Lebens mit ihr zu tun haben."

„Aber nur an Geburtstagen."

Ich schüttelte den Kopf und fuhr wieder an, sobald die Ampel auf Grün sprang. Es hatte keinen Sinn, all die Schul- und Sportveranstaltungen oder jedes andere Ereignis zu erwähnen, bei dem er dabei zu sein hatte. Ich wusste nicht, welche Ziele oder Pläne er mit seiner Familie hatte – und so wollte ich es auch belassen. Ich habe in meinem Beruf gelernt, mich niemals in die Privatangelegenheiten von Mandanten hineinziehen zu lassen, und wenn Minderjährige im Spiel waren, wurde es erst richtig kompliziert.

Wir kamen zum Glück mit einem zeitlichen Puffer am Gericht an. Sofort drängten sich Vertreter der Presse um meinen Wagen. Wir würden mindestens zehn Minuten vom Parkplatz bis zum Eingang brauchen, wenn Sam so viel quatschte, wie er es gern tat.

„Sag nichts Negatives über die Scheidung", wies ich ihn an.

„Sag überhaupt nichts Negatives. Nur Positives. Ihr kümmert euch gemeinsam um die Kinder. Ihr versteht euch gut. Du freust dich auf das gemeinsame Sorgerecht."

Sam nickte, setzte sein strahlendstes Lächeln auf und strich seinen Anzug glatt, als er den ersten Fotografen erblickte. Wie erwartet stellten sie Fragen zur Scheidung, zu seiner angeblichen Affäre, wie er seine Ex angeblich aus dem Haus geworfen hatte, und Sam antwortete wie ein Profi. Begleitet von den Kameras gingen wir zum Gerichtsgebäude und beantworteten abwechselnd Fragen. Als wir am Eingang angekommen waren, drehten wir uns um, und Sam gab seine finale Dankesrede von sich, die er garantiert vor dem Spiegel einstudiert hatte.

„Ich danke euch, meinen Fans und dem Team, dass ihr hinter mir steht. Ich bin froh, dass dies nun ein Ende findet und freue mich auf ein gutes Jahr auf dem Spielfeld."

Es folgte ein Blitzlichtgewitter.

„Eine letzte Frage", rief ein Reporter. Ich kniff die Augen zusammen, um den Mann in der Menschenmenge besser zu sehen.

„Die letzte", sagte ich mit Blick auf meine Uhr. Wir hatten noch fünf Minuten.

„Mr. Reuben, was können Sie uns dazu sagen, ob Gabriel und Nicole wieder zusammenkommen?"

Ich war sprachlos. Vollkommen überrascht, nicht nur von der Frage, sondern auch davon, wie sich etwas in meiner Brust zusammenzog. Mein erster Gedanke war „das würde sie nie tun", was mir zehnmal mehr Angst einjagte als mein nächster Gedanke: „Ich hasse es, wenn Mandanten mich bezüglich ihrer Entscheidungen nicht auf dem Laufenden halten."

Schließlich fürchtete ich, dass meine zwei Sekunden Schweigen missverstanden und gegen den Fall genutzt werden könnten, und fasste mich wieder. „Ich bin nicht hier, um über diesen Fall zu sprechen, sondern um Mr. Weaver zu vertreten. Ich danke Ihnen."

Als wir das Gebäude betraten, klingelte mein Handy. Corinnes Name auf dem Display hatte mich noch nie gleichzeitig so beunruhigt und erleichtert. Leider musste ich es in das Körbchen legen und durch den Metalldetektor gehen, bevor ich sie zurückrufen konnte.

„Warum befragen mich diese Idioten zu Nicole und Gabriel?“, platzte ich heraus.

Ihr Schweigen sagte alles. Mir wurde bang ums Herz.

„Sag nichts“, kam ich ihr zuvor, bevor sie etwas sagen konnte. „Ich rufe zurück, wenn ich aus der Verhandlung raus bin. Schlechte Nachrichten kann ich jetzt nicht gebrauchen. Regele, was ohne mich geregelt werden kann.“ Ich legte auf, bevor sie auch nur ein Wort sagen konnte. Es musste um die Filmpremiere gehen. Eine andere Erklärung gab es nicht. Das gefiel mir ganz und gar nicht.

Kapitel 10

VICTOR

Fotos. Stapelweise Fotos lagen auf meinem Schreibtisch. Aus Zeitschriften, Zeitungen, aus jeglichen Drucksachen, die mein Kumpel aus der Klatschindustrie für mich zusammengetragen hatte. Bilder von Nicole und Gabriel, die sich bei der Premiere seines neuesten Blockbusters auf dem roten Teppich küssen. Bilder, wie sie sich verliebt in die Augen sahen. Bilder, auf denen sie über etwas lachte, was er gerade den Reportern der großen Sender erzählte. War es gespielt? War es echt? Wenn es nur gespielt war, könnte sie durchaus auch in Hollywood Karriere machen, und zwar nicht nur als Kostümbildnerin. Ich hasste diese Fotos. Ich hasste es, wie sie ihn ansah. Dass sie ihn überhaupt ansah. Ich war kein eifersüchtiger Mensch, aber dieser Mist brachte mich wirklich zum Kochen.

„Wenigstens hat sie nur für eine Premiere zugesagt", sagte meine Sekretärin, als sie mit ihrem Laptop in mein Büro kam.

„Wie meinen Sie das?"

Corinne setzte sich mir gegenüber und stellte den Laptop auf meinen Schreibtisch. Sie drehte ihn zu mir herum und zeigte auf die Headline einer bekannten Klatschseite.

Gabriel Lane will an seiner Ehe arbeiten.

„Klatsch und Tratsch", brummte ich, fuhr mir mit den Händen über das Gesicht und spürte, wie mich Erschöpfung übermannte.

„Ich weiß, aber trotzdem. Sie sehen so unglaublich glücklich aus", meinte sie und drehte den Laptop wieder herum, um sich das Foto anzusehen.

„Sonst noch was?", fragte ich. Corinne sah mich mit großen Augen an.

„Nein. Sie sagten, ich solle Ihnen alles zeigen, worüber getratscht wird. Das habe ich hiermit getan."

Ich nickte. „Danke. Würden Sie mir bitte einen Kaffee bringen? Ich komme mir vor, als würde ich jeden Moment auf meinem Schreibtisch einschlafen."

Sie stand auf. „Selbstverständlich. Soll ich Ihnen in der nächsten Stunde keine Anrufe durchstellen?"

Ich machte die Augen zu. Das wäre schön. Ein kleines Nickerchen auf dem Sofa. Ich schlug die Augen auf, sah zum Sofa und hatte plötzlich das Bild vor Augen, wie ich dort gesessen hatte und Nicole mich ritt. *Verdammt.* Ich schüttelte den Kopf.

„Nein."

„Gut. Ich bringe gleich Ihren Kaffee", flötete Corinne beim Gehen.

Keine Ahnung, warum ich mir plötzlich überall in meinem Büro Nicole und mich vorstellte, aber seitdem sie an jenem Tag hereingekommen und ich ihr Scheidungsanwalt geworden war, sah ich nur noch sie. Damals hatte es auch Monate gedauert, bis ich sie nicht mehr überall vor mir sah. Ich war kurz davor gewesen, das Büro mit Bobby zu tauschen, aber da er eine miese Aussicht auf den Parkplatz und die Straße, ich aber Meerblick hatte, hatte ich mich zusammengerissen und mein Büro behalten. Jetzt wünschte ich mir, wir hätten getauscht. Ich würde lieber auf Asphalt schauen, als mit Erinnerungen kämpfen, wie ich Sex mit meiner Mandantin hatte. Meine schöne, temperamentvolle, tabulose Mandantin.

Kapitel 11

VICTOR

So ziemlich das Letzte, was ich sehen wollte, war die Nachricht, dass Nicole zusammen mit Gabriel auftauchte. Alle, jede Zeitschrift, jede Nachrichtenagentur, sogar die großen, die über *richtige* Nachrichten berichten, verkündeten es. Anscheinend waren sie DAS Thema schlechthin, da Nicole als Fan dargestellt wurde, die sich ihr Idol geangelt hatte. Bullshit. Einfach nur Bullshit. Als sie sich kennengelernt und geheiratet hatten, war er noch gar nicht berühmt gewesen, aber das hatten die Reporter wohl vergessen, oder es war ihnen egal, weil es sich so besser verkaufte. Ich wartete die Woche ab. Mittwochabend waren sie bei der Filmpremiere gewesen, aber ich hatte auch Wichtigeres zu tun, beispielsweise meinen anderen Fall zu Ende zu bringen. Und wie Corinne gesagt hatte, hatte sie nur ein paar Dingen zugestimmt, wie eben dieser Premiere. Als ihr Anwalt *stand es mir nicht zu*, deswegen verärgert zu sein. Leider nützte es gar nichts, dass ich mich ständig selbst daran erinnerte. Ich war trotzdem verärgert und fühlte mich unbehaglich.

Ich bildete mir ein, dass ich Arbeit und Privates gut trennen konnte, außer wenn etwas Wichtiges noch unerledigt war, aber die Sache mit Nicole nahm immer mehr Zeit meines Lebens auch außerhalb des Büros in Anspruch. Als ich am Sonntag mein Haus auf Vordermann brachte, konnte ich an nichts anderes denken. Wie auf Kommando vibrierte mein Handy in der Hosentasche meiner Jogginghose. Ich hörte auf, den Teller zu spülen, den ich in der Hand hielt, und drehte den Wasserhahn ab, als ich sah, dass es Corinne war, die anrief. Das tat sie am Wochenende eigentlich nie. Für gewöhnlich kommunizierten wir per E-Mail. Ich nahm ab.

„Ähm …“, sagte sie. „Schauen Sie sich zufällig gerade die Übertragung vom roten Teppich an?“

Ich brauchte einen Moment, um zu begreifen, was sie meinte. Ich wusste nicht, was für eine Veranstaltung heute Abend stattfand, aber ich schnappte mir direkt die Fernbedienung und schaltete den Fernseher ein.

„Nein. Wonach suche ich denn?“, fragte ich und zappte durch die Sender.

„Die Golden Globes“, antwortete sie. Ich hielt bei dem Sender an, von dem ich vermutete, dass er es übertrug. Eine Frau in einem schicken schwarzen Kleid hielt lächelnd ein Mikrofon in der Hand. Mir stolperte das Herz, als ich sah, wie sie das Mikro in Gabriel Lanes Richtung hielt, der neben ihr stand. Er sah überlebensgroß aus. Und neben ihm stand Nicole in einem roten Kleid, das jede ihrer verdammten Kurven betonte. Sie sah aus, als gehöre sie direkt in mein Bett.

„Was zum Geier?“, fauchte ich. Die Golden Globes gehörten nicht zur Abmachung.

„Ich bin mir nicht sicher, ob das in den offiziellen Anhang aufgenommen wurde“, meinte Corinne.

„Nein, verdammt noch mal.“

„Okay. Na ja, dann lasse ich Sie mal wieder in Ruhe. Ich wollte nur, dass Sie das für alle Fälle sehen.“ Sie machte eine

Pause. „Meinen Sie, sie kommen vielleicht doch wieder zusammen und sie ist sich noch unschlüssig?"

Ich schluckte meine aufwallende Wut herunter, als ich wieder auf den Bildschirm sah, zu Nicole, die nun Gabriels Hand hielt, der auf sie hinabsah und sie anlächelte. Ich würde sie umbringen. Ich würde mit ihr schlafen und sie danach umbringen. Was dachte sie sich bloß dabei? Was wollte ich eigentlich, was sie sich dabei dachte? Ich wusste gar nichts mehr. Aber die Vorstellung, dass diese roten Lippen jemand anderen als mich küssten, machte mich wahnsinnig.

„Ich weiß nicht. Aber ich finde es heraus", erwiderte ich.

„Darf ich etwas vorschlagen?", fragte sie, als ich gerade auflegen wollte.

„Was?", fragte ich unüberhörbar ungeduldig.

„Sie könnten William fragen."

„Ganz tolle Idee, Corinne. Ich rufe einfach ihren Vater an, der zufällig auch mein Boss ist, und frage ihn, was meine Mandantin sich dabei denkt. Das macht sich bestimmt richtig gut in Bezug auf sein ‚vielleicht kann ich dich zu meinem Partner machen, wenn dieser Mist vorbei ist, Victor'." Ich holte erst mal Luft. „Ich kümmere mich darum."

Mit geschlossenen Augen zählte ich von zehn rückwärts. Ich dachte, so wie ich mich zusammenriss, müsste mir jeden Moment eine Ader auf der Stirn hervortreten. Oder im Nacken. Oder auf meinem Arm.

Ich rief meine Schwester an, weil ich wissen wollte, ob sie die Verleihung auch sah. Vielleicht sollte ich das lieber gemeinsam mit anderen ansehen, damit ich nicht mein ganzes Haus verwüstete.

„Mia und Jensen sind hier", sagte meine Schwester.

Mist. Ich hatte vergessen, dass unsere Freunde in der Stadt waren.

„Jetzt gerade?", fragte ich nach.

„Ja, aber ohne die Kinder. Wir sehen uns die Golden Globes an. Willst du vorbeikommen?"

„Ja, bin schon unterwegs."

Ich schnappte mir die Schlüssel und eine Flasche Wein und war bereits auf dem Weg zum Auto, bevor ich aufgelegt hatte. Als ich bei meiner Schwester ankam, war die Haustür angelehnt. Ich klopfte laut an, ging hinein und schloss die Tür hinter mir zu.

„Komm rein", rief Estelle.

„Ach nee", stöhnte ihre beste Freundin Mia und bekam plötzlich gute Laune, als sie die Weinflasche in meiner Hand sah. „Oh. Er hat Wein mitgebracht."

Ich schnaubte, beugte mich vor und gab ihr und meiner Schwester ein Küsschen auf die Wange. „Jetzt wissen wir, dass man Mias Herz nicht durch kitschige Liebesgeschichten für sich gewinnt", sagte ich in Bezug auf ihren Mann, der zugleich mein anderer bester Freund und Schriftsteller war und dessen Lebenssinn darin bestand, Geschichten über Mia zu schreiben. Selbst während der Zeit, in der sie nicht zusammen gewesen waren. Was für ein Weichei. „Wo ist eigentlich Jensen?"

„Mit Oliver draußen eine rauchen."

Ich kippte fast aus den Latschen. „Oliver raucht?"

„Nein. Jensen raucht. Oliver hält ihm wahrscheinlich eine Standpauke, wie ungesund das ist."

Ich lachte, übergab den Wein und ging Richtung Jensen und Oliver, doch als ich an der Tür ankam, blieb ich stehen und drehte mich um. „Was wisst ihr eigentlich über Nicole Alessi und Gabriel Lane?“

Mias Lächeln wurde breiter. Sie strich sich die kurzen blonden Haare hinter die Ohren und setzte sich gerade hin. „Abgesehen davon, dass er verdammt heiß ist …“, setzte sie an, doch in dem Augenblick machte Jensen hinter mir die Tür auf.

Er sah mich, lächelte und begrüßte mich mit unserem obligatorischen Handschlag und einer Umarmung, bevor er zu ihr sah.

„Baby, ich weiß, dass ich heiß bin. Das musst du aber doch nicht jedem auf die Nase binden.“

Sie verdrehte die Augen. „Ich rede von Gabriel Lane. Er ist zum Dahinschmelzen.“

„Das stimmt. Hast du die Fotos von seinem Mexiko-Urlaub vor ein paar Monaten gesehen? Alter Schwede. Stell dir nur mal vor, wenn seine Badehose …“, sagte Estelle.

„Etwas tiefer gerutscht wäre. Oh ja“, beendete Mia halb quietschend, halb lachend den Satz.

Ich schüttelte angewidert den Kopf. „Und die da hast du geheiratet?“

„Jeder hat so seine Macken“, erwiderte Jensen lachend mit einem Achselzucken.

„Hey“, sagte Oliver beim Hereinkommen. Er sah mich überrascht an. „Ich habe es gar nicht klingeln gehört.“

„Weil ihr Wahnsinnigen mal wieder die Tür offen gelassen habt. Wie kann man nur? Wir leben doch nicht in den 20ern und auch nicht irgendwo in der Pampa. Habt ihr die Mail nicht bekommen, in der es um die ganzen Einbrüche ging?“

„Oliver hat eine Überwachungskamera installiert“, erklärte Estelle, während sie sich und Mia Wein einschenkte. „Sonst noch jemand Wein?“

„Bei dem Mist im Fernsehen brauchen wir etwas Härteres als Wein“, war meine Antwort.

„Dann spare ich uns die Zigarre, die ich dir mitgebracht habe, für später auf“, meinte Jensen.

„Wann fängt es an?“

„Offiziell in einer halben Stunde“, sagte Mia.

Ich sah zu Jensen. Wir hatten noch dreißig Minuten. Draußen schlossen wir die Tür hinter uns und setzten uns auf die Stufen der Veranda. Er reichte mir eine Zigarre und das Feuerzeug.

„Wie läuft es bei der Arbeit?“, fragte er und stieß Zigarrenrauch aus.

„Ich brauche einen Drink oder etwas mit einem beruhigerenden Effekt als die hier, um darüber zu sprechen“, antwortete ich und hielt meine Zigarre hoch. Er lachte.

„Eigentlich wollte ich auf dem Weg kurz einen Zwischenstopp einlegen und was besorgen, aber Mia war der Meinung, Bean würde einen Anfall kriegen.“

„Ach komm“, sagte ich lachend, weil seit dem College keiner von uns so etwas mehr gemacht hatte, aber seitdem es in Kalifornien legal war, machten wir gern Witze darüber. „Hasch ist doch ein Naturprodukt. So was findet er immer gut.“

„Gutes Argument.“

„Wie läuft es mit dem Buch“, wollte ich wissen.

„Ganz okay“, sagte er, legte die Zigarre weg und wedelte in der Luft herum, den Rauch direkt in mein Gesicht. Ich legte meine auch weg und machte sie langsam aus. Ich würde sie irgendwann einmal weiterrauchen. „Was macht das Singleleben? Immer noch nicht genug davon?"

Hämisch grinste ich. „Was macht das Eheleben? Hast du schon mehr als genug davon?"

„Auf keinen Fall", sagte er lachend. „Nur weil man jeden Tag mit jemandem zusammen ist, hat man doch nicht genug davon."

„Früher waren wir da mal gemeinsam anderer Meinung."

Er schüttelte den Kopf. „Wir waren jung und dumm. Einer von uns ist erwachsen geworden."

„Ich", sagte ich abwehrend und schluckte den Köder. Er wusste, dass ich es hasste, wenn Erwachsensein mit Heiraten gleichgesetzt wurde. „Ich habe ein eigenes Haus. Ein Auto. Ich werde hoffentlich bald zum Partner ernannt, wenn meine Mandantin es mir nicht vermasselt."

Jensen hob die Augenbrauen, taxierte mich einen Moment, sah zu meinen geballten Fäusten und zurück in mein Gesicht. Er lächelte. „Habe ich einen wunden Punkt getroffen?"

Ich atmete laut aus, lehnte mich zurück und betrachtete den Horizont. Ich konzentrierte mich auf das Meer vor uns. Ich konnte es zwar nicht sehen, aber ich lauschte auf das Geräusch der Wellen.

„Ich vertrete die Tochter meines Chefs bei ihrer Scheidung", sagte ich. Nach einem kurzen Moment sah ich aus dem Augenwinkel zu Jensen und bemerkte, dass ihm die Kinnlade herunterfiel.

„Die, die du …"

„Ja."

„Der du im Prinzip gesagt hast, dass es mit euch nie was wird."

„Genau", sagte ich langsam etwas ungeduldig.

Ich plauderte nicht oft aus dem Nähkästchen, aber ihm und Oliver hatte ich von unserer ersten Begegnung erzählt, weil es mir fast schon schwerfiel zu glauben, dass das wirklich passiert war. Dass diese heiße Frau in mein Büro gekommen war und die Tür hinter sich verriegelt hatte, um mich zu verführen – und es auch geschafft hatte. Es hatte mir nicht in den Kopf gewollt, wie sie von einem gewöhnlichen Gespräch über die Kanzlei zu der Frage gelangt war, ob ich jemals Schreibtischsex gehabt hatte. Und dann hatte sie sich zwischen meine Beine gedrängt und ihren Rock hochgeschoben … und sich über die Lippen geleckt. Als sie ihre Beine um mich geschlungen und mit ihrer verführerischen Stimmte gefragt hatte: *„Wollen Sie, Mr. Reuben?"* Fuck. Me.

„Verflucht. Aber zum Glück ist es nur das eine Mal passiert, oder?", unterbrach Jensen meine Gedanken. Ich schluckte und fühlte mich, als bräuchte ich einen riesengroßen Schluck Wasser. Oder Wein.

„Ja, zum Glück", sagte ich, während ich in Gedanken bei ihrem zweiten und dritten und dann bei ihrem letzten Besuch war.

Nachdem ich von ihrer Verlobung erfahren hatte, hatte mich dieses letzte Mal nicht mehr losgelassen. Will hatte mir erzählt, dass sie ihn erst ein paar Wochen kannte; dass er sie von heute auf morgen gefragt hatte, ob sie ihn heiraten wollte und dass sie Ja gesagt hatte; dass sie sich Hals über Kopf in ihn verliebt hatte. Und jeder einzelne Punkt davon störte mich. Zunächst dachte ich, es sei einfach nur verrückt, besonders für sie, so schnell zu heiraten. Dann fragte ich mich, ob es irgendwie mit mir und der Art, wie ich sie abserviert hatte, zusammenhing. Aber sie hatte den Eindruck gemacht, als sei es ihr egal gewesen, schließlich hatte sie doch gesagt, es sei nur um einen netten Zeitvertreib gegangen und dass sie auch ihren Spaß gehabt hätte. Ein Teil von mir hatte damit gerechnet, dass sie mir hinterherlaufen würde, und als das nicht passiert war und ich von der Verlobung hörte, war mir klar geworden, dass das wirklich unser letztes Mal gewesen war. Ich konnte damals nur hoffen, dass sie nicht mit dem Vorschlag zu mir kommen würde, wir könnten doch Freunde sein, weil ich einfach nicht wusste, wie ich mit ihr umgehen sollte, ohne dass wir aufeinander landeten. Jetzt, wo ich wusste, dass sie eventuell mehr für mich empfunden hatte, war ich mir nicht mehr sicher, was ich für sie empfand. Das heutige Ich glaubte, es wäre bereit. Bereit für mehr. Für etwas *Ernstes*. Und so bescheuert es auch klang, überlegte ich doch, ob das mit Nicole möglich wäre. Vielleicht in einem anderen Leben. Zu einer anderen Zeit. Unser Timing war einfach beschissen. Seufzend sah ich über die Schulter zu Mia, die uns hereinwinkte.

„Ich glaube, es geht los“, sagte ich und stand auf.

„Du vertrittst sie also?“, fragte Jensen. „Bei der Scheidung.“

Ich nickte.

„Du siehst nicht gerade glücklich aus. Ist es ein schwieriger Fall?“

„Es ist überraschend einfach, zumindest war es das, aber wie immer machen die Frauen in meinem Leben alles komplizierter. Wir werden sehen.“

Jensen lachte, als wir hineingingen und uns vor den Fernseher setzten. Ich checkte meine E-Mails auf dem Smartphone, legte es aber weg, als jemand den Ton lauter stellte.

„Oh mein Gott! Da ist er. Ist er nicht scharf? Also echt jetzt“, plapperte Mia. Im Fernsehen sah ich Gabriel, der auf dem roten Teppich mit einem anderen Schauspieler redete. Nicole sah ich nicht.

„Er sieht schwul aus“, kommentierte ich.

Die Jungs lachten. Die Mädels sahen mich böse an.

„Das sagst du nur, weil du der Scheidungsanwalt seiner Frau bist“, meinte Estelle. „Ach, sag mal, wie geht es jetzt eigentlich weiter? War all deine Arbeit umsonst, wo sie doch wieder zusammen sind?“

Das war wohl die alles entscheidende Frage. Kurz danach sah man Nicole, die so verdammt gut aussah, dass mein einziger Gedanke war, dass ich nichts dagegen hätte, sie als durchgeknallte Exfreundin zu haben. Dieser Gedanke überraschte mich. Ich versuchte, ihn zu verdrängen.

„Das sage ich, weil er ein Arsch ist. Und sie sind nicht wieder zusammen“, ergänzte ich. Ich war mir nicht sicher, ob ich den letzten Satz für sie oder für mich gesagt hatte, aber ich wollte ihn laut aussprechen. Mia und Estelle sahen erst sich und dann wieder mich an. „Mehr sage ich nicht.“

„Er sieht nicht wie ein Arsch aus“, meinte Mia. „Nicole ist wunderschön. Sieht sie in echt auch so gut aus?“

Ich nickte, schluckte und bemühte mich, nicht daran zu denken, wie schön sie war. Und wie gut sie sich anfühlte.

„Das ist seine Mutter“, sagte Mia, als sie auf eine Frau neben Nicole zeigte.

Gabriels Mutter? Heilige Scheiße. Glückliche Familie. In

dem Moment beschloss ich, Nicole eine SMS zu schicken. Wenn sie weder auf meine Anrufe aus dem Büro reagierte noch auf Corinnes Anrufe und Mailboxnachrichten, dann nervte ich sie eben via SMS. Dabei hasste ich alles, was vor Gericht als Beweis Bestand haben würde, also auch SMS, aber scheiß drauf. Besondere Umstände erfordern besondere Maßnahmen, wie meine Schwester und Mia zu sagen pflegten.

Wenn ich die beiden schon den ganzen Abend auf dem Bildschirm sehen musste, sollte sie sich wenigstens genauso unwohl fühlen wie ich mich.

Kapitel 12

NICOLE

Es war schon schlimm genug, dass ich auf dieser Verleihung festsaß, und noch schlimmer, dass ich mir selbst striktes Alkoholverbot erteilt hatte. Das einzig Gute an der ganzen Sache war, dass Gabe höchstwahrscheinlich den Preis gewinnen würde, für den er nominiert war. Es ging um einen Film, den er zu einer Zeit gedreht hatte, in der zwischen uns noch alles … in Ordnung war. Vielleicht war gar nicht alles in Ordnung gewesen, aber ich hatte immer noch Hoffnung gehabt. Vermutlich war das der Unterschied. Wenn es noch Hoffnung gab, schien Verzeihen immer eine Option zu sein. Hoffnung hatten wir jetzt keine mehr. Jedenfalls nicht genug.

Das zweite Gute an dieser Erfahrung war, dass mir, als ich mit ihm über den Roten Teppich lief und er Witze über das Blitzlichtgewitter machte – genauso wie bei unserem ersten gemeinsamen Gang über den Roten Teppich – klar wurde, dass er für mich schon seit langer Zeit nicht mehr als ein Freund oder sogar eher ein Fremder war. Ich glaube, sein Zauber war irgendwo zwischen dem Aufwischen seiner Kotze, seinen zusammenhangslosen Beleidigungen und dem Verdacht, dass er fremdging, verloren gegangen. Trotz alldem wünschte ich ihm alles Gute. Ich wünschte diesem

Typ, der heute Abend an meiner Seite war – dem nüchternen, bescheidenen – ein schönes Leben.

Seine Mom, Deborah, war an diesem Abend mit von der Partie. Während Gabe also seine Runden drehte und mit Leuten redete, machten sie und ich unsere Plätze ausfindig. Er gesellte sich kurze Zeit später zu uns und setzte sich auf den Platz neben mir. Dieser lag näher an seinem Partner in dem Film, für den er ausgezeichnet wurde. Deborah wies uns die ganze Zeit auf vorbeilaufende Promis hin, und wenn sie diesbezüglich mal kurz pausierte, flehte sie mich an, bei ihrem Sohn zu bleiben. Es war eine denkbar unangenehme Unterhaltung mit jemandem, der einen Menschen so liebte, wie nur eine Mutter es konnte.

Sie wusste nichts von den Drogen, und ich durfte ihr auch nichts davon erzählen. Aber sie wusste von den Frauen, zumindest so viel, wie jeder über die Frauen wissen konnte, und zwar, dass es sie definitiv gab. Wenn die Klatschpresse recht hatte, hatte er mit mehr Frauen geschlafen, als ich benennen konnte. Wann er die Zeit dazu fand, würde ich nie verstehen. Dass es den Frauen egal gewesen war, dass er verheiratet war, war eine Unverschämtheit. Für Deborah zählte das nicht, denn für sie bedeutete verheiratet zu sein, zu seinem Mann zu stehen, selbst wenn er herumlief und alles flachlegte, was nicht bei drei auf dem Baum war.

Ich verstand ihren Standpunkt, wirklich, aber eher so wie ich auf dem College Statistik verstanden hatte. Ich kapierte es, aber es fand keine Anwendung in meinem Leben. *Das sollte es auch nicht.* Ich wuchs in einer Zeit auf, als Frauen auf Männer nicht mehr angewiesen waren. Wir brauchten niemanden, der für uns das Geld verdiente oder uns Orgasmen verschaffte oder gar schwängerte. Wir hatten die Möglichkeit, unser Geld selbst zu verdienen, uns Dildos zu kaufen und in eine Kinderwunschklinik zu gehen. Und auf jeden zu pfeifen, der glaubte, dass wir uns mit dem Mist abfinden mussten, den ein Mann in unser Leben brachte, ohne ihn infrage zu stellen. Ich war dankbar, als mein Telefon in meiner Handtasche vibrierte und ich mich von dem Gespräch entschuldigen konnte, während ich es hervorholte.

Stirnrunzelnd sah ich auf das Display. Ich hatte eine Nachricht einer unbekannten Nummer bekommen. Sie lautete: *Wir müssen reden. – V*

Mein Herz begann zu rasen. Ich stopfte das Handy in meine Clutch zurück, bevor irgendjemand um mich herum einen Blick auf den Bildschirm werfen konnte. Wer in aller Welt hatte mir das geschickt? Ich sah Gabe an, der sich gerade *überfreundlich* mit seiner Filmpartnerin Lina unterhielt. Er war es schon mal nicht. Ich dachte an die Menschen in meinem Leben, Männer und Frauen, die mich vielleicht beobachteten, und blickte mich um. Niemand schien sich nach mir umzusehen. Wieder vibrierte mein Telefon.

323 837 4949: *Irgendwas, das ich wissen müsste? – V*

Ich tippte zurück, *Victor?*

323 837 4949: *… Ich habe dich was gefragt.*

Ich: *Und ich kann das nicht beantworten, wenn ich nicht weiß, wem ich antworte.*

323 837 4949: *Es gibt einen Grund, warum ich keine Unterhaltungen per SMS führe.*

Ich schüttelte lächelnd den Kopf. Eindeutig Victor. Ich speicherte seine Nummer unter V, denn darunter schickte er mir ja die ganze Zeit die Nachrichten.

Ich: *Ich war beschäftigt.*

V: *Offensichtlich.*

Ich: *Wir können morgen reden.*

V: *Weil du noch die ganze Nacht beschäftigt sein wirst?*

Ich hielt mein Telefon in der Hand, während ich über eine Antwort darauf nachdachte. Meinte er, mit Gabe beschäftigt? Ganz bestimmt meinte er das. Ich sah ihn vor mir, wie er zu Hause saß und wegen dieser Möglichkeit völlig durch den Wind war, und musste fast lachen.

Ich: *Hängt davon ab, wer mich beschäftigt halten wird.*

V: …

Ich: *Was zum Teufel soll „…“ heißen?*

V: *Es heißt, dass ich darauf keine Antwort weiß.*

Ich: *Was bedeutet, dass du glaubst, du solltest derjenige sein, der mich beschäftigt?*

Als ich die kleine Wolke mit Pünktchen sah, die anzeigte, dass er dabei war, zu antworten, legte ich das Telefon auf meinen Schoß und sah mich wieder nach den Stars um, von denen ich so viele eingekleidet hatte. Ich grüßte sie und bekam einige im Vorbeigehen zu fassen, um sie Deborah vorzustellen. Sie war der ultimative Fan, und ich fand das toll. In ihren Augen strahlte noch der Zauber. Nicht, dass er bei mir nicht mehr vorhanden gewesen wäre. Es war schwer, sich nicht von der Atmosphäre eines solchen Events beeindrucken zu lassen, egal wie oft man schon auf einem gewesen war.

Mein Telefon summte wieder. Ich zuckte ein bisschen zusammen und drehte es dann um.

V: *Hör auf, mich in Versuchung zu führen.*

Ich lächelte.

Ich: *Mir war nicht klar, dass du in Versuchung bist. Du scheinst dich ganz gut unter Kontrolle zu haben.*

V: *Kontrolle? Du schaffst es, mich einknicken zu lassen.*

Ich: *Gut ;-)*

V: *Trägst du irgendetwas unter diesem Kleid?*

Bei dieser Frage bekam ich eine Gänsehaut. Ich schloss für einen Moment die Augen und stellte mir vor, wie seine tiefbraunen Augen in meine blickten, während er das fragte.

Ich: *Versuchst du mit mir zu sexten? Ich bin nüchtern. Ich sexte nicht nüchtern.*

V: *Ich sexte überhaupt nicht. Ich würde meine Energie viel lieber in richtigen Sex stecken.*

Ich schluckte und trank von meinem Wasser, weil ich plötzlich sehr großen Durst hatte und mir ziemlich heiß wurde.

„Hey, hast du Macie gesehen?", fragte Gabe. Beim Klang seiner Stimme und der Erwähnung seiner aktuellen Regisseurin fuhr ich zusammen und versteckte mein Telefon wieder. Er sah mich fragend an, sagte aber nichts dazu. „Sie sagt, bei der Premiere neulich wurde sehr positiv erwähnt, dass wir wieder zusammen sind."

„Gut. Deswegen sind wir schließlich hier", sagte ich und stellte mein Glas Wasser wieder ab.

„Danke, dass du das machst", sagte er und griff über den Tisch hinüber nach meiner Hand.

Ich versuchte mitzuspielen und lächelte, wenn auch verkniffen, traurig und flüchtig. Mein Handy vibrierte wieder auf meinem Schoß, aber ich ignorierte es. Ich würde es für den Rest des Abends ignorieren müssen, wenn ich bei Verstand bleiben wollte. Dann würde ich alle Nachrichten lesen und Victor dafür in den Arsch treten, dass er es für eine gute Idee gehalten hatte, sie mir überhaupt zu schicken. Wenn er mich so zu einer Antwort bringen wollte, fing ich bereits an, den unkommunikativen Victor zu vermissen.

Gabe drückte meine Hand fest und riss mich aus meinen Gedanken. Ich blickte zu ihm auf und merkte, dass wir gerade zur Zielscheibe des Witzes wurden, den der Moderator erzählte.

„*Ich meine, wenn ich meine Frau durch eine Scheidung dazu bringe, wieder mit mir zu schlafen, reiche ich sie gleich morgen ein*“, sagte der Moderator. Die Menge gab alle möglichen Laute von sich, und viele schüttelten die Köpfe. Ich war sicher, dass die Kamera eine Großaufnahme von Gabes und meinem Gesicht machte, also tat ich, als würde ich lächeln und lachen, obwohl ich in Wirklichkeit am liebsten das Gesicht in Gabes Jackett verborgen hätte. Der Abend ging weiter, Champagnerkorken knallten, Bier und Wein wurden serviert. Ich rührte nichts an. Gabe berührte meine Hand, meinen Oberschenkel. Ich hätte seine perfekte Fassade am liebsten eingetreten.

„Hör auf, mich anzufassen“, zischte ich ihm zu.

„Ich trinke heute Abend nicht, deswegen liegen meine Nerven blank. Ich muss etwas berühren, damit ich nicht durchdrehe“, sagte er lachend, während er sich zu mir lehnte.

„Ich schwöre bei Gott, Gabriel, wenn du nicht aufhörst, drehe ich durch. Ich gehe auf die Toilette und mach mitten in deiner Dankesrede einen auf Britney.“

Er wich leicht zurück, ließ seine Hand aber auf der Faust liegen, zu der ich meine geballt hatte. „Glaubst du wirklich, dass ich gewinne?“

Ich schüttelte seufzend den Kopf, und meine Lippen formten sich zu einem leichten, aber echten Lächeln. „Ich weiß es."

Die erste Kategorie wurde angekündigt, und wir applaudierten den Nominierten und dem Gewinner. So ging es weiter, bis sie zur Kategorie Bester Nebendarsteller gelangten. Ich hielt die Luft an, als Hannah, die Schauspielerin, die sie präsentierte, den Namen aller Nominierten vorlas. Gabe saß neben mir und wirkte, als tangiere ihn das alles gar nicht, aber ich wusste, dass er innerlich platzte. Verdammt, *ich* platzte innerlich.

„Du meine Güte", sagte seine Mom neben mir, als Gabes Name vorgelesen wurde. Ich lächelte und warf ihr einen wissenden Blick zu.

„Der Golden Globe geht an …", was für eine dramatische Pause, während sie den Umschlag öffnete. Ich beugte mich auf meinem Sitz vor. Gabe beugte sich auf seinem Sitz vor. Jeder an unserem Tisch schien den Atem anzuhalten. „Gabriel Lane in *Der Mann, der nichts sagen konnte*."

Ich konnte meine Freude für ihn unmöglich zurückhalten. Und unmöglich konnte ich verbergen, wie stolz ich auf ihn war. Alle an unserem Tisch standen auf, während wir ihm applaudierten, und als er aufstand, wandte er sich zu mir, umfasste mit beiden Händen mein Gesicht und küsste mich. Er küsste mich so wie an unserem Hochzeitstag. Mein Herz tat einen kleinen Sprung. Doch als er mich losließ und sich umdrehte, um seine Mutter auf die Wange zu küssen und seine Filmpartner zu umarmen, fiel mir wieder ein, wo wir standen. Ich würde nicht ins Wanken geraten. Trotzdem, es war sein Moment. Es fühlte sich an wie *unser* Moment. Als sollte es für eine goldene Statue ein gemeinsames Sorgerecht geben. Ich war für ihn da gewesen, als er diesen Film gedreht hatte. Ich hatte seinen Kopf über der Kloschüssel gehalten und seine Sauerei weggemacht. Ich hatte mich abends mit seiner Wut herumgeschlagen, wenn es beim Dreh nicht so gelaufen war, wie er wollte. Ich hatte zugestimmt, den Film mit zu unterstützen, als sie fürchteten, ihn nicht zu Ende drehen zu können.

Natürlich würde davon nie jemand etwas erfahren. Es war unser Geheimnis, nur zwischen ihm und mir, und das war okay für mich. Ich hatte es in dieser Beziehung nie auf das Rampenlicht abgesehen.

Er ging auf die Bühne und lächelte, als alle ihn bejubelten. Dann fing er an, sich bei Leuten zu bedanken. Er bedankte sich bei mir dafür, dass ich für ihn da gewesen war und an den Film geglaubt hatte, bei seiner Mutter für alles, bla, bla, bla. Je länger ich ihm zusah, desto weniger wollte ich hier sein. Es war, als zoome die Kamera in meinem Kopf langsam heraus und ich würde plötzlich das gesamte Bild sehen. Mir wurde klar, dass er Schauspieler war, und ich nur eine weitere Zuschauerin. Als mir das aufgegangen war, griff ich in meine Handtasche und holte mein Handy heraus. Die letzte Nachricht, die Victor mir geschickt hatte, war, dass ich ihn um Punkt sieben in seinem Büro treffen sollte. Stirnrunzelnd steckte ich mein Telefon weg und wünschte, die Preisverleihung wäre schon zu Ende. Als es endlich so weit war, trat genau ein, was ich erwartet hatte: Gabriel war wahnsinnig beschäftigt.

„Bist du sicher, dass du dir die After-Show-Party entgehen lassen willst?“, fragte er, bevor er mir zum dritten Mal entführt wurde.

„Ganz sicher. Trotzdem danke für die Einladung."

Er kam auf mich zu und beugte sein Gesicht zu mir. Ich dachte, er würde mich wieder küssen, aber stattdessen drückte er seine Lippen auf meine Wange.

„Danke, dass du mitgekommen bist. Ich bin wirklich froh, dass ich das mit dir teilen konnte."

Ich nickte, schluckte und hielt die Tränen zurück, die mir in die Augen traten. Das hier fühlte sich wie ein Abschied an. Ein echter. Als wäre es das letzte Mal, dass wir so etwas miteinander teilten. Ich dachte an die schönen gemeinsamen Erinnerungen, und ein Teil von mir hatte das Gefühl, nicht loslassen zu wollen. Es war schwer, mit ihm zusammen zu sein, wenn er so tat, als bedeutete ich ihm etwas, und daran zu denken, dass es tatsächlich einmal so gewesen war. Ich hatte unsere Trennung schon betrauert. Ich wollte den Verlust nicht noch mal betrauern. Ich wollte nach vorn sehen. Ich wollte das hinter mir lassen. Aber ihn vor mir zu sehen – diesen Mann, für den ich aufrichtig etwas empfunden hatte –, zu sehen, wie er so eine große Sache gewann … Ich erinnerte mich an die Gespräche, die wir darüber geführt hatten, weil ich immer daran geglaubt hatte, dass er groß rauskommen würde. Es schien zu viel für mich zu sein. Und deswegen ließ ich mich, als er die Arme um mich schlang, die Kraft seiner Umarmung spüren. Ich ließ mich spüren, dass auch er traurig darüber war, dass das mit uns nicht funktioniert hatte.

„Ich wünschte, es wäre anders gelaufen", flüsterte er in mein Haar.

„Ich auch", sagte ich und trat einen Schritt zurück, um mich von ihm zu lösen. Ich schenkte ihm ein letztes Lächeln, bevor ich zu Marcus ging, der am Auto auf mich wartete. Ich ließ den Glanz und Glamour hinter mir. Und auch darum würde ich trauern. Nicht um das Rampenlicht und die Kameras, sondern um die Rolle der Unterstützerin, eine Rolle, die ich, wie ich fand, verdammt gut gespielt hatte.

„Nach Hause, richtig?“, sagte Marcus, als wir in den Escalade gestiegen waren. Ich nickte, aber plötzlich schmerzte es mich, die Worte *nach Hause* zu hören und sie mit dem Leben zu verknüpfen, das ich einst mit Gabriel geführt hatte, und ich wusste, ich musste da raus.

Kapitel 13

NICOLE

Draußen war es noch dunkel, als ich in der Kanzlei ankam, und Victor musste mir die Tür öffnen. Um diese Uhrzeit waren noch keine Paparazzi unterwegs, was ein Vorteil war. Trotzdem blieb Marcus im Auto für den Fall, dass irgendjemand einen Tipp bekommen hatte und doch noch welche auftauchten. Ich ging davon aus, dass zu dieser unchristlichen Zeit niemand im Büro sein würde, außer vielleicht meinem Dad. An Gerichtstagen traf er sich auch ziemlich früh mit den Leuten. Während ich im Aufzug nach oben fuhr, zupfte ich mir meine unordentlichen Haare zurecht und warf noch einen prüfenden Blick in die verspiegelten Wände. Als sich die Aufzugtür öffnete, erstarrte meine Hand, mit der ich mir gerade noch einmal durch die Haare fuhr. Dort stand Victor mit vor der Brust verschränkten Armen und wartete auf mich. Er trug keinen Anzug, wie ich erwartet hatte, sondern eine graue Sweathose, Laufschuhe und ein weißes T-Shirt, das mir gerade genug von seinem definierten Körper zeigte, um mir den Atem zu verschlagen. Seine nassen Haare waren zurückgekämmt und sein Gesichtsausdruck vermittelte mir eine Idee davon, wie viel Ärger er angestaut haben musste.

„Hi", flüsterte ich, als sein Blick meinen Körper hinunterwanderten, nur ein einziges Mal, langsam und sinnlich, bevor er wieder zu meinem Gesicht zurückkehrte und Victor mir durch eine Handbewegung zu verstehen gab, aus dem Fahrstuhl auszusteigen.

Ich blinzelte, als ich es tat, und versuchte mir nicht anmerken zu lassen, wie mich die Situation aufwühlte. Ich trat vor und folgte ihm den Flur entlang. Es war kein Licht an, nur aus der Eingangshalle kam ein schwacher Schein. Wir betraten denselben Konferenzraum wie schon einmal, und er schloss die Tür hinter uns. Auch hier brannte kein Licht und die Jalousien waren heruntergelassen, sodass wir im Dunkeln standen. Nervosität machte sich in mir breit.

„Machst du das Licht an?“, fragte ich.

„Hattest du Spaß gestern Abend?“, fragte er, und seine Stimme war tief und dicht hinter mir.

Ich hatte Angst, mich umzudrehen. Ich hatte Angst, mich zu bewegen. Stattdessen streckte ich die Hände nach vorn und hielt mich an der Stuhllehne vor mir fest.

„Ich kann das erklären“, sagte ich, meine Stimme so fest wie mein Griff an dem Stuhl.

Ein Projektor sprang an, und ich blinzelte, um meine Augen an sein schwaches oranges Glühen zu gewöhnen. Victor lehnte jetzt mit verschränkten Armen gegenüber von mir an der Wand. Mein Blick fiel auf seine muskulösen Arme, und ich spürte, wie mein Herz über seine eigenen Schläge stolperte. Vor ein paar Tagen hatte ich ihn in Badehose gesehen, aber da hatte er das Oberteil eines Surfanzugs getragen, und obwohl es die definierten Muskeln betont hatte, von denen ich bereits sicher war, dass er sie besaß, hatte ich ihn noch nie vollkommen nackt gesehen. Wie sah er wohl aus?

Meine Fantasie beschwor Bilder von mir herauf, wie ich

ihm dieses Baumwoll-T-Shirt vom Leib riss und beiseitewarf, während ich vor ihm auf die Knie ging. Ich schüttelte den Kopf und blinzelte rasch, um diese Gedanken loszuwerden. Warum war ich so scharf auf diesen Kerl? Ich war gerade mit meinem heißen Ex auf einer bescheuerten Preisverleihung gewesen, und trotzdem war es dieser Mann, nach dem ich mich verzehrte. Schon immer. Es war schon immer so gewesen. Von dem Augenblick an, als ich ihm begegnet war, wusste ich, dass ich ihn wollte. Und jetzt, als er vor mir stand, seinen düsteren Blick auf mich gerichtet – als könnte er den schmutzigen Film sehen, der in meinem Kopf ablief und in dem er die Hauptrolle spielte – wollte ich ihn wieder und wieder. Aber anders als beim letzten Mal, als wir zusammen gewesen waren, fühlte ich mich jetzt zerbrechlich. Als ahnte ich, dass ich verletzt werden würde. Vielleicht lag es an dem sensiblen Zustand, in dem ich mich befand. Vielleicht lag es daran, dass er im Strandhaus meines Dads so anders gewesen war, so aufmerksam, und mir klar geworden war, dass sich hinter dieser ganzen zornigen Fassade ein fürsorglicher Mann befand, der mich trösten konnte, selbst wenn ich gar nicht getröstet werden wollte. Der wusste, wann er mir die Hand und ansonsten einfach die Klappe halten sollte. Ich seufzte.

„Nicole“, sagte er, schloss kurz die Augen und atmete aus, als mache er irgendeine Yoga-Meditation. „Ich bin so kurz davor“, sagte er, öffnete die Augen und beschrieb mit seinen langen Fingern einen winzigen Zwischenraum. Lange und geschickte Finger. Ich blinzelte wieder. Er atmete wieder aus, diesmal stieß er sich dabei von der Wand ab und kam auf mich zu, bis er dicht vor mir stand und ich den Kopf in den Nacken neigen musste, um ihm ins Gesicht zu sehen.

„Ich bin so kurz davor, meinen Job zu verlieren, meine Lizenz und alles, wofür ich so verdammt hart gearbeitet habe“, sagte er mit rauer, tiefer Stimme und bei Weitem zu nah an meinem Mund.

„Weil du mich willst“, sagte ich eher, als dass ich fragte.

„Weil du mich die ganze Zeit so ansiehst, als wenn du mich willst“, sagte er.

Ich legte beide Hände auf seine Brust und schob ihn von mir weg. Er machte einen Schritt zurück.

„Du musst der selbstsicherste Mensch auf diesem Planeten sein. Du bist doch derjenige, der Treffen zu den verrücktesten Zeiten einberuft.“

„Und du bist diejenige, die kommt, ohne Fragen zu stellen.“

„So komme ich normalerweise am liebsten. Ohne Fragen zu stellen“, sagte ich grinsend. Er holte tief Luft und ließ sie langsam, schwer und geräuschvoll wieder herausströmen.

„Na schön. Ja, ich will dich“, sagte er.

Sein Geständnis verschlug mir die Sprache. Wir starrten einander an, und ich war sicher, dass mein Herz gleich aus meiner Brust direkt in seine springen würde, wenn er das Schweigen nicht brach. Doch er tat es nicht, also schluckte ich schließlich und redete.

„Warum wolltest du mich sehen?“, flüsterte ich.

So wie er mich ansah, fing ich an zu glühen wie Lava, die zu lange in einem schlummernden Vulkan eingeschlossen war, und ich fürchtete, dass das, was da zwischen uns war, mich jeden Moment zum Explodieren bringen würde. Gott wusste, es war eine Weile her. Zumindest für mich.

„Was hast du bei der Verleihung gemacht?“, fragte er.

Ich merkte, dass er versuchte, sich zurückzuhalten, indem er seine Stimme im Zaum hielt, und der Gedanke, wie er standhaft blieb und sich in Beherrschung übte, ließ mich erschauern.

„Er hat mich gefragt, ob ich mitkomme, und ich habe eingewilligt", sagte ich.

„Das war nicht Teil des Vertrags", knurrte er.

„Ich weiß", sagte ich mit leiser Stimme, riss meine Augen von seinen los und blickte auf den Boden zwischen uns. „Tut mir leid, dass ich es dir nicht gesagt habe. Ich dachte, du würdest versuchen, es mir auszureden."

„Hätte ich auch."

„Ich weiß." Meine Augen schnellten zu seinen. „Warum stört es dich so sehr?"

Er kniff die Augen zusammen. „Darum. Und ich will, dass du aus diesem scheiß Haus ausziehst."

„Wirklich? Aus meinem Haus?" Sein Tonfall ließ mich die Augenbrauen hochziehen. Ich hatte ja bereits beschlossen, dort auszuziehen, aber dass er mich dazu aufforderte, ärgerte mich. „Und wo soll ich deiner Meinung nach hinziehen, Mr. Neunmalklug?"

„Irgendwohin. Überall ist es besser, als mit ihm unter einem Dach zu leben. Wenn ich nicht dein Anwalt wäre, und ich schwöre bei Gott, ich bin dicht dran, würde ich dich da rausschleifen und dich dazu bringen, vorübergehend bei mir einzuziehen."

„Ach, vorübergehend", sagte ich mit zusammengekniffenen Augen, als ich kaum merklich einen Schritt nach vorn machte. „Bis du die Nase voll von mir hast und dir die nächste suchst? Ist das nicht deine Masche?"

„Meine Masche?“, fragte er, und seine Stimme schien plötzlich nur noch ein leises Brodeln zu sein, bei dem mir das Herz in die Hose rutschte. „Ich bin nicht derjenige, der es mit jemandem treibt und sich dann ein paar Wochen später mit jemand anderem verlobt.“

Oh mein Gott. Ich wollte ihn erwürgen. Für eine Sekunde dachte ich, ich könnte es versuchen, aber dann fiel mir ein, dass ich auf einen Stuhl steigen müsste, um nicht mehr kleiner als er zu sein, und das würde ihm verraten, was ich vorhatte. Ich holte Luft, zählte bis fünf und holte dann vorsichtshalber noch mal Luft.

„Für den Fall, dass du unser Gespräch vor ein paar Tagen vergessen hast: Du warst der Einzige, bei dem ich das so gemacht habe.“

„Deswegen fühle ich mich auch nicht besser, Nicole.“

„Wie fühlst du dich denn deswegen?“, fragte ich und neigte herausfordernd mein Gesicht. „Wir hatten Sex. Großartigen Sex. Du hast es beendet, und ich bin gegangen und habe einen anderen Kerl geheiratet, der mehr von mir wollte. Verdammt, verklag mich doch.“

„Vielleicht mache ich das.“

Ich lachte. „Oh. Guter Witz. Und auf welcher Grundlage?“

„Auslöschung meines verdammten Egos. Vorübergehende Geistesgestörtheit. Schwerwiegender Angriff auf mein … mein …“

„Dein Herz?“, fragte ich im Flüsterton und wartete mit angehaltenem Atem auf seine Antwort.

Ich hasste ihn dafür, dass er die Schale, die ich wieder um mein Herz herum hatte aufbauen können, mit drei simplen, bescheuerten Halbsätzen hatte schmelzen lassen. Seine Augen weiteten sich leicht, als hätte er hierbei überhaupt noch nicht an sein Herz gedacht, und ich musste fast lächeln. Ich hatte ihn noch nie verdutzt gesehen. Oder unsicher. Es war entzückend.

„Vielleicht“, sagte er stirnrunzelnd.

Fast entzückend.

„Ich glaube, du weißt nicht, wie viel für mich hier auf dem Spiel steht, Nicole. Du machst die ganze Zeit Witze, und …“ Ich kam ihm näher und presste meine Brust gegen seine. Er sog scharf die Luft ein. „Und das.“

Er trat wieder zurück und sah mir ins Gesicht. Ich hasste diesen Blick, als wühle er in meinen Gedanken herum, bis er etwas fand, was er gegen mich verwenden konnte. Er fuhr sich mit der Zunge über die Unterlippe, und ich tat dasselbe, wodurch ich ihn zwang, jetzt auf meine eigenen Lippen zu sehen.

„Du kannst mich weiter in Versuchung führen, aber es wird nicht funktionieren. Nicht nachdem ich gesehen habe, wie du so getan hast, als wäre alles in bester Ordnung. Nicht nachdem ich dich mit deinem zukünftigen Exmann habe herumknutschen sehen“, sagte er.

„Was willst du, Victor? Du bist wie in diesem gottverdammten Song von Katy Perry. Ich weiß nie, woran ich bei dir bin. Wir reden, wir streiten, wir haben Sex, und dann lässt du mich abblitzen, weil du dich um einen Mandanten kümmern musst.“

Er warf mir einen wütenden Blick zu. „Jetzt komm nicht wieder damit. Woher zum Teufel sollte ich wissen, dass du mehr wolltest? Du warst diejenige, die die Ehe und Beziehungen jeder Art schlechtgemacht und gesagt hat, dass sie nichts Festes wollte."

„Ich habe diese Sachen gesagt, weil ich dachte, das wolltest du hören."

„Weil ich das hören wollte? Wie wäre es, die gottverdammte Wahrheit zu sagen? Wenn du eine Beziehung wolltest, hättest du das sagen müssen."

„Und dann hätte ich sie bekommen? Du wärst mit mir den nächsten Schritt gegangen? Das Letzte, woran ich mich noch erinnere, ist, dass du mit diesem Job verheiratet warst."

Er trat so plötzlich vor, dass ich fast das Gleichgewicht verlor, doch er hielt mich an der Hüfte fest, damit ich nicht stolperte.

„Bleibst du bei ihm?"

Ich blinzelte. „Was?"

„Ob du bei deinem Mann bleibst?"

„Wer will das wissen?", flüsterte ich. „Mein Anwalt oder Victor?"

Er schloss erneut für einen Moment die Augen, und als er sie wieder öffnete, wusste ich, worauf er hinauswollte. „Ich kann dich nicht mehr vertreten, Nicole. Ich habe das Gefühl, dabei wahnsinnig zu werden."

„Warum?"

„Weil ich dich will", sagte er. Ich schnappte nach Luft, als sich seine Finger in meine Hüften gruben. „Ich will dich, und ich kann dich nicht haben, wenn ich weiter für dich arbeite."

„Wer sagt das?", fragte ich und war selbst überrascht, dass meine Stimme laut genug war, dass er mich hören konnte.

„Ich habe so verdammt hart gearbeitet, und dieser Fall wird alles zunichtemachen", sagte er, und sein Gesicht näherte sich meinem. Ich hörte auf zu atmen. „Alles, weil ich das hier mehr brauche als je irgendwas in meinem beschissenen Leben.“

Seine Lippen waren meinen so nah, dass ich sicher war, er würde mich küssen. Erwartete er, dass ich ihn küsste? Würde er den Eid brechen, den er vor Gericht in Bezug auf mich, seine Mandantin, abgelegt hatte? War es fair von mir, seine Grenzen auszutesten? Er schloss die Augen und lehnte seine Stirn an meine. Ich konnte seinen Pfefferminzatem riechen. Seine Hände ruhten immer noch auf meinen Hüften, und ich war sicher, dass er das Rasen meines Herzens auch dort spüren konnte. Ich spürte es überall.

„Nimm mich“, sagte ich schließlich, unfähig, ihn so nah bei mir zu haben und nichts zu unternehmen. „Nimm mich dir einfach. Du hast es doch schon mal gemacht. Ich kann ein Geheimnis für mich behalten.“

Er schüttelte den Kopf, und seine Stirn streifte auf meiner hin und her. „So einfach ist das nicht, Nicole.“

„So einfach war es noch nie“, flüsterte ich.

Er ließ eine seiner Hände meinen Rücken hinaufgleiten, an meiner Schulter verharren und bewegte sich dann langsam und zaghaft zu meinem Hals, meinem Schlüsselbein. Mein Atem wurde ungleichmäßig, verzweifelt verlangend nach etwas, irgendetwas. Ich wollte ihn küssen, berühren, mit ihm schlafen, aber mehr als alles andere wollte ich, dass er es tun wollte. Ich wollte, dass er derjenige war, der den ersten Schritt machte.

„Du hast recht. Es war noch nie einfach.“ Wie er es sagte, fragte ich mich, ob er vielleicht mehr empfunden hatte als nur Lust. „Wenn es vorbei ist“, sagte er und wich leicht zurück, um mich anzusehen, „wenn es vorbei ist, nehme ich dich."

„Und wenn wir uns privat treffen?", fragte ich.

„Willst du dich heimlich mit mir treffen?", fragte er, und seine Lippen verzogen sich zu einem Lächeln. Er schüttelte den Kopf, ließ die Hände sinken und entfernte sich von mir. „Ist es das, was du willst?"

„Vielleicht."

Er hob eine Augenbraue. „Das ist keine Frage, die sich mit vielleicht beantworten lässt, Nicole. Ja oder nein."

„Ja. Ich will mich heimlich mit dir treffen."

„Wirst du immer noch von den Paparazzi verfolgt?", fragte er mit ernstem Tonfall.

„Nein", sagte ich und korrigierte mich, als er mir einen ungläubigen Blick zuwarf. „Nicht mehr so viel."

„Sehen wir mal, wie es in den nächsten Tagen ist."

„Und dann können wir uns heimlich treffen?"

Er sah nach unten, um ein Lächeln zu verbergen, aber ich sah es. „Das habe ich nicht gesagt."

„Okay. Brauchst du sonst noch was von mir?", fragte ich, und mein Blick wanderte an seinem Körper hinab bis zu der Erektion, die sich in seiner Hose abzeichnete.

„Ich brauche vieles", sagte er mit glühendem Blick.

„Ich würde dir ja gern helfen", erwiderte ich mit einem betonten Blick auf die Beule in seiner Hose und fuhr mir mit der Zunge über die Lippen, bevor ich die Tür aufschloss und, die Hand am Türgriff, sagte: „Aber du weigerst dich ja auch, dich um meine Bedürfnisse zu kümmern."

Er ließ seine Hand auf meine an der Tür niedersausen, damit ich sie nicht öffnen konnte, und presste seine harte Brust gegen meinen Rücken. Ich schloss die Augen und versuchte, meinen Körper unter Kontrolle zu bekommen, um nicht bei dem Gefühl seines Atems an meinem Ohr zu zittern.

„Ich will kein Zeitlimit, wenn ich dich das nächste Mal nehme. Ich will keinen Quickie, bei dem wir nicht mal Zeit haben, die Klamotten auszuziehen. Ich will dich nackt und in meinem Bett, und glaub mir“, sagte er und senkte seine Stimme, als er seine Lippen an meinen Hals drückte, dicht unter meinem Ohr: „Ich werde jedes einzelne deiner Bedürfnisse befriedigen.“

Dazu hatte ich absolut nichts zu sagen, daher trat ich, als er seine Hand auf meiner etwas lockerte und die Tür öffnete, beiseite und wartete, bis er an mir vorbeigegangen war. Das Licht im Flur brannte. Victor und ich sahen uns mit großen Augen an.

„Hey“, sagte Grace und wirkte verwirrt, als sie mit einem großen Becher Kaffee in die Eingangshalle kam. „Ich wusste gar nicht, dass Sie heute einen so frühen Termin haben.“

Ich war mir nicht sicher, ob sie mit mir sprach oder mit Victor, aber er antwortete, bevor ich es konnte.

„Ja, ich musste das noch zwischen meinen Lauf und den Gerichtstermin schieben“, sagte er. „Ich gehe mich umziehen. Sollte jemand für mich anrufen, bevor ich wegmuss, schreiben Sie es auf und geben es Corinne, wenn sie kommt.“

„Okay“, sagte Grace und wandte sich dann an mich. „Einen Kaffee?“

„Ich habe mich schon gefragt, wann mir hier endlich jemand was zu trinken anbietet“, sagte ich, unfähig, mein Lächeln zu verbergen. Victor machte ein finsteres Gesicht, als er sich umdrehte und in sein Büro ging.

Grace und ich plauderten, während ich meinen Kaffee trank und sie den Computer anschaltete und alles Notwendige tat, um sich für den Tag zu wappnen.

„Also, ich muss jetzt gehen. Heute wird ein langer Tag."

„Wann geht es denn heute los?", fragte sie. Grace interessierte sich immer für meinen Job. Es spielte keine Rolle, wie unbedeutend er war, sie wollte alles darüber wissen.

„Heute ist eine lange Nacht. Von acht bis acht."

„Wow, und da bist du schon hier? Ich würde ja schlafen."

Ich lächelte. „Ja, das ist jetzt auch mein Plan." Ich machte eine Pause und sah auf die Tür zu Victors Büro. „Mist. Mir fällt gerade ein, ich sollte ihm ja noch was geben. Bin gleich wieder da."

Sie sah nicht einmal von ihrem Bildschirm auf, als ich in Victors Büro verschwand. Mein Blut toste in meinen Ohren, als ich meine Sneakers auszog, aus meiner Yoga-Leggings und meinem Slip schlüpfte und die Leggings dann schnell wieder anzog. Ich ging zu seinem Schreibtisch und stopfte das Höschen in seine Aktentasche. Ich konnte nur hoffen, dass er hineinsah, bevor er zu Gericht ging. Aber wie ich Victor kannte, würde er sie ausleeren und noch einmal neu sortieren – anders als ich, wenn ich die Handtasche wechselte. Ich rannte raus, bevor er von der Toilette zurückkam und mich erwischte.

„Alles erledigt?", fragte Grace, als ich ihr zum Abschied winkte und in den Aufzug stieg.

„Allerdings", sagte ich mit einem breiten Lächeln.

Kapitel 14

VICTOR

Meine Misophonie spielte verrückt. Ich kannte das schon, konnte aber trotzdem nichts dagegen tun, dass ich jedes Mal zusammenzuckte, wenn Corinne von ihrem Sandwich abbiss. Bei jedem Kaugeräusch kribbelte es auf meiner Haut. Ich seufzte und stand auf, um im Konferenzraum auf und ab zu gehen und mich von meiner Qual abzulenken. Ich hasste diese verfluchten Lunch-Meetings. Essen hatte im Konferenzraum nichts zu suchen. Absolut nichts. Der einzige Grund, warum ich ein Lunch-Meeting einberufen hatte, war, weil wir keine Zeit zu verlieren hatten und ich mich nachmittags mit Nicole treffen wollte, um ihr ein paar Unterlagen zu geben.

„Ist hier alles drin?“, fragte ich, als ich wieder zu der Akte zurückkehrte, die Corinne auf den Tisch gelegt hatte. Sie nickte langsam. „Haben Sie das Dokument abgeheftet, das ich Ihnen geschickt habe? Das letzte?“

„Das mit den Golden Globes in dem Vertrag, den sie mit ihrem Ex gemacht hat? Ja.“

Ich nickte. Ich musste dieses Papier aus jeder Akte raushalten, die ich ihr zurückgab, damit es nicht in die falschen Hände geriet. Allein die Tatsache, dass es aufgesetzt und gemailt worden war, gefiel mir ganz und gar nicht. Ich hasste das Internet. Ich begann, durch die Seiten zu blättern und mich davon zu überzeugen, dass jede Seite abgezeichnet und markiert war, wo sie unterschreiben musste. Wenn Gabriel allem zustimmte, konnte die Scheidung beschleunigt werden. Ich versuchte zwar immer, diese Fälle für meine Mandanten so schmerzlos wie möglich zu machen, denn ich konnte mir vorstellen, wie sehr sie sich einen Abschluss herbeisehnten, aber bei Nicole hätte ich was dafür gegeben, diesen Scheiß sofort beenden zu können.

Es war eigentlich ziemlich einfach. Ich wollte sie aus dem Haus haben, das sie mit Gabriel Lane teilte. Ich wollte, dass er aus ihrem Leben verschwand. Ich wollte sie in meinem Bett. Ich war kein Idiot. Ich wusste, diese Frau war ein guter Fang, und es war nur eine Frage der Zeit, bis jemand anders sie sich angelte. Wenn sie geangelt werden wollte, wollte ich, dass sie die Freiheit hatte, das zu entscheiden. Aber zuerst würde ich sie haben. Vielleicht war ich doch ein verdammter Idiot, weil ich mir jedes Mal, wenn mir dieser Gedanke durch den Kopf ging, nichts anderes vorstellen konnte, als dass ich sie bekam. Dass ich derjenige war, bei dem sie blieb. Ich versuchte, mir vorzustellen, wie mein Leben verlaufen wäre, wenn ich es gewesen wäre, der sie vor fünf Jahren geheiratet hätte, und nicht der Kerl, von dem sie sich jetzt scheiden ließ. Hätte ich es in den Sand gesetzt? Hätte ich sie gehen lassen? Es fiel mir schwer, Letzteres zu glauben. In den Sand gesetzt, vielleicht. Ich war jung gewesen und hatte so viel Ehrgeiz, dass ich gar nicht wusste, was ich damit anfangen sollte. Während meine Freunde damit beschäftigt waren, Frauen zu finden und zu heiraten, riss ich mir bei der Arbeit den Arsch auf. Ich wünschte mir nicht, die Zeit zurückdrehen zu können und mehr aus dem zu machen, was Nicole und ich gehabt hatten. Ich war sicher, dass nichts ohne Grund passierte – das mit uns hatte damals einfach nicht sein sollen.

Aber wie stark hatte ich mich seitdem wirklich verändert? Jensen schien es als seine Aufgabe anzusehen, mich immer wieder daran zu erinnern, dass ich schon über dreißig war – als würde das bedeuten, dass ich langsam anfangen sollte, meine Beerdigung zu planen.

„Victor?", fragte Corinne. Ich sah von den Unterlagen auf.

„Was?"

Sie rutschte unbehaglich auf ihrem Platz hin und her. „Ich habe mich gefragt, ob es Ihnen etwas ausmachen würde, wenn ich nächsten Monat mal Urlaub nähme?"

Unsere Blicke kreuzten sich, während ich über ihre Bitte nachdachte. Wann hatte sie das letzte Mal Urlaub genommen? War das nicht schon ein Jahr her? Ich ging im Geiste meinen Kalender durch und versuchte mich zu erinnern, was nächsten Monat anstand. Bis dahin würde im Fall von Nicoles Scheidung nicht mehr viel zu tun sein. Dafür würde ich sorgen. Diese Woche hatte ich noch einen Termin mit einem bekannten Romanautor, der sich von seiner Frau scheiden ließ, und wir wollten sehen, ob sie sich außergerichtlich einigen konnten, das sollte sich also auch nicht bis in den nächsten Monat ziehen. Ich merkte, dass ich Corinne immer noch anstarrte und blinzelte rasch. Ich hatte mir angewöhnt, Menschen gnadenlos anzustarren, wenn ich in Gedanken versunken war. Ich räusperte mich.

„Sicher. Tragen Sie ihn einfach in den Outlook-Kalender ein, damit wir ihn einplanen können", sagte ich schließlich.

Sie ließ ein wenig die Schultern hängen.

„Sonst noch etwas, das ich wissen müsste?“, fragte ich.

Sie schüttelte den Kopf, aber ich wusste, dass sie mir irgendetwas sagen wollte. Frauen waren so verdammt nervig. Warum spuckten sie es nicht einfach aus? Der Umgang mit ihnen wäre viel leichter, wenn sie einfach ihre Gedanken in Worte fassen würden, anstatt uns auf eine verdammte Schnitzeljagd zu schicken. Ich schüttelte den Kopf und widmete mich wieder den Papieren vor mir. Ich hatte keine Zeit für diesen Mist.

„Es ist nur“, sagte sie leise. Ich atmete hörbar aus. Klar, dass sie wieder anfing zu reden, sobald ich versuchte, mich auf etwas anderes zu konzentrieren. „Ich glaube, mein Freund will mir einen Antrag machen, wenn wir im Urlaub sind.“

Ich zog die Augenbrauen hoch. „Nun, das ist doch schön, oder?“, fragte ich langsam. Man wusste nie, ob man nicht einen wunden Punkt traf, wenn es um Frauen und solche sensiblen Themen ging.

„Vermutlich, ja“, sagte sie achselzuckend. Ich massierte mir die Schläfe und sah auf die Uhr. Ich hatte noch eine Stunde, bevor ich zu dem Termin mit Nicole hasten musste, also setzte ich mich wieder auf den Platz, wo ich gesessen hatte, bevor Corinne sich mit ihren Kaugeräuschen in Bugs Bunny verwandelt hatte.

„Was ist das Problem? Sind Sie nicht schon eine Weile zusammen?“, fragte ich.

Sie begann an ihrem Nagellack zu knibbeln. „Acht Monate.“

Oh, Wahnsinn. Ihr Freund hatte es ja eilig. Ich sagte nichts dazu, denn es würde nichts Gutes aus meinem Mund kommen. Es war auch nicht schlimmer als bei Gabriel Lane und Nicole. Diese verfluchte Nicole. Stattdessen nickte ich, damit sie fortfuhr. Sie sah zu mir auf, und ungeweinte Tränen traten ihr in die Augen. Verdammt. Mit emotionalen Frauen konnte ich nicht gut umgehen. Wo war ich da bloß wieder hineingeraten?

„Ich weiß einfach nicht, ob er der Richtige ist, verstehen Sie? Ich weiß nicht, ob er der Mann meines Lebens ist“, flüsterte sie, während sie immer noch an ihren Nägeln pulte.

„Haben Sie ihm das gesagt? Vielleicht sollten Sie das?“

„Er ist ein toller Mann. Er bringt mich zum Lachen, versteht sich mit meinen Eltern, hat einen guten Job“, fuhr sie fort, ohne meinen Einwand zu beachten. „Er hat eine eigene Wohnung, und er will Kinder.“

Ich legte den Kopf schief. Bis jetzt hatte ich nur Gutes über ihn gehört. Dazu noch einen schwarzen Mustang-Oldtimer, und ich würde den Kerl selbst heiraten. Ich sah wieder auf die Uhr.

„Ich vermute, es gibt noch eine Kehrseite?“

Sie wischte sich die Tränen weg. „Ich weiß nicht. Mit meinem Ex-Freund war ich sechs Jahre zusammen. Mit Daniel erst acht Monate. Ich hab das Gefühl, ach, keine Ahnung.“ Sie zuckte mit den Schultern. „Vielleicht kenne ich ihn noch gar nicht, verstehen Sie?“

„Corinne, wie Sie bestimmt wissen, bin ich für Beziehungstipps der falsche Ansprechpartner.“ Ich machte eine Pause und fügte hinzu: „Der völlig Falsche.“

Sie nickte und schniefte. „Ich weiß, aber Sie gehen viel mit Frauen aus. Woher wissen Sie, dass es nicht die Frau ist, die Sie heiraten wollen?“

Ich stieß einen langgezogenen Atemzug aus und lehnte mich in meinem Stuhl zurück. Das war eine gute Frage. Woher wusste ich das? Ich runzelte die Stirn.

„Gar nicht“, sagte ich achselzuckend. Sie sah verwirrt aus, also fuhr ich fort. „Keine dieser Frauen hat mir je genug bedeutet, um eine feste Beziehung mit ihr einzugehen, also nehme ich einfach an, dass sie nicht die richtigen waren.“ Sie starrte mich noch immer sprachlos an, weshalb ich weiterredete. „Ich verrate Ihnen jetzt ein kleines Geheimnis: Niemand von uns weiß, was er tut. Wir alle improvisieren irgendwie. Auch Ihr Freund improvisiert. Er macht Ihnen einen Antrag, weil er hofft, dass Sie die Frau seines Lebens sind. Vielleicht glaubt er es, das muss er wohl, wenn er diesen Sprung ins kalte Wasser wagt. Aber wenn Sie nicht bereit sind, mit ihm zu springen, sollten Sie ihn vielleicht von dieser Klippe herunterholen, *bevor* er springt, nicht erst, wenn er schon in der Luft ist.“

Sie nickte. „Sie haben recht. Vielleicht zweifele ich nur wegen all dieser verdammten Scheidungsfälle, mit denen wir zu tun haben.“

Ich lachte. „Ich bin mir ziemlich sicher, dass das in Ihrer Arbeitsplatzbeschreibung stand, als Sie sich beworben haben.“

„Menschen verändern sich“, sagte sie lächelnd.

Richtig. *Das* schon wieder. Ich zuckte mit den Schultern.

„Glauben Sie nicht, dass jemand kommen wird, der Sie verändert?“, fragte sie, die Stirn in Falten gelegt. Ich dachte einen Augenblick darüber nach, und meine Gedanken wanderten sofort zu Nicole. Schon wieder. Ich seufzte und fuhr mir mit der Hand durch die Haare.

„Ich glaube, die richtige Person für mich wird mich so lassen wollen, wie ich bin."

Corinne schien mit meiner Antwort zufrieden zu sein. Ich sammelte die Unterlagen ein und legte sie zurück in die Akte.

„Geht es Ihnen wieder besser?", fragte ich. „Ich muss nämlich dringend weg."

Corinne lachte. „Ich glaube, ich habe mich wieder eingekriegt."

Ich nahm die Akte, stand auf und ging auf die Tür zu. Im Vorbeigehen klopfte ich ihr leicht auf den Rücken. „Glauben Sie dem ganzen Hype nicht. Das Singledasein wird überbewertet, vor allem, wenn man glaubt, jemanden gefunden zu haben, den man ständig an seiner Seite ertragen kann."

Die Fahrt zu der Adresse in Manhattan Beach war brutal. Der Verkehr war eine Katastrophe. Offenbar wurde irgendein Flohmarkt aufgebaut, weshalb die Straße, die ich eigentlich hätte nehmen müssen, gesperrt war. Das machte mich noch wütender. Wer, der noch bei klarem Verstand war, würde freiwillig die ganze Gegend abriegeln, um irgendwelchen Scheiß zu verkaufen? Als ich bei meinem Ziel ankam, konnte ich meinen Ärger kaum noch im Zaum halten. Ich parkte vier Blocks entfernt an der Straße, ließ Jackett und Krawatte im Auto und krempelte die Ärmel hoch. Auf keinen Fall würde ich im Anzug durch diesen Höllenschlund gehen. Und dann noch dieser ätzende Lärm.

Ich lief die steile Straße hinunter und benutzte den Ordner in meiner Hand, um meine Augen vor der Sonne abzuschirmen. Als ich das Haus erreichte, konnte ich durch das Fenster Nicole in einem engen Kleid mit Blumenmuster sehen. Ihr dunkles Haar fiel ihr in lockeren Wellen den Rücken hinunter, die sie sich heute gemacht haben musste. Ich bewunderte sie aus der Ferne, ihre Kurven und wie ihre trainierten, gebräunten Beine in den Schuhen mit den hohen Absätzen aussahen. Für einen Moment stellte ich mir vor, wie sie ohne dieses Kleid und ohne diese Schuhe aussehen würde, die Beine um mich geschlungen. Ich holte tief Luft und ging die Stufen hinauf.

Als ich vor der Haustür stand, konnte ich sie lachen hören, offenbar über irgendetwas, was eine Person, mit der sie redete, gesagt hatte. Ich lächelte über den Klang ihres Lachens, es war schön, weder schrill noch tief, verächtlich oder aufgedreht. Es war genau richtig. Ein Typ öffnete die Tür, und ich spannte mich augenblicklich an. Er hatte schulterlange blonde Haare und trug einen Anzug. Ich sah ihm an, dass er gut trainiert war. Und dass er das Gefühl hatte, dass ich irgendwas Besonderes zwischen ihm und meinem Mädchen störte. Meiner *MANDANTIN*. Nicht meinem Mädchen. Meinem gar nichts. Ich blickte über seine Schulter und sah sie. Sie lächelte. Manchmal hatte sie dieses kleine, zaghafte Lächeln, das durch nichts zu erkennen gab, wie wild sie dahinter war. Sie konnte sich in das Leben eines anderen hinein- und wieder hinausstehlen und einen mit dem Gedanken zurücklassen, dass alles nur wegen dieses Lächelns passiert war.

„Hey. Rick, das ist mein …“, sagte sie, machte eine kurze Pause, und das zaghafte, sanfte Lächeln verwandelte sich in ein breiteres, verruchteres, viel heißeres „mein Anwalt“.

„Oh“, sagte Rick und trat stirnrunzelnd beiseite. „Ich wusste nicht, dass du deinen Anwalt dazu holst.“

Nicole lachte. „Nicht hierfür. Er muss mir nur ein paar Sachen bringen, aber wo er schon mal hier ist, kann er sich genauso gut nützlich machen und mir bei der Besichtigung des Hauses helfen. Es sei denn, du musst noch woanders hin“, fügte sie hinzu und sah mich mit ihren großen blauen Augen an. Wenn mich nicht schon dieser Blick überzeugt hätte, dann auf jeden Fall der Umstand, dass ihr Makler leise schnaubte, als sie dies vorschlug.

„Na klar. Ich habe keine Termine mehr, weil ich dachte, wir würden hierüber noch diskutieren. Geht schon mal vor“, sagte ich und schickte schnell eine Nachricht an Corinne, sie solle alle Termine der nächsten zwei Stunden absagen. Ich hatte zwar keine persönlichen Termine mit jemandem, aber ich musste eigentlich wegen einer Telefonkonferenz zurück ins Büro. Sie würden etwas länger warten müssen, bis ich sie zurückrief, keine große Sache.

Rick machte auf dem Absatz kehrt und ging den Flur entlang. Nicole zwinkerte mir zu, bevor sie sich umdrehte, um ihm zu folgen, und zwischen jenem Blinzeln und der Art, wie sich ihr Hintern in diesem Kleid hin und her bewegte, bereute ich bereits die Entscheidung, hiergeblieben zu sein. Gott sei Dank hatte ich Jackett und Krawatte ausgezogen. Rick arbeitete die Besonderheiten des Hauses ab – die Küche, das Wohnzimmer, die Waschküche, das Esszimmer – und ließ Nicole dabei nicht aus den Augen. Jedes Mal, wenn sie sich umdrehte, schaute er auf ihren Hintern. Wenn sie mit ihm redete, wanderte sein Blick ihren Körper hinab. Nicole musste es auch auffallen, sie hätte blind sein müssen, es nicht zu merken, aber sie wies ihn nicht zurecht, und ich war dankbar dafür, denn aus irgendeinem Grund war ich nicht sicher, wie ich darauf hätte reagieren sollen. Ich war noch nie der eifersüchtige Typ gewesen. Rivalisierend? Ja. Aber Eifersucht war mir fremd. Es gab keinen Grund, um eifersüchtig zu sein. Bei Nicole war das allerdings etwas anders. Vielleicht, weil ich sie so sehr wollte. Vielleicht, weil ich sie nicht haben konnte, obwohl, wenn ich ehrlich zu mir war, wusste ich, dass es mehr war als das.

„Dann zeige ich euch jetzt mal das Schlafzimmer", sagte Rick und warf Nicole dabei einen vielsagenden Blick zu. Sie gingen Richtung Treppe, während ich etwas zurückblieb. Er warf mir einen kurzen Blick über die Schulter zu, bevor er den Kopf zu ihr neigte und sagte: „Das Bett steht noch drin, aber wir sind ja bedauerlicherweise nicht allein."

Mein Herzschlag beschleunigte sich, aber meine Füße blieben stehen. Wer zum Geier war dieser Typ? Nicole lächelte mich schüchtern an. Sie kommentierte seine Bemerkung nicht, lachte nicht und sagte auch sonst nichts zu ihm. Ich schnitt ihr eine Grimasse und deutete mit dem Kopf auf seinen Hinterkopf. Sie zuckte die Schultern und ging weiter.

„Die Stufen sind ein bisschen steil", sagte er. „Aber keine Sorge, ich fange dich auf, wenn du fallen solltest."

Am liebsten hätte ich diesen Arsch die Treppe heruntergeschmissen. Stattdessen schnaufte ich kopfschüttelnd. Ich nahm zwar auch kein Blatt vor den Mund, wenn es darum ging, Frauen wissen zu lassen, was ich wollte, aber für gewöhnlich tat ich das in einer anderen Umgebung.

„Liegt das Schlafzimmer links oder rechts?", fragte Nicole, als sie oben an der Treppe ankam.

„Links", sagte er. „Oder oben, wie es dir lieber ist."

Darüber lachte Nicole. Sogar ich musste lachen, aber nur, weil ich nicht glauben konnte, was für ein armseliger Loser dieser Typ war. Wieder schüttelte ich den Kopf. Zum Glück erhielt der Armleuchter einen Anruf und entschuldigte sich, indem er einen Finger hob und sagte, das sei ein wichtiger Klient. Dieser Vollpfosten. Nicole öffnete im Schlafzimmer die Tür zum Balkon und trat hinaus.

„Das ist ja schön", sagte ich, während ich mich zu ihr gesellte. Der Sandstrand begann auf der gegenüberliegenden Straßenseite. Es war das perfekte Strandhaus. „Hast du dich also endlich entschieden, aus eurem Schloss in den Hollywood Hills auszuziehen und es gegen diese bescheidene Behausung einzutauschen?"

Lächelnd wandte sie mir das Gesicht zu. „Es kostet nur halb so viel."

Ich lachte. „Du hast einen teuren Geschmack."

„Ich habe einen guten Geschmack."

„Stimmt", sagte ich und stützte die Unterarme auf das Balkongeländer. Meine Augen wanderten ihren Körper hinab. Sie musste wirklich aufhören, in meiner Gegenwart solche Kleider zu tragen. Sie musste aufhören, in meiner Gegenwart überhaupt etwas zu tragen. Sie rückte näher zu mir, bis ihr Unterarm an meinem lag, ihre Hüfte meine berührte und neigte leicht ihren Kopf zurück, sodass sie mir noch in die Augen sehen konnte.

„Aber wäre das nicht schön? Wenn ich hier einzöge. Dann könntest du mal auf ein Glas Wein vorbeikommen", sagte sie mit leiser Stimme.

Wir waren jetzt auf Augenhöhe, unsere Gesichter so nah beieinander, dass ich ihren Atem riechen konnte. Sie roch nach Wassermelone, wie der rosa Filzstift aus der Packung mit den Duftstiften, die meine Mom meiner Schwester und mir gekauft hat, als wir klein waren. So verdammt gut. Zum Anbeißen. Mein Blick fiel auf ihren Mund, als sie sich leicht mit der Zunge über die Lippen fuhr.

„Ach ja? Wann denn?“, fragte ich und spürte, wie ich von ihr angezogen wurde. Sie war unaufhaltsam, diese Sache.

„Wann du willst.“

Meine Lunge zog sich zusammen, ich konnte kaum noch atmen.

„Weißt du“, sagte sie in aufforderndem Ton, damit ich meine Augen wieder zu ihren hinaufbewegte, „ich habe diesen Typ auf der Hochzeit eines Freundes kennengelernt. Er war heiß und wusste genau, wie man sein Becken bewegt, und du weißt ja, was man über Kerle sagt, die das können.“ Sie machte eine Pause.

Ich spürte, wie sich alles in meinem Körper anspannte. Ein Feuer wurde entfacht. Es begann in meinen klingelnden Ohren und breitete sich bis in meine Zehenspitzen aus. Was zum Teufel war das für ein Gefühl?

„Ich hatte gehört, dass er nicht nur ein guter Makler sein soll, sondern auch nichts gegen ein Abenteuer habe, daher habe ich ihn angerufen. Ein gutes Haus zur Miete und eine heiße Nummer, das sind zwei Fliegen mit einer Klappe, denn ich versuche ja, meinen eigenen Rekord hinsichtlich einer einzigen heißen Nummer, der mit dir, zu brechen“, fuhr sie fort. Die Art, wie sie das sagte, war wie ein Stich ins Herz und ließ mich gleichzeitig hart werden. Ich wollte nicht, dass sie diesen Rekord brach. Niemals. Außer wieder mit mir. Nur mit mir.

„Aber dann bist du aufgetaucht, und ich dachte, verdammt.“ Ihr Gesicht war meinem jetzt noch näher. „Du bist jemand, der definitiv weiß, wie man richtig guten Sex hat, und ich dachte, vielleicht sollte ich diesen Makler-Typ vergessen. Vielleicht sollte ich auf Nummer sicher gehen, meinst du nicht?“, fragte sie, ihre Stimme ein Flüstern an meinen Lippen.

Für eine Sekunde rührte ich mich nicht, und die Räder in meinem Kopf ratterten. Sex hatte die Karriere von vielen extrem erfolgreichen Männern zerstört. Nie hätte ich gedacht, dass ich Gefahr laufen könnte, auch auf dieser Liste zu landen, nicht einmal ansatzweise, aber nun war ich auf dem besten Wege dahin. Das Verrückte war, dass ich mich, während ich das noch dachte, schon bewegte. Ich richtete mich auf, stieß mich vom Geländer ab, zog sie am Handgelenk wieder ins Haus und presste meine Lippen auf ihre. Ich küsste sie mit der Verzweiflung, die ich ihretwegen empfand, warf jede Kontrolle über Bord, und sie erwiderte den Kuss ebenso enthusiastisch. Ihre Hände flogen zu den Knöpfen meines Hemdes, meine griffen um sie herum nach ihrem Hintern.

„Ich will dich so sehr“, sagte sie und stieß mich rückwärts gegen die Wand. Ich packte ihren Po noch fester und zog sie an mich, damit sie spürte, wie sehr auch ich sie wollte. An meinen Lippen schnappte sie nach Luft und wich dann zurück, um mich anzusehen. „Bitte, Victor. Lass mich nicht warten.“

Ich schloss die Augen und lockerte meinen Griff, gab uns etwas Raum und stieß ein raues, heiseres Lachen aus. „Ich rede mir immer ein, ich hätte eine gute Selbstbeherrschung, aber in deiner Gegenwart …“

Ich beendete den Satz nicht. Ich konnte es nicht, weil ihre Lippen sich wieder auf meine legten, doch selbst, wenn es nicht so gewesen wäre, hätte ich nicht erklären können, was ich empfand, und es spielte auch keine Rolle. Ich konnte sie küssen, ich konnte mit ihr schlafen, um sie aus dem Kopf zu bekommen, doch ich wusste, dass ich mehr wollen würde. Und ich konnte nicht mehr haben. Nicht, wenn meine Karriere auf dem Spiel stand. Und selbst wenn ich nur dieses eine Mal mit ihr schlief konnte das fatale Folgen haben. Schließlich unterbrach ich den Kuss und nahm meine fünf Sinne zusammen. Das hier würde passieren, aber nicht, wenn jeden Moment ein Vollidiot namens Rick hereinplatzen konnte. Ich musste nach Hause fahren, überlegen, wie lange ich mich noch in Selbstbeherrschung üben konnte, mich sammeln und mir wahrscheinlich einen runterholen, nicht zwangsläufig in dieser Reihenfolge.

Kapitel 15

NICOLE

Dieser Kuss. Ich konnte nicht aufhören, daran zu denken. Ich dachte daran, als ich den Mietvertrag unterzeichnete. Ich dachte daran, als ich die Schlüssel in meinen Händen hielt. Und ich dachte daran, als ich Victor anrief, um ihm zu sagen, dass die Sache besiegelt war. Er fand auch, dass es ein guter Preis und eine super Lage waren. Er war den Vertrag für mich durchgegangen und hatte ihn abgesegnet, da es ein Standardmietvertrag war und er mich für nicht länger als sechs Monate band. Das war auch gut so, denn ich wusste nicht genau, wo ich in sechs Monaten sein würde. Unser Gespräch nahm einen weniger erfreulichen Verlauf, als wir von meinem neuen Haus auf mein geplantes Date mit Gabe zu sprechen kamen. Als ich es erwähnte, schlug seine Stimmung um, seine Antworten wurden einsilbig, und obwohl wir telefonierten, konnte ich förmlich sehen, wie er sich unwirsch mit der Hand durch die Haare fuhr. Ich fragte mich, was er empfand. Ob meine Farce, dass ich wieder mit Gabe zusammen wäre, ihm wirklich so viel ausmachte, wie es den Anschein hatte.

In dem Eiscafé, auf das Gabe und ich uns geeinigt hatten, waren wir öfter gewesen, als wir zwar schon zusammen, aber noch nicht verheiratet gewesen waren, was die Story anscheinend umso pikanter machte. Sein Manager ließ unseren Ausflug bei den Paparazzi durchsickern, also trug ich eine Jogginghose und ein T-Shirt und er Basketball-Shorts und ein T-Shirt, damit es aussah, als genössen wir einen total „entspannten Nachmittag“. Dabei war der Ausflug strategisch komplett durchgeplant. Ich hatte keine Zeit mehr, noch einmal nach Hause zu fahren, und so bat mich Gabe, mich von Marcus in die Mall fahren zu lassen, damit ich zu ihm ins Auto springen und wir gemeinsam in das Eiscafé fahren konnten.

Er telefonierte die ganze Fahrt über mit seinem Assistenten Lee.

„Schönen Gruß von Lee“, sagte er, als er endlich aufgelegt hatte. Ich sah aus dem Fenster und schwieg, denn Lee stand auf meiner Schwarzen Liste gleich hinter Darryl. „Hast du gehört?“, fragte er.

„Ja, hab ich.“

Er stieß einen Seufzer aus. „Bloß weil wir uns scheiden lassen, heißt das nicht, dass du unsere gemeinsamen Freunde fallen lassen musst, oder?“

„Gemeinsame Freunde“, sagte ich mit einem spöttischen Lachen. „Lee ist der Letzte, den ich als Freund bezeichnen würde.“

„Wow.“ Er schüttelte den Kopf, als er den Hollywood Boulevard entlangfuhr.

„Was heißt hier wow, Gabe? Falls du es nicht wusstest, Lee hat von dem Moment unserer Trennung an sehr deutlich gemacht, dass er nichts mehr mit mir zu tun haben will. Immer wenn ich dich am Set angerufen habe …“ Ich unterbrach mich und schüttelte den Kopf. „Egal.“

„Nein, erzähl's mir", sagte er mit sanfter Stimme. Er sah zu mir herüber, als wir das Café erreichten. Das Auto stand erst seit einer Sekunde, da kamen die Paparazzi bereits auf uns zugerannt. Ich ignorierte sie und sah weiter Gabe an. Das tat ich immer, wenn wir von Fotografen umgeben waren, weil ich ihre Linse und die einseitige Geschichte, die sie erzählte, nicht ertrug.

„Es spielt wirklich keine Rolle. Vor neun Monaten hätte dieses Gespräch noch Sinn gehabt, aber du warst zu sehr damit beschäftigt, dich zuzudröhnen und jede Tussi in Hollywood zu flachzulegen."

Er berührte meine Hand und schaute mich an. „Tut mir leid."

Ein Kloß bildete sich in meinem Hals, weil sich seine Entschuldigung zum ersten Mal echt anfühlte. Ich riss meinen Blick von seinem los und bereute es augenblicklich, als ich aus dem Fenster in fünf verschiedene Blitzlichter sah.

„Bringen wir es einfach hinter uns", sagte ich und räusperte mich.

Als er den Motor ausmachte und in die Kameras lächelnd, über einen Witz lachend um den Wagen herumging, bevor er mir die Tür öffnete, schloss ich die Augen und fragte mich zum millionsten Mal, ob alles an ihm gespielt gewesen war. Ich hasste es schlechtzumachen, was wir gehabt hatten. Ich hasste den Gedanken, dass das alles zwischen uns nicht mehr als ein Schattentheater gewesen war, vor allem, weil meine Gefühle für ihn so echt gewesen waren. Dennoch konnte ich nichts anderes denken, als er seine Rolle in diesem Moment so perfekt spielte. Das Geräusch des Türgriffs ließ mich die Augen aufschlagen. Ich nahm seine Hand, als er mir aus dem

Wagen half, und ging neben ihm her, wir beide hielten die Köpfe gesenkt.

„Das war doch gar nicht so schlecht“, sagte er und legte mir den Arm um die Schultern. *Welcher Teil?* Wollte ich fragen. *Der Teil, als du so getan hast, als würde ich dir etwas bedeuten? Oder der, als du zugelassen hast, dass ich mich in dich verliebe, nur, um mich sitzen zu lassen, weil dir eingefallen ist, dass du lieber Single wärst?* Ich sprach nichts davon aus. Ich wusste, wenn ich es tat, würde ich ausrasten, und die ganze Scharade würde auffliegen. *New York*, rief ich mir ins Gedächtnis. *Einvernehmliche, schmerzfreie Scheidung.*

Ich lächelte Veronica zu, als wir an der Reihe waren, aber anstatt zurückzulächeln, sah sie die ganze Zeit Gabe an, während er nach oben auf die Eiskarte blickte. Die Art, wie sie ihn anschaute und mich ignorierte, löste in meiner Magengrube ein unangenehmes Gefühl aus. Jener sechste Sinn, den Frauen haben, war in Zeiten wie diesen nicht nur ein Segen, sondern auch ein Fluch. Meine Mom hatte immer zu mir gesagt, Männer seien wie Welpen. Wenn man sie nicht bei Laune hielt, gingen sie zum nächsten Spielzeug über. Diese Vorstellung hatte mir noch nie gefallen.

Ich hatte das Gefühl, dass wir viel zu viel Nachsicht mit ihnen hatten, bloß weil sie Schwänze zwischen ihren Beinen hatten und wir nicht. Denn, mal ehrlich, wenn es nur um die Anatomie ging, wäre dann nicht der Kanal überlegen, aus dem sie geboren worden waren? Aber leider gaben Frauen wie meine Mom und Gabes Mom Männern einen Freibrief dafür, Fremdgänger und Lügner zu sein, und zeigten ihnen, dass es okay war und sie damit davonkamen. Davon mal abgesehen, erinnere ich mich daran, dass meine Mom früher, als meine Eltern noch verheiratet gewesen waren, meinen Dad von einem Privatdetektiv hatte beschatten lassen, weil sie wissen wollte, was er nach der Arbeit trieb. So war ich nicht. Ich fand, dass man bereit sein musste, einem Menschen genug zu vertrauen, um ihn seine eigenen Entscheidungen fällen zu lassen. Was er damit machte, war eine andere Geschichte.

„Wie immer?", fragte Veronica, als sie mich schließlich doch mit einem unbehaglichen Lächeln bedachte.

Gabe sah zu mir herab und ließ jenes breite Grinsen aufblitzen, das mich überhaupt erst dazu gebracht hatte, mit ihm auszugehen. „Cookies'n'Cream?"

Ich nickte und lächelte einen Moment später, als es mir wieder einfiel. „In einer Waffel."

„Alles klar", sagte er und sah mich immer noch an, als wäre ich etwas sehr Wertvolles. Ich hasste ihn dafür. Und ich hasste mich selbst dafür, dass ich überhaupt etwas fühlte, auch wenn es nicht die unerwiderte Liebe war, die ich einst verspürt hatte. Als er die Bedienung ansah, um zu bestellen, hielt er einen Moment inne. Ein flirtendes Lächeln machte sich in ihrem Gesicht breit.

„Du hast mich nie zurückgerufen", sagte sie.

Ich versuchte zu schlucken, aber es wurde ein Husten daraus, und kurz darauf schlug ich mir hustend auf die Brust. Gabe klopfte mir auf den Rücken, aber ich entwand mich seiner Berührung. Sie redete mit ihm, als hätte sie keine Ahnung, wer ich war. Als wüsste sie nicht, dass ich mit ihm verheiratet war. Als würde ich nicht diesen gigantischen Klunker an meinem Finger tragen, den er mir vor fünf Jahren angesteckt hatte. Trotzdem war es nicht sie, auf die ich wütend war. Sie war es nicht gewesen, der ich mein Vertrauen geschenkt hatte.

Meine Haut begann zu kribbeln vor blanker Wut, wie ich sie seit dem Tag nicht mehr verspürt hatte, als Gabe mich in seinem Drogenrausch mit Beleidigungen bombardiert hatte. Ich drehte mich um und begann wegzugehen. Meine Idee war, mich hinzusetzen, während er auf das Eis wartete, das ich nicht mehr essen konnte, und es wegzuatmen, doch Gabes Hand auf meinem Arm hielt mich auf.

„Das ist lange her", sagte er.

Ich blickte stur geradeaus zur Tür, wo immer noch die Paparazzi standen, ihre Kameras direkt auf uns richteten und den Moment einfingen. Ich war stolz darauf, ruhig, gelassen und gesammelt zu sein, wenn ich es wollte. Ich war stolz darauf, alles kontrollieren zu können, was aus meinem Mund kam und mich fangen zu können, wenn ich zu weit ging. Aber das hier? Das konnte ich nicht. Es ging einfach nicht. *Das ist lange her? DAS war seine Entschuldigung?*

„Es ist lange her?", sagte ich und kochte, als ich mich zu ihm drehte. Mit meiner anderen Hand streifte ich seine Hand weg. „Wie lange her, Gabriel? Als wir verflucht noch mal verheiratet waren?"

„Mach jetzt keine Szene, Nicole."

„Mach jetzt keine Szene! Ist das dein Ernst?"

„Es war nichts Ernstes", sagte er, senkte die Stimme und ließ seinen Blick weicher werden, als würde seine plötzliche Anteilnahme reichen, um mich dort festzuhalten.

Ich stieß mit beiden Händen gegen seine Brust und drehte mich wieder um. „Fick dich doch."

Er packte mich unsanft am Handgelenk und zog mich

zurück an seine Brust. Sein Mund war nah an meinem Ohr. „Alles, was wir tun müssen, ist mit einem Lächeln im Gesicht hier rauszugehen. Mehr nicht. Ich habe es vergeigt. Ich war ein beschissener Ehemann. Es tut mir leid. Wirklich, aber das wird jetzt auch nichts daran ändern."

Ich schloss die Augen, überrascht über das plötzliche Bedürfnis zu weinen. Mir war schlecht. Es war keine Überraschung. Absolut nicht. Ich hatte doch gewusst, dass er Sex mit anderen Frauen gehabt hatte, das war nichts Neues. Trotzdem machte sich ein schweres, unangenehmes Gefühl in meiner Magengrube breit. Ich spürte, wie ich unter seinem Griff nachgab, während ich lang und tief ausatmete.

„Ich muss auf die Toilette", flüsterte ich. Er ließ mich los. Ich sah ihn nicht an und auch nicht in Veronicas Richtung, als ich im Flur verschwand und mein Handy herausholte.

„Hallo?"

„Ich brauche dich", sagte ich mit rauer, tränenerstickter Stimme.

„Weinst du?", fragte er. „Wo bist du?"

„Ich weine nicht", sagte ich, obwohl klar war, dass ich kurz davor war. „Cold Stone in Hollywood."

„Ich bin in zwei Minuten da." Er machte eine Pause. „Vier Minuten. Scheiß Verkehr", brüllte er, bevor seine Stimme wieder sanfter wurde. „Sind die Paparazzi noch da?"

„Ja", flüsterte ich und wischte mir über das Gesicht. Ich hasste es zu heulen, insbesondere vor anderen, also musste ich mich beruhigen, bis er kam.

„Kannst du hinten rauskommen?"

„Ja. Ich muss es nur erst Gabe sagen." Es entstand eine lange Pause. „Victor?"

„Ja, ich bin da. Okay. Ich bin an der Ampel. Ich fahre an den Hinterausgang", sagte er.

Ich bedankte mich bei ihm, merkte dann aber, dass er schon aufgelegt hatte. Ich steckte das Telefon in meine Handtasche und betrachtete mich im Spiegel. Ich sah normal aus, und das erinnerte mich daran, wie wenig wir Menschen von uns preisgaben. Als ich aus der Toilette kam, stand Gabe mit unserem Eis in der Hand im Flur. Er hielt mir meins hin, und ich nahm es.

„Ich gehe."

Er zuckte leicht zusammen und runzelte die Stirn. „Okay. Ich bring dich nach Hause."

Ich schüttelte den Kopf. „Nein. Ich gehe. Ohne dich."

An der Art, wie er die Hand sinken ließ, in der er sein Eis hielt, und die Schultern hängen ließ, konnte ich erkennen, dass ihn das überraschte.

„Wirklich, Nicole?", fragte er mit einem Seufzen. „Es war ein Fehler. Ich war ein Idiot. Es war ein Mal …"

„Ist mir egal. Ist mir völlig egal", fügte ich langsam und ernst hinzu. „Es ist mir schon lange egal, Gabriel. Wirklich, aber dass du mit mir hierhergehst? Wie verdammt unsensibel kann man denn sein? Und ich bin hier, um dir einen Gefallen zu tun. Scheiße, ich kann's nicht glauben!"

„Du hast es unterschrieben."

„Und weil ich unterschrieben habe, muss ich hierbleiben, während mich jemand respektlos behandelt, und *du* es zulässt?"

„Mir war nicht klar, dass du gerettet werden musst, Nicole. Ich wusste nicht, dass du eine Jungfrau in Not warst."

Er war *so* ein Arschloch.

„Ich muss auch nicht gerettet werden. Die einzige Jungfrau in Not bist du in dieser Situation. Und ich habe es satt, dein Ritter in strahlender Rüstung zu sein“, sagte ich und zeigte mit einem Finger auf seine Brust, bevor ich mich umdrehte, um auf die Hintertür zuzugehen. Ich blieb stehen, als ich sie erreichte, die Hand am Türgriff, und warf die Eiswaffel in den Mülleimer neben mir. „PS: Scheiß auf die Unterschrift.“

Victors glänzend schwarzer zweitüriger Jaguar stand direkt vor der Tür. Ich öffnete die Beifahrertür und stieg ein. Für einen Moment verbarg ich das Gesicht in meinen Händen. Glücklicherweise deutete er das als Zeichen loszufahren. Als wir die Bordsteinkante erreichten, kamen die Paparazzi mit ihren Kameras schon auf uns zugerannt. Ich verbarg mein Gesicht, aber ich war sicher, dass sie mich abgelichtet hatten.

„Wohin fahren wir?“, fragte er.

„Egal.“

Seine Finger lösten eine meiner Hände von meinem Gesicht. Ich sah ihn immer noch nicht an, ließ ihn aber meine Hand herunternehmen und in seiner halten, während er unsere Finger miteinander verschränkte.

„Schon Zweifel bekommen wegen dieses bescheuerten Papiers, das du unterschrieben hast?“, fragte er kurz darauf und drückte meine Hand, sodass ich sie nicht wegziehen konnte, als ich es versuchte.

„So ähnlich.“

„Was ist denn da drin passiert?“, wollte er wissen und nahm meine Hand mit, als er schaltete.

Ich seufzte. „Nichts Außergewöhnliches. Wir hatten abgemacht, zusammen Eis essen zu gehen, und alles war gut, bis die Bedienung, die ich mal für nett gehalten habe, mir zu verstehen gegeben hat, dass sie mal was mit ihm hatte."

Aus dem Augenwinkel sah ich ihn nicken und hörte ihn murmeln: „Dieses Arschloch." Er atmete scharf aus und fuhr weiter den Pacific Coast Highway entlang. Keiner von uns sagte irgendetwas, bis wir zu einem Haus am Strand gelangten, wo er direkt vor der Garage parkte. Ich schluckte und dachte darüber nach, wie schnell alles aus dem Ruder laufen konnte, sobald ich durch diese Tür ging. Ich wollte ihn schon so lange, aber jetzt, als der Moment endlich gekommen war …

„Du hast mich zu dir nach Hause gebracht?", fragte ich, als er den Motor abstellte. Er sah mich lächelnd an.

„Nicht zu mir. Das Haus gehört meiner Schwester. Ich habe ihr gesagt, dass ich vorbeikomme, um ihr zu helfen, einen Fernseher anzuschließen. Sie will ihren Mann damit überraschen, wenn er von der Arbeit heimkommt."

Ich blinzelte. „Ach. Okay."

Er griff wieder nach meiner Hand, legte sie auf seine offene Handfläche und sah sie an, als messe er sie ab.

„Den habe ich dich noch nie tragen sehen", sagte er und drehte meinen Ring in seinen Fingern.

„Wegen der Kameras", sagte ich als Erklärung. Seine Augen wirkten so aufgewühlt, dass es mir den Magen umdrehte. „Stört er dich?"

Er starrte mich so lange schweigend an, dass ich schon glaubte, er würde gar nicht mehr antworten. Es war, als suche er nach etwas Unbekannten tief in mir. Ich sah zu, wie sein Adamsapfel auf und ab hüpfte, als er schluckte, und schließlich nickte er langsam.

„Ja. Sehr“, sagte er, verschränkte seine Finger mit meinen und führte seine freie Hand zu meinem Gesicht. Er streifte ein paar Haare zurück, die mir aus dem Pferdeschwanz gefallen waren, und streichelte mit seinen Fingerknöcheln mein Kinn, wobei seine tiefbraunen Augen mich immer noch ansahen. Ich konnte meine Augen nicht schließen, selbst wenn ich es gewollt hätte. Mein Herz fühlte sich an, als gäbe es von nun an kein Zurück mehr, und schaltete in den Turbogang, als seine Hand sich weiter meinen Hals und mein Schlüsselbein hinunter bewegte.

„Ich würde dich gern zum Essen einladen“, sagte er mit tiefer Stimme. Ich konnte nichts tun als nicken. In diesem Moment hätte ich so ziemlich allem zugestimmt. „Irgendwo in der Öffentlichkeit, wo ich nicht Gefahr laufe, dir die Klamotten vom Leib zu reißen. Aber du weißt, was bei der Presse los ist, wenn wir das machen.“

Ich lächelte bei dem Gedanken. „Und seien wir mal ehrlich: Du würdest mir die Klamotten vom Leib reißen wollen, egal wo wir sind.“

Sein Blick verfinsterte sich. „Wer würde das nicht wollen?“

Mein Lächeln erstarb für einen Moment, als ich an Gabriel dachte. Er offensichtlich nicht. Nicht dass das eine Rolle gespielt hätte. Nicht dass es mir jetzt noch etwas ausmachte. Aber, Gott, mit wie vielen Frauen brauchte manch ein Mann Sex, um befriedigt zu sein? Reichte eine denn nicht? Ich versuchte, meine Lippen wieder zu einem Lächeln zu bewegen, bevor ich meine Gedanken verriet, aber Victor hatte sie schon gelesen. Er führte meine Hand zu seinem Mund und küsste meinen Handrücken, wobei seine weichen Lippen bis zu meinem Handgelenk und über meinen Puls wanderten, und sein Blick nicht von mir wich.

„Wenn du ein Kakadu wärst, hätte dein Schwarm dich schon längst getötet“, sagte er, ließ meine Hand sinken, hielt sie aber weiter fest. Ich runzelte die Stirn und schüttelte den Kopf, als mir ein Lachen entfuhr. Ich war froh über die Ablenkung, also ließ ich mich darauf ein.

„Krass. Wieso das denn?“

„Sie versuchen, ihre Gebrechen zu verbergen, aber der Schwarm bemerkt sie dennoch, er spürt es, und dann rotten sie sich alle zusammen und machen ihm den Garaus.“

„Das ist ja heftig“, sagte ich und zog die Augenbrauen hoch. „Und du spürst etwas? In mir?“

Er prustete. „Über diese Bemerkung könnte ich jede Menge Witze machen, aber das lasse ich mal. Und ja, Nicole, ich spüre etwas, in dir, für dich. Ich dachte, das wäre klar.“

Sein Geständnis kam völlig natürlich rüber, ganz und gar ungezwungen, aber dennoch dröhnte es in meinen Adern. Er hob meine Hand und küsste sie noch einmal, bevor er sich umdrehte, um aus dem Auto zu steigen. „Aber der Schwarm hätte dich trotzdem umgebracht.“

Ich stieg aus und ging neben ihm am Haus entlang. Salziger Meeresduft stieg mir in die Nase.

„Würdest du sie denn lassen?“, fragte ich, als ich hinter ihm her lief.

„Ich wäre einer gegen einen ganzen Vogelschwarm, denn du würdest wahrscheinlich in einer Ecke heulen.“

„Du würdest sie mich also umbringen lassen.“

Er schüttelte den Kopf und blieb stehen. Ich konnte sein

Lächeln spüren, bevor er sich herumdrehte und mich ansah. „Nein."

„Machst du das für all deine Mandanten?", fragte ich und versuchte, die Stimmung mit einem Lächeln aufzulockern. Halb rechnete ich damit, dass er einen Witz darüber machen würde, dass es davon abhinge, wie viel sie ihm bezahlten, aber stattdessen legte er seine Hand an meine Wange und kam mir mit seinem Gesicht ganz nah. Ich hatte das Gefühl, augenblicklich in Flammen aufzugehen, wenn er seine Lippen auf meine legen sollte. Doch das tat er nicht. Er küsste meine andere Wange und dann einen Mundwinkel, bevor er sich zu dem anderen bewegte. Dann wich er leicht vor mir zurück und starrte mir mit einer Intensität in die Augen, die mein Herz durchdrehen ließ.

„Ich glaube, du weißt, dass es nicht so ist", flüsterte er und hielt immer noch mein Gesicht fest. „Und ich glaube, du weißt auch, dass das hier inzwischen die Mandantengrenze überschritten hat." Er machte eine Pause und ließ seine Hand sinken. „Scherz beiseite, ich würde alles tun, was nötig ist, damit du in Sicherheit bist, Nicole."

Ich spürte, wie mich seine Worte durchdrangen, als er sich umdrehte. Ich brauchte eine Sekunde, um meine Füße dazu zu bekommen, sich in Bewegung zu setzen und ihm weiter am Haus entlang zu folgen, auf die Tür zu.

Kapitel 16

VICTOR

Im Haus meiner Schwester sah es chaotisch aus. Ich hätte vorher anrufen und ihr sagen sollen, dass ich jemanden mitbringe, aber dazu war keine Zeit gewesen. Als Nicole mich angerufen hatte, hatte ich gerade das Gerichtsgebäude verlassen. Ich war auf dem schnellsten Wege zu dem Eiscafé gefahren, um sie abzuholen. Als ich dort ankam und ihr der bevorstehende Zusammenbruch ins Gesicht geschrieben stand, dachte ich, dass sie in Tränen aufgelöst sein würde, doch das war sie nicht. Es überraschte mich und enttäuschte mich, was mich selbst wunderte. Ich hasste es, mit Emotionen und so was zu tun zu haben. Warum zur Hölle brauchte ich ihre so dringend? Wahrscheinlich, weil sie sie mir nicht gab.

„Estelle?", rief ich und hob den Pulli neben der Tür auf. Ich wandte mich an Nicole, die hinter mir stand und nervös aussah. „Tut mir leid. Hier ist es heute ziemlich unordentlich." Ehrlich gesagt an jedem anderen Tag auch, seit Oliver wieder arbeitete. Ich konnte mir beim besten Willen nicht vorstellen, wie es erst sein würde, wenn sie mal Kinder bekamen. Ein Schauer überlief mich, und ich schüttelte ihn ab. Nicole lachte.

„Hast du was Unheimliches gesehen?", fragte sie.

„Hey“, sagte Estelle, die im Flur erschien. „Ich hab euch gar nicht gehört.“

Ich sagte nichts, sondern ließ meine Augen sprechen, indem ich alle Flächen in ihrem verrückten Haus betrachtete. Sie verdrehte die Augen.

„Fang jetzt nicht damit an, Victor“, sagte sie. „Ich brauche deine Hilfe, um dieses Teil aufzubauen, bevor Bean nach Hause kommt.“

„Was du brauchst, ist jemand, der dir hilft, diesen Saustall aufzuräumen“, sagte ich und ging weiter ins Haus. „Ach, das ist Nicole. Nicole, das ist meine unordentliche kleine Schwester Estelle. Sie ist Künstlerin“, sagte ich als Erklärung. Wie es schien, waren die meisten Künstler unordentlich. Dann kam mir ein Gedanke. Nicole war in der Modebranche. War sie auch so unordentlich?

„Oh“, sagte Estelle und machte große Augen, als sie von mir zu Nicole und wieder zu mir blickte. „Wie schön. Tut mir leid, diese Unordnung.“

„Kein Problem“, sagte Nicole und winkte ab. „So sieht mein Haus an guten Tagen aus.“

Mein Kopf fuhr zu ihr herum. *Wie bitte?* Sie zuckte als Antwort mit den Achseln, und ein kleines Lächeln formte sich um ihre Lippen. Ich seufzte und sah wieder Estelle an, die Nicole immer noch von oben bis unten musterte.

„Sie ist …“ Als ich ansetzte, um ihr zu erklären, wer sie war, fiel mir ein, dass meine Schwester mehr über Nicole zu wissen schien als ich.

„Ich weiß, wer sie ist“, sagte Estelle. Ich wartete mit angehaltenem Atem darauf, dass sie ausflippte. „Du bist gerade auf TMZ, weißt du? Ich habe dich und Gabriel in diesem

Moment in einem Eiscafé gesehen." Sie hielt stirnrunzelnd inne und sah mich kurz an. „War das alles gespielt? Warte. Antworte nicht darauf. Ich will es nicht wissen. Tut mir leid. Du hast sicher die Nase voll von Leuten, die dich nach ihm und allem Möglichen ausfragen. Fühl dich wie zu Hause."

Ich konnte sie nur anstarren. Meine Schwester war so blöd. Nicole überraschte mich, indem sie lachte.

„Du wärst überrascht, wie wenig Leute mich darüber ausfragen. Nur die Paparazzi löchern mich mit Fragen."

„Ach. Das muss ja echt nerven, so verfolgt zu werden", sagte Estelle und ging in die Küche. „Willst du ein Glas Wein? Oder ist dir das zu früh? Trinkst du überhaupt Alkohol? Sorry, ich gehe irgendwie immer davon aus, dass jeder Alkohol trinkt."

„Stimmt", sagte ich. „Sie geht von vielen Sachen aus. Sieh ihr das nach. Langsam glaube ich, dass mein dreizehnjähriges Ich doch recht damit hatte, dass sie adoptiert ist."

Nicole lachte. „Ich trinke Alkohol, und für Wein ist es nie zu früh."

Estelle kam mit zwei Gläsern zurück und reichte lächelnd eins davon Nicole. „Ich hoffe, du magst Riesling."

„Ja. Bei Wein fällt es mir schwer, Unterschiede festzustellen."

Estelle lachte. Sie sah mich an, und ich wusste, was sie dachte. Ich warf ihr einen warnenden Blick zu, damit sie sich das gleich wieder aus dem Kopf schlug, doch sie lächelte nur noch breiter.

„Du bist also Kostümbildnerin, richtig? Das klingt nach einem ziemlich coolen Job. Wie bist du denn da drangekommen?", fragte Estelle.

„Ähm … wo ist mein Glas?“, fragte ich und hob eine Augenbraue in die Höhe. Sie schleuderte mir einen Blick zu.

„Du weißt doch, wo die Küche ist.“

Ich schüttelte den Kopf und ging rüber. So oder so würde ich mich umziehen, bevor ich mit diesem Projekt hier begann. Ich ging ins Gästezimmer, wo ich für den Fall der Fälle ein paar Klamotten desponiert hatte – wenn es mal spät wurde und ich keine Lust hatte heimzufahren. Dort zog ich Basketball-Shorts und das in der Schublade zuoberst liegende T-Shirt an, was zufälligerweise ein Born-Sinner-Shirt von dem J.-Cole-Konzert war, bei dem Jensen und ich vor ein paar Jahren zusammen gewesen waren.

„Ich glaube, mein Zimmer ist das ordentlichste im ganzen Haus“, sagte ich, als ich wieder das Wohnzimmer betrat, wo Estelle und Nicole sich gegenübersaßen wie alte Highschool-Freundinnen, die sich nach langer Zeit wiedertrafen.

Bei dem Anblick musste ich lächeln. Es war, als wäre sie schon unzählige Male hier gewesen. Meine Schwester hatte alle meine früheren Freundinnen kennengelernt und ein paar der Mädchen, mit denen ich nur wenige Dates gehabt hatte. Ich brachte sie gern hierher mit, bevor ich mich mit ihnen in die Nähe meiner Eltern traute. Ich konnte mich nicht erinnern, wann sie sich das letzte Mal mit einer so wohl gefühlt zu haben schien. Also nicht, dass ich Nicole datete, allerdings schien sich meine Definition von *daten* eh von der vom Rest Amerikas zu unterscheiden.

„Wenn dich die Unordnung so stört, dann räum doch auf“, sagte Estelle. Ich sah Nicoles Lächeln, bevor sie es hinter ihrem Weinglas versteckte. Weil es sich nicht gehörte, vor anderen über jemandes Mund zu reden, verkniff ich mir eine

Bemerkung darüber, was ich damit anstellen könnte, aber es gab eine Million Dinge, die ich gern mit ihrem Mund gemacht hätte. *Hör auf, an ihren Mund zu denken. Oder an ihre Zunge und wie sie sich an deiner anfühlt, und ihre zarte Haut unter deinem Griff.* Tief Atmen. Schnell drehte ich mich weg.

„Wo ist denn der Karton?"

„Steht neben dem Tisch."

Seufzend schlug ich die Hände über dem Kopf zusammen. Diese verdammte Göre. Ich ließ sie ihre Unterhaltung über Herzen aus Stoff und aus Glas fortsetzen und begann damit, alles aus dem Weg zu räumen, von einem Paar Flip-Flops bis hin zu einer Kiste mit Leinwänden. Als ich fertig war, merkte ich, dass es gar nicht so viel war, wie ich ursprünglich gedacht hatte. Es sah nur unordentlich aus, wenn es im Weg stand. Das würde ich aber für mich behalten. Ich nahm die Halterung des Fernsehers und alle Schrauben aus dem Karton und stand auf, um den Bohrer aus der Garage zu holen.

„Du weißt, dass ich deine Hilfe brauchen werde, wenn ich mit diesem Teil fertig bin, ja?", fragte ich, als ich mit dem Bohrer in der Hand wieder ins Wohnzimmer kam und meine Schwester gerade Wein nachgoss.

„Weiß ich", entgegnete sie grinsend. Sie warf mir eine Kusshand zu, als sie mit der Weinflasche, die vermutlich leer war, in die Küche ging. „Ich liebe dich, Bruderherz."

Ich schnitt eine Grimasse, als ich mich auf den Boden hockte. Natürlich liebte sie mich *jetzt*. Ich hörte, wie Nicole von der Couch aufstand, sah aber nicht von der Gebrauchsanweisung in meinen Händen auf. Sie kniete sich neben mich.

„Mit einem Bohrer in der Hand siehst du echt heiß aus“, sagte sie im Flüsterton.

Mein Herz tat einen Satz. Ich neigte mein Gesicht, um sie anzusehen. Ihre Wangen waren vom Wein gerötet, und ihre Haare fielen wieder aus ihrem Pferdeschwanz heraus. Ich streckte die Hand aus, um an ihrem Haargummi zu ziehen, und ließ ihr das Haar über die Schultern fallen. Meine Hand ließ ich in ihrem Nacken liegen. Es war ein schöner Anblick. So schön, dass ich nicht anders konnte, als mir all diese Haare ausgebreitet auf meinem Kopfkissen vorzustellen.

„Ich sehe immer heiß aus. Mit diesem Fluch muss ich wohl leben“, sagte ich. Sie lachte kurz auf, als sie ihren Kopf neigte, um meinen Blick besser erwidern zu können.

„Hilfst du mir auch, meinen Fernseher aufzubauen?“, fragte sie und beugte sich vor, wobei ihre Brüste meinen Arm streiften.

Ich atmete scharf ein und griff leicht in ihr Haar. Ihre Augen wurden groß und dunkel, und ihre Lider senkten sich auf meine Bewegung hin. Es half nicht gegen die Situation in meiner Hose. Nichts davon. Ich ließ die Hand sinken und hörte einen Moment lang auf zu atmen, hörte auf, ihren süßen Duft einzuatmen. Vielleicht konnte ich, wenn ich nicht atmete, meine Blutzufuhr ein bisschen aufhalten und würde nicht hart werden.

„Ich helfe dir bei allem, was du willst“, meinte ich und schluckte schwer.

Meine Augen ruhten auf ihren Brüsten, die von diesem dämlichen Mowgli’s-Shirt bedeckt wurden, das sie trug. Ich war zwar Fan der Band, aber nicht, wenn ich nicht erkennen konnte, ob sie einen BH trug oder nicht, obwohl ich mir da ziemlich sicher war. Ich sah wieder in ihre blauen Augen. Sie waren weich und hell, von der Farbe eines wolkenlosen Sonnentags. Verdammt perfekt, so wie sie.

„Wollt ihr was essen? Ich habe noch Reste von gestern Abend“, rief Estelle aus der Küche.

Ich räusperte mich. Nicole seufzte und stand auf. Sie beugte sich hinunter, und ihre Haare fielen in Kaskaden zu beiden Seiten meines Gesichts herab, als sie mir einen Kuss rechts auf meinen Hals gab. Ich schloss die Augen und wünschte, ich hätte die Freiheit, sie auf meinen Schoß zu ziehen und zu küssen.

„Kommt darauf an“, sagte ich laut, damit Estelle mich hören konnte. „Was gab es denn gestern Abend?“

„Schwarze-Bohnen-Bratlinge“, sagte sie.

„Mit Brot?“, fragte ich. Oliver hatte etwas gegen Brot. Normalerweise hatten sie gar keins im Haus.

„Kopfsalat.“

Ich verdrehte die Augen und wandte mich zu Nicole, die auf ihrem Telefon herumtippte.

„Willst du Schwarze-Bohnen-Bratlinge auf Kopfsalat?“, fragte ich. Sie sah auf und blinzelte. Ich wiederholte die Frage, und sie nickte.

„Klar. Klingt toll.“

„Wir nehmen welche“, rief ich und machte mich wieder an die Arbeit. Ich stand mit dem Zollstock in der Hand auf und begann, Markierungen an der Wand zu machen.

„Okay, Essen ist fertig.“

Ich legte Bleistift und Zollstock auf den Boden. Wir gingen zusammen in die Küche, wobei wir spielerisch gegeneinander stießen wie ein Highschool-Pärchen auf dem Weg in den Klassenraum. Bevor wir den offenen Durchgang erreichten, der in die Küche führte, legte ich ihr den Arm um die Schulter und zog sie zu mir, um ihre Schläfe zu küssen. Es war eine rasche Bewegung. Trotzdem blieb sie stehen. Und ich blieb auch stehen. Ihre Lippen waren geöffnet, als läge ihr etwas auf der Zunge, doch stattdessen schüttelte sie nur den Kopf, blinzelte es weg und lächelte, als sie die Küche betrat. Ich wollte sie an mich ziehen und sie fragen, was sie hatte sagen wollen. Ich wollte mich in jeden Winkel ihres Kopfes schlängeln und graben, bis ich ihre tiefsten Gedanken fand, ihre geheimsten Schwächen. Aber das konnte ich nicht. Es ging nicht, also folgte ich ihr stattdessen in die Küche und setzte mich neben sie an den kleinen Holztisch.

Estelle und Nicole unterhielten sich über Essen und Wein, während ich aß und zusah, wie lebhaft Nicole beim Reden mit den Händen gestikulierte. Ich musste mich zwingen, sie nicht ununterbrochen anzugucken. Stattdessen sah ich auf meinen leeren Teller, aber als Estelle das Thema Presse ansprach, fanden meine Augen zurück zu Nicoles Gesicht. Ich bemerkte, wie ihr Lächeln erstarb und sich ihr Blick verfinsterte. Sie sah kurz zu mir, bevor sie kaum merkbar mit den Achseln zuckte und sich dann eine Seite ihres Mundes zu einem leichten Lächeln verzog.

„Ich glaube nicht, dass sie mich weiter verfolgen werden. So interessant bin ich nicht. Eigentlich folgen sie mir sowieso nur, wenn ich mit Gabe zusammen bin“, antwortete sie.

Es war kindisch, dass es mich störte, wenn sie ihn so nannte, oder? Sie war lange mit ihm zusammen gewesen. Sie hätte ihn auch Babe nennen können, und es hätte mir nichts ausmachen dürfen. Aber das tat es. Und es ärgerte mich. Warum zum Geier machte es mir etwas aus? Es war bloß ein Spitzname. Andererseits hätte es mich im Moment sogar gestört, wenn sie ihn bei seinem vollen Namen genannt hätte. Vielleicht würde es mir nichts ausmachen, wenn er liebenswert wäre, aber einen Anruf von ihr zu bekommen und zu wissen, dass sie geweint hatte … Mit diesem Scheiß war ich nicht einverstanden. Wir verbrachten den Rest der Zeit mit Essen und damit, über Nicoles neues Haus am Strand zu reden. Sie ließ sich Estelles Nummer geben und versprach, sie dorthin mal einzuladen. Ich entschuldigte mich, als ich mit Essen fertig war, weil ich unbedingt noch mal ins Büro musste, um ein paar Akten zu holen, bevor ich mich endgültig auf den Weg nach Hause machte. Und davor musste ich noch den Fernseher aufhängen und Nicole nach Hause bringen.

Fast hatte ich die Halterung fertig montiert, als ich hörte, wie sich mir Schritte näherten. Ich sah über die Schulter und erblickte meine Schwester, die mich mit verschränkten Armen beobachtete. Sie kam näher. Ich sah mich um, aber Nicole war nirgendwo zu sehen, und für einen flüchtigen Moment packte mich die Panik, weil ich dachte, sie sei gegangen.

„Sie ist auf der Toilette“, sagte Estelle.

Ich schluckte und nickte.

„Du siehst sie komisch an.“

„Inwiefern?“, fragte ich und ließ die Arme sinken.

Sie zuckte mit den Schultern. „Eben einfach komisch. So wie du früher Jenny Doherty angesehen hast.“

Ich spürte, wie es um meine Lippen zuckte, als sie Jenny erwähnte. Sie war das einzige Mädchen, mit dem ich über ein Jahr lang zusammen gewesen war. Ich war kein Aufreißer.

Damals auf der Highschool vielleicht, aber ich hatte längere Beziehungen gehabt. Nur unterschied sich meine Definition von einer längeren Beziehung von der meiner Schwester. Aber Jenny war ein guter Fang gewesen. Sie war die Beste in unserer Klasse, und als wir unseren Abschluss gemacht hatten und ich mit dem Jurastudium anfing, hatte sie dasselbe in Connecticut getan. Und dann einen anderen Kerl getroffen, ihn geheiratet und eine Familie gegründet. Wir waren schon seit Jahren nicht mehr zusammen, aber noch immer dachte ich gern an sie zurück.

Ich hatte immer geglaubt, wenn ich sesshaft würde, dann mit einer Frau wie ihr. Keine, die so klug oder so hübsch wie sie war, sondern eine, die sich auch für andere Sachen interessierte als ihr Aussehen oder wie viel Geld ich auf dem Konto hatte. Die ausgeglichen war. Das schien ein bescheidener Anspruch zu sein, war es aber nicht. Schon gar nicht heutzutage, wo sich alles um Instagram-Follower und Facebook-Likes drehte, und wer einen gut fand und wer nicht. Ich hätte vermutet, dass sich das nur auf L. A. beschränkte, aber Jensen lebte in New York und hatte beim Daten dieselbe Erfahrung gemacht, und ich hatte Mandanten, die mehr Geld hatten, als man sich vorstellen konnte, und in derselben Zwickmühle saßen.

„Vic?“, fragte meine Schwester stirnrunzelnd. Ich schüttelte den Kopf.

„Ja. Nein. Ich bin ihr Anwalt, und sie bedeutet mir etwas, und ich will das Beste für sie, aber sie ist keine Jenny.“ Sie war *besser* als Jenny. Ich wusste es, denn obwohl ich Jenny geliebt hatte, hatte ich bei ihr nicht das Gefühl gehabt, innerlich zu verglühen. Nicole war eine Flamme. Und sie würde so schnell nicht erlöschen. Das wusste ich. Ich wusste es, aber ich fühlte mich so verloren in dieser Sache, in dem Gefühl, das sie mir gab, und dass ich meine Gefühle für sie nicht im Zaum halten konnte, und das jagte mir Angst ein. Sie war in erster Linie meine Mandantin. Ich verspürte das Bedürfnis, mir das immer wieder zu sagen, wenn sie nicht in der Nähe war, denn wenn wir im selben Zimmer waren, merkte ich, dass ich mich wohler fühlte, als es gut für mich war.

Estelle klopfte mir auf den Rücken und holte mich wieder in die Realität zurück. „Wie du meinst, Vic." Sie machte eine Pause. „Danke noch mal, dass du das machst."

„Na klar. Ich muss nur hier noch bohren, damit es besser hält, und dann brauche ich deine Hilfe dabei, den Fernseher aufzuhängen."

„Okay. Ich räume nur noch kurz das Zeug hier weg, damit du aufhörst, jede Ecke meines unordentlichen Hauses zu beäugen", sagte sie im Weggehen.

Gott sei Dank. Ich machte mich wieder ans Bohren.

„Du siehst wirklich gut aus als Heimwerker", sagte Nicole, als sie wieder ins Zimmer kam. Ich lächelte.

„Das glaub ich dir."

Sie lachte. Ich konnte förmlich sehen, wie sie hinter mir die Augen verdrehte, aber dann spürte ich die Wärme ihres Atems hinten an meiner rechten Schulter und erstarrte. Ich umfasste den Bohrer etwas fester.

„Vielleicht kitzele ich deine häuslichen Qualitäten hervor und du kannst deinen Job kündigen und zu Hause bleiben, während ich zur Arbeit gehe", sagte sie mit gesenkter Stimme. Ich konnte sehen, dass sie Mühe hatte, nicht zu lachen.

„Ja, klar", spöttelte ich.

„Was? Würdest du nicht den Hausmann spielen?"

Meine Schultern schüttelten sich vor Lachen, als ich meine Arme von der Wand sinken ließ und mich zu ihr umdrehte. Wir standen so dicht beieinander, dass meine Schwester, wenn sie in diesem Moment hereingekommen wäre, allen Grund für ein *Ich hab's doch gewusst* gehabt hätte. Nicole hatte ein fettes Grinsen im Gesicht, ihre Wangen waren tiefrot vom Wein oder vom Lachen, oder von einer Mischung aus beidem. Auf jeden Fall sah sie zum Anbeißen aus.

„Machst du mir einen Antrag? Denn im Staat Kalifornien muss man erst die Scheidung abgeschlossen haben, bevor man sich in die nächste Ehe stürzt", sagte ich und zog eine Augenbraue hoch. Ihr Lächeln sackte ein wenig in sich zusammen, aber nur vorübergehend, bevor sie die Augen verdrehte und mich angrinste.

„Das hättest du wohl gern", konterte sie und wich ein wenig zurück, wobei ihr Blick auf meinem Gesicht verweilte, auf meinen Augen, und dann meinen Körper hinunterwanderte. Sie fuhr sich mit der Zunge über die Lippen, während sie mich musterte, und mein Herz schien einen Moment auszusetzen. Gott sei Dank konnte ich mich in solchen Situationen kontrollieren, auch wenn ich schon allein von diesem Blick beinahe eine Erektion bekam. Ich umschloss den Bohrer fester mit meiner rechten Hand, aber alles, woran ich dabei denken konnte, war, sie gegen die Wand zu pressen und in sie einzudringen.

„Ja", sagte ich, aber ich wusste nicht mal mehr, worauf ich eigentlich antwortete. Es war mir auch egal. Ihre Augen weiteten sich leicht. Wir sahen uns lange an. Zu lang, um sich noch wohlzufühlen. Zu lang dafür, dass meine Lippen nicht auf ihren und ihre Beine nicht um meine Taille geschlungen waren.

„Wann ist noch mal dieses Schlichtungsdingsbums?“, flüsterte sie vielsagend.

„Noch nicht so bald“, sagte ich, und mein Herz hämmerte.

„Gott. Ich kann nicht erwarten, dass das endlich vorbei ist. Nur ich …“ Sie seufzte. „Ich wünschte wirklich, du wärest nicht so moralisch.“

Ich gluckste. Wenn sie wüsste. „Wenn es um dich geht, ist meine Moral sehr fragwürdig, Nicole.“

Sie sah sündhaft aus, als sie sich lächelnd umdrehte, um sich wieder auf die Couch zu setzen. Plötzlich aber blieb sie stehen und runzelte die Stirn, als sie sich wieder zu mir umdrehte.

„Brauchst du nicht Hilfe, den hochzukriegen?“

„Ich kann dir versichern, dass ich keine Hilfe brauche, ihn hochzukriegen“, sagte ich, während meine Augen an ihrem Körper hinunterglitten. Sie verschränkte lachend die Arme.

„Den Fernseher.“

„Was?“ Ich hielt inne. „Ach. Ja. Um den hochzukriegen, brauche ich Hilfe.

Nicole lachte immer noch, als Estelle wieder in den Raum kam. Sie fragte gar nicht erst, und ich war froh darum, denn das Letzte, was ich gebrauchen konnte, war noch ein geistiges Bild, wie ich Nicole vögelte.

Kapitel 17

VICTOR

Ein paar Tage vor dem Schlichtungsgespräch erwischte mich die Grippe. Ich war krank, schlecht gelaunt und panisch. Ich hatte mich noch nie krankgemeldet, aber angesichts der Tatsache, dass ich meine Klamotten schon nach kürzester Zeit durchgeschwitzt hatte, meine Augen nicht länger als zwei Minuten am Stück offen halten konnte und mir der Hals wehtat, hatte ich keine Wahl. Zum Glück brachte Corinne mir die Akten vorbei, die ich brauchte, und ich konnte Nicole anrufen und mit ihr am Telefon über die Schlichtung sprechen, damit sie wusste, was auf sie zukam. Ich war gerade im Bad und putzte mir zum zehnten Mal die Nase, als es an der Tür klingelte. Ich hoffte wirklich, dass es meine Mom war. Scheiß auf alle Männer, die nicht zugeben wollen, dass sie, wenn sie krank sind, ihre verdammte Mutter dahaben wollen. Ich öffnete die Tür und musste blinzeln, um sicherzugehen, dass meine Medikamente mir keinen Streich spielten und wahrhaftig Nicole vor mir stand.

„Haben wir nicht gerade erst telefoniert?“, sagte ich. Scheiße, das Reden tat weh.

„Ja, und ich habe dir Suppe mitgebracht“, sagte sie und hielt eine weiße Plastiktüte hoch.

„Diese Worte haben sich noch nie so sexy angehört“, sagte

ich und machte Platz, damit sie ins Haus kommen konnte. „Wo hast du denn meine Adresse her?"

„Ich habe deine Schwester danach gefragt."

Ich nickte. Na klar. Sie hatten am Tag des Eiscafé-Dilemmas Telefonnummern ausgetauscht. Nicole folgte mir in die Küche und sah sich um.

„Ich war ein bisschen schockiert, als Corinne mich angerufen hat, um unseren Termin heute abzusagen, und die Vorstellung, dass mein Anwalt in ein paar Tagen nicht in Hochform sein könnte, gefiel mir nicht, also …" Sie zuckte mit den Schultern, hielt wieder die Tüte hoch und stellte sie dann auf die Küchenarbeitsfläche.

„Das ist aber nett von dir", sagte ich, und meine Stimme war ein heiseres Flüstern. Es war wirklich verdammt nett von ihr.

„Wo sind deine Suppenschalen?", fragte sie. Ich zeigte auf den Schrank hinter ihr. „Und deine Löffel?" Ich zeigte auf die Schublade neben mir. „Und", sie sah sich wieder um. „Deine Servietten habe ich gefunden." Sie lächelte mich an. „Okay, Eure Majestät, legt Euch hin. Ich bin gleich bei Euch."

Ich stöhnte und gehorchte ihr, indem ich ins Wohnzimmer ging und die Füße hochlegte. Dort deckte ich mich mit der Football-Decke zu, die Estelle und Oliver mir letztes Jahr zum Geburtstag geschenkt hatten, und schloss die Augen. Ich fuhr ein wenig zusammen, als ich einen kalten Waschlappen auf meiner Stirn spürte, öffnete die Augen und blickte in Nicoles besorgtes Gesicht direkt über meinem.

„Fühlt sich gut an", sagte ich stöhnend. Ich versuchte zu lächeln, aber ich war nicht sicher, ob meine Lippen mir gehorchten.

„Deine Suppe wird kalt", flüsterte sie. Ich versuchte, mich aufzusetzen, schaffte es aber nicht. Dann spürte ich, wie ihre Hände unter mich griffen, und hörte sie ächzen, als sie mich hochzog.

„Du bist ganz schön stark", sagte ich und lächelte, als sie lachte.

„Ich gebe mein Bestes." Sie beugte sich hinunter, um die Schale mit Suppe hochzunehmen und setzte sich neben mich. „Mach den Mund auf."

„Willst du mich etwa füttern?" Ich weiß, nicht, warum ich so erstaunt über diese Geste war.

„Du siehst nicht aus, als wärst du in der Lage, selbst zu essen. Es sei denn, du willst, dass ich deinen Schwager anrufe, damit er dir eine Infusion legt?"

Ich riss die Augen auf. Wusste sie, dass ich Nadeln hasste? Hatte ich ihr das schon mal erzählt? Ich runzelte die Stirn und fragte sie. Sie lachte.

„Nein, aber ich bin froh, dass ich es jetzt weiß."

„Komm ja nicht auf dumme Gedanken", sagte ich und machte den Mund auf, um etwas Suppe zu essen. Ich schloss die Augen. Sie war so gut. „Hast du die gemacht?"

„Ist sie gut?"

Mein Blick begegnete ihrem. „Hast du sie gemacht oder nicht?"

Sie lächelte und fütterte mich mit noch einem Löffel. „Das kommt ganz darauf an, ob sie gut ist oder nicht."

„Sie ist mehr als gut."

„Tja, leider habe ich sie nicht gemacht", sagte sie lachend. „Sondern meine alte Haushälterin, Amelia."

Ich nickte und schluckte den nächsten Löffel herunter.

„Gut, dann richte Amelia aus, dass ich sie vielleicht heiraten will."

Nicole machte ein finsteres Gesicht und blinzelte heftig, wobei sie den Blick starr auf die Suppe richtete. „Ich bin nicht sicher, ob ich das gut finde", sagte sie.

„Warum nicht?", fragte ich und öffnete den Mund für den nächsten Löffel.

„Ich dachte, du glaubst nicht an die Ehe."

Ich runzelte die Stirn. „Das habe ich nie gesagt."

Sie sah mich an, eine Augenbraue herausfordern hochgezogen.

„Okay, dann habe ich das vielleicht gesagt, aber da war ich ein fünfundzwanzigjähriger Idiot. Menschen ändern sich."

„Nicht so sehr", flüsterte sie.

„Du schon", sagte ich. „Aber du hast recht, nicht so sehr. Du warst immer noch bereit, dich neulich bei meiner Schwester von mir besteigen zu lassen."

Sie lächelte. „Selbst, wenn ich dazu bereit gewesen wäre, was nicht der Fall war, hättest du es nicht getan." Sie schwieg kurz. „Also verändern Menschen sich anscheinend doch. Der fünfundzwanzigjährige Victor hätte das überall getan, wenn ich ihn darum gebeten hätte."

„Wie gesagt, der fünfundzwanzigjährige Victor war ein Trottel."

„Aber ein ziemlich heißer."

„Bin ich immer noch", sagte ich.

Sie schüttelte den Kopf. „Ich glaube, das Fieber steigt dir langsam zu Kopf."

Ich lachte, hörte aber abrupt wieder auf, weil es wehtat. Als Nicole aufstand und die Suppenschale in die Küche brachte, schloss ich erneut die Augen. Ich hörte hinter mir das Wasser laufen und schaffte es nicht mal, ihr zu sagen, dass sie die Schale nicht abzuspülen brauchte. Als ich ihre Nähe wieder spürte, öffnete ich die Augen. Sie hatte ein Glas Orangensaft in der Hand.

„Du musst das trinken", sagte sie. „Und dann stehst du auf und gehst unter die Dusche."

Ich stöhnte. „Ist das deine Art, mir zu sagen, dass ich stinke?"

„Nein."

„Ist das deine Art, mich dazu zu bringen, mich nackt auszuziehen?"

Sie versuchte ein Lachen zu unterdrücken, indem sie die Lippen aufeinanderpresste. „Nein."

„Ist das deine Art, mich in die Dusche zu kriegen und dann mit mir zu machen, was du willst, weil du mich einseifen müsstest, da ich zu schwach dazu bin?"

Sie lachte. „Nein."

Ich blickte zu ihr auf. Sie war so verdammt schön. Mir war das rote Kleid noch gar nicht richtig aufgefallen, das sie trug, und wie es die Kurve um ihre Hüften und ihre schlanke Taille betonte. Mir war nicht aufgefallen, dass sie ihr Haar offen trug, und wie es sich über ihre Schultern legte und ihre Brüste bedeckte.

„Du bist verdammt schön", rutschte es mir heraus, bevor ich es verhindern konnte. Ihre Augen weiteten sich leicht. Sie setzte sich mir gegenüber und hielt das Glas in ihrem Schoß. Daran, wie sich die orange Flüssigkeit darin bewegte, konnte ich erkennen, dass ihre Hände zitterten.

„Danke", flüsterte sie.

„Ich sage dir das nicht oft genug, aber es stimmt. Ich habe dir das nie genug gesagt“, sagte ich. „Vorher, meine ich. Bevor ich dich abgewiesen habe und du dieses dumme Arschloch geheiratet hast. Ich hätte dir sagen sollen, wie schön du bist.“

„Victor“, flüsterte sie, „trink … das einfach.“

Mir war schwindelig, als würde ich jeden Moment wegtreten. Es lag definitiv am Wick MediNait.

„Ich sage dir diese Sachen nicht nur, weil ich unter Drogen stehe“, sagte ich. „Ich bin nicht er.“ Nicht dass ich wusste, wie er war, wenn er unter Drogen stand, aber ich hatte das Gefühl, das dazu sagen zu müssen. „Ich hab dich gern, Nicole. Wirklich.“

„Vorher?“, fragte sie mit gesenkter Stimme. Ich nickte. Vorher, dabei und danach. Ich hatte sie wirklich verdammt gern gehabt.

„Aber dein Dad war mein Chef, und ich konnte nicht …“ Ich gähnte. „Ich konnte das Risiko nicht eingehen.“

„Ich weiß. Prioritäten“, sagte sie und lächelte.

Sie schien sich über dieses Geständnis gar nicht aufzuregen. Das hatte ich auch eigentlich nicht erwartet. Nicole hatte mich nie als ihren verlorenen Geliebten angesehen. Sie war heil gewesen, als ich sie im Klub kennengelernt hatte, und heil, nachdem ich ihr im Büro den Laufpass gegeben hatte.

„Ich hatte keine Ahnung, dass du heiraten wolltest“, sagte ich und gähnte wieder.

„Selbst wenn du es gewusst hättest, wärst du nicht sesshaft geworden“, entgegnete sie achselzuckend.

„Das hatte nichts mit dir zu tun. Dabei ging es nur um mich“, sagte ich. Sie seufzte.

„Das ist lange her. Seitdem ist viel passiert.“ Sie stand auf und beugte sich herunter, um mir ihre Hand auf die Stirn zu legen. Ich schloss bei der Berührung die Augen und versuchte den frischen Duft einzuatmen, der sie umgab. „Willst du einfach nur schlafen? Nicht duschen? Trotzdem solltest du das trinken.“

Sie führte das Glas an meine Lippen, ich nahm einen Schluck und zuckte zusammen, als die kalte Flüssigkeit auf meinen rauen Hals traf. Als ich ausgetrunken hatte, trat sie beiseite und stellte das Glas auf den Couchtisch.

„Ich sollte wahrscheinlich …“, setzte sie an, und zu meinem Entsetzen wurde mir klar, dass sie vielleicht gehen und mich hier allein lassen würde, und ich wollte unbedingt, dass sie blieb. Ich war nicht sicher, was von beidem schlimmer war.

„Bleib“, sagte ich. „Bleib bei mir.“

Sie gab einen Seufzer von sich und setzte sich neben mich, und ohne darüber nachzudenken, legte ich meinen Kopf in ihren Schoß. Sie begann, mir mit den Fingern durchs Haar zu fahren, so sanft, dass der Schlaf keine Chance hatte.

„Ich habe noch ein paar Entwürfe, an denen ich arbeiten muss“, sagte sie. „Macht es dir was aus, wenn ich mein Skizzenbuch hole und das hier mache?“

„Bitte, mach das. Ich würde sie gern sehen“, sagte ich und sah ihr in die Augen. Sie nickte und lächelte ein wenig, während sie weiter meine Haare streichelte. „Ich hab dir schon immer gern beim Zeichnen zugesehen.“ Das war das Letzte, woran ich mich erinnere, bevor ich einschlief.

Kapitel 18

NICOLE

In den letzten Tagen hatten Victor und ich öfter miteinander telefoniert. Seitdem ich ihm die Suppe vorbeigebracht hatte, rief er immer wieder an. Meist ging es um die Schlichtung, oder er entschuldigte sich, dass er unser Treffen abgesagt hatte und dankte mir überschwänglich für die Suppe. Ich war mir nicht sicher, ob er mit der Suppe wirklich nur die Suppe meinte oder ob es ein Pseudonym dafür war, dass wir eine neue Stufe miteinander erreicht hatten. Ich vermutete eher Letzteres. All die abendlichen Telefonate, Gespräche über Filme, Bowlingspiele und die angekündigten Surfstunden fühlten sich für mich an, als würde aus uns etwas werden. Etwas anderes. Etwas, von dem ich nicht wusste, ob wir es schon kannten oder ob wir ihm einen Namen geben wollten. Aber all das war innerhalb weniger Tage wieder vorbei, und ich hatte schon einmal einen Mann geheiratet, den ich gerade mal wenige Wochen gekannt hatte. Man sah ja, was dabei herausgekommen war. Die bittere Erinnerung daran schluckte ich mit dem letzten Rest Kaffee in meiner Tasse herunter.

Victor rief mich morgens um halb sieben an, damit ich auch wirklich rechtzeitig fertig war. Das Treffen war für halb zwölf angesetzt. Wer zum Teufel rief morgens um halb sieben an? Seit das Techtelmechtel von Gabe und der Frau aus dem Eiscafé auf allen Klatschseiten zu finden war, überlegte Victor angestrengt, wie wir das Gabe beim Schlichtungsgespräch anhängen konnten. Mein Dad war außer sich gewesen. Chrissy und Talon stinksauer. *„Meine heiße Nacht mit Gabriel Lane"* lautete die Schlagzeile der Klatschblätter. Das war auf jeden Fall ein Eyecatcher, aber wenn ich ganz ehrlich war, war es mir mittlerweile egal. Ich war schlicht und einfach … darüber hinweg.

Victor wollte sich vorab mit mir treffen, nur für den Fall, dass ich Fragen hatte. Ich sagte ihm, dass ich keine hätte. Er bestand darauf, dass wir uns trafen, quasi als Ersatz für unser ausgefallenes Meeting, und ich stimmte nur zu, damit wir dieses Telefonat endlich beendeten. Um halb zehn klopfte es laut an meiner Tür. Zum Glück war ich bereits angezogen und fertig mit föhnen. Ich ging nach unten und öffnete in dem Moment die Tür, als er gerade erneut klopfen wollte.

„Du bist so was von ungeduldig", sagte ich und sah ihn böse an. Er trug einen dunkelblauen Anzug und sah viel zu gut aus für einen Anwalt, der für mich tabu war. Er musterte mich kurz, aber sorgfältig. Ich spürte seinen Blick bis in die Zehen.

„Du bist ja noch gar nicht fertig", sagte er und ging an mir vorbei ins Haus.

„Ich brauche nur noch Schuhe."

Ich schloss die Tür, und als ich mich zu ihm umdrehte, stand er da, die Hände in den Hosentaschen, die Augen geschlossen und den Kopf zur Decke gerichtet.

„Was ist?"

„Wusstest du, dass vor dem Haus Fotografen stehen", fragte er und ging in Richtung Küche.

„Nein." Ich sah durch das offene Fenster nach draußen. „Jetzt im Moment?"

„Auf dem Weg vom Auto hier herein wurde ich vom Blitzlichtgewitter begleitet."

Ich ging um die Kücheninsel herum und stellte die Kaffeemaschine an, bevor ich ihn wieder ansah. Er lehnte mit dem Hintern an der Küchenarbeitsplatte und hatte die Arme verschränkt. „Bist du deshalb ins Haus gestürmt, als wären die Weißen Wanderer hinter dir her?"

„Die weißen was?"

„Aus *Game of Thrones*, kennst du das nicht?" Ich sagte kurz nichts. „Haben wir uns nicht gestern Abend darüber unterhalten?"

„Ja, und ich habe dir gesagt, dass ich das nicht gucke."

Ich schüttelte den Kopf. „Hast du mal reingeschaut und mochtest es nicht? Dann könnte das jetzt der Moment sein, in dem ich dich entmöge. Oder so ähnlich."

Sein Blick wanderte über mein Gesicht, der Anflug von einem Lächeln zuckte um seinen Mund. „In dem du mich *entmögst*? Ist mir irgendein Grundschulzettelchen entgangen?"

„Ich mein' ja nur." Als die erste Kaffeetasse voll war, drehte ich mich um und stellte eine zweite in den Automaten, ihm brachte ich die bereits gefüllte. „Wenn ich nur einen Tag an irgendeinem Set sein könnte, wäre es dort. Nur leider habe ich keinerlei Beziehungen dorthin."

Victor nahm die Tasse und holte etwas aus meinen Haaren, bevor er mir wieder in die Augen sah. „Hast du dich dort schon mal beworben?"

„Ob ich mich dort beworben habe?", fragte ich ironisch. „Na klar. Aber sie haben bereits die beste Kostümbildnerin weit und breit. Michele Clapton ist ein Genie. Das wäre so, als würde Prada plötzlich Kanye West einstellen."

Victor lachte und trank einen Schluck Kaffee. „Jetzt haust du auch noch Yeezy in die Pfanne?"

Ich grinste und versuchte mir das Lachen zu verkneifen. „Ich sag ja nur. Ich bin zwar gut, aber nicht so wie sie."

„Ich glaube dir, dass du gut bist", sagte er und fügte noch hinzu: „Richtig gut."

Er meinte das ernst, auch wenn er um die Augen noch Lachfältchen vom Grinsen hatte. Am liebsten hätte ich sie mit meinen Fingerspitzen nachgezeichnet. Ich liebte es, wenn er so lächelte. Als dürfte man einen Blick auf den privaten Victor erhaschen, den nicht viele kannten.

„Ich glaube, du bist in deinem Job auch echt gut", sagte ich lächelnd. „Und nur fürs Protokoll, in der Grundschule hätte ich dich total doof gefunden. Und außerdem mag ich Kanyes Musik. Nur im Bereich Mode überschätzt er sich maßlos."

„Es ist völlig egal, was du glaubst. Du hast hier nichts zu melden, Sway", sagte er. Ich brach in schallendes Gelächter aus. Er auch. Dann stellte er seine Tasse ab.

„Weißt du, für jemanden, der sich nur für seinen Beruf interessiert und der glaubt, kein Job der Welt wäre wichtiger als seiner, kann man mit dir manchmal wirklich Spaß haben."

Einen Moment taxierte er mein Gesicht, dann wanderte sein Blick zu meiner Brust. „Mit mir kann man oft Spaß haben."

„Manchmal“, sagte ich und meine Stimme zog seine Aufmerksamkeit wieder auf mein Gesicht. „Aber so, wie ich es gemeint habe, hatte man mit dir in letzter Zeit nicht so viel Spaß.“

„Aus gutem Grund. Lass uns den Tag hinter uns bringen.“

„Und dann kann man mit dir wieder mehr Spaß haben?“

„Ist nicht unwahrscheinlich, wenn man bedenkt, dass ich immer kurz davor bin auszuflippen, wenn ich deine Stimme höre oder dich sehe“, meinte er. Je länger wir uns ansahen, umso glühender wurde sein Blick.

„Hmm.“ Mein Herz tänzelte in meiner Brust, während ich die Tasse in die Spüle stellte und um die Kücheninsel herumging. Wir standen uns gegenüber, mit einer Hand hielt er sich an der Arbeitsplatte fest, die andere war in seiner Hosentasche. Ich legte meine Hand auf seine muskulöse Brust, glitt zu seinem Bauch hinab und hielt an seinem Gürtel an. Ihm stockte der Atem. „Ist sogar wahrscheinlich“, sagte ich.

„Sehr wahrscheinlich“, erwiderte er und schluckte. Seine Augen strahlten.

Lächelnd nahm ich meine Hand weg und trat ein wenig nach hinten. „Ich sollte mir mal die Schuhe anziehen.“

„Gute Idee.“ So wie er mich ansah, wollte ich alles, nur nicht noch mehr anziehen. „Am besten jetzt“, fügte er hinzu, kam etwas näher und streichelte mit seinem Daumen über meinen Mundwinkel.

Ich öffnete leicht die Lippen und spürte, wie mein Atem stoßweise ging, während wir uns in die Augen sahen. Sein Blick war wie ein Versprechen, sogar mehr als das. Eine zarte Neugier lag darin, die vorher noch nicht da gewesen war, und seine haselnussbraunen Augen glühten und beobachteten meine Augen. Ich stand völlig regungslos da, mein Körper wurde von seinem gehalten. Selbst bei einem Erdbeben oder wenn plötzlich eine Million Paparazzi mein Haus gestürmt hätten, hätte ich mich nicht bewegt, denn seine Hand in meinem Gesicht und sein Blick waren alles, was ich brauchte.

Wir blinzelten gleichzeitig, er räusperte sich und nahm seine Hand weg.

„Ja, ich sollte mal … die Schuhe anziehen", sagte ich noch einmal und ging in den Flur. Als ich oben an der Treppe angekommen war, wusste ich nicht genau, ob mein Herz so wild schlug, weil ich zwei Stufen auf einmal genommen hatte, oder wegen dem, was gerade in der Küche passiert war. Ich wusste nicht, was da genau passiert war, aber ich wusste, dass ich im Gerichtssaal ein für alle Mal alles klären musste, damit ich wenigstens probieren konnte, was zwischen uns möglich wäre.

Als wir draußen waren, stellte sich Victor auf die Seite, wo die Paparazzi waren, und legte mir einen Arm um die Schulter, um mich zum Auto zu führen. Als das Blitzlicht losging, war ich froh über meine Sonnenbrille.

„Nicole, was war da im Eiscafé los?"

„Ist die Scheidung wieder aktuell? Bist du deshalb hierhergezogen?"

„Arbeitet ihr noch an eurer Ehe?"

Ich hielt den Kopf gesenkt, sah auf meine schwarzen Jimmy Choos und machte einen Schritt nach dem anderen. Die Fragen gingen weiter, bis wir beim Auto ankamen. Selbst nachdem wir die Tür hinter uns geschlossen hatten, wurde weiter fotografiert.

„Ich verstehe nicht, wie man so leben kann. Da kommt man sich ja wie in einem Aquarium vor“, sagte Victor.

„Aber ohne Wasser“, entgegnete ich.

An einer roten Ampel sah er zu mir. „Hast du dich daran gewöhnt?“

„Irgendwie wird das normal. Was ja schon bescheuert ist. Aber wenn die Sache erst mal vorbei ist, kann ich wieder ein normales Leben führen.“

„Du meinst, feiern ohne Angst zu haben, dass sie dich auf Schritt und Tritt verfolgen?“

„Ganz genau“, sagte ich seufzend. Ich stellte es mir einen Moment vor, aber das war nicht das, was ich vom Leben wollte. „Auch wenn das vielleicht total langweilig klingt: Ich möchte einfach nur tanken, ohne von denen verfolgt und nach Gabriel gefragt zu werden. Ich schätze mal, wenn das vorbei ist, schmieren sie mir nicht mehr unter die Nase, mit welchen Frauen Gabe gesehen wurde.“

Victor sah weiterhin auf die Straße, nickte aber. „Stört dich das? Wenn du von ihm und anderen Frauen hörst?“

„Was mich stört, ist, dass sie es mir brühwarm erzählen müssen, nur um ein tolles Foto von meinem Gesichtsausdruck zu bekommen. Die Frauen an sich … stören mich nicht mehr.“

Nachdem ich gesehen hatte, wie er mit dieser Blondine den Klub verlassen hatte, wusste ich, dass dieser Zug abgefahren war. Und auch wenn es ein wenig wehgetan hatte, wurde mir schnell klar, dass es mir ohne ihn besser ging. Ich war sowieso schon so lange ohne ihn gewesen.

„Liest du die Klatschseiten?“

„Natürlich.“

Wie jeder in Hollywood las ich natürlich die Boulevardblätter. Ich wollte lieber aus erster Hand wissen, was sie über mich schrieben. Victor sagte nichts dazu. Als wir an ein Stauende kamen, schlug er mit der Handfläche auf das Lenkrad.

„Ich hasse dich, Los Angeles. Ich hasse dich“, schimpfte er. Ich konnte mir ein Lachen nicht verkneifen, und als er mich anfunkelte, musste ich noch mehr lachen.

„Wir liegen gut in der Zeit“, meinte ich.

Er seufzte. „Ja, bestimmt. Tut mir leid. Gerichtsverhandlungen machen mich immer ganz verrückt.“

„Ach, Gerichtsverhandlungen machen dich verrückt. Und welche Entschuldigung hast du an den anderen Tagen?“, fragte ich feixend. Es fiel ihm sichtlich schwer, mich ernst anzusehen. Seine Augen nahmen mich ins Visier.

„Dich.“

Mir wurde ganz anders. „Mich? Wie meinst du das?“

„An den anderen Tagen machst du mich verrückt.“

„Wieso?“, fragte ich und hörte mein eigenes Herz klopfen.

„Na ja, du nimmst meine Gedanken jeden anderen Tag in Beschlag, also ist meine Schlussfolgerung, dass du mich verrückt machst.“

Ich musste schlucken. „Passiert dir das bei allen deinen Mandantinnen?“

An der nächsten roten Ampel sah er mich wieder an, so intensiv, dass ich mir sicher war, er würde mich küssen. Über mich herfallen. Ich zitterte leicht und drehte die Klimaanlage so, dass mich die kalte Luft nicht direkt traf. Victor schmunzelte wissend.

„Nein“, sagte er. „Deshalb beunruhigt es mich so.“

Ich rutschte etwas nach hinten, überrumpelt von der Aufrichtigkeit in seiner Stimme. Mein Herz schlug so laut, dass ich unsicher war, ob ich überhaupt das sagen konnte, was ich ihm sagen wollte.

„Warum? Wegen deines Jobs?“, fragte ich leise. Er fuhr mit seinem Daumen meine Finger nach.

„Nicht nur.“

Wir sahen uns direkt in die Augen. So vieles wollte ich ihn fragen.

Weil du mich mehr magst, als du dir eingestehen möchtest?

Aber ich wollte diesen Augenblick nicht zerstören. Würde er das zugeben, wäre ich zwar völlig aus dem Häuschen, aber ich musste auch an seine Beförderung denken. Ich wollte ihm nicht in die Quere kommen. Ja, ich wollte ihn. Ja, ich war mir sicher, dass dieses Feuer gedämmt werden könnte, wenn ich wieder mit ihm schlief, aber ich wusste, dass wir aufpassen mussten. Und die Wahrheit war, dass ich ihn mochte. Sehr. Er fuhr an, und ich lehnte mich zurück. Wie bescheuert war das denn, dass ich solche Gefühle für einen anderen Mann hatte? Für den Mann, der mir bei der Scheidung von meinem Mann half. Meinem Gefühl nach war ich nicht lange verheiratet gewesen, denn auch wenn wir auf dem Papier noch verheiratet waren, waren in den letzten zwei Jahren doch Dinge passiert, die in keiner respektvollen Beziehung vorkommen durften. Gabe machte ich keinen Vorwurf. Wir waren beide schuld. Er hatte sich verändert. Ich hatte mich weiterentwickelt. *In eine andere Richtung.*

Als wir am Gerichtsparkplatz ankamen, fragte er: „Bereit?“

Ich lächelte zaghaft. „Denke schon.“

Er drehte sich mit ernster Miene zu mir. „Nein. Du bist bereit. Kein denken oder glauben. Es gibt nur wissen. Du machst das mit links. Scheiß drauf, was die anderen sagen. Oder wollen. Hier geht's darum, was du willst, und das bekommen wir auch für dich."

Seine Worte beruhigten mich. Ich hatte einmal zu Gabe gesagt, ich brauchte keinen Ritter in glänzender Rüstung, und so war es auch. Ich brauchte Gabe nicht. Ich brauchte auch nicht Victor, aber es war ein schönes Gefühl, jemanden wie ihn auf meiner Seite zu haben. Jemanden, der für mich kämpfte. Der *mit* mir kämpfte. Ich sagte ihm das und bekam dafür den sanfteren Victor zu Gesicht, den, den ich in letzter Zeit immer öfter gesehen hatte. Er sah mich lange mit seinen wunderschönen Augen an und sagte nur ein Wort. Mit tiefer, rauer Stimme sagte er ein Wort, nur eines. Und das ging mir durch Mark und Bein.

„Nicole."

Er drückte meine Hand fest und stellte dann den Motor aus. Bevor wir ausstiegen, atmete ich noch einmal tief durch, dann gingen wir zum Gerichtsgebäude.

Kapitel 19

VICTOR

Ich sollte eine Tapferkeitsmedaille bekommen, dass ich mit solchen Idioten zurechtkam. Erst hatte immer wieder der Metalldetektor gepiept, als ich durch die Sicherheitsschleuse ging, und ich musste mehrmals zurück, obwohl Jean heute arbeitete und mich schon Hunderte Male hatte durchgehen lassen. Mir lag auf der Zunge zu sagen: „Jean, ich bin ganz sicher, dass ich meine Waffe heute mal zu Hause gelassen habe." Aber bei all den Schießereien sollte ich darüber lieber keine Witze machen. Das erzählte ich Nicole, als ich gerade wieder meine Anzugsjacke anzog, und sie lachte.

„Du und deine Launen", sagte sie.

„Du bist übrigens die Einzige, die glaubt, ich wäre launisch", meinte ich, nahm meine Aktentasche und sah auf die Uhr.

Nicole sagte spöttisch: „Vielleicht bin ich auch nur die Einzige, die es dir sagt."

Ich winkte meinem Kumpel Ezra zu, der neben einem Mandanten lief.

„Sonntag wieder Golf?", fragte er.

„Und das Spiel der Lakers verpassen?", warf ich zurück. Er lachte und schüttelte den Kopf.

„Dann vielleicht nächste Woche. Ich habe einen Fall, über

den ich mit dir sprechen möchte."

Ich nickte und ging weiter. „Siehst du. Die Leute mögen mich."

Wir blieben vor der Tür stehen, und ich stützte meine Aktentasche auf der Sockelleiste ab, um die nötigen Unterlagen herauszuholen. Mein Finger fuhr die Registerkarten entlang, und ich musste grinsen, als ich daran dachte, wie ich hier drin einmal Nicoles Unterhose gefunden hatte. Wir hatten nicht darüber geredet, hauptsächlich weil es keine passende Gelegenheit gegeben hatte. Allerdings: Wenn ich sie unter vier Augen darauf ansprechen würde, würde ich mich auf gefährliches Terrain begeben. So wie die Dinge lagen, würden die Wellen hochschlagen, und der Horizont wäre nur noch schwer zu erkennen. Als ich die richtigen Unterlagen gefunden hatte, nahm ich sie heraus und schloss die Aktentasche wieder.

„Weil du ihnen vielleicht nur eine Seite von dir zeigst", meinte Nicole. Ich runzelte die Stirn. Wovon zum Geier sprach sie? Ich sah zu ihr.

„Redest du mit mir?"

Sie warf mir einen vielsagenden Blick zu. „Mit wem denn sonst?"

Ich sah mich um. Niemand sonst war auf diesem Gang. Ich schüttelte den Kopf. „Wovon redest du? Deine Klappe steht ja heute gar nicht still."

Lachend zeigte sie auf mich. „Siehst du? So ein Griesgram. Wie Oscar."

Ich verdrehte die Augen und klemmte mir die Unterlagen unter den Arm. „Werd erwachsen, Nicole. Sprich mal einen Moment nicht von Zeichentrick und Fantasy."

„Stimmt, ich sollte nur noch Rapper zitieren, damit du mithalten kannst."

Ich stöhnte. Sie würde nicht die Klappe halten. Vielleicht lagen ihre Nerven blank, und das war ihre Art, damit umzugehen. Aber solange sie nicht mit offenem Mund Kaugummi kaute, würden wir schon klarkommen. Ach was, solange ihr Mund auf mir war, würden wir klarkommen. Ich schüttelte den Kopf und blinzelte diesen Gedanken weg.

„Nic", sagte ich.

„Hmm?" Sie neigte leicht den Kopf und sah mich an.

„Kannst du bitte einen Moment still sein? Ich muss nachdenken, aber das kann ich nicht, wenn ich die ganze Zeit auf deinen Mund schauen muss."

Grinsend nahm sie die Hände hoch. „Ich nehme das jetzt ausnahmsweise mal nicht als Steilvorlage."

Wie gern hätte ich jetzt ihr Gesicht in meine Hände genommen und ihr das spöttische Grinsen weggeküsst. Mitten im Gericht, das quasi mein zweites Zuhause war. Stattdessen ging ich Richtung Gerichtssaal und öffnete die Tür. Am Konferenztisch saß Lewis mit dem Handy am Ohr und schrieb etwas auf. Er sah auf und nickte mir zu.

„Ich rufe zurück. Okay. Selbstverständlich." Er legte auf, erhob sich und gab mir die Hand. „Schön, Sie wiederzusehen." Dann dreht er sich zu Nicole und begrüßte sie. „Kein schöner Anlass, aber trotzdem schön, Sie wiederzusehen."

Wir setzten uns ihm gegenüber.

„Wo ist denn der Prinz aus Hollywood?", fragte ich.

„Etwas spät dran. Danke, dass wir uns hier kurz treffen können. Zehn Minuten nach diesem Fall habe ich bereits den nächsten und dank des Verkehrs konnte ich nicht früher hier sein."

„Dieser Verkehr ist wirklich unberechenbar. Kommt es mir nur so vor oder wird es immer schlimmer?", meinte ich.

„Es wird immer schlimmer", stimmte mir Nicole zu.

Lewis lächelte leicht. „Wir versuchen, so schnell wie möglich mit dem Fall durchzukommen. Gabriel meinte, die Scheidung wäre einvernehmlich."

Sie schnaubte. „So, meint er? Anscheinend haben wir noch mehr Meinungsverschiedenheiten, als ich bislang dachte."

Ich sah sie an. „Das hier ist außen vor, aber wenn er da ist und der offizielle Termin beginnt, kannst du nicht einfach dazwischenreden, wenn er etwas sagt."

„Also halte ich die Klappe?"

„Wenn du das schaffst", sagte ich und hoffte, sie verstand, dass das zu ihrem Besten war.

Mit Lewis kam ich gut zurecht, solange wir nicht in einem Fall Kontrahenten waren. Dann wurde es ernst, hauptsächlich weil er verdammt gut war und ich nichts riskierte.

Die Tür ging auf, und Gabriel kam schwungvoll herein. Er sah aus wie ein Mann, der bereit für sein Singleleben war. Jetzt war ich mir ganz sicher, dass wir diesen Fall schnell abschließen würden und seine Ex-Frau bald in meinem Bett liegen würde. Ich musste an das Sprichwort denken „Des einen Freud ist des anderen Leid" und nahm es wörtlich, nur andersherum. Doch gleichzeitig wurde mir bewusst, dass sie nicht sein Leid war. Und dass man Frauen nicht einfach weiterreichen konnte. Erst recht nicht Frauen wie Nicole.

„Die Verspätung tut mir leid", sagte er und sah sich im

Raum um. Ich beobachtete genau, wie er Nicole ansah. Hinter ihm kam ein weiterer Mann durch die Tür. Zunächst dachte ich, das sei der Mediator, aber die Mediatoren kannte ich alle. Diesen Mann hatte ich aber noch nie gesehen.

„Wer ist das?“, fragte ich, als der Mann sich neben Gabriel setzte.

„Ich bin sein Manager, Darryl Cusack.“

„Und warum sind Sie hier?“

„Das werden Sie schon noch sehen“, sagte er und grinste verschlagen. Er sah wie eine Karikatur aus, sein Kopf passte von den Proportionen gar nicht zum Rest des Körpers.

Kurz danach kam Marvin Harrison herein. Ich hätte fast einen Freudensprung gemacht. An Lewis Lächeln konnte ich sehen, dass es ihm ähnlich ging. Von allen Mediatoren war Marvin derjenige, mit dem man am besten arbeiten konnte. Er war klar, direkt und, was am wichtigsten war, gerecht. Ich rieb mir die Hände, er nahm Platz. Als ich zu Nicole sah, warf sie mir einen belustigten Blick zu. *Was?*, fragte ich stirnrunzelnd und achselzuckend. Sie schüttelte den Kopf und sah weg.

Marvin begann zu reden, und ich verdrängte alle Gedanken an Nicole. Er fragte, ob sie beide die Scheidung wollten. Beide bejahten, auch wenn Gabriel sie so betrachtete, als habe er noch nicht damit abgeschlossen. Ich sah wieder weg. Wir gingen die Liste durch: der King-Charles-Hund namens Bonnie, der bei Gabriel lebte (noch), das Haus in den Hollywood Hills, der Escalade, der Prius, der Porsche, der Bentley, die Farm in Idaho, die Anteile an einer Produktionsfirma und die Eigentumswohnung in New York. Bei deren Erwähnung erwachte Darryl zum Leben. Ich behielt mein Pokerface bei. Nicole erklärte, dass sie das Haus in den Hollywood Hills nicht, dafür aber das Geld für den Umbau von Küche und Gästehaus zurückhaben wolle.

„Was ist mit dem Hund?", fragte Marvin und sah zunächst Nicole an.

„Den kann er behalten."

„Kein geteiltes Aufenthaltsrecht mehr?", hakte er nach.

Aus dem Augenwinkel sah ich, wie sie sich an ihre Oberschenkel krallte. Ich sah sie an. „Bist du dir sicher?"

Sie nickte, ihre Augen wurden feucht. „Ich will nur, dass es endlich vorbei ist. Ich will nichts mehr mit dem da teilen", flüsterte sie.

Gegenüber von uns räusperte sich Gabriel. „Du kannst ihn haben."

Nicoles Blick schnellte zu ihm. Auch wenn sie nichts sagte.

„Du kannst ihn haben. Wirklich. Ich bin sowieso kaum zu Hause", sagte er.

Sie blinzelte mehrmals und räusperte sich, dann lächelte sie. „Danke."

„Gern geschehen."

Mein Gesicht zeigte keine Regung, aber ich konnte die beiden nicht länger ansehen, also wandte ich mich zu Marvin.

„Die Autos", sagte er.

„Ich will den Prius", sagte Nicole zu mir.

Ich blickte zu Gabriel, der zustimmend nickte. Lewis sagte laut: „Einverstanden."

„Und den Cayenne", fügte sie hinzu. Gabriels Augenbrauen zuckten, doch er nickte.

„Einverstanden."

„Was ist mit dem Haus in Idaho?“, fragte Marvin und sah wieder zu Nicole.

„Das gehört ihm.“

„Einverstanden.“

„Die Wohnung in New York“, zählte er weiter auf.

„Meine Mandantin und Gabriel haben sich diesbezüglich geeinigt“, sagte ich und reichte ihm den unterzeichneten Vertrag. Marvin überflog ihn.

„Einspruch. Sie hat sich nicht an ihren Teil der Abmachung gehalten“, sagte Darryl. Das machte ihm so richtig Spaß.

„Sie hat zwei Veranstaltungen mit Mr. Lane, ähm, ich meine Mr. Rogers besucht“, erklärte ich und war mir nicht sicher, welchen Nachnamen ich bei jemanden nehmen sollte, der sich wie Dr. Jekyll und Mr. Hyde aufführte. „Im Vertrag ist nicht die Anzahl der Veranstaltungen genannt, also ist sie nach bestem Gewissen ihrem Teil der Abmachung nachgekommen.“

„Nach ihrem besten Gewissen reicht aber nicht“, meinte Darryl und schlug mit der Hand auf den Tisch. Ich sah zu Lewis. Sein Gesicht war so rot, als würde er jeden Moment explodieren.

„Bitte lassen Sie mich meinen Mandanten vertreten, Mr. Cusack“, sagte Lewis.

„Dann tun Sie gefälligst was, denn sie muss mindestens noch einmal mit ihm über den roten Teppich gehen, nachdem sie in diesem Eiscafé letztens so einen Aufstand gemacht hat“.

Ich biss die Zähne zusammen, atmete tief durch und faltete meine Hände vor mir auf dem Tisch.

„Darüber muss meine Mandantin erst nachdenken, bevor sie sich entscheidet. Sind wir durch?", fragte ich. Meine Geduld war langsam am Ende, also war es das Beste für Darryl, wenn er nun seine Klappe hielt.

„Nein, sind wir nicht." Natürlich wusste er nicht, wann man besser nichts sagte. „Sie muss mit ihm zu dieser Veranstaltung gehen, und wir brauchen mehr zufällige gemeinsame Fotos."

Ich trommelte mit den Fingern auf dem Tisch und sah wieder zu Lewis. Er atmete schwer aus. „Mr. Cusack, ich muss Sie bitten, den Raum zu verlassen. Wir wollen beide das Beste für unseren Mandanten, und im Moment ist es das Beste, wenn Sie draußen auf ihn warten."

Er schnaufte und meckerte, aber er folgte dieser Anweisung.

„Bezüglich der Auftritte möchte ich mit meinem Mandanten unter vier Augen reden", sagte Lewis.

Marvin nickte und sammelte vor sich die Unterlagen zusammen. „Nun, ich denke, wir brauchen nur noch in diesem Punkt eine Einigung und können den Fall dann abschließen."

Wir einigten uns darauf, bis zum Ende der Woche einen Kompromiss zu finden. Ich schüttelte erst Lewis und dann Gabriel die Hand und stellte mich dann zu Marvin und Lewis, während Gabriel und Nicole miteinander sprachen. Sie waren sehr leise, und ich ertappte mich dabei, dass ich immer wieder zu ihnen sah, während Marvin einen Golftermin mit mir ausmachen wollte. Ich mochte Golf noch nicht einmal, hatte es aber gelernt, da viele erfolgreiche Geschäftstermine bei einer Partie Golf stattfanden.

Als ich wieder zu den beiden sah, lag Gabriels Hand auf Nicoles Schulter, und sie nickte zu irgendetwas, was er sagte. Eifersucht überfiel mich, und ich wusste noch nicht einmal, warum. Sie würden sich scheiden lassen. Sie waren verheiratet gewesen. Sie hatten eine gemeinsame Vergangenheit. Vielleicht war es das, was mich störte. Das und außerdem, das stellte ich entsetzt fest, wollte ich, dass sie nur Augen für mich hatte. Ich warf einen Blick auf die Uhr und entschuldigte mich. In einer Stunde hatte ich ein Meeting in der Kanzlei, und ich wollte sie noch nach Hause bringen.

„Entschuldige", sagte ich, während ich zu ihr und Gabriel ging. „Ich habe gleich einen Termin."

„Oh", sagte sie. „Oh. Mist. Ich hatte ganz vergessen, dass wir ja gemeinsam hergefahren sind. Schaffst du es noch, mich nach Hause zu bringen?"

„Klar, das liegt auf dem Weg", meinte ich. Es lag zwar alles andere als auf dem Weg, aber diese Chance wollte ich Gabriel nicht lassen.

„Ich kann dich mitnehmen", bot er dennoch an.

Nicole sah mich lange an, als suche sie nach einer Antwort. Ich wünschte, sie hätte mich direkt gefragt, dann hätte ich ihr auch direkt antworten können. Dann wandte sie ihren Blick ab und sah zu Gabriel. Seitdem ich denken kann, wurde ich immer als Erster ausgewählt, auch schon damals in der Grundschule. Fußball, Brennball, Softball, Basketball. Egal was, ich wurde immer als Erster gewählt. Bis zu diesem Moment hatte ich keine Ahnung, wie die anderen Kinder sich wohl immer gefühlt hatten. Dieses Gefühl, wenn einem flau im Magen und ganz bange wird. Ich war jetzt über dreißig, herrje. So ein Gefühl wollte ich in diesem Alter nicht mehr erleben. Aber wie immer, wenn es um Nicole ging, erlebte ich also auch die nicht so schönen Dinge.

„Ist schon okay. Victor nimmt mich mit. Trotzdem danke. Wir sehen uns aber bald, wenn ich Bonnie abhole“, sagte sie nach einer gefühlten Ewigkeit.

Gabriel erwiderte ihr Lächeln, und für einen kurzen Moment spürte ich einen Stich im Herzen, als ich eine Ahnung davon bekam, wie ihr Leben wohl gewesen war, als noch alles in Ordnung war – gemeinsames Lachen, gemeinsame Träume, gemeinsamer Kummer. Doch das war vorbei. Dieser Gedanke linderte meinen Schmerz, sodass ich zumindest lächeln und ihm die Hand geben konnte, bevor ich mit ihr ging.

Kapitel 20

NICOLE

Ich wollte Bonnie aus dem Haus abholen, in dem ich mit Gabe gewohnt hatte, und er hatte mich gefragt, ob ich nicht reinkommen wolle. Zunächst hatte ich abgelehnt, aber da er einfach weiter mit Bonnie redete und sie hinter dem Ohr kraulte und ich wusste, dass er sie genauso vermissen würde, wie ich sie umgekehrt, stimmte ich zu. Zunächst war es okay für mich, doch dann nicht mehr, weil wir wie immer bei denselben Fragen landeten: *Was ist schiefgelaufen? Was ist nur geschehen?* Mit diesen Fragen wollte ich mich nicht länger befassen. Ich sagte ihm das genau so, und er stimmte mir zu. Sagte, dass es nicht fair wäre, immer wieder darauf zurückzukommen. Trotzdem wusste ich, dass seine Gedanken weiterhin darum kreisten, als er im Türrahmen stand und zusah, wie ich mit Bonnie zum Auto ging.

„Gehst du heute Abend mit Chrissy aus?", fragte mich Talon, als sie in meinen Arbeitsbereich kam. Sie säuberte einen ihrer Pinsel an einem Handtuch und beobachtete mich, wie ich das schwarze Korsett nähte. „Um zu feiern?"

„Ja", sagte ich grinsend. „Ich finde, feiern ist angesagt. Sich mal wieder richtig einen hinter die Binde kippen und ausgelassen tanzen."

Talon musste lachen. „Genau so wird gefeiert. Ich würde ja mitkommen, aber die Mädchen sind krank."

„Doof", sagte ich. „Dann versuche ich gar nicht erst, dich zu überreden. Mütter sind die beste Medizin."

„Apropos, wann besuchst du denn mal wieder deine Mutter?"

Ich seufzte, stieß mich vom Nähtisch ab und fuhr mir mit den Händen über das Gesicht. Ich würde sie so furchtbar gern wiedersehen, aber wegen der ganzen Tortur hatte ich es noch nicht mal geschafft, nach Flügen zu schauen.

„Keine Ahnung, hoffentlich bald. Sie hat endlich aufgehört, mir immer wieder zu erzählen, dass die Scheidung ein Fehler sei. Ich will nur kurz dort sein und den Ball flach halten."

„Ist dein Vater noch auf dieser Kreuzfahrt?"

„Ja, sie kommen nächste Woche zurück. Meire hat mir Fotos per E-Mail geschickt und geschrieben, dass er es gar nicht erwarten kann, wieder in seinem Büro zu sein. Ich kann nur erahnen, wie nervtötend es mit ihm ist."

„Ach, diese Anwälte", sagte Tal kopfschüttelnd. „Wahrscheinlich magst du Victor deshalb so sehr."

Ich strahlte übers ganze Gesicht. Tagsüber redeten wir kaum miteinander und wenn, dann ging es um die Scheidung, bei der aber alles noch in der Schwebe war, bis wir die endgültigen Papiere bekamen. Aber nachts telefonierten wir weiterhin, und diese Gespräche waren viel interessanter als der Juristenkram. Er hatte mir von seiner ersten Freundin erzählt. Und ich ihm von meinem ersten Freund. Wir erzählten uns von unserer längsten Beziehung und von der kürzesten und manchmal auch von unserer gemeinsamen

Zeit und mussten lachen, dass wir uns daran noch erinnerten.

„Du magst ihn wirklich“, stellte Talon fest. Ich zuckte mit den Schultern als unverbindliche Antwort, stritt es aber nicht ab. Ich mochte ihn *auf jeden Fall.* Schon immer, doch diesmal schien es mehr zu sein. Als wären wir auf einer höheren Stufe angelangt. Als müssten wir zunächst Freunde werden. *Vielleicht hatte dieser Schritt beim letzten Mal gefehlt?* Aber ich beherrschte mich. Ich kannte ihn, und seine Prioritäten hatten sich nicht geändert.

Auf dem Heimweg rief ich Marcus an. Vor dem Schlichtungsgespräch hatte er sich ein paar Tage freigenommen, um seine kranke Tante zu besuchen. Er hatte gemeint, bei seiner Rückkehr gäbe es seinen Job hoffentlich noch, aber er könne es verstehen, wenn ich sofort einen anderen einstellen würde. Ich hatte ihm gesagt, so leicht werde er mich nicht los. An seine Anwesenheit hatte ich mich gewöhnt. Als Marcus beim zweiten Klingeln nicht abnahm, legte ich auf und rief Victor an.

„Hey“, sagte er. Beim Klang seiner männlichen Stimme schoss mir das Blut durch den ganzen Körper. „Kann ich dich zurückrufen? Ich habe gerade ein Arbeitsessen in einem Restaurant.“

„Mit einer Mandantin?“, wollte ich wissen. Er lachte.

„Hmm. Keine Antwort. Interessant“, meinte ich.

Einen Augenblick sagte er nichts. „Bist du eifersüchtig?“

„Sieht sie gut aus?“

„Nicht besser als du“, sagte er mit fester Stimme, doch ich hörte einen Hauch Belustigung heraus.

„Egal“, murmelte ich. Die ganze Zeit, als ich seine Mandantin war, hatte er mich nicht *zum Essen eingeladen, um über den Fall zu sprechen.*

Er seufzte. „Nicole, bitte sei nicht eifersüchtig. Ich versichere dir, es gibt keinen Grund."

„Ich bin nicht eifersüchtig", sagte ich, denn ich war es auch nicht. Ich hätte mir nur gewünscht, dass es anders gelaufen wäre. Dass wir einfach ausgehen und gemeinsam hätten Zeit verbringen können, um uns kennenzulernen, anstatt unsere Unterhaltungen auf nächtliche Telefonate und bescheuerte Meetings zu beschränken, in denen unsere persönlichen Gespräche hinter meiner Vergangenheit mit Gabe zurücktreten mussten.

„Gut. Ich muss Schluss machen. Ich ruf dich an, sobald ich hier fertig bin."

Ich nuschelte ein Tschüs, das er wohl nicht mehr hörte.

Nach zwanzig Minuten rief Marcus zurück. Nachdem ich mich nach der Krankheit seiner Tante erkundigt hatte, erzählte ich ihm, was heute Abend auf dem Programm stand: Klub, Freundinnen, Trinken, Feiern.

Als ich nach Hause kam, kam Bonnie zur Tür getrottet, um mich zu begrüßen. Ihre Schlappohren baumelten, als sie den Kopf drehte, damit ich sie kraulte. Sobald ich Tasche und Schlüssel abgelegt und die High Heels ausgezogen hatte, nahm ich sie hoch und erfüllte ihr diesen Wunsch. Ich trug Bonnie auf der Hüfte und sah die Weinflaschen im hölzernen Weinregal durch. Dann setzte ich Bonnie ab, goss mir etwas Wein ein, zog Turnschuhe an und ging mit ihr nach draußen. Ich ließ sie herumstromern, während ich einen Schluck Wein trank und die Meeresbrise einatmete. Aber ich ließ sie nicht aus den Augen, damit mir kein Häufchen entging. Nur wenige Dinge hasste ich so sehr, wie in Hundekacke zu treten, die ein nachlässiger Hundebesitzer nicht entfernt hatte.

„Ist das ein Cocker Spaniel?"

Mein Kopf fuhr hoch zu einem Mann ohne T-Shirt, der sich von seiner Joggingrunde auslief. Die Vorteile von einem Haus am Manhattan Beach – gut aussehende Männer, die oben ohne joggten.

„Nein. Ein King Charles."

Er lächelte, hockte sich hin und wurde von der aufgeregten Bonnie angesprungen. „Die ist aber hübsch."

„Danke." Ich lächelte zurück.

„Sie sieht dir ähnlich."

Ich errötete, lächelte aber weiter. „Danke."

„Ich habe dich hier noch nie gesehen."

„Bin gerade erst hergezogen aus ..." Ich hielt inne. Er erkannte mich offensichtlich nicht als Gabriel Lanes Frau, also wusste er auch nicht, aus welcher Gegend ich hergezogen war. Zum ersten Mal wurde mir bewusst, dass ich ganz neu anfangen konnte. Ich war einfach nur Nicole Alessi, die kaum einer kannte, es sei denn, man würde nachforschen und auf meine Promivergangenheit stoßen. „Ich bin erst vor Kurzem hergezogen", verbesserte ich mich.

„Ach. Woher denn?"

„So zwanzig Minuten von hier entfernt."

„Aha. Ich bin vor ein paar Monaten aus Georgia hergekommen." Er schwieg einen Moment. „Ich bin übrigens Brent."

„Nicole", stellte ich mich vor und erwiderte seinen Faustgruß.

„Ich hab verschwitzte Hände", entschuldigte er sich.

Im Haus klingelte das Telefon, und ich sprang auf. Als ich zu Bonnie sah, erkannte ich, dass sie eben jenen Moment ausgenutzt hatte, um sich zu erleichtern. „Entschuldige", sagte ich verlegen. „Ich muss das aufsammeln. Viel Spaß beim Laufen. Wir sehen uns bestimmt noch mal."

„Würde mich freuen", sagte er und lief weiter. Ich sah ihm kurz hinterher, bis Bonnie an der Leine zog und ich seufzend in die Realität zurückkam.

„Was habe ich dir gesagt, wenn du mal vor fremden Leuten musst?", flüsterte ich ihr zu und kniete mich mit dem Hundekotbeutel in der Hand hin. „Bonnie, das ist so widerlich. Richtig widerlich."

Im Haus sah ich, dass der verpasste Anruf von Victor war. Ich überlegte, ob ich den Rückruf sein lassen sollte, aber ich wollte nicht, dass er mich für kindisch oder eifersüchtig hielt, nur weil er mit einer Mandantin essen gewesen war, also rief ich doch an.

„Wie war dein Date?", fragte ich. Sein Atem, den ich über die Leitung hörte, ließ mich erschaudern, als wäre er direkt vor mir.

„Arbeitsessen, Nicole. Es war ein Arbeitsessen."

„Das kommt aufs Gleiche raus."

„Tut es nicht. Ich schlafe nicht mit meinen Mandantinnen."

Ich unterdrückte ein Lächeln und versuchte, mir nichts anmerken zu lassen. „Ach wie schade. Es soll da eine Mandantin geben, die sich gleich selbst streichelt und sich dabei diese Möglichkeit vorstellt."

„Oh, Nicole", stöhnte er.

„Was?"

„Du bringst mich um“, sagte er mit rauer Stimme. Ich hatte Schmetterlinge im Bauch.

„Was ist denn schlimmer für dich, Victor? Der Gedanke, dass du mich haben könntest, aber nicht darfst, oder die Vorstellung, dass ich heute Abend ausgehe und meine Bedürfnisse von einem anderen Mann befriedigen lasse?“

Er sagte nichts, aber ich wusste, dass er noch dran war, denn ich konnte hören, wie schwer er atmete. Ich schwieg. Ich schreckte nie vor etwas zurück, doch nun befürchtete ich, zu weit gegangen zu sein.

„Ich saß gerade vor dem Büro und wollte nur warten, bis man mir nicht mehr ansieht, wie hart ich deinetwegen war. Sieht so aus, als würde sich da in nächster Zeit aber nichts tun, was wiederum heißt, dass ich zu spät zu einem Meeting komme, obwohl ich zwanzig Minuten zu früh da war“, erklärte er. Ich musste lächeln. „Aber um deine Frage zu beantworten: Beide Möglichkeiten bringen mich um, aber wenn ich dich das nächste Mal vögele, und das werde ich tun, wirst du meinen Namen schreien.“

„Das werden wir ja sehen“, konterte ich und bemühte mich, nicht so gerührt zu klingen, wie ich war.

„Ja, das werden wir.“ Er atmete hörbar aus. „Ich muss mal Schluss machen und mich um mein … Problem kümmern.“

Ich lachte. „Tut mir leid. Na ja. Viel Erfolg bei dem Meeting.“

„Danke. Ich ruf dich heute Abend an.“

„Ich bin nicht zu Hause“, sagte ich. Dass er nichts sagte, zeigte mir, dass er auf eine Erklärung wartete, aber die gab ich ihm nicht. Er sollte mich fragen.

„Wo bist du denn?“, fragte er schließlich.

„Unterwegs mit Chrissy."

„Chrissy … die Freundin, mit der du Klub-Hopping machst?"

Ich lachte, weil er Chrissy schon als Klubgängerin abgestempelt hatte. „Wir machen kein Klub-Hopping. Wir sind doch keine zwanzig mehr. Wir bleiben in einem Klub."

„Klingt trotzdem nach Ärger", sagte er, aber ich hörte das Grinsen in seiner Stimme.

„Du kennst mich doch, immer mittendrin."

„Stimmt, und das mag ich. Ich ruf dich an, wenn ich zu Hause bin. Vielleicht erwische ich dich ja noch, bevor du gehst."

Nachdem wir aufgelegt hatten, trank ich noch zwei Gläser Wein, legte mich in die Badewanne, bestellte Sushi, zog mich an und schminkte mich, bevor Marcus an die Tür klopfte. Ich ließ ihn herein und pustete noch alle Kerzen aus, die ich in meiner Entspannungsstunde angezündet hatte. Ich hatte mit Chrissy ausgemacht, dass wir uns im Klub treffen würden.

„Lass uns gehen, Marky Mark. Wenn wir jetzt nicht losfahren, ist mein Rausch wieder weg, ehe wir ankommen, und dann habe ich nicht den Mumm, allein in den Klub zu gehen."

„Hast du deiner Freundin nicht gerade gesagt, dass sie mich auf die Gästeliste setzen soll, damit ich dich hineinbringen kann?"

„Du weißt, wie ich das meine."

„Nein, aber schon gut. Ich will's gar nicht wissen."

Es dauerte etwas, bis wir ankamen und hinter dem Gebäude parkten. Marcus war für den Einparkservice, aber ich nicht. Nie im Leben würde ich einen Klubangestellten meinen Cayenne fahren lassen. Und dann hätten mich die Paparazzi auch gar nicht gesehen. Ich wollte warten, bis zumindest ein paar herumwuselten. Sobald sie da waren, stiegen wir aus und gingen zum Hintereingang. Wir wurden problemlos eingelassen, nachdem der Türsteher uns prüfend angesehen hatte.

„Wundert mich, dass sie nicht deinen Ausweis sehen wollten", sagte ich laut über die Musik hinweg.

„Wieso?"

„Milchbubi", sagte ich und gab ihm freundschaftlich einen Klaps. Er schüttelte den Kopf.

Wir gingen nach oben, wo Chrissy mit anderen Freunden wartete. Als sie mich sah, sprang sie von ihrem Stuhl und umarmte mich stürmisch. Sobald sie Marcus sah, ließ sie mich los, und all ihre Aufmerksamkeit galt nur noch ihm. Bei seinem Gesichtsausdruck konnte ich mir das Lachen nicht verkneifen. Er kam zu mir und meinte, er würde unten an der Treppe warten, nur für den Fall, dass ich ihn brauchte. Jede Wette, das tat er nur, um Chrissy und ihrer Dreistigkeit zu entkommen.

Ich ging zu Chrissy und ließ mir etwas aus der Flasche einschenken, die sie bestellt hatte.

„Wie läuft's mit dem heißen Anwalt?", wollte sie wissen.

„Er ist … einfach heiß", sagte ich und nahm einen Schluck Champagner. Darüber wollte ich wirklich nicht reden, erst recht nicht in einem lauten Klub.

„Ich bin mir ziemlich sicher, dass ich ihn hier gesehen habe", meinte sie und sah sich um. „Okay, es ist dunkel, aber jede Wette, dass er es war."

Mir wurde ganz anders. Victor. *Hier?* Ich sah mich um,

musste zweimal, sogar dreimal hinsehen, bis ich ihn erblickte. Obwohl er von mir abgewandt war, weil er sich mit den Leuten neben sich unterhielt, klopfte mein Herz wie wild. Und als er sich dann umdrehte, suchend in die Menge schaute, und seine Augen meine trafen, schien alle Luft aus mir zu weichen. Er stand auf, und obwohl es zu dunkel war, um seine Augen zu erkennen, konnte ich seine Gesichtszüge lesen und erhob mich ebenfalls.

„Bin gleich wieder da“, sagte ich zu Chrissy, die sich angeregt mit einem Mädel an unserem Tisch unterhielt.

Victor drehte sich um und ging in die Richtung, aus der ich gekommen war. Ich folgte ihm. Dort traf ich Marcus und sagte ihm, ich würde gleich wiederkommen. Er entdeckte Victor, sah mich an und nickte.

„Ich bleibe hier stehen“, sagte er, und ich ging.

Victor ging weiter, aber er ging nicht nach draußen, wie ich es erwartet hatte. Er ging auch nicht zu den Toiletten. Stattdessen ging er nach rechts, zum großen Dancefloor. Mein Kopf hämmerte wegen der Musik, mein Herz wegen der Aufregung und der Anspannung. Dann blieb er stehen und trat zur Seite, in eine dunkle Ecke, in der uns niemand sehen würde. Und er zog mich mit. Er lehnte sich gegen die Theke, sein Unterarm dort abgestützt, sein Getränk in der Hand.

„Was machst du denn hier?“, fragte ich, ging näher zu ihm und sprach lauter, damit er mich trotz der Musik verstand.

Sein Blick wanderte langsam über meinen Körper nach unten, dann wieder nach oben, und er leckte sich über die Lippen. Trotz des Alkohols in meinem Körper fühlte ich mich plötzlich wie ausgetrocknet. Ich schluckte, nahm seinen Drink, trank einen Schluck und machte ein verdutztes

Gesicht, weil er überraschend stark war. Victors Mund verzog sich zu einem belustigten Lächeln. Er streckte seinen Arm aus, und ich dachte, er wolle sein Glas zurück, doch stattdessen legte er ihn um mich und zog mich so nah an sich, dass wir fast Brust an Brust standen. Sein glühender Blick war nicht das Einzige, was mich wärmte.

„Ist das nicht offensichtlich?", fragte er, sein Atem kitzelte an meinem Ohr. Ich bekam eine Gänsehaut und verneinte. Sein Lachen vibrierte bis in mich hinein. „Und was machst du hier?"

„Tanzen", antwortete ich und bewegte meinen Kopf leicht, sodass meine Nase über seinen Bartschatten strich.

„Dann tanz", sagte er und legte seine Hände auf meine Hüften. Ich lehnte mich nach vorn, meine Brüste streiften seinen Arm, als ich sein Glas hinter ihm abstellte und er mich etwas an sich zog. Ich bewegte meine Hüften hin und her und lächelte, weil er seine Augen nicht von mir nehmen konnte.

„Also ich werde hier keine Privatvorführung für dich hinlegen", sagte ich und zog eine Augenbraue hoch. „Ich will schon eine Gegenleistung."

Sein Lächeln war geheimnisvoll und übermütig, als er sich von der Theke abstieß und sich mit mir bewegte, seine Hüften im perfekten Gleichklang mit meinen. „Dafür würde ich ganz schön was springen lassen."

Ich grinste und strich mir die Haare aus dem Gesicht. Den Kopf bewegte ich sanft im Takt und keuchte, als sein Mund näher kam und er mich küsste.

„Bist du fündig geworden?", fragte er und küsste sich an meinem Hals entlang zu meinem Kinn, über die Wange zum Ohr.

„Bist *du* es denn?“, stellte ich schwer atmend die Gegenfrage. Wir bewegten uns weiterhin zur Musik.

Er wich ein wenig zurück, nahm mein Gesicht in seine Hände und sah mich mit seinen dunklen Augen voller Begierde an. Er nickte.

Ich hielt den Atem an.

Er hörte auf, sich zu bewegen.

Ich sah ihn mit großen Augen an. „Was?“

„Komm mit zu mir“, sagte er und küsste mich sanft. „Ich hab diese Spielchen so satt. Komm mit zu mir, Nicole.“

„Warum jetzt?“, wollte ich wissen. Diese Frage wollte ich mir eigentlich verkneifen, aber egal. Ich wollte die Antwort hören. Ich musste wissen, dass er nicht nur mit mir spielte.

„Weil ich dich so sehr will. Weil ich den Gedanken nicht ertragen konnte, dass du hierherkommst und mit einem anderen Arschloch rummachst.“

Ich merkte, dass ich lächelte. „Also willst du lieber selbst das Arschloch sein, das mich mit nach Hause nimmt?“

„Mehr als alles andere.“

Mehr als alles andere. Ich wollte ihn nicht weiter ausfragen. Es gab keinen Grund. Ich sah die Entschlossenheit in seinen Augen, und das reichte mir. Ich hätte die Gründe aufzählen können, warum er diesen Vorschlag bisher abgelehnt hatte, aber ich wollte es selbst mehr als alles andere, also wählte ich den einfacheren Weg.

„Kein Sex auf dem Klo?“, fragte ich und sah ihn von unten her an. Sein Lächeln war sanft, breit und lüstern, während er den Kopf schüttelte und mit dem Gesicht näher kam.

„Nein. Definitiv nicht auf dem Klo, es sei denn, es ist unser eigenes", sagte er mit seinem Mund an meinem Hals. Er gab mir dorthin einen Kuss. „Menschen ändern sich."

Ich konnte nur nicken und mich umdrehen, um schnellstmöglich den Klub mit ihm zu verlassen, doch er legte seinen Arm um mich und zog mich wieder an sich. Ich schnappte nach Luft, als ich seinen muskulösen Körper an meinem spürte. Gott. Es war viel zu lange her.

„Weißt du noch, wo ich wohne? Lass dich von Marcus dort hinbringen", flüsterte er mir ins Ohr und saugte dann an meinem Ohrläppchen. Ich schmiegte mich an ihn. „Wir müssen vorsichtig sein, bis alles überstanden ist."

Ich nickte und kam etwas ins Schwanken, als ich seinen Mund wieder auf meinem Hals spürte. *Was würde ich nur dafür geben, dass er mich direkt hier auf der Tanzfläche nahm. Oder auf der Treppe. Oder in der Toilette.* Es war mir alles egal. Er ließ mich los und ging, sobald wir an der Treppe ankamen und in den VIP-Bereich gelangten, in normalem Abstand hinter mir her. Ich stellte ihn Chrissy offiziell vor. Sie kannten sich bereits von meinem ersten Kluberlebnis mit Victor, und danach hatte sie das ganze *Der Kerl, mit dem ich an meinem Geburtstag Sex auf dem Klo hatte, arbeitet für meinen Vater! Wie wahrscheinlich ist das denn?*-Fiasko mitbekommen.

„Ich kenne dich aus dem Fernsehen, als du Harlow Winters bei ihrer Scheidung vertreten hast. In echt siehst du noch besser aus", sagte sie. Victor schenkte ihr sein *Erzähl mir was Neues*-Lächeln.

„Ich sage Bobby Bescheid, dass ich gehe", meinte er, nachdem ich mich von Chrissy verabschiedet hatte. Als er meinen Bobby erwähnte, stutzte ich. Victor sah mich verwirrt an, also zog ich ihn am Ärmel etwas nach unten, damit ich ihm zuflüstern konnte: „Ist das nicht auffällig, wenn wir uns beide von ihm verabschieden und dann gemeinsam gehen?"

Er richtete sich wieder auf und sah mich an. Man konnte ihn förmlich denken und nach einer Lösung suchen hören. Schließlich nickte er zustimmend. Ich ging zurück zu Marcus und verließ mit ihm den Klub, während Victor zu seinem Tisch zurückging. Als wir aus dem Hintereingang kamen, knipsten die Paparazzi direkt los, wohl in der Hoffnung auf eine neue schlüpfrige Geschichte. Sobald sie sahen, dass nur ich es war, hörten sie auf, auch wenn sie ihre üblichen Fragen stellten. *Was machst du jetzt, wo Gabriel in Kanada dreht? Vermisst du ihn? Besuchst du ihn am Set?*

Sobald ich auf dem Beifahrersitz saß, atmete ich erleichtert auf.

„Die sind so unglaublich nervig", meckerte ich, als Marcus neben mir Platz nahm.

„Wohin?", fragte er. Ich konnte es nicht leiden, wenn er meine Bemerkungen ignorierte. *Hatte er denn gar kein Verständnis dafür, dass ich mal Dampf ablassen musste?*

Ich suchte Estelles Textnachricht heraus, in der sie mir Victors Adresse geschickt hatte, als er krank war, und wies Marcus an, mich dorthin zu fahren.

„Nur hinbringen?", fragte er nach.

„Ja." Ich lehnte mich zurück und schrieb Victor, dass ich unterwegs sei. „Ich komme schon irgendwie anders nach Hause."

Marcus sah mich einen Moment an. Ich tat so, als würde ich es nicht merken, doch ich spürte seinen Blick. Dann seufzte er und fuhr los. Die ganze Fahrt über sagte ich nichts.

Meine Hände auf meinem Schoß zitterten leicht. Meine Nerven waren aufs Äußerste gespannt, ich konnte kaum ruhig atmen. Ich hatte so etwas schon oft gemacht, aber ich hatte es noch nie im Vorfeld geplant. Die Fahrt dauerte so lang, dass ich über meine Entscheidung nachdenken musste. Ich fragte mich, ob er mich absichtlich in einem anderen Auto herbestellte, um zu sehen, ob ich kalte Füße bekam und es nicht bis zum Schluss durchzog. Ich atmete lang aus, als das Auto langsamer wurde, weil wir an dem malerischen zweistöckigen Strandhaus angekommen waren, in das ich mich damals sofort verliebt hatte.

„Ich warte hier", sagte Marcus, als er den Wagen hinter Victors Jaguar parkte.

Ich schluckte. Ich könnte ihn hier warten lassen. Er wäre die perfekte Ausrede. Aber ich wollte keine Ausrede. Ich wollte keine Fluchtmöglichkeit. Wenn er wollte, dass ich blieb, würde ich das tun. Und wenn es mir zu viel wurde, würde ich mir ein Taxi bestellen. Ich atmete noch mal durch.

„Nein. Fahr nach Hause. Ich rufe an, wenn du mich doch abholen sollst." Ich legte eine Hand auf den Türgriff und sah ihn an. Die Vorstellung, mich hierzulassen, gefiel ihm nicht. „Ich weiß, ich muss das nicht extra sagen, weil du eine Geheimhaltungsvereinbarung unterschrieben hast, aber …"

Er hob abwehrend die Hände, und ich hielt den Mund. Er sagte nichts, doch seine strahlend blauen Augen sahen mich eindringlich und ernst an. Und ich wusste, dass er mich verstanden hatte. Ich stieg aus, ging den Schotterweg entlang und die paar Stufen zum Haus hinauf. Gerade machte ich eine Faust, um zu klopfen, da wurde die Tür bereits geöffnet. Victor trat nicht hinaus, sondern öffnete die Tür nur so weit, dass ich eintreten konnte. Dann schloss er sie wieder. Im Haus war es dunkel, nur aus der Küche drang Licht.

„Hi", sagte ich zaghaft und war plötzlich ganz schüchtern. Ich neigte mein Gesicht zu ihm.

„Hi", sagte auch er, fasste mein Handgelenk und zog mich zu sich, bis ich seinen minzfrischen Atem auf meinem Gesicht spürte. Mit der anderen Hand streichelte er sanft über meine Wange.

„Ich weiß nicht, ob ich das schon gesagt habe, aber dein Haus gefällt mir wirklich richtig gut", sagte ich.

Bei diesem Licht konnte ich sein Lächeln nicht sehen, aber ich wusste, dass es da war, kannte sein Gesicht in- und auswendig. Würde ich jetzt erblinden, könnte ich es für eine Zeichnung ganz genau beschreiben.

„Warte mal, bis du mein Bett gesehen hast", sagte er. Seine Stimme war weiterhin leise, als hätte er Angst, die Blase, in der wir uns befanden, könne sonst platzen. Ich lächelte.

„Ist dir jemand gefolgt?", fragte er und drückte seinen Mund auf meinen Kiefer. „Ich will nicht, dass die Presse Spekulationen anstellt." Sein Mund wanderte zu meinem Ohr hinauf und langsam wieder nach unten. Ich zog die Luft ein.

„Du meinst über uns", sagte ich. Er lehnte sich ein wenig zurück, seine Hand jedoch blieb auf meiner Wange, während die andere zu meinem Hintern wanderte.

„Ich wünschte, ich würde mir deswegen Sorgen machen. Ich sollte, aber ich will das hier so sehr, dass es mir egal ist", meinte er und drückte meinen Hintern. „Ich bin mir nicht sicher, ob du das mit dem anderen Mann, der deine Bedürfnisse befriedigt, ernst gemeint oder nur gesagt hast, um mich in den Wahnsinn zu treiben. Vergiss diese Idee, Nicole. Vergiss es einfach. Ich brauche dich. Ich will dich. Und ich bekomme immer, was ich will."

„Ganz schön verwöhnt, was?", flüsterte ich und beugte mich zu ihm, bis sich unsere Lippen trafen.

„Harte Arbeit", erwiderte er, dann glitt seine Hand in meinen Nacken, und sein Mund verschmolz mit meinem.

Seine Lippen waren weich und zögernd, wohlschmeckend, seine Zähne neckten mich, als sie an meiner Unterlippe knabberten, seine Hände strichen über meinen Körper und schoben mein Kleid langsam hoch. Ganz langsam. Ich öffnete schnell die ersten Knöpfe an seinem Hemd, und er lachte. Das Geräusch vibrierte durch meinen Körper und verursachte mir eine Gänsehaut.

„Wir müssen nicht hetzen, Nicole", sagte er, ein Flüstern an meinen Lippen. Ich fühlte die Hitze, ich brannte für ihn, sehnte mich nach allem, was er mir geben würde. Mein Atem ging schnell und stoßweise.

„Ich hab auch nichts gegen Quickies", sagte ich und zog mir das Kleid über den Kopf. Er musterte meinen Körper von oben bis unten, langsam, als wolle er mich auskosten. Er schüttelte den Kopf.

„Kein Quickie."

Ich griff wieder nach seinem Hemd, öffnete es ganz und legte die Hände auf seine muskulöse Brust. Meine Finger glitten nach oben zu seinen Schultern und dann seine definierten Arme entlang wieder nach unten. Dabei zog ich ihm das Hemd aus. Als ich betrachtete, was da vor mir stand, pochte mein Herz noch schneller: sein schlanker Körper, der Sixpack, den ich gar nicht erahnt hatte. Ich schluckte und sah ihm wieder in die Augen. Mir wurde flau im Magen, als er mich glühend anblickte. Er schlüpfte aus den Schuhen, warf sie zur Seite und zog sich die Socken aus. Dann zog er mich wieder in seine Arme und küsste mich. Seine Hände erkundeten meinen Hintern, meine Taille, meine Brüste. Seine Finger wanderten nach hinten und öffneten meinen BH, zogen ihn mir schnell aus und warfen ihn zur Seite. Er umfasste mein Gesicht, und mein Herz hämmerte wie wild. Er öffnete den Mund, als wolle er etwas sagen, doch stattdessen legte er ihn erneut auf meinen.

Er ging rückwärts und nahm mich mit, die Hände an meinen Hüften, sein Mund überall – auf meinem Mund, meinem Hals, meinen Schultern, meinem Schlüsselbein. Ich hielt mich an seinen starken Unterarmen fest, um nicht über meine oder seine Füße zu stolpern. Er öffnete eine Tür, ich hielt mich noch stärker fest, als ich die Augen öffnete und sah, dass ich mich in Victors Schlafzimmer befand. Mein jüngeres Ich machte einen Rückwärtssalto. Nie im Leben hätte ich geglaubt, jemals hier zu landen, in seinen heiligen Hallen. Und ich hätte auch nie geglaubt, dass es hier so normal, gemütlich und gar nicht abschreckend aussah. Der Raum wirkte sehr maskulin, zumindest was ich sehen konnte – ein großes Bett, dunkle Bettwäsche, dunkle Ausstattung. Er zog mich mit sich und warf mich aufs Bett. Die weiche Matratze fing mich auf und ließ mich ein wenig hochwippen.

Ich sah zu ihm auf und musste lachen, wie er, nur noch mit seiner Hose bekleidet, über mir aufragte und mich ernst ansah.

„Du siehst aus, als wolltest du mich jeden Moment bestrafen“, meinte ich.

„Pass auf, was du dir wünschst.“

Bei diesen Worten wanderte sein Blick über meinen Körper, und er leckte sich dabei die Lippen. Trotz des kuscheligen weichen Lakens unter mir überlief mich ein Schauer. Victor kam näher, setzte ein Knie zwischen meine Beine und spreizte sie. Lediglich in einem schwarzen Tanga und passenden Pumps lag ich da. Ich wäre wohl eingeschüchtert gewesen, hätte er mich nicht so angesehen, als wäre ich das atemberaubendste Geschöpf, das er je zu Gesicht bekommen hatte. Ich spreizte meine Beine noch mehr, während er im Stehen an seinem Gürtel nestelte. Dann knöpfte er seine Hose auf, und ich streichelte meine Brüste. Er stöhnte. Meine Hände glitten über meinen Bauch, meine Finger in mein Höschen.

„Oh ja, Nicole", sagte er heiser und zog seine Hose mitsamt seiner Unterhose aus. Mir blieb das Herz stehen, als ich seine Erektion sah und wie bereit er für mich war. Er umfasste sich selbst mit einer Hand, glitt mit den Fingern darüber, auf und ab, während er mich betrachtete. Stöhnend fuhr ich mit meinen Fingern über meine Scham und dachte daran, wie er sich in mir angefühlt hatte.

„Du siehst gerade so verdammt schön aus", sagte er. „Ich wünschte, du könntest dich sehen."

„Du siehst auch unglaublich schön aus", sagte ich und biss mir auf die Lippe, um nicht wieder zu stöhnen. „Ich wünschte, du würdest mich berühren und nicht dich selbst."

Mit zusammengepresstem Kiefer kam er zu mir, als hätte er in diesem Moment seine Selbstbeherrschung verloren.

Er griff nach meinem Höschen, zog daran, der Tanga kniff mir in den Hintern, bis die Spitze riss und er den Stoff zur Seite warf.

Er leckte an einer meiner Brustwarzen, biss hinein, zog daran und sog sie ganz ein. Ich krallte mich an seinen Haaren fest.

„Ach du Scheiße“, entfuhr es mir. Ich konnte die Erregung im ganzen Körper spüren. „Victor.“

„Ja“, sagte er an meiner Brustwarze. „Sag meinen Namen. Sag mir, wie sehr du das hier willst.“

„Ich will das so sehr“, sagte ich und keuchte, als er leckend, küssend und mit den Zähnen knabbernd eine Spur über meinen Bauch nach unten zog, bis er zwischen meinen Beinen ankam und mich in den Mund nahm. „Oh mein Gott.“ Er leckte über meine Schamlippen, kein Millimeter blieb von seiner Zunge unberührt, kein Nervenende schien entspannt, und dann widmete er sich wieder meiner empfindlichsten Stelle.

„Sag es, Nicole“, raunte er und zog an meinen Schamlippen. „Sag mir, wie sehr du das vermisst hast.“

Ich keuchte, hob mein Becken, weil sich sein Mund, seine Zunge so unbeschreiblich anfühlte.

„Sag mir, wie sehr du es brauchst“, redete er weiter und stöhnte, die warme Luft seines Atems fühlte sich kühl an, so feucht war ich. Dann steigerte er den Druck, und ich konnte nur noch die Augen schließen. Meine Zehen spannten sich an, und Hitze breitete sich von meinen Füßen bis zum Kopf aus, als der Orgasmus mich erschütterte. Victor hörte nicht auf zu lecken und zu saugen, auch nicht als ich seinen Namen schrie. Ich warf den Kopf in den Nacken, zog an seinen Haaren.

„Ich kann nicht mehr“, wimmerte ich. Er küsste mich auf die Oberschenkel, sein Mund wurde von seinen Fingern abgelöst, und er kam zu mir hoch, bis wir auf Augenhöhe waren. „Victor“, schrie ich auf, als er seine Finger in mich schob. Nicht gerade langsam. Er ließ mir keine Zeit, mich zu erholen.

Er wollte, dass ich es spürte.

Und das tat ich.

Überall.

„Ich werde dich so hart nehmen“, sagte er und saugte an meinem Hals.

„Du hast doch gesagt kein Quick…“, begann ich, keuchte aber laut auf, als seine Finger gleichzeitig über meine empfindlichste Stelle und in mir rieben.

„Fühlt sich das wie ein Quickie an?“, fragte er, und seine Fingerspitzen streichelten meine Perle und bescherten mir einen weiteren Höhepunkt. Ich schrie auf.

„Nein“, sagte ich schrill. Er zog seine Finger aus mir und leckte sich jeden einzeln ab, ohne den Blick von mir zu wenden. Ich schwebte noch völlig in einer anderen Welt, aber als ich sah, wie er sich die Finger leckte, und ich wusste, dass er mich schmeckte – mich *kostete* –, seinen Blick ekstatisch auf mich gerichtet, zog sich mein Innerstes noch mehr zusammen. Victor ließ mir keine Pause. Er ließ mich nicht aufstehen, damit ich mich bei ihm revanchieren konnte. Stattdessen stützte er sich links und rechts neben meinem Kopf ab und drang in mich ein. Ich schrie auf, mein Rücken bog sich ihm entgegen. Er war so groß. Ich fühlte mich so unbeschreiblich ausgefüllt.

Er hielt in seiner Bewegung inne. Ich sah ihn verwirrt an.

„Alles okay?“, fragte er. Ich nickte heftig.

„Mehr als okay.“

„Sicher? Das sah gerade aus, als hättest du aufgehört zu atmen."

„Ich muss nicht atmen. Ich brauche nur dich."

„Ach so?", fragte er und kam mit seinem Mund nah an mein Ohr. „Wie hättest du mich denn gern? Soll ich es langsam machen?", er bewegte sich langsam in mir. So. Langsam. Rein und raus. Rein und raus.

„Fuck", sagte ich. „Fuck." Mehr brachte ich nicht heraus. Ich konnte an kein anderes Wort denken.

„Gefällt dir das?", fragte er nach, seine Hüften bewegten sich langsam und ausdauernd vor und zurück, sodass ich mit Atmen kaum hinterherkam.

„Schneller", japste ich. „Härter."

Er stöhnte, zog sich aus mir zurück und drehte mich um. „Knie dich hin." Ich gehorchte und schrie auf, als er mir kräftig auf den Hintern schlug. „Gefällt dir das?", fragte er mit rauer Stimme. „Magst du es, wenn ich dir so auf den Hintern schlage?"

Ich wimmerte. Nicht, dass mir noch nie jemand einen Klaps gegeben hätte, aber so wie er und mit den Dingen, die er dabei sagte? Ich hatte das Gefühl, gleich wieder zu kommen. Ich streckte meinen Po nach hinten, als würde ich ihn stumm anflehen, mich zu nehmen. Er griff nach meiner Hüfte und stieß in mich. Wieder schrie ich auf. Diesmal war er nicht langsam. Er stieß hart in mich, griff nach meinen Haaren und schlang sie sich um die Hand, um mich zu sich zu ziehen. Der leichte Schmerz fühlte sich gut an. Alles fühlte sich gut an. Ich konnte mich in diesem Moment noch nicht mal an mein früheres Sexleben erinnern. Und auch nicht, wie sich andere Männer in mir angefühlt hatten.

„Ich bringe dich noch mal zum Höhepunkt. Und noch mal. Und noch mal“, sagte er und zog fester an meinen Haaren, bis mein Ohr an seinem Mund war. „Du wirst nie vergessen, wer dir solche Gefühle beschert hat.“

„Oh Gott“, brachte ich nur heraus, als ich merkte, dass ich mich um ihn herum anspannte und die bekannte Hitze des Orgasmus sich aufbaute. „Victor, ich komme gleich.“

„Du gehörst mir, Nicole“, sagte er und stieß härter zu. Ich stöhnte und nickte, als ich mich um ihn verkrampfte. „Ja.“

„Sag es.“

„Mein …“, ich schnappte nach Luft, als er mir einen Klaps gab. Einen kräftigen.

„Sag. Es“, presste er zwischen den Zähnen hervor und klatschte mir auf die andere Pobacke. „Dein Arsch gehört mir. Deine Pussy gehört mir. Deine Titten gehören mir. Sag es, verdammt noch mal.“

Das tat ich, wenn auch mit heiserer, leiser Stimme. Ich konnte mich nicht daran erinnern, wie er sich aus mir zurückzog oder wie er meinen Rücken an seine Brust zog, nachdem er sich das Kondom abgestreift und es beiseitegeworfen hatte. Ich konnte mich nicht an das Einschlafen erinnern oder was er zu mir gesagt hatte, doch an jene Worte konnte ich mich erinnern, denn ich fühlte sie in meinem Inneren, als ich am nächsten Morgen vor Sonnenaufgang aufwachte und Marcus anrief, damit er mich abholte.

Kapitel 21

NICOLE

Dass Marcus auf der Fahrt keinen Ton sagte, gab mir ein ungutes Gefühl. Ich konnte nur erahnen, was so ein prüder Kerl wohl dachte, und ich war mir nicht sicher, ob ich es wirklich wissen wollte, aber ich fragte natürlich dennoch.

„Du hältst mich für eine Schlampe“, platzte ich schließlich heraus, als ich es nicht länger aushielt.

Er sagte nichts, noch nicht einmal, als ich zu ihm blickte und ihn dabei ertappte, wie er mich kurz ansah.

„Du hältst mich für eine Schlampe, weil ich noch vor der Scheidung mit einem anderen rumgemacht habe.“

In dem Moment zuckte sein Mund. „Das tue ich nicht.“

„Und warum bist du dann so still?“

„Das bin ich immer, Ma'am.“

„Stimmt nicht. Und du nennst mich nie Ma'am.“

„Gut. Miss Alessi.“

Ich funkelte ihn an. Er nahm mich gar nicht richtig zu Kenntnis. „Bitte, Nicole reicht, es sei denn, du machst jetzt einen auf förmlich, weil du mich für eine Schlampe hältst.“ Wieder keine Antwort. Als wir fast zu Hause angekommen waren, seufzte er.

„Was du machst, ist deine Sache. Ich denke nichts Schlechtes über dich.“

„Du bist nicht sauer, weil ich dich vor dem Morgengrauen angerufen habe."

Er lachte. „Das gehört zu meinem Job."

„Gut." Ich nickte. „Danke. Und danke, dass du mich nicht verurteilst."

„Auch das gehört zu meinem Job."

Ich schüttelte den Kopf und stieg erleichtert aus. Ich schwankte ins Haus. Meine Beine waren erschöpft, meine Oberschenkel brannten, ich fühlte mich wund und durchgevögelt an … was ich ja auch war, aber ich hatte nicht damit gerechnet, es so deutlich zu spüren. So einen „Morgen danach" hatte ich schon lange nicht mehr gehabt, und ich war ein wenig aufgeregt, weil es sich wie ein Comeback anfühlte. Victor hatte mir nicht nur den besten Sex meines Lebens beschert, sondern mir auch das Gefühl gegeben, begehrt zu werden. Ich hatte ganz vergessen, wie verdammt gut sich das anfühlte. Ich schlüpfte aus den Klamotten, sprang unter die Dusche und kippte nur noch ins Bett. Erst Bonnies Winseln weckte mich.

„Schon gut. Schon gut", sagte ich, stand auf und fuhr mir durchs Gesicht. Im Bad putzte ich mir die Zähne und machte mich zumindest so weit alltagstauglich, dass ich mit Bonnie vor die Tür gehen konnte.

Mit geschlossenen Augen hielt ich die Leine und streckte mein Gesicht in die Sonne, als ich plötzlich einen Schatten wahrnahm. Ich fuhr zusammen.

„Hast du mich aber erschreckt", sagte ich. Victor sah mich ernst an. Er sah zu Bonnie, die zu ihm rannte. Ohne ein Wort zu sagen, hockte er sich hin und streichelte sie. Er griff nach ihrem Namensschildchen und grinste.

„Du bist einfach gegangen“, sagte er, ohne vom Hund wegzusehen. „Ich wollte dich zum Frühstück einladen.“

„Ich bin gegangen, weil es keine gute Idee gewesen wäre, am Morgen danach von Paparazzi erwischt zu werden.“

Er sah mich einen Moment an. Ich fragte mich, ob er daran dachte, was wir letzte Nacht alles getan hatten. Bei der Erinnerung daran zog sich mein Magen zusammen: seine Lippen auf meinen, sein Kopf zwischen meinen Beinen, wie er beinahe mit Gewalt in mich gedrungen war, als gäbe es kein Morgen. Ich spürte, wie ich rot wurde, und wandte mich ab.

„Ganz schön clever“, sagte er schließlich.

„Ich dachte, das wäre in deinem Sinne.“

Er öffnete den Mund, als wollte er etwas sagen, schloss ihn dann aber wieder.

„Letzte Nacht war nett“, sagte ich.

Die Untertreibung des Jahrhunderts! Ich wollte ihm sagen, dass es eine unvergessliche Nacht gewesen war, an die ich immer denken würde. Ich wollte ihm sagen, dass mein Hintern beim Sitzen ganz schön wehtat und wie ich dann jedes Mal lächeln musste. Ich wollte ihn fragen, was seine Besitzansprüche bedeuteten. *Du gehörst mir.* Sagte er so was eben beim Sex, oder sagte er das nur beim Sex mit *mir*? Bei diesem Gedanken wurde ich schon wieder rot. Ich wandte mich ab.

„Da war ich mir nicht so sicher“, meinte er, „weil du ja abgehauen bist, bevor ich wach war.“

„Ist dir das zum ersten Mal passiert?“, fragte ich und musste beim Anblick seines schönen, ernsten Gesichts lächeln. Er lächelte zaghaft zurück.

„Könnte man so sagen.“

„Wie sollen wir denn zusammen frühstücken gehen, ohne dass es so aussieht, als würde was zwischen uns laufen?“

Er trug Jeans und Hemd und sah verdammt scharf aus. Und jetzt wusste ich ja auch noch, wie er darunter aussah. Obwohl mir schon alles wehtat, hätte ich ihm am liebsten die Klamotten vom Leib gerissen und wäre auf ihn gesprungen.

Einen Augenblick sah er nachdenklich aus, seufzte und strich sich durch die Haare. „Du hast recht.“

„Ich erkenne da ein Muster“, sagte ich feixend. „Ich gehe, ich habe recht …“ Sein finsterer Blick spornte mich nur an weiterzumachen. „Weißt du, was lustig ist? Alle Welt denkt, dass nach einem One-Night-Stand die Frau dem Mann hinterherläuft. Dass wir Frauen mitmachen und dann mit gebrochenem Herzen zurückbleiben, weil der Mann sich nicht meldet. Und alles nur, weil Gott uns verbietet, so viel Spaß zu haben wie die Männer.“ Ich machte eine Pause, um ihn anzugrinsen. Er hatte rote Ohren, und ich musste noch mehr grinsen. „Also irgendwie finde ich es lustig, dass ausgerechnet du, Mr. Ich-habe-so-viel-zu-tun, zu mir kommst und mir hinterherläufst.“

Er sagte nichts, dann griff er nach unten, hob Bonnie hoch und ging mit ihr ins Haus. Ich folgte ihm verdattert, kam mir aber weiterhin so vor, als säße ich am längeren Hebel. Bis ich die Tür hinter mir geschlossen und die Vorhänge zugezogen hatte. Dann kam Victor nämlich auf mich zugestürmt. Ich machte einen Satz zurück, mein Puls raste, als ich sah, wie er mich mit zusammengekniffenen Augen und zur Seite geneigten Kopf ansah. Ich schluckte, als er sich rechts und links neben mir abstützte und mich quasi einsperrte.

„Wie gesagt, Menschen ändern sich. Außerdem ist das der Lauf der Natur“, erklärte er und sah mir ins Gesicht. „Meistens rennen Männer den Frauen hinterher, bis sie klein beigeben.“

„Und das hast du jetzt vor? Mich zwingen, klein beizugeben?“, fragte ich leise.

„Ich tue alles, damit du das machst“, sagte er mit leiser Stimme.

„Und die Konsequenzen stören dich gar nicht mehr?“, fragte ich.

„Nein.“ Er suchte meinen Blick. „Ich glaube, du wärst es wert.“

Selbst wenn ich hätte sprechen können, hätte ich nicht gewusst, was ich darauf sagen sollte. Dieser vorsichtige Mann, dem sein Beruf über alles ging, war das Risiko eingegangen, mir hinterherzulaufen. Ich war völlig hin und weg.

„Lass uns zusammen frühstücken“, bat er. „Ich nehme den Hintereingang. Wir fahren einzeln. Aber bitte komm mit.“

Ich nickte, völlig perplex, welche Wendung das genommen hatte. Als er sich zu mir beugte und seine Lippen sanft meine berührten, zog ich ihn näher zu mir und küsste ihn innig. Er stöhnte an meinem Mund, bevor er sich löste.

„Ich schicke dir eine Nachricht mit der Adresse.“

„Ist gut“, sagte ich leise.

Ich fütterte Bonnie. Auf dem Weg zu meinem Auto wich ich einem Jogger aus und hätte beinahe das Gleichgewicht verloren, weil ich nach unten auf mein Handy sah.

„Nicole“, sagte er. Mein Kopf schnellte hoch. Ich war gerade dabei, Victor zu schreiben, dass ich unterwegs war.

„Hey“, sagte ich und lächelte den heißen Jogger an, den ich vor Kurzem kennengelernt hatte. Mir fiel sein Name partout nicht ein. Das war wohl offensichtlich, denn er lachte und half mir auf die Sprünge.

„Brent.“

Ich lächelte. „Brent. Entschuldige. Wie geht's dir?“

„Jetzt besser“, antwortete er und seine Augen leuchteten, als er mich von oben bis unten musterte. „Ich nehme an, du bist nicht unterwegs zum Strand.“

„Heute nicht. Die Vorzüge dieser Gegend konnte ich noch gar nicht auskosten.“ Ich seufzte. „Und morgen arbeite ich den ganzen Tag, also wird es dann wohl auch nichts.“

„Am Sonntag? Harter Job.“

„Das kannst du laut sagen.“ Ich sah den Fußweg entlang. „War schön, dich mal wieder gesehen zu haben.“

„Dann vielleicht Montag?“, fragte er. Ich sah ihn fragend an. „Der Strand.“

„Oh.“ Ich dachte kurz nach. „Vielleicht.“

Er strahlte. „Ich laufe meine Runde mittags. Die beste Zeit, um etwas Sonne abzubekommen.“

„Dann sehen wir uns womöglich“, meinte ich lächelnd.

Ich sah zu, wie er von dannen joggte. Er sah wirklich verdammt gut aus. Zwölf Monate Flaute und nun plötzlich so viel männliche Aufmerksamkeit. Mein Herz gehörte aber nur einem. Schade für alle anderen Männer. Ich schüttelte den Kopf und ging seufzend zum Auto.

Kapitel 22

VICTOR

Ich fuhr früher als sonst zu meinen Eltern und ließ die Bombe platzen, dass Nicole vorbeikommen würde. Mein Vater sagte gar nichts, sondern zog nur die Augenbrauen hoch. Ganz anders meine Mutter, die nach Luft schnappte und sich die Hände vor den Mund schlug, als würde ich meine Verlobung verkünden.

„Mom, sie ist bloß eine Freundin", erklärte ich. „Eine Freundin, die ich zufällig auch als Anwalt bei ihrer Scheidung vertrete,"

„Oh. Tut mir leid, Victor. Ich dachte, du bringst eine richtige Freundin mit", sagte sie seufzend. „Aber vielleicht hat sie ja Freundinnen."

„Mom, wir reden jetzt nicht über mein Liebesleben."

„Welches Liebesleben denn?", entgegnete sie. „Du hast doch gar keins. Sogar deine Freundinnen haben was mit deiner Arbeit zu tun."

Ich stöhnte. Ich hätte ihr gern frei heraus gesagt, was ich für Nicole empfand, doch das wusste ich leider noch nicht einmal selbst. Nach letzter Nacht verspürte ich den überwältigenden Drang, sie wiederzusehen. So sehr, dass ich schier panisch geworden war, als ich bemerkt hatte, dass sie gegangen war. Und dann war ich ihr hinterhergelaufen. Ich hatte nicht anders gekonnt. Sie hatte versucht, es als One-Night-Stand abzutun, als würde ich meinen Job für einen beknackten One-Night-Stand aufs Spiel setzen. Am liebsten hätte ich ihr gesagt, sie solle ein paar Sachen zusammenpacken und mit mir durchbrennen, aber sie hatte erwähnt, dass sie am Sonntag arbeiten müsse, also war mir klar, dass sie nicht mitkommen würde. Restaurants kamen nicht infrage, da das öffentliche Orte waren, und ich sie ganz sicher auch berühren wollte. Ich wollte frei mit ihr reden und sie ansehen.

In meiner Hosentasche klingelte das Handy und riss mich aus meinen Gedanken. Ich sah auf das Display und runzelte die Stirn, als ich den Namen Quinn las. Quinn war der Gründer eines der größten Klatsch- und Tratsch-Blogs der Welt. So groß, dass sie daraus eine Fernsehsendung gemacht hatten. Er würde mich nur am Wochenende anrufen, wenn es etwas wirklich Wichtiges wäre.

„Was gibt's, Q?", sagte ich.

„Kumpel, ich wollte gestern Abend schon anrufen, aber dann kam was dazwischen. Wie geht's?"

„Gut, bis ich deinen Namen auf dem Display sah."

Er lachte. „Ja. Tja."

Ich zog eine Augenbraue hoch. Meine Eltern beobachteten mich, also hob ich entschuldigend eine Hand und ging nach draußen. „Was ist los?"

„Irgendjemand hat einen meiner Fotografen kontaktiert, damit er Nicole Lane im Auge behält."

„Alessi. Sie hat ihren Namen nie abgelegt", stellte ich klar, und mein Blut kam bei der bloßen Erwähnung ihres Namens in Wallung. „Wir wussten, dass sie beobachtet wird."

„Hmm."

„Was?“

„Ich schicke dir mal ein paar Fotos. Schau sie dir direkt mal an.“

Als mein Handy vibrierte, nahm ich es vom Ohr und sah auf die Nachricht. Ein Foto von Nicole und mir auf ihrem Balkon. Aufgenommen an dem Tag, als sie sich das Haus angesehen hatte. Auf dem Bild standen wir dicht beieinander und sahen uns in die Augen. Für einen Außenstehenden wirkte es, als wären wir kurz davor, uns zu küssen. Das nächste Bild war ähnlich. Nur näher. Beinahe ein Kuss. Mein Herz schlug schnell. Sie sah mich auf diesen Fotos so verdammt vertraut an. Ihr Blick … *mein* Blick zeigten, da war mehr als nur Begierde. Wir sahen aus, als … *heilige Scheiße*. Das konnte ich mir noch nicht einmal selbst eingestehen, auch wenn ich das erste Mal seit Langem diese Möglichkeit in Betracht ziehen wollte. Unter anderen Umständen würde ich es tun. Hätte ich es getan.

„Das stammt von deinem Fotografen?“, wollte ich wissen.

„Das ist es ja, Vic, die sind nicht von ihm. Die wurden mir zugespielt. Auf seinen Fotos macht sie nur alltägliche Dinge.“

„Von wem sind die Fotos? Was hat man dir gesagt?“

„Du weißt, dass ich dir meine Quelle nicht nennen kann. Ich zeige sie dir, weil du mein Freund bist, und ich werde sie nicht veröffentlichen, aber ich kann dir nicht versprechen, dass andere Blogs genauso gnädig sind.“

Mist. Seufzend schloss ich die Augen. Auf den Fotos hatten wir uns nur unterhalten. Aber ich wusste, dass sie es auch als viel mehr hinstellen konnten.

„Morgen bekomme ich noch mehr. Wenn ich das Gefühl habe, du solltest sie dir ansehen, rufe ich dich an.“

„Ruf mich auch an, wenn es irgendwas mit ihr zu tun hat.“
„Mach ich.“
„Danke, Q.“
„Nichts zu danken.“
Als wir das Gespräch beendeten, öffnete sich das Tor zum Haus meiner Eltern. Ich sah Olivers schwarzen Cadillac und danach Nicoles weißen Prius hereinfahren. Bei ihrem Anblick spürte ich einen Stich in meinem Herzen. Sie war so schön. Ich dachte über die Bilder auf meinem Handy nach. Ich konnte mich genau an den Moment erinnern, als sie aufgenommen worden waren. An meine Verzweiflung und wie sehr ich sie hatte küssen wollen, streicheln, halten, mit ihr schlafen. Sie besitzen. An dem Tag hatte ich nur einen Vorgeschmack bekommen. Nur den Hauch einer Ahnung, wie sich ihre Lippen auf meinen anfühlen könnten. Aber an jenem Tag war unser Schicksal besiegelt worden. Vielleicht schon früher. Vielleicht schon an dem Tag, als sie in den verdammten Konferenzraum gekommen war, in ihrem hautengen Kleid und mit ihrem *Fick-mich*-Blick. Worum auch immer es ging, ich würde mich darum kümmern. Ich würde ihr nichts von den Fotos erzählen. Noch nicht. Nicht bevor ich mehr Informationen hatte. Eine besorgte Nicole war das Letzte, was ich gebrauchen konnte.
„Hey, Chicken“, sagte ich, als meine Schwester zu mir kam. Sie verdrehte die Augen und umarmte mich.
„Hey, Vic. Wie ich sehe, hast du Nicole eingeladen.“
„Sie kann noch nicht mal frühstücken gehen, ohne verfolgt zu werden. Das war also das Mindeste“, sagte ich. Estelle sah mich an, als würde sie mir das nicht abnehmen. Ich zuckte mit den Schultern.

„Wer ist das?“, wollte Oliver gleich bei der Begrüßung wissen.

„Nicole.“

„Die mit dem Typen verheiratet ist?“

„Die mit dem Typen verheiratet *war*“, korrigierte ich in dem Moment, als Nicole kam und über diese Aussage lächelte. Sie sah so verdammt gut aus in ihrem langen schwarzen Kleid. Ich hätte es ihr am liebsten ausgezogen, um zu sehen, was sie darunter anhatte.

„Oliver“, stellte er sich vor und gab ihr die Hand. Gern hätte ich ihm einen Arschtritt verpasst, weil er sie anlächelte, als wolle er mit ihr flirten. „Wie ich hörte, soll ich mich bei dir bedanken, dass du meiner Frau und meinem Schwager geholfen hast, den Fernseher zu montieren.“

Nicole lachte. „Das meiste hat Victor gemacht. Ich saß nur dabei und habe zugesehen, wie er ihn angebracht hat, während Estelle und ich Wein getrunken haben.“

Als sie mich dabei mit ihrem koketten Blick ansah, machte mein Herz einen Sprung. Verdammt. Diese Frau machte Sachen mit mir. Und mir wurde etwas klar: Die Frau, die ich gehen lassen musste, wenn mir an meiner Karriere lag, war dieselbe, ohne die ich nicht mehr leben wollte.

Das wäre doch mal ein Thema. Ich war kurz davor, einen Leserbrief an „Jensens Woche“ zu schreiben, um zu sehen, was mein Freund in seiner Kolumne zu dieser beschissenen Situation sagen würde. Oliver ging ins Haus, und Estelle folgte ihm, nachdem sie Nicole fest umarmt hatte.

„Wohin hast du mich hier eingeladen?“, fragte sie und sah zum Haus.

„In das Haus meiner Eltern.“

Aufgrund ihres panischen Gesichtsausdrucks überlegte ich erneut, dass dies vielleicht eine sehr blöde Idee gewesen war. Bevor ich den Anruf bekommen hatte, war es noch eine gute Idee gewesen, doch nun wusste ich, was passieren würde, und ich kam mir vor, als würde alles in mir langsam schlapp machen, wie bei einem Auto, dem das Benzin ausging. Dieses Gefühl mochte ich nicht, und als Nicoles Lächeln erstarb und sie skeptisch dreinblickte, gab mir das den Rest.

„Man sollte dir wirklich ein Warnschild aufkleben", meinte sie und trat vor mich. „Ein leuchtend rotes Warnschild. Bereust du deine Entscheidung? Noch kann ich gehen." Sie berührte mein Gesicht. Sie war so wahnsinnig süß, dass ihr meine Gefühle wichtiger waren als ihre. Dass sie mich trösten wollte, obwohl sie gar nicht wusste, was mir durch den Kopf ging. Ich schloss die Augen und lehnte mich in ihre Berührung, die so sanft, warm und einladend war. Ich wollte nie wieder weg. Ich wollte, dass dieser Moment nie endete. Räuspernd richtete ich mich wieder auf. Was war nur mit mir los?

„Mir geht's gut", sagte ich lächelnd. „Komm, ich stell dir die Menschen vor, die den heißesten Mann auf Erden gezeugt haben."

Nicole lachte laut los. „Oh mein Gott."

Ich zuckte die Schultern. Bevor ich noch etwas sagen konnte, kam meine Mutter auf uns zu und sah Nicole lächelnd an.

„Hallo. Ich bin Hannah, Victors Mutter. Ich freue mich sehr, Sie kennenzulernen, Nicole", sagte sie zur Begrüßung und umarmte Nicole. Diese sah mich verwirrt an. So hatte sie noch nie geschaut, und ich wünschte, ich hätte diesen

Blick aufzeichnen und ihn mir immer und immer wieder ansehen können.

„Schön, Sie kennenzulernen. Und danke für die Einladung“, erwiderte sie.

„Gern geschehen. Fühlen Sie sich ganz wie zu Hause. Thomas. Wir haben Besuch“, rief meine Mutter und zog Nicole an der Hand hinter sich her.

„Mom, sie wird schon nicht wegrennen“, sagte ich.

Sie sah über die Schulter zu mir, warf mir einen stechenden Blick zu und formte mit ihren Lippen „Halt die Klappe!“. Ich konnte ein Lachen nicht unterdrücken. Zur Erinnerung formte ich das Wort „Mandantin“, sie zuckte mit den Schultern. Ich folgte ihnen in die Küche, wo mein Vater Nicole ebenfalls zur Begrüßung umarmte.

„Wo kommen Sie her?“, wollte er wissen.

„Aus Argentinien“, antwortete sie lächelnd.

„Argentinien. Schönes Land. Hannah und ich waren schon mehrmals dort. Tolle Menschen. Ich stamme aus Puerto Rico, und als ich noch dort gewohnt habe, hatte ich auch Kontakte nach Argentinien“, erzählte er.

„Ach wie schön. Was machen Sie beruflich?“, fragte Nicole.

„Ich bin Kieferorthopäde. Das war besser, als ich mich noch nicht dazu entschlossen hatte, kürzer zu treten und weniger zu reisen.“ Als meine Mutter ihm in die Rippen boxte, lachte er. „Aber natürlich kann ich so mehr Zeit mit meiner bezaubernden Frau verbringen“, erklärte er und zog meine Mutter an sich.

„Ihr seid echt nicht zum Aushalten“, sagte Estelle. „Ich habe übrigens den Tisch gedeckt.“

„Dann lasst uns essen“, forderte meine Mom uns auf.

Wir setzten uns an den Tisch, Oliver und Estelle an einer Seite, ich auf meinem üblichen Platz ihnen gegenüber und Nicole natürlich auf dem freien Platz neben mir. Mein Vater saß wie immer am Kopfende und meine Mutter ihm gegenüber.

„Ich hoffe, Sie ernähren sich nicht kohlenhydratfrei“, sagte meine Mutter, als sie den ersten Gang holte: Waffeln. Estelle stand auf, um ihr zu helfen.

„Ich esse alles. Soll ich helfen?“, fragte Nicole.

„Nein, nein. Bleiben Sie ruhig sitzen. Nicht dass Victor noch einen Anfall bekommt, weil seine Freundin … *eine* Freundin von ihm direkt am ersten Tag mithelfen muss“, meinte meine Mutter.

Unter dem Tisch griff ich nach Nicoles Hand, die auf ihrem Schoß lag. Bei der Berührung fuhr sie zusammen, ich streichelte mit meinem Daumen über ihre weiche Haut. Ich hätte sie so gern an mich herangezogen und sie leidenschaftlich geküsst. Wie von selbst verschränkten sich unsere Finger ineinander, als würden wir jeden Tag Händchen halten. Es fühlte sich so … richtig an. Es erinnerte mich daran, was ich Corinne gesagt hatte, warum ich nie etwas Festes wollte. Doch die Leichtigkeit, die ich spürte, wenn ich mit Nicole zusammen war, bei meiner Familie, fühlte sich richtig an.

„Wann musst du morgen arbeiten?“, fragte ich.

„Ab acht. Es wird wohl ein Zwölf-Stunden-Tag“, antwortete sie. Ich rückte näher an sie heran.

„Hättest du etwas dagegen, dein Auto heute hier zu lassen und es morgen nach der Arbeit abzuholen?“, flüsterte ich ihr ins Ohr. Als ich mich zurücklehnte, sah sie mich mit großen

Augen an. Sie schüttelte den Kopf, beugte sich zu mir und flüstere mir ins Ohr: „Aber ich habe keine Klamotten dabei."

„Ich auch nicht. Wir können unterwegs irgendwo was besorgen."

Sie lächelte, ein großes, glückliches Lächeln. „Okay."

Das Frühstück war toll. Oliver erzählte von den Kindern bei seiner Arbeit. Ich versuchte, gar nicht von der Arbeit zu sprechen, weil es zu einer Diskussion darüber geführt hätte, was für ein Workaholic ich doch war. Nicole erzählte von ihrer Arbeit, sodass Estelle und meine Mutter fasziniert an ihren Lippen hingen. Meine Mutter flehte sie förmlich an, ein Brautkleid für die Hochzeit der Tochter einer Freundin zu entwerfen.

„Sie hat schon überall nach jemandem gesucht. Das wäre doch die perfekte Lösung, oder?", meinte sie, als ich sie bat, damit aufzuhören.

„Aber so was ist nicht Nicoles Gebiet", wandte ich verteidigend ein.

„Ich könnte es aber", sagte Nicole. Ich sah sie an und versuchte, ihre Gedanken zu lesen, ob sie wirklich damit einverstanden war. Sie hatte ja keine Ahnung, wie nervtötend meine Mutter werden konnte, wenn es um Dinge ging, die sie erledigt haben wollte.

„Sie kann eine anstrengende Kundin sein", sagte ich und drückte leicht ihre Hand. „Du hast schon genug um die Ohren."

„Ich komme schon damit klar."

Bei dem Lächeln, das dabei ihre Lippen umspielte, wollte *ich* derjenige sein, mit dem sie klarkam. Nach dem Frühstück gingen meine Mutter, Nicole und Estelle ins Arbeitszimmer, um über das Kleid zu reden, während mein Dad, Oliver und ich im Wohnzimmer Football schauten.

„Bleibt es bei morgen?" Diese Frage stellte Oliver seit mehr als zehn Jahren jedes Wochenende. Normalerweise bejahte ich immer, ohne zu zögern. Heute jedoch nicht. Natürlich würde ich Nicole rechtzeitig zur Arbeit bringen, aber ich musste mich auch mit Quinn treffen. Das hatte gerade Vorrang.

„Sage ich dir morgen früh", war meine Antwort. Oliver sah mich verwirrt an.

„Das ist … ein Scherz, oder?"

„Ich muss morgen arbeiten."

Seine Augen wurden größer. Er sah zu meinem Vater, der im Sessel döste und schaute dann zum Fernseher, als wüsste Lee Corso die Antwort auf seine Frage, dann sah er mich an, weiterhin mit offenem Mund.

„Vic, ich kenne dich schon fast mein ganzes Leben. Wir haben eine ganze Menge Mist zusammen gebaut", begann er und hielt kurz inne. „Und ich …", seufzend schüttelte er den Kopf. „Ich werde nichts sagen. Ich mische mich da nicht ein. Ich hoffe nur, du denkst vorher nach."

„Da läuft nichts", sagte ich. Er warf mir seinen *Erzähl-mir-keinen-Quatsch*-Blick zu.

„Das kannst du jemandem erzählen, der dich nicht so gut kennt. Ach, noch nicht mal dem. Selbst ein Blinder mit Krückstock würde erkennen, dass da was läuft. Sei lieber vorsichtig."

Ich stöhnte, sagte aber nichts. Ich wusste, dass er recht hatte.

„Ich sag ja nur, du sollst vorsichtig sein."

Ich *war* vorsichtig. Ich wollte mit ihr nach Newport Beach fahren, damit wir zusammen sein konnten, ohne Angst haben zu müssen, erwischt zu werden. So viel zum Thema Vorsicht. Je länger ich darüber nachdachte, umso weniger wusste ich, ob ich vorsichtig war oder ob ich es nur so nötig hatte, mit ihr ins Bett zu gehen. Aber ich war kein notgeiler Typ. Nur vorsichtig. Ich wusste, dass ich nicht beides haben konnte. Ich wusste, wenn diese Fotos publik werden würden, müsste ich so lange von ihr lassen, bis sie nicht mehr meine Mandantin war. Das wäre machbar. Das hatten wir schon einmal geschafft. *Aber damals war ihr Leben weitergegangen.*

Der Gedanke machte mich krank.

Ihr Leben war weitergegangen, und sie hatte geheiratet.

Ich hatte ihr gesagt, dass sie zu mir gehörte – hatte es sie spüren lassen –, als würde das reichen, damit sie bei mir blieb.

Wie ich es auch drehte und wendete, *ich war am Arsch.*

Kapitel 23

NICOLE

„Deine Eltern sind ja so toll“, sagte ich lächelnd und winkte seiner Mutter, während ich mich auf dem Beifahrersitz niederließ. „Ich frage mich, wie sie einen Muffel wie dich zustande gebracht haben.“

Ich atmete tief ein, wie immer, wenn ich in seinem Wagen saß. Es roch nach Neuwagen. Keine Ahnung, warum. Bei meinem Auto war der Geruch nach zwei Wochen verflogen gewesen. Vielleicht weil ich im Auto so viele Burger aß. Victor sagte nichts, sondern griff nach meiner Hand und verschränkte seine Finger mit meinen. Immer wenn er das tat, blieb mein Herz kurz stehen. Überhaupt immer, wenn er mich berührte. Wenn er mich so ansah. Ich kam mir wie ein verliebter Teenager in der Highschool vor, der in den Quarterback verknallt war. Ich bekam einfach nicht genug von ihm.

Victor grinste. „Sie mögen dich wirklich.“

„Ich sie auch.“

„Ich *dich* auch.“

Mein Herz schlug einen Purzelbaum. Oh mein Gott. Ich würde gleich wegen Victor Reubens Liebesgeflüster sterben. Wirklich. Und es wäre ein schöner Tod.

„Ich dich auch“, sagte ich leise. Ich lächelte, merkte, wie

ich rot wurde und sah zu ihm hinüber. Wir hatten an einer roten Ampel gehalten, die mittlerweile wieder auf Grün umgesprungen war, aber er sah mich weiter seelenruhig an. Dann beugte er sich zu mir, als wolle er mich küssen, und ich sagte: „Es ist grün. Die Leute hupen …"

„Scheiß drauf. Sollen sie doch hupen", war seine Antwort, und seine Lippen berührten meine.

Ich konnte nicht mehr atmen, geschweige denn widersprechen. Ich umfasste sein Gesicht und erwiderte seinen Kuss, während hinter uns ein Hupkonzert begann. Langsam löste er sich von mir, schaute mich aber weiterhin unverwandt an, als würde er mich zum ersten Mal wirklich sehen. Als würde ihm erst jetzt bewusst, dass seine Worte, dass er mich gern habe, wirklich wahr waren. Ich lächelte leicht, er ebenso, als er sich zurücksetzte. Wieder hupte jemand, und Victor zeigte ihm den Mittelfinger.

„Idiot."

Ich schlug mir die Hand gegen die Stirn und machte mich auf meinem Sitz ganz klein. „Victor."

„Was? Die tun so, als könnten sie keine drei Sekunden warten. Als müssten sie an einem Samstagnachmittag dringend irgendwohin."

Ich lachte. „Vielleicht ist er ja Arzt."

„Dann hätte er zehn Minuten früher losfahren sollen, um nicht auf so einen Depp wie mich zu treffen."

„Oje. Du bist so dermaßen durchgeknallt!"

Ohne den Blick von der Straße zu wenden, nahm er meine Hand, führte sie an seinen Mund und küsste sie. „Und das gefällt dir", meinte er, küsste sanft meine Handfläche und knabberte dann daran.

Ich riss sie schnell weg. Es gefiel mir wirklich, aber das würde ich im Leben nicht zugeben. „Wo wollen wir Klamotten kaufen? Bei Target?“

„Ich hätte zwar Nordstrom gesagt, aber wenn du für Target bist, lass uns dorthin fahren.“

Ich lachte. „Ich lasse mir doch Nordstrom nicht entgehen.“

„Nein, Target war dein erster Vorschlag.“

Ich knuffte ihn in die Rippen, und er lachte, nahm seine Hand vom Schaltknüppel, um meine einzufangen und in meine Fingerspitzen zu beißen, bis ich aufjaulte. Er ließ los, warf mir einen Blick zu und hob herausfordernd eine Augenbraue. Ich lächelte und sah aus dem Fenster. Er drehte das Radio etwas lauter und wippte mit dem Kopf zu einem Lied von Bryson Tiller.

„Ich mag es, wenn du so bist“, sagte ich nach einer Weile. Er stellte die Musik etwas leiser.

„Wie denn?“

Ich zuckte mit den Achseln. „Nicht so ernst.“

Er sah abrupt zu mir hin, legte den Kopf etwas schief und sah dann wieder auf die Straße. Auf meine Aussage ging er nicht weiter ein, sondern drehte nur wieder die Musik lauter und sang mit. Wir unterhielten uns und sangen und zappten durch die Playlist. Ich machte mich darüber lustig, dass Justin Bieber dabei war, aber er versicherte mir, das wäre Estelles Werk gewesen.

„Lügner“, spottete ich.

Er zuckte die Schultern. „Vielleicht mag ich ja ein paar seiner neuen Songs.“

„Ich wusste es“, sagte ich und scrollte weiter durch die

Playlist. „Für jemanden, der halber Puerto Ricaner ist und kein Wort Spanisch spricht, hast du aber viele spanische Titel hier."

Er grinste. „Hab nie behauptet, dass ich kein Spanisch spreche."

„Sprichst du es etwa?"

„Un poquito."

Ein breites Lächeln stahl sich in mein Gesicht. „Meine Mutter wird begeistert sein."

„Wie oft besuchst du sie?"

„Nicht so oft, wie ich gern würde", sagte ich seufzend. Ich legte meine Hand auf seine. „Vielleicht fahre ich nächsten Monat wieder hin, wenn der Film fertig ist."

Er nickte mir zu und öffnete seine Finger, um sie mit meinen zu verschlingen. „Ich würde ja mitkommen, aber dein Spanisch klingt ganz anders als meins, und wahrscheinlich würde ich kein Wort verstehen."

Ich kicherte. „Das kann ich dir beibringen."

„Darauf komme ich zurück."

Mir ging das Herz noch mehr auf. War das sein Ernst? Über so etwas hatte Gabe sich nie Gedanken gemacht, auch wenn er seit unserer Hochzeit hin und wieder zu meiner Mutter mitgekommen war. Lächelnd dachte ich an das eine Mal, als er einen Berg Steaks verdrückt und dann den Rest unseres Aufenthalts Bauchschmerzen gehabt hatte. Damals war er so lustig gewesen. Hatte sich solche Mühe gegeben, mir zu gefallen. Seufzend blickte ich aus dem Fenster. In dem Canyon, an dem wir vorbeifuhren, fanden Bauarbeiten statt, und ich war froh, dass wir tagsüber unterwegs waren. Ich hatte immer Angst, so nah am Abgrund zu fahren. Selbst die

Begrenzungen, die dafür sorgten, dass man nicht versehentlich von der Straße abkam, änderten nichts daran.

Kurze Zeit später parkte Victor bei Target ein. So einen Armani-Träger wie ihn konnte ich mir einfach nicht bei Target vorstellen, deshalb konnte ich es kaum erwarten, mit ihm dort einzukaufen.

„Lass uns erst holen, was wir unbedingt brauchen, zum Beispiel Duschgel", schlug er vor und schob den Einkaufswagen direkt nach rechts.

„Okay. Sollten wir auch was zu essen besorgen?", fragte ich und sah zu den Chips hinüber.

„Hast du vor, mich mehr als einen Tag zu entführen?", wollte er wissen und sah mich an. Lächelnd schüttelte ich den Kopf. *Aber ich sollte es absolut.*

„Dann brauchen wir auch nichts. Abendessen gibt's im Hotel."

Im Hotel. Ach du meine Güte. Ich würde mit diesem Mann in einem Hotel übernachten. Ich musste mir von innen auf die Wange beißen, damit mir nicht schwindelig wurde. Zu Victors Belustigung fragte ich Talon per Textnachricht, ob sie sich um Bonnie kümmern könne.

„Deshalb habe ich keine Haustiere", meinte er. „Noch mehr Stress muss nicht sein." Einkaufen mit Victor war schlimmer als mit Talon oder Chrissy. Er brauchte ewig, um sich für ein Paar Shorts zu entscheiden: Cargo oder normal. Danach die Entscheidung zwischen Hemd oder Polohemd. Socken für seine Schuhe oder neue Flip Flops. Dabei benahm er sich die ganze Zeit seltsam, sah sich um, blieb auf Distanz zu mir und vermied jeglichen Blickkontakt. Irgendwo zwischen Männerunterwäsche und Pyjamas wurde es mir dann zu bunt.

„Warum verhältst du dich so merkwürdig?“, fragte ich, fasste ihn an der Hüfte und drehte ihn zu mir um.

„Was meinst du?“, wollte er wissen und nahm den riesigen Batman-Schlafoverall hinter sich vom Ständer. Den Blickkontakt vermied er weiterhin. „Wer kauft denn so was?“

„Victor.“

„Ehrlich, wer über einem Jahr zieht so was an?“, redete er weiter.

„Victor“, sagte ich lauter. Vor Wut war ich schon rot angelaufen. „Du sollst nicht diesen dämlichen Schlafanzug anschauen, sondern mich.“

Er drehte seinen Kopf abrupt zu mir um und ließ die Arme hängen. Als ich endlich seine ganze Aufmerksamkeit hatte, hatte ich vergessen, was ich sagen wollte.

„Was?“

„Warum bist du so distanziert?“, fragte ich leise und macht einen Schritt auf ihn zu.

Er seufzte laut und kam seinerseits näher, bis sich unsere Zehen berührten. Er streckte die Hand aus, um meine zu nehmen.

„Ich bin mit meinen Gedanken einfach … woanders.“

„Woanders“, wiederholte ich, nahm seinen Arm und legte ihn um mich, sodass er mich an seiner Brust hielt. Er beugte sein Gesicht zu meinem Haar und atmete tief ein.

„Woanders“, flüsterte er an meinem Ohr.

„Wir sind weit genug von zu Hause weg. Wir können uns so benehmen, als würden wir uns kennen, Vic.“

„Ich weiß, Baby. Ich weiß“, sagte er und küsste mich erst auf die Schläfe, dann auf die Wange. „Das restliche Wochenende gehören meine Gedanken nur dir, okay?“

Ich ging etwas zurück, um ihn ansehen zu können. „Nur dieses Wochenende?"

Einen Augenblick lang sah er mich an. „Oh, Nicole. Was soll ich bloß mit dir machen?"

Er küsste mich auf die Stirn, ließ mich los und ging in Richtung der T-Shirts, schüttelte dann aber den Kopf. Ich grinste, weil er vor sich hin murmelte, wie sehr ich seine Gedanken in Anspruch nähme. Dann widmete er sich wieder jedem einzelnen Kleidungsstück. Welche Shorts? Cargo oder normal? Khaki oder Denim?

„Victor, willst du mich verarschen?", fragte ich schließlich. Ich nahm die Cargo-Shorts, die normalen, das Polohemd, das normale Hemd, die Socken und die Flip Flops und warf alles in den Einkaufswagen. „Du tust ja so, als könntest du dir das nicht alles leisten."

Er zeigt auf mich. „So eine Einstellung macht aus Menschen Target-Junkies."

„Tja, diesen Ruf habe ich schon lange. In absehbarer Zeit will ich das auch gar nicht ändern. Ich sag nur: Kundenkarte."

Er schüttelte den Kopf, ging aber weiter Richtung Damenabteilung. Nach zwei Sekunden, in denen er telefonierte, war ich bereits fertig und auf dem Weg zur Unterwäscheabteilung. Plötzlich sagte er seinem Gesprächspartner, dass er auflegen müsse, weil er etwas Dringendes zu erledigen hätte. Ich verdrehte die Augen und sah mir die BHs an.

„Der sieht gut aus", meinte er und hielt einen im nächsten Gang hoch. Ich sah ihn skeptisch an.

„Sieht aus wie … Körbchengröße D."

Er sah ihn sich genauer an. „Ja, stimmt. Woher hast du das gewusst."

Ich zog eine Augenbraue hoch und schüttelte den Kopf, dann widmete ich mich wieder meinem Bereich.

„Wie wär's mit dem?"

„Zum Glück sind wir nicht bei Victoria's Secret", murmelte ich und sah wieder zu ihm. Er hatte einen durchsichtigen BH in der Hand. Ich kicherte. „Der ist gut."

„75C, Baby", sagte er laut. Eine Frau lief an uns vorbei, und ich wurde rot. Sie sah mich belustigt an.

„Sie müssen ihn entschuldigen, er ist nicht so oft bei Target", sagte ich lächelnd.

Die Frau lachte und ging weiter.

Ich schnappte nach Luft, als Victor mich von hinten in seine Arme schloss. „Du hast hier viel zu viel Spaß", sagte er mir ins Ohr.

„Ein wenig", erwiderte ich lächelnd. „Hast du meinen BH, Schatz?"

„Natürlich, Süße."

„Na dann", sagte ich und wollte gehen. Er hielt mich jedoch so fest, dass ich mich nicht bewegen konnte, und küsste mich auf die Wange.

„Das liegt an dir", sagte er. Sein Tonfall jagte mir eine Gänsehaut über den Rücken. Ich legte den Kopf in den Nacken und sah zu ihm.

„Was?"

„Dass ich nicht so ernst bin", erwiderte er und kuschelte sich an meinen Nacken. „Wenn du bei mir bist, fühle ich mich so frei."

Ich schloss die Augen und lehnte mich an ihn. Es war so

schön, in seinen Armen zu sein, weg von allem, ohne Angst, erwischt zu werden. Er küsste mich auf die Schläfe und ließ mich los.

„Lass uns gehen. Du bekommst die Unterwäsche nur, weil du sie morgen für die Arbeit brauchst. Wehe, du trägst sie heute Nacht im Bett", warnte er mich und gab mir einen Klaps auf den Po, bevor er ging. Lachend folgte ich ihm.

Als wir an der Kasse an der Reihe waren, versuchte die Kassiererin Victor eine Target-Kreditkarte aufzuschwatzen, woraufhin dieser von allen möglichen Ketten schwafelte, die einen mit solchen Karten an sich binden wollten. Die Frau musste lachen.

„Schon gut", gab sie sich geschlagen und sah mich kopfschüttelnd an. „Viel Spaß mit dem da, Schätzchen."

„Oh nein. Wir sind nicht zusammen", sagte ich und rümpfte die Nase. „Der ist mir zu prüde."

Victor sah mich finster an. Ich lächelte achselzuckend zurück. Die Frau lachte wieder. Auf dem Weg zum Auto trug Victor mit einer Hand die Einkäufe und hob mich mit der anderen etwas hoch.

„Zu prüde, was?", brummelte er. „Dir werd ich's zeigen."

Den ganzen Weg zum Auto musste ich lachen. Als er mich wieder abstellte, ging ich auf Zehenspitzen und küsste ihn. „War nur ein Witz."

„Zu spät."

Ich grinste. „Lass mich fahren."

Der Vorschlag kam gar nicht gut an, er sagte erst mal gar nichts, sondern packte schweigend unsere Einkäufe in den Kofferraum. „Du hast ja völlig den Verstand verloren."

„Wieso?"

„Weil das mein Auto ist, und das fährt kein anderer."

Ich schob meine Unterlippe nach vorn. „Och, bitte …"

Er sah auf meinen Mund. „Nein."

„Du würdest mich wirklich nicht dein Auto fahren lassen?", sagte ich und stemmte die Hände in die Hüften.

Victor sah mich lange an. Er seufzte. „Kennst du dich mit dem Schaltknüppel aus?"

„Mit Knüppeln kenne ich mich gut aus", sagte ich augenzwinkernd. Er ging nicht darauf ein.

„Ich mein's ernst."

„Ja, Victor", sagte ich genervt. „Gib mir die verdammten Schlüssel. Ich pass schon auf dein Schätzchen auf."

Er war zwar nicht glücklich, gab mir aber dennoch die Schlüssel. Vermutlich bereute er das augenblicklich, als er sah, wie ich jubelnd in die Luft sprang und vor Freude tanzend zur Fahrerseite ging.

„Gott steh mir bei", sagte er und bekreuzigte sich, als er auf der Beifahrerseite einstieg. Ich musste lachen.

„Er gibt einer Frau seine Autoschlüssel und wird unmittelbar als Christ wiedergeboren."

Er schnaubte und sah aus dem Fenster. „Ich bin katholisch."

Laut lachend startete ich den Wagen, trat aufs Gaspedal und klatschte beim Aufheulen des Motors.

„Du musst mir sagen, wohin ich fahren soll."

„Hör auf zu quatschen und konzentrier dich aufs Fahren."

„Ich kann auch quatschen und fahren."

„Ist mir egal."

„Dann bete doch weiter. Dabei hast du nicht so genervt",

sagte ich, konnte mir aber ein Lächeln nicht verkneifen. Er war echt süß, wenn er so war.

„Nicole“, stöhnte er, „bitte … halt einfach den Mund. Das macht mich ganz nervös.“

Ich kicherte. An einer roten Ampel stellte ich das Radio an. „Hast du auch Selena Gomez auf deiner Playlist?“

Er seufzte. „Nein, Nicole.“

„Prüde.“

„Warte nur, bis wir in unserem Zimmer sind“, meinte er. „Ich nehm dich durch, bis du nichts mehr sagen kannst.“

Ich seufzte. „Das ist ein Ziel.“

Einen Moment sagte er nichts. „Was soll das heißen?“

„Was?“

„Dass das ein Ziel ist. Das sagst du andauernd. Warum?“

Ich grinste. Natürlich wusste Victor nicht, was es damit auf sich hatte. „Du meinst, du hast keine Ahnung, was das bedeuten soll?“

„Ich kann es mir denken. Ich weiß nur nicht, ob ich damit richtig liege.“

„Was glaubst du denn?“

„Keine Ahnung. Wenn du etwas magst oder machen willst, sagst du es? Wie eine Art To-do-Liste?“

„Ja, könnte hinkommen.“

„Hmm.“

Ich sah ihn aus dem Augenwinkel an. „Hast du irgendwas auf deiner To-do-Liste?“

Erst sagte er nichts, und ich dachte, er hätte mich wegen der Musik nicht gehört, doch dann meinte er leise: „Natürlich.“ Er ging nicht näher darauf ein, und ich drängte ihn auch nicht.

Wir kamen am Hotel an, checkten ein, gingen essen und lachten uns kringelig, als Victor eine Geschichte zu jedem älteren Herrn im Restaurant zu erzählen hatte. Das hatte mir gefehlt. Lachen. Unbekümmertheit. In den letzten 18 Monaten hatte ich mich eingeigelt, war in mich gekehrt gewesen, und mir selbst fremd. In Victors Nähe merkte ich, dass ich langsam wieder ich selbst wurde. Zu mir zurückfand.

„Im Prinzip wurden sie alle nur ihres Geldes wegen geheiratet", fasste ich zusammen und nippte an meinem Riesling.

Er zuckte die Achseln. „Im Prinzip schon."

„Willst du mal heiraten?", wollte ich wissen.

Er sah mich an, und einen Moment verlor ich mich in seinem intensiven Blick, der Mischung aus grün und braun und einem Hauch blau.

„Vielleicht … wahrscheinlich."

Ich sah ihn skeptisch an. „Ach wirklich?"

„Ja, wirklich. Ist das so schwer zu glauben?"

„Keine Ahnung. Ich war der Meinung, du seist kein Typ, der heiratet."

Er kräuselte die Lippen. „In deinen Augen bin ich eher der Typ, der wahllos irgendwelche Frauen in seinem Büro durchnimmt?"

„So in etwa." Ich grinste. „Aber ich glaube nicht, dass du vor mir schon andere Mandantinnen aufgerissen hast."

Als er nach unten sah, sank auch mein Magen ein Stück tiefer.

„Hast du?", hakte ich nach. Ich wusste nicht, warum mich dieser Gedanke störte. Aber er ekelte mich plötzlich an. So wie damals, als ich herausgefunden hatte, das Gabe mich möglicherweise betrog. Mir drehte sich der Magen um bei dem Gedanken, dass Victor mit einer anderen Frau wegfuhr, um nicht erwischt zu werden, so wie wir es gerade taten. Er sagte so lange nichts, dass ich anfing, mir irgendwelche Horrorszenarien auszumalen. Victor mit einer zickigen Rothaarigen, einer dürren Blondine, alles, was ich nicht war. Sein tiefes Lachen unterbrach meine Gedanken.

„Nein, Nicole. Du bist die Erste. Und Letzte."

Bei diesen Worten fing mein Herz laut zu klopfen an, bei diesen Worten und der Art, wie er sie aussprach. Unabhängig von meinen Gefühlen sah ich ihn mit zusammengekniffenen Augen an.

„Du Arsch", sagte ich. Er lachte noch lauter, und obwohl ich mitlachte und mich seine Worte erleichterten, fragte ich mich doch, ob er genauso fühlte. Ich räusperte mich. „Würde es dich stören, wenn mich jemand nach einem Date fragte?"

Sofort hörte er auf zu lachen. „Wieso? Wer hat dich denn gefragt? Dieser dämliche Immobilienfuzzi?"

Darüber musste ich lachen. „Nein. Du weißt schon, dass es auf dieser Welt noch mehr Männer gibt, oder?"

„Wer hat dich gefragt?"

„Irgendwer. Ein Nachbar."

„Wie heißt er?"

„Warum willst du das wissen?", fragte ich stirnrunzelnd. „Du kennst meine Nachbarn doch sowieso nicht.

„Man kann anhand eines Namens schon Rückschlüsse auf die Person ziehen."

Ich gluckste. „Brent."

Er sah mich an. „Du willst mit jemandem namens Brent ausgehen?"

„Was wäre daran so schlimm?"

„Alles." Victor stand auf und faltete seine Serviette auf dem Tisch zusammen. „Bist du fertig?"

Sein Blick verriet, dass er es gar nicht gut fände, wenn ich mit jemandem ausgehen würde. Er sah mich an … fordernd. Intensiv. Sexy. Unwiderstehlich. Ich legte meine Hand in seine und stand auch auf. Er führte sie zu seinem Mund, küsste sie, zog mich zu sich, und wir gingen auf unser Zimmer. Ich hatte damit gerechnet, dass er mich gegen die Tür drängen würde, sobald wir drin waren. Stattdessen sagte Victor, er würde erst einmal duschen und danach mit einem Mandanten telefonieren. Ich war zwar etwas enttäuscht, trug es aber mit Fassung. Er war immerhin mit mir hier, damit wir ungestört Zeit miteinander verbringen konnten. Und mir war das Verlangen in seinen Augen aufgefallen. Ich wusste, dass er mich genauso wollte wie ich ihn, aber ich wusste auch, dass die Arbeit für ihn an erster Stelle stand, deshalb würde ich mich jetzt nicht wie ein trotziges Kind aufführen.

Ich hörte die Dusche, während ich unsere Sachen auspackte und die Preisschilder entfernte. Ich versuchte, nicht daran zu denken, dass er auf der anderen Seite der Tür gerade nackt war, aber es war gar nicht so leicht, mir nicht vorzustellen, wie das Wasser über seinen muskulösen Körper lief. Ich seufzte, und als er nur mit einem weißen Bademantel bekleidet herauskam, musste ich tief durchatmen, um Haltung zu wahren.

„Ich brauche nur fünfzehn Minuten", sagte er und küsste mich auf den Scheitel. Wie gern hätte ich meine Hände unter seinen Bademantel geschoben und ihn hemmungslos in Besitz genommen, doch ich nickte nur, ging schnell an ihm vorbei und schnappte meine neue Unterwäsche.

Als ich in einem weißen kuscheligen Bademantel aus dem Bad kam, saß Victor mit dem Handy in der Hand auf der Bettkante. Sobald er mich bemerkte, schnellte sein Kopf nach oben. Er sah mich genau an, schaltete dann sein Handy aus und warf es neben sich auf das Sofa. Ich löste den Gürtel meines Bademantels, damit er meine neue Unterwäsche sehen konnte.

„Wie gefalle ich dir in meinem sexy BH von Target?“, fragte ich, stemmte eine Hand in die Hüfte und streckte die Brust heraus. Er nickte, sein Blick aus halb geschlossenen Augen glitt über meinen Körper.

„Du gefällst mir in jedem BH. Egal in welchem. Aber am besten gefällst du mir ohne“, sagte er mit rauer Stimme und vor Verlangen dunklen Augen. „Strip für mich.“

Bei dieser Aufforderung schlug mein Magen einen Purzelbaum. *Strip. Für. Mich.* Ich schluckte, senkte die Schultern, um sie aus dem Bademantel zu bekommen, und ließ ihn zu meinen Füßen fallen. Als Nächstes kam der BH dran: Ich löste den Verschluss und zog ihn langsam aus. Victor öffnete seine Beine. Auch er trug einen Bademantel und grinste teuflisch. Mir wurden die Knie weich.

„Was trägst du drunter?“, fragte ich, während ich meinen BH zur Seite warf. Er sah auf meine nackten Brüste.

„Warum siehst du nicht selbst nach?“

Ich ging auf ihn zu, blieb zwischen seinen Knien stehen, nah genug, dass er mich berühren konnte, aber weit genug weg, damit er mich nicht küssen konnte, ohne mich zu sich zu ziehen. Und genau das tat er, seine Arme umfassten meine Taille und hielten mich fest. Er hauchte mir einen Kuss auf den Bauch. Ich spürte ihn am ganzen Körper.

„Bist du bereit für mich, Nicole?“, fragte er. Sein Mund wanderte nach unten, zu meinem Bauchnabel, seine Bartstoppeln streiften mein Höschen. „Wenn ich unten ankomme, wirst du dann feucht sein?“

Mir stockte der Atem. Ich nickte.

Er sah nach oben, direkt in meine Augen. „Sag es mir.“

„Ja.“

„Ja was?“, hakte er nach und fuhr mit der Zunge am Bündchen meines Slips entlang. Ich unterdrückte ein Schaudern, griff mit beiden Händen in sein Haar.

„Ja. Ich bin feucht“, flüsterte ich mit zitternder Stimme.

Er stöhnte und legte seine Stirn kurz auf meinen Bauch, bevor er links und rechts einen Daumen unter mein Höschen hakte und es mir auszog, bis es zu meinen Füßen lag. Langsam hob er seine Hände und legte sie auf meine Oberschenkel. Tief aus seiner Kehle kam ein Stöhnen.

„Ich liebe deine Beine, Nic“, sagte er, krallte sich an mir fest, zog mich an sich und biss in meine Schenkel. Ich schrie auf. „Gefällt dir das, Süße?“

Ich wimmerte: „Ja.“

„Gefällt es dir, wenn ich dich härter anfasse?“, wollte er wissen, während seine Finger zwischen meine Oberschenkel glitten. Ich packte seine Haare fester und stöhnte. „Soll ich langsamer machen?“ Er legte den Kopf in den Nacken und sah mich an, während er sich nach vorn beugte und an meiner intimsten Stelle saugte. Meine Knie wurden weich.

„Oh Gott, Victor.“

Er lächelte mich an. Sein Mund war verdeckt, aber ich konnte es in seinen Augen sehen. „Sag das noch einmal“, forderte er und leckte mich weiter. „Sag meinen Namen, Baby.“

„Victor“, sagte ich und warf den Kopf stöhnend in den Nacken, als seine Finger in mich eindrangen und er mich weiterhin leckte. „Victor.“ Ich sagte immer wieder seinen Namen, wie ein geflüstertes Mantra. „Ich komme gleich.“

Ein tiefes Stöhnen entfuhr ihm, und ich fühlte, wie es in mir vibrierte. „Komm für mich, Süße. Zeig mir, wie sehr du für mich bereit bist.“ Seine Finger bewegten sich schneller in mir, seine Zunge schlug gegen mich, bis ich die Augen schloss, meine Knie nachgaben, und ich nur noch stand, weil er mich an der Hüfte hielt.

Als ich wieder zu Atem kam und die Augen öffnete, griff er gerade nach dem Kondom neben sich. Doch ich hielt ihn zurück, kniete mich zwischen seine Beine und öffnete seinen Bademantel, damit er hart und groß zum Vorschein kam. Bei diesem Anblick schien mir kurz das Herz stehen zu bleiben. Ich fuhr mir mit der Zunge über die Lippen und sah auf, zu Victors Gesicht.

„Nicole …“, setzte er an, aber ich unterbrach ihn, indem ich erst über seine Spitze leckte und ihn dann ganz in den Mund nahm. Seine Hände griffen meine Haare, und er murmelte irgendetwas Derbes. „Heilige Scheiße, das fühlt sich so verdammt gut an. Oh Gott. Dein Mund. Dein unglaublicher Mund.“ Seine Worte wurden unverständlicher, ich bewegte mich auf und ab, ließ ihn geräuschvoll aus meinem Mund gleiten und nahm ihn dann wieder in mir auf. Er atmete schwer und hörbar, und mit gefiel der entrückte Ausdruck in seinen Augen, als sich unsere Blicke zufällig trafen.

„Ich brauche dich“, sagte er, schnappte sich das Kondom und streifte es sich über. „Ich muss dich spüren.“

Ich nickte, stand auf, setzte mich rittlings auf seinen Schoß und drückte seine Brust nach unten, bis er flach auf dem Rücken lag.

„Ich werde dich reiten", sagte ich. „Und du wirst jede andere Frau vergessen, mit der du vor mir zusammen warst."

Sein Mund verzog sich zu einem leichten, aufreizenden Lächeln, als er meinen Hintern packte und mir half, mich genau über ihm zu positionieren. „Nimm mich, Süße. Bring mich dazu, deinen Namen zu schreien."

Oh, darauf konnte er sich verlassen. Während ich meine Hände auf seine Schultern legte und sein bestes Stück langsam in mich gleiten ließ, fragte ich mich, ob er wohl ahnte, wie sexy diese Sätze klangen. Ich hielt den Atem an, während ich mich an seine Größe gewöhnte. Jetzt, wo er ganz in mir war, merkte ich, dass ich von gestern noch wund war. Tränen traten mir in die Augen. Plötzlich war mir alles zu viel, sein Gesicht direkt vor mir, sein Herzschlag an meinem, seine Augen, die in meine sahen. In diesem kurzen Moment, als er mich betrachtete, als wäre ich die erste Frau, die er wirklich je gesehen hatte, fühlte ich alles.

Alles.

So viel mehr als beim letzten Mal. So viel mehr als alle anderen Male zuvor. Und es machte mir Angst.

„Nic, alles okay?", fragte er leise.

Ich nickte und blinzelte mehrmals. „Mir geht's gut. Ich bin nur etwas wund, aber es fühlt sich so gut an. Es geht mir gut."

Er blickte mich einen weiteren Augenblick lang an, bis ich mein Becken auf und ab bewegte und er seinen Kopf laut stöhnend zurückwarf. „Du fühlst dich so verdammt gut an."

Ich machte weiter, auf und ab, erst langsam, dann schneller. Ich versuchte, ihm nicht in die Augen zu sehen. Ich konzentrierte mich auf seine muskulösen Arme, seine definierte Brust und darauf, wie er sich auf die Unterlippe biss, wenn ich ihn umfing. Er packte meinen Hintern fester, bewegte mich auf und ab, als wäre ich leicht wie eine Feder. Als ich aufstöhnte, öffnete er die Augen und bevor er mich erneut anhob, nahm er meine linke Brustwarze in den Mund, seine Zunge umspielte sie, seine Lippen berührten mich sanft.

„Ich bin verrückt nach dir, Nicole", brummte er, streichelte meinen Kopf und zog meinen Mund zu seinem. „Du gehörst verdammt noch mal mir."

Ich nickte, wurde langsamer und schloss die Augen, um die Tränen zurückzuhalten. „Ja."

„Sag es. Sag es mir", murmelte er, seine Lippen auf meinen. Seine Zunge glitt langsam dazwischen, spielte mit meiner Zunge, neckte sie, saugte an ihr. „Sag mir, dass du mein bist."

„Ich kann nicht", flüsterte ich. Ich spürte den köstlichen Druck in mir wachsen. „Ich bin kurz davor. Gleich."

Victor packte meine Oberschenkel, hielt mich so fest, dass ich mich nicht bewegen konnte. „Sieh mich an."

Ich öffnete die Augen, mein Herz klopfte wie wild.

„Sag. Es. Mir", verlangte er und stieß einmal in mich. Ich stöhnte.

„Victor, bitte."

„Sag es mir." Erneut bewegte er sich. Dann stand er auf, mit mir, stieß im Stehen in mich, meine Beine um seine Hüfte geschlungen. Er war so tief in mir.

So tief.

So gut.

Ich rieb mich an ihm und versuchte, zu kommen. „Warum sagst du es nicht?"

Ich nahm seinen Kopf und zog ihn zu einem Kuss heran, damit er einmal nicht dachte. Er ging einen Schritt und stieß tiefer, noch einen Schritt, härter, dabei biss er in meine Unterlippe. Ich stöhnte tief und lang, und als ich zum Höhepunkt kam, war es eine Mischung aus einem tiefen Seufzen und den Worten *Ich bin dein*. Er stieß noch ein paarmal in mich, lang und tief, und stöhnte „oh ja", als auch er kam.

Kapitel 24

VICTOR

Ich weiß es, wenn sich eine Frau in mich verliebt. Weil ich normalerweise gehe, kurz bevor das passiert. Bevor sie diesen Blick bekommt, während ich mit ihr schlafe. Dieser Blick, der besagt „Das könnte was Ernstes werden". Nicole hatte heute diesen Blick. Ich habe ihn gesehen. Als wir bei meinen Eltern waren, als wir zusammen eingekauft haben und als sie dem Parkboy die Schlüssel meines Wagens überreicht hat. Und ich konnte mir nicht vorstellen, sie zu verlassen, auch wenn ich genau das tun sollte. Auch wenn ich es musste. Nicht weil ich es wollte, denn diesmal wollte ich es auf keinen Fall. Zum ersten Mal sagte ihr Gesichtsausdruck das, was ich dachte. Aber es ging auch um meine Karriere und um ihren Ruf, beides wollte ich nicht aufs Spiel setzen. Seufzend fuhr ich mir durch die Haare. Ihr Kopf lag auf meiner Schulter, ihr Mund war leicht geöffnet, während sie friedlich schlief. Es wirkte wie eine Szene aus einem Liebesfilm, als ich sie wie liebesblöder Idiot beim Schlafen beobachtete.

„Ich glaube, ich verliebe mich in dich", flüsterte ich, während sie schlief. „Und das will ich nicht. Vielleicht willst du im Moment ja auch gar keine feste Beziehung, sondern nur Spaß." Ich seufzte. „Aber wenn ich mir vorstelle, dass du mit einem anderen Spaß hast und so bist … macht mich das total fertig.“

Als sie seufzte, sich leicht bewegte und ich die Feuchtigkeit von etwas Spucke auf meiner Schulter spürte, musste ich grinsen. Das war mir noch nie passiert. Das war der Dank, dass ich sie mit mir kuscheln ließ. Aber sie sah im Schlaf so süß aus. Vielleicht weil sie nicht redete oder stichelte. Aber hauptsächlich vermutlich, weil sie auf mir lag. Mein neuer Lieblingsanblick war Nicole Alessi auf mir. Oder neben mir. Auf mir, unter mir, neben mir … Das war nicht gut. Überhaupt nicht gut. Ich begann schon zu denken wie Oliver … oder noch schlimmer … wie Jensen. Verdammt. Ich hatte doch hoffentlich nicht denselben idiotischen, liebestrunkenen Blick wie die zwei, wenn sie ihre Frauen ansahen? Ich rückte sie so, dass sie nicht mehr auf mir lag, sondern auf dem Kissen, aber ich streichelte weiterhin ihr weiches Haar und diese Bewegung beruhigte mich.

„Aber … versprich mir, dass du dich nicht jemand anderem an den Hals wirfst, wenn ich dich loslasse. Du bist mein, Nicole. Wir müssen das nur hinter uns bringen. Wir müssen das in Ordnung bringen und warten, bis es vorbei ist. Es ist nur eine Unterbrechung. Eine kurze Unterbrechung“, sagte ich, seufzte und zog sie wieder näher an mich. „Danke für das gute Gespräch.“

Scheiß Leben. Endlich gab es eine Frau, die ich in meinem Leben behalten wollte, und ausgerechnet sie durfte ich nicht haben. Mir war klar, dass ich ein Vollidiot war, weil ich es so weit hatte kommen lassen, bevor ihre Scheidung durch war, aber ich konnte es nicht mehr stoppen. Wenn ich mit ihr zusammen war, sie küsste, mit ihr schlief und wenn sie neben mir lag, wurde mir das so richtig bewusst. Doch ich hatte ein Problem. Ich hatte Angst, dass sie mir nicht glaubte, dass es nur eine kurze Unterbrechung geben sollte, und das würde ich nicht aushalten. Keine Ahnung, ob ich ihr vertrauen würde, wenn sie sagte, sie würde auf mich warten. Das war zwar nicht der Plan gewesen, aber diesmal musste es so sein. Verdammter Mist.

Das Telefon klingelte verdammt früh, aber ich hatte den Wecker nur für alle Fälle noch eine Stunde früher gestellt. Zum Glück. Nicole rieb ihren Hintern an mir, und so eine Chance ließ ich mir natürlich nicht entgehen.

„Hmm ... fühlt sich gut an", sagte sie und bewegte ihre Hüften, während ich meine Finger zwischen ihre Beine schob und sanft über das Zentrum ihrer Lust fuhr.

„Ich sorge schon dafür, dass du dich sehr gut fühlst", sagte ich ihr ins Ohr und drang in sie ein. Sie schrie auf.

„Heiliger ... Victor."

Ich lachte und biss in ihre Schulter. „An Victor ist nichts heilig."

Ich drehte sie so, dass sie kniete und ich mich von hinten über sie beugte, hielt mich an ihren Hüften fest und stieß in sie. Für sie wollte ich es eigentlich langsam angehen, aber sie hatte etwas an sich, dass ich nur Vollgas geben konnte. In ihrer Nähe konnte ich nicht anders. Sie drückte sich gegen mich, und ich stöhnte bei dem Gefühl, wie sie mich umschloss. Dann gab ich ihr einen Klaps auf den Po.

„Verdammt", sagte sie und presste sich näher an mich. Sie war so feucht. Wieder schlug ich ihr auf den Hintern. „Victor."

Ich konnte nicht mehr an mich halten. Ich nahm ihre Haare, drehte sie um meine Hand und zog sie näher zu mir, während ich immer wieder in sie eindrang. Ich war mir sicher, dass jeder im Umkreis von 15 Meilen hören konnte, wie wir Sex hatten, aber es war mir egal. Ich bereute nur das Kondom. Ich wollte sie unmittelbar spüren. Und das würde ich auch. Nicht heute, aber bald. Hoffte ich.

Wir duschten lange, und ich sah fasziniert zu, wie ihr beim Haarewaschen das Shampoo über ihre Kurven und ihre Brüste floss.

„Hör auf, mich dauernd anzufassen", stöhnte sie, als ich sie gegen die Wand drückte. „Ich komme noch zu spät."

„Scheiß auf den Job", meinte ich und sog ihre Lippen ein. Sie lachte.

„Würdest du das Gleiche sagen, wenn ich dich bitten würde, deinen Job morgen hinzuschmeißen?", wollte sie wissen.

Ich stieß mich von ihr ab, streichelte aber mit meinem Daumen über ihren Nippel. Sie seufzte und drückte sich dagegen. Ich hielt den Blickkontakt.

„Würde ich. Wenn du mich bitten würdest, würde ich es tun", war meine Antwort, und ich meinte es genau so. Würde sie mich bitten, einen Tag freizunehmen, würde ich es tun. Sie sah mich so verblüfft an, wie ich mich fühlte. Ohne ein weiteres Wort ging sie auf die Zehenspitzen, schlang ihre Beine um mich und klammerte sich an mich.

„Ich bin wirklich wund", sagte sie leise. „So richtig. Aber ich will dich."

Ich schüttelte den Kopf und hielt sie fest. „Ich will dir nicht wehtun."

Ihre blauen Augen suchten meinen Blick. „Gutschein für später?“

Lächelnd nickte ich. Sie musste wohl mein Unbehagen gespürt haben, denn sie sah mich eindringlich an.

„Versprochen?“

„Versprochen.“

Sie sah mich noch etwas länger an, bevor sie ihre Beine löste, sich umdrehte und den restlichen Schaum von ihrem Körper wusch. Mir wurde schwer ums Herz. Ich fühlte mich beschissen. Ich versprach nichts, was ich nicht auch hielt. Niemals. Doch dieses Versprechen konnte ich nicht halten, selbst wenn ich wollte. Ich versuchte, den Gedanken zu verscheuchen. Es brachte nichts, jetzt darüber nachzudenken. Wenn es so weit war, konnte ich mich immer noch darum kümmern. Erst musste ich mich mit Quinn treffen.

Nicole und ich bestellten uns Frühstück und aßen im Auto. Wir sagten beide nichts, waren nachdenklich, als hätte sich durch unseren kleinen Ausflug etwas verändert. Vielleicht hatten wir uns verändert. Immer wenn ich zu ihr sah, wirkte sie in Gedanken versunken. Da ich keinen Staub aufwirbeln wollte, sagte ich lieber gar nichts.

Ich brachte sie bis zum Parkplatz, wir küssten uns noch einmal, und sie bedankte sich.

„Ich werde mal bei deinen Eltern vorbeischauen“, sagte sie. „Ich habe die Nummer von deiner Mutter und von Estelle, also macht es auch nichts, wenn du keine Zeit hast.“

Warum sollte ich keine Zeit haben?, wollte ich fragen, ließ es aber. Stattdessen nickte ich.

„Danke“, sagte sie leise beim Aussteigen mit dem Rücken zu mir.

„Danke dir", sagte ich ebenso leise und hätte sie am liebsten berührt. Stattdessen ließ ich sie gehen. Ich wusste nicht, ob ich es ertrug, sie noch einmal gehen zu sehen, also drehte ich mich um und schaute in die andere Richtung. Und wir wussten beide, dass dies mehr war als nur ein Absetzen bei der Arbeit.

„Wen hast du dir denn zum Feind gemacht?", fragte Quinn am nächsten Tag, als ich ihn anrief.

Nicole hatte mich am Abend zuvor noch von der Arbeit angerufen, sie hatte erschöpft geklungen, weshalb ich das Gespräch kurz gehalten hatte. Kurz und schön, auch wenn es sich nicht so angefühlt hatte, denn nach dem Auflegen, konnte ich mir nicht vorstellen, ihre Stimme noch einmal zu ertragen, bevor die Sache mit den Fotos nicht geklärt war, was hoffentlich heute geschah.

„Ich hoffe, du sagst es von selbst, damit ich es nicht aus dir rausprügeln muss", antwortete ich. Quinn lachte.

„Bist du in der Nähe?"

„Ja", sagte ich, als ich an dem Café vorbeifuhr, in dem wir uns immer trafen. „Üblicher Ort?"

„In fünf Minuten. Bring deinen Laptop mit."

Er legte auf, meine Bluetooth-Verbindung stellte sich ab, und im Auto war wieder klassische Musik zu hören. An der nächsten Ampel wendete ich und fuhr zurück zum Café. Wir kamen gleichzeitig an, ich in meinem Jaguar, er in seinem Mercedes-Maybach S600. Er hatte sich eine goldene Nase damit verdient, das Leben von Promis auszuschlachten, und zeigte sein Vermögen recht freizügig durch seine Luxusgüter. Für jeden Tag der Woche hatte er ein anderes Auto und Häuser in drei verschiedenen Ländern, jedes einzelne davon hatte mehr gekostet, als ich wohl je in meinem Leben verdienen würde. Er gab dem Parkboy die Schlüssel und stapfte hörbar um den Wagen herum. Seine Schritte sorgten dafür, dass sich jede Frau umdrehte. Was für ein eingebildeter Großkotz. Zu Recht. Als ich näher kam, grinste er mich breit an und beugte sich zu einer Umarmung vor.

„Hey Kumpel“, begrüßte er mich.

„Gerade als ich dachte, das Leben wäre so schön“, sagte ich und erwiderte seine Umarmung, „rief mich der Teufel höchstpersönlich an.“

Quinn lachte. „Ich muss dich doch auf Trab halten.“

Ich schüttelte den Kopf und lächelte, als wir ins Café gingen und den Tisch hinten rechts ansteuerten. Unser Stammplatz. Auch wenn ich nicht mit ihm verabredet war, saß er immer dort.

„Hast du diesen Tisch fest gebucht?“

„Könnte man so sagen“, antwortete er grinsend. Ich hätte schwören können, hinter seinem Grinsen steckte noch mehr, aber ich fragte nicht nach. Quinn mochte es prinzipiell nicht, ausgefragt zu werden. Wir hatten früher zwar auch mal über unser Privatleben gesprochen, aber generell vermied er das.

„Was hast du für mich?“, wollte ich wissen, nachdem wir unsere Getränke und das Essen bestellt hatten.

Er hob eine Augenbraue und lehnte sich in seinem Stuhl zurück, während er sein Wasserglas zum Mund führte. „Wie viele Mandanten betreust du aktuell?“

Er spielte gern immer erst Katz und Maus, bevor er den Käse herausrückte. Ich ging in Gedanken meine Akten durch und wusste, er hätte sich nicht mit mir getroffen, wenn es sich um einen abgeschlossenen Fall gehandelt hätte. Er wusste ja, an was für hochkarätigen Scheidungen ich arbeitete. Dank der Medien wusste das jeder. Der Schimmer in seinen Augen behagte mir nicht. Ich kniff die Augen etwas zusammen.

„Mir ist heute nicht nach Spielchen. Die Fotos, die du mir geschickt hattest, waren ja nichts."

Er sah mich ernst an und stellte das Glas ab. „Was ist dir Nicole Lane wert?"

Meine Zuversicht schwand. Ich sah ihn lange an. „Sie heißt Nicole Alessi und trägt kein Preisschild." Ich machte eine Pause, plötzlich fühlte ich mich sehr unwohl. „Arbeitest du an einer Story?"

„Noch nicht. Ich wusste, dass sie zu dir gehört, also wollte ich erst mit dir darüber sprechen."

Zu mir gehört. So lässig, wie er tat, konnte er noch nicht mal die Hälfte erahnen. Und so wollte ich es belassen. Aus seiner Jackentasche holte er einen USB-Stick, legte ihn auf den Tisch und schob ihn zu mir.

„Was ist das?", wollte ich wissen.

„Kompromittierende Fotos."

Meine Kehle fühlte sich wie zugeschnürt an. Ich schluckte den Kloß im Hals hinunter. Ich wollte nicht nachfragen, um was für Fotos es sich handelte. Den USB-Stick steckte ich in meine Hemdtasche, meine Brust darunter schien zu brennen.

„Wie bist du da rangekommen?"

Quinn warf mir einen Blick zu. „Wie komme ich denn für gewöhnlich an so Sachen ran?"

„Wer hat es gekauft?"

„Du weißt, ich kann dir keine Quelle nennen."

Allmählich machte sich Zorn in mir breit. „Das ist nicht …" Ich hielt den Mund, als die Kellnerin das Essen servierte. „Das passt mir gerade gar nicht, dass jetzt jemand mit Nacktfotos von ihr handelt."

„Nicht nur Nacktfotos von ihr", meinte er und nahm einen Bissen von seinem Steak. Ich wäre an meinem beinahe erstickt.

„Wie bitte?"

Quinn nickte langsam. „Ich wollte es dir als Erstes zeigen."

„Wer kennt die Fotos noch?", fragte ich, nahm den USB-Stick und holte meinen Laptop aus der Aktentasche.

„Keine Ahnung", sagte er achselzuckend. „Soweit ich weiß, nur ich. Auf solche Sachen habe ich normalerweise ein Vorkaufsrecht."

Ich schloss den USB-Stick an und wartete, bis die Dateien geladen waren. Bevor ich überhaupt auf ein Foto geklickt oder es vergrößert hatte, spürte ich schon wieder den beißenden Zorn in mir. Meine Ohren glühten. Ich sah unzweifelhaft eine halbnackte Nicole, die vor Gabriel Lane saß. Auf dem nächsten Bild hatte sie den Kopf nach hinten gelegt und er küsste ihren Hals. Ich schmeckte Galle in meinem Mund. Hätte nicht gedacht, dass mich dieser Anblick so sehr störte, doch je länger ich es mir ansah, umso mehr kochte ich. Ja, er war ihr Exmann. Ja, jetzt war sie mit mir zusammen. Irgendwie zumindest. Aber verdammt, es tat echt weh, sie mit einem anderen Mann zu sehen. Zu wissen, dass ihr Mund, der *mir* gehörte, nur ein paar Tage oder Wochen zuvor seinen Mund geküsst hatte.

Auf dem nächsten Bild sah sie direkt in die Kamera, geschockt. Auf dem Bild danach war sie aufgestanden und rückte ihr T-Shirt zurecht. Mir war schlecht. Wirklich schlecht. Mein Magen drehte sich vor lauter Ekel um. Die Aufnahmen waren pixelig, ganz bestimmt mit einem Handy fotografiert, aber es war zweifellos sie. Ihre Kurven, ihre perfekten Brüste und ihr unglaublicher Mund. Ich atmete tief durch. Ich durfte nicht weiter darüber nachdenken, sonst würde mir nur noch schlechter werden.

Das nächste Foto zeigte sie und mich auf dem Balkon ihres Hauses. Ähnlich dem Bild, das Quinn mir geschickt hatte, aber diese Bilder waren weniger pixelig, schärfer und aus dem Winkel, aus dem fotografiert worden war, sah es tatsächlich so aus, als würden wir uns küssen. Mein Herz raste, als ich mir die Bilder ansah und erkannte, wie wir uns anguckten. Als wäre alles um uns herum egal. Wenn irgendjemand diese Bilder in die Hände bekäme, wäre klar, was da zwischen uns lief. Niemand würde daran noch zweifeln. Ich räusperte mich.

„Ich kaufe dir alle Kopien davon ab. Jede einzelne, die es gibt. Und du bekommst noch ein nettes Trinkgeld, wenn du mir deine Quelle verrätst."

„Vic, du weißt ..."

„Seit wann kennen wir uns, Q?"

Seufzend fuhr er sich übers Gesicht. „Die Leute wollen das sehen. Das ist eine große Sache. Es hieß, sie lassen sich scheiden, dann tauchen sie doch wieder zusammen auf und dann kommen diese Fotos ... Solche Geschichten legen das Internet lahm."

Ich stützte meine Ellbogen auf den Tisch und vergrub das

Gesicht in den Händen. Ich schloss die Augen und wollte das Bild loswerden, wie sie halbnackt vor einem anderen Mann saß. Ich musste sie als meine Mandantin betrachten, nicht als die Frau, mit der ich unverblümt reden konnte, ohne Netz und doppelten Boden. Nicht als die Frau, mit der ich den bedeutungsvollsten Sex meines Lebens hatte, denn genau so war es nun mal. Bedeutungsvoll und verdammt geil.

„Was läuft da zwischen dir und Nicole?", hakte Quinn nach. Mein Kopf schnellte hoch. „So unter uns."

„So unter uns will ich, dass du mir deine Quelle verrätst und mir hilfst, diese Fotos zu vernichten", entgegnete ich und klappte den Laptop zu. Er beobachtete mich eine Weile.

„Die mit dir drauf oder alle?"

Argwöhnisch sah ich ihn an. „Jedes einzelne Foto."

Quinn grinste. „Sie ist wohl was Besonderes."

„Hör auf mit dem Scheiß, Q. Für so was habe ich keine Zeit."

„Ich mein ja nur. Sie ist echt hübsch", sagte er und hob die Hände.

„Behalte deine Meinung für dich. Mir reicht es schon, dass andere diese Fotos auch kennen. Und du willst bestimmt nicht, dass bekannt wird, wie oft du eine gewisse verheiratete Frau besuchst. Das sollte wohl auch besser unter uns bleiben", meinte ich. „Vorerst."

Er riss die Augen auf, doch sein Lächeln blieb unverändert. Quinn und ich kamen so gut miteinander aus, weil wir uns gegenseitig Respekt entgegenbrachten und nicht auf den anderen hereinfielen. Wir waren beide skrupellos. Machten kurzen Prozess mit allen, die uns in die Quere kamen, egal wer es war.

„Ich verstehe nicht, warum wir nicht zusammenarbeiten“, sagte er.

Bei der Vorstellung musste ich lachen, wurde aber schnell wieder ernst. „Einer von uns würde die erste Woche nicht überleben. Jetzt spuck den verfluchten Namen aus. Und wenn wir einmal dabei sind, müsste ich einen Gefallen von einem gemeinsamen Bekannten einfordern.“

Kapitel 25

NICOLE

Normalerweise grübelte ich nicht, warum sich ein Mann nicht vor Ablauf der obligatorischen drei Tage meldete, aber bei Victor konnte ich an nichts anderes mehr denken. Vielleicht weil er niemand war, der sich an Regeln hielt. Nach unserem gemeinsamen Wochenende hatte ich nur einmal kurz mit ihm gesprochen, doch in dem Moment war ich beschäftigt gewesen, also konnte man das nicht wirklich als Gespräch werten. Nach dem Wochenende war die Hälfte der Garderobe für den Film die reinste Katastrophe, sodass ich zusammen mit zwei Näherinnen bis zum Hals in Arbeit steckte, um alles wieder in Ordnung zu bringen.

Abends, wenn ich nach Hause kam und meine Hände in eiskaltes Wasser tauchte, weil sie vom vielen Nähen so wehtaten, konnte ich nur an Victor denken. An jenem Abend, als ich gerade wieder meine Finger kühlte, rief er mich endlich an. Ich tropfte alles voll, um schnell genug ranzugehen.

„Hey“, sagte er, und als ich seine Stimme hörte, stockte mir der Atem.

„Du hältst dich tatsächlich an die Drei-Tage-Regel“, stellte ich fest. Einen Moment sagte er nichts.

„Tut mir leid. Ich hatte viel zu tun.“

„Ich auch.“

„Ja, meine Mom meinte, dein Wagen hätte noch bis zum nächsten Morgen am Haus gestanden, weil du erst so spät Feierabend hattest", sagte er. „Du musst bitte in mein Büro kommen, um die endgültigen Papiere zu unterschreiben, damit wir diese Scheidung abschließen können. Hast du morgen Vormittag Zeit?" Er klang ernst, ganz seriös, ganz nach Victor. Ich seufzte.

„Natürlich. Wann denn?"

„Neun Uhr?"

„Ich komme."

„Gut", sagte er und räusperte sich. „Und … geht es dir gut? Ist alles in Ordnung?"

Ich verzog das Gesicht. Er konnte mich zwar nicht sehen, aber er benahm sich wirklich seltsam. Ich redete mir ein, dass er sich womöglich Sorgen machte, das Telefonat könnte mitgeschnitten werden. Er verhielt sich, als wäre er Richard Nixon.

„Mir geht's gut. Dann bis morgen, Victor."

„Ich freue mich, Nicole." So wie er das sagte, bekam ich Schmetterlinge im Bauch. Vielleicht waren meine Bedenken ja unbegründet. Wir waren im Reinen. Alles war in Ordnung, und er freute sich darauf, mich morgen zu sehen.

Als ich am nächsten Morgen aufwachte, tat mir alles weh. Hände, Kopf, Hals, und ich war ziemlich sicher, auch Fieber zu haben. Ich bekam kaum die Augen auf, und als es mir gelang, sah ich, dass es bereits zwanzig vor acht war und ich zu spät kommen würde. Bevor ich duschen ging, rief ich Marcus an, denn ich konnte so nicht selbst fahren, und als ich schließlich mit allem fertig war, stand er bereits vor der Tür. Ihm blieb der Mund offen stehen, als er mich sah.

„Du siehst erschöpft aus."

„Vielen Dank", grummelte ich. Zumindest hatte er es nett verpackt, dass ich total scheiße aussah. „Wir sollten uns beeilen. Je schneller wir dort sind, desto schneller kann ich wieder ins Bett."

„Einverstanden."

Er versuchte gar nicht erst, sich mit mir zu unterhalten, und diesmal war ich wirklich froh um die Ruhe im Auto, was ihn vermutlich irritierte. Er sah immer wieder zu mir, wohl um sicherzugehen, dass es mir gut ging, aber ich war damit beschäftigt, mir die Nase zu putzen und deren Inhalt davon abzuhalten, sich selbständig zu machen. Ich wette, bis wir bei Victors Büro angekommen waren, war er schon total angeekelt.

Sobald wir ankamen, umringten Paparazzi den Wagen.

„Was zum Teufel ist denn hier los?", fragte ich, und selbst in meinen Ohren klang meine Stimme ganz verschnupft.

„Bleib sitzen. Ich komme um den Wagen herum", sagte Marcus.

Ich tat, was er sagte, und ließ mich mit gesenktem Kopf von ihm zur Eingangstür eskortieren. Durch das Pochen in meinen Ohren konnte ich noch nicht mal die Fragen der Reporter verstehen, aber ich hörte den Namen Victor, was mich noch mehr verwirrte.

„Was haben sie gesagt?", fragte ich Marcus und vergrub meine Nase wieder in ein Taschentuch.

Er runzelte die Stirn. „Ich habe sie nicht richtig verstanden."

„Ich auch nicht."

Als ich aus dem Fahrstuhl trat, sah mich Grace mit großen Augen und offenem Mund an. So hatte sie mich zuletzt angesehen, als Gerüchte von unserer Scheidung die Runde gemacht hatten. Lächelnd winkte ich ihr zu und ging den Flur entlang, denn selbst wenn ich Zeit gehabt hätte, war mir heute so gar nicht nach Konversation. Marcus blieb hinter mir, als ich zu Victors Büro ging und anklopfte. Die Tür wurde geöffnet, und Corinne kam zum Vorschein. Sie sah mich kurz von oben bis unten an und lächelte.

„Er telefoniert gerade, aber gehen Sie ruhig schon rein."

„Danke", antwortete ich und trat ein.

Vor lauter Aufregung pochte das Blut in meinen Adern. Ich war schon unzählige Male hier gewesen, aber diesmal fühlte es sich anders an, auch wenn ich nicht sagen konnte, warum. Lag es an dem, was zwischen uns vorgefallen war? Würde jetzt alles seltsam sein? Würde er seltsam zu mir sein? Oder ich zu ihm? Ja, wir hatten miteinander geschlafen. Wie früher schon. Aber eben nicht wie früher. Es war mehr gewesen. Das, was zwischen uns war, fühlte sich nach mehr an, schon bevor wir uns diesmal nähergekommen waren. Und er hatte gesagt, ihm würden die endgültigen Papiere vorliegen. Die *endgültigen* Papiere.

Victor setzte sich in seinem Stuhl auf, als er mich sah. Er musterte mein Gesicht, dann meinen Körper, und dann glitt sein Blick langsam und zärtlich wieder zurück zu meinem Gesicht, und mir stockte der Atem. Was Mr. Perfect jetzt sah, so ungeschminkt wie ich war, in Freizeitklamotten, gefiel ihm offensichtlich, denn er sah mich genauso an, wie er es auch tat, wenn ich ein hautenges Kleid trug. Ich ließ mich in den Stuhl ihm gegenüber fallen, legte die Arme auf den Tisch und den Kopf darauf, in der Hoffnung, dass das Pochen in meinem Kopf nachließ. Denn trotz seines regen Interesses an mir, fühlte ich mich total krank und ausgelaugt.

„Ich rufe Sie nachher zurück", sagte er ins Telefon und legte auf. Ich hörte, wie sein Lederstuhl knarzte, als er aufstand und um den Schreibtisch zu mir kam. Und ich spürte seine Hand, die durch meine Haare fuhr. Ich seufzte. „Was ist los?", fragte er mich mit sanfter Stimme und hockte sich neben mich.

„Ich hab mich wohl bei dir angesteckt." Ich schniefte und zitterte.

Seine Hand hielt inne. Als er aufstand, hob ich den Kopf. „Das hättest du mir sagen sollen. Dann wäre ich zur dir gekommen."

„Hätte ich vielleicht, wenn du mal angerufen hättest", sagte ich. Ich schloss die Augen, um mich zu fangen. *Wieso benahm ich mich bei ihm wie ein Teenager?* „Egal ... lass uns das schnell erledigen, damit ich zurück ins Bett kann."

Seufzend setzte er sich neben mich, anstatt wieder zu seinem Platz zurückzugehen. Lange Zeit sagte er nichts, und ich döste weg. Erschrocken wachte ich wieder auf und blinzelte mehrmals.

„Tut mir leid", entschuldigte ich mich. „Also ... muss ich irgendwas unterschreiben?"

„Ich hätte dich anrufen sollen. Mir tut es leid. Ich hatte nur", er machte eine Pause, atmete lang und tief ein, er sah gequält aus. „Nur das hier." Er reichte mir ein Formular, ähnlich dem, was wir schon einmal durchgegangen waren. Ich unterschrieb und schob es zurück, während er mir in die Augen sah. Sein ernster Blick machte mir Sorgen. „Nicole, wir müssen reden."

Mir schossen zahlreiche Möglichkeiten durch den Kopf. Wäre mir nicht sowieso schon zum Heulen zumute gewesen, weil es mir so schlecht ging, dann wäre es bei dieser Andeutung so weit gewesen. Ich schloss die Augen. Dieser Satz verhieß nichts Gutes. Ich musste daran denken, wie es damals gewesen war. *Wir können nicht mehr so weitermachen,* hatte er gesagt. Wenn er das jetzt auch sagen würde ... Oh Gott. Wenn er das jetzt sagen würde, wüsste ich nicht, was ich tun sollte, sagen sollte, wie ich mich verhalten sollte.

„Worüber?", fragte ich leise.

„Über das. Über uns", antwortete er mit fester Stimme, doch seine Augen sahen schmerzverzerrt aus. Ich ahnte, dass er von diesem Gespräch auch nicht begeistert war.

Ich schluckte, auch wenn es wehtat. „Soll das ein Witz sein?"

„Ich wünschte, es wäre so", sagte er seufzend. Er griff über den Schreibtisch und legte mir einige Fotos hin. Ich kniff die Augen zusammen, um sie besser sehen zu können, und schnappte nach Luft, als ich mich auf Gabes Bett erkannte. Das war an dem feuchtfröhlichen Abend gewesen, als diese Tussi uns gestört hatte. Diese Schlampe.

„Da ist nichts passiert", sagte ich und sah zu Victor. Die Fotos waren entstanden, bevor wir zusammengekommen waren, also war ich ihm keine Rechenschaft schuldig, aber ich wollte es ihm erklären. „Also, wir haben rumgeknutscht, aber ich schwöre, mehr ist nicht gewesen."

Er schloss für einen Moment die Augen und atmete laut aus. Als er sie wieder öffnete, sah er genauso hin- und hergerissen aus wie zuvor.

„Das ... ist egal. Darum geht es nicht."

Er hielt inne und nahm dann ein anderes Foto. Er und ich auf meinem Balkon. Bevor ich den Mietvertrag unterzeichnet hatte. *An dem Tag,* als ich ihn unterzeichnet hatte. Ich sah ihm in die Augen. Das war also der Grund für das *wir müssen reden.* Das schlechte Gefühl drohte zurückzukehren. Das war seine allergrößte Sorge. Man hatte uns erwischt, und nun würde alles, was man über ihn sagte, über uns, über diesen Fall, bei seiner Beförderung auf ihn zurückfallen. *Seine Beförderung.* Scheiß drauf!

„Können wir die verschwinden lassen?", krächzte ich.

„Ich bin gerade dran. Glaub mir, ich gebe mein Bestes. Diese", sagte er und zeigte auf die Fotos von Gabe und mir, „werden nie an die Öffentlichkeit gelangen." Dann zeigte er auf die Aufnahmen von uns. „Diese kursieren leider schon. Meine Quelle konnte es nicht mehr verhindern. Ich gehe der Sache auf den Grund."

Mir wurde schwer ums Herz.

Wir hatten unseren Spaß gehabt.

Das sagte ich mir, um die Tränen zurückzuhalten, denn obwohl ich das alles schon einmal hinter mir hatte, fühlte es sich jetzt anders an. Persönlicher. Es fühlte sich ... *falsch* an. Das belastete mich nicht nur ein bisschen. Es war eher wie ein riesiger Stein in meiner Kehle, der drohte, mein Herz zu erdrücken.

„Wir können uns nicht mehr sehen", flüsterte ich und erwiderte seinen Blick. „Ich hab's verstanden. Das war bloß ein Feuer, das wir austreten mussten. Und das haben wir gemacht."

Ich putzte mir die Nase.

Doch ich konnte es nicht verstehen. Ich verstand es einfach nicht, und ich fühlte das unbändige Verlangen zu weinen. Ich war dabei, ihn zu verlieren. Ich würde ihn verlieren und konnte nichts dagegen tun, da es nun mal diese Fotos gab. Der Beweis, dass zwischen uns etwas gelaufen war. Dinge, die seiner Karriere und meiner Scheidung im Weg stehen konnten. Ich ahnte, dass ich etwas fühlen würde, wenn wir es beendeten. Beim letzten Mal war ich verletzt gewesen. Diesmal würde es schlimmer sein.

Viel schlimmer.

Ich hätte nie damit gerechnet, so kurz nach Gabe einen Mann zu finden. Wirklich nicht. Ich hatte mich darauf eingestellt, Spaß zu haben und an mir selbst zu arbeiten – genau das tat ich. Aber ich hatte auch nicht damit gerechnet, wieder Victors Weg zu kreuzen oder mich ihm so verbunden zu fühlen.

„Nicole, bitte nicht", sagte er leise mit flehendem Blick. „Rede das nicht klein."

Ich blinzelte, um die Tränen zurückzuhalten. Blinzelte noch mal, als ich spürte, wie sich eine durch meine Wimpern schlich. Schnell wischte ich sie weg.

Rede das nicht klein.

„Es ist okay", sagte ich leise und stand auf. Ich nahm ein Foto und steckte es in meine Handtasche. „Ich weiß, wie solche Dinge laufen. Du weißt hoffentlich, dass ich auch trotz dieser Fotos alles abstreiten werde. Mach dir keine Sorgen deswegen. Ich würde nie deinen Job aufs Spiel setzen."

Er stand auf und packte mein Handgelenk, hielt es fest. Schnell entriss ich ihm meinen Arm. Ich konnte seine Berührung jetzt nicht ertragen. Nicht wenn es gerade so wehtat. Er sah mich mit großen Augen an, seine Schultern sackten herab.

„Es tut mir leid. Unter anderen Umständen …“

„Hör auf, dich zu entschuldigen. Es ist okay“, unterbrach ich ihn. „Den Film kenne ich schon. Den muss ich nicht noch mal sehen.“

„Nicole, das ist nicht witzig“, sagte er mit ernster Miene. Ich ließ den Kopf sinken, wollte ihn nicht weiter ansehen.

„Ich habe gelernt, solchen Fragen auszuweichen.“

Obwohl ich mich unglaublich schwach fühlte, ging ich zur Tür. Er schloss zu mir auf und hielt mich an den Schultern, als er mich schwanken sah. Ich drehte meinen Kopf, um ihn anzusehen, und verfluchte das Herzklopfen, als mir bewusst wurde, wie nah wir einander waren.

„Fass mich bitte nicht an“, sagte ich leise.

„Ich kann nicht damit aufhören“, antwortete er ebenso leise und legte seine Stirn auf meine Schulter.

„Dann musst du es eben lernen.“

Ich verließ sein Büro und hörte, wie er mir folgte. Als ich bei Marcus ankam, hatte ich kaum noch meine Beine unter Kontrolle. Ich streckte förmlich meine Arme nach ihm aus, damit er mich auffing. Was er zum Glück auch tat.

„Ab nach Hause“, sagte er und sah über meine Schulter.

Ich drehte mich um und sah Victor im Flur stehen, die Hände in den Hosentaschen. So niedergeschlagen hatte ich ihn noch nie gesehen. Ich versuchte zu lächeln, wollte ihn bestärken, dass er das Richtige tat, aber mir fehlte die Kraft. Ich ließ mich von Marcus führen, zurück zum Auto, zurück nach Hause. Auf dem Heimweg rief mich Meire an, und ich ging sofort ans Handy, was bei mir selten vorkam.

„Ich habe die Fotos gesehen“, sagte sie direkt. „Weinst du gerade?“

„Nein“, schniefte ich. „Ich bin krank.“

„Komm zu uns. Du solltest jetzt nicht allein sein.“

„Okay“, sagte ich und willigte ein, zu ihnen zu kommen, nachdem ich geduscht und eine Runde geschlafen hatte. Ich musste erst mal allein sein, erst mal alles sacken lassen.

In der Nacht, als es bereits dunkel war, klopfte es so laut an meiner Tür, dass ich sofort hellwach war. Mist. Scheiße. Ich hatte doch zu Dad fahren wollen. Ein Blick auf mein Handy zeigte die verpassten Anrufe von Meire und meinem Vater. Ich ging zur Tür und öffnete. Dort stand Victor, trug eine Jeans, ein Cap der Dodgers und einen schwarzen Kapuzenpulli. Ich wusste, dass er es war, weil ich ihn kannte, aber mit dem Ding auf dem Kopf konnte man sein Gesicht nur erahnen.

„Was willst du hier?“, fragte ich, meine Stimme klang nach einem kratzigen Flüstern. Es wurde eher schlimmer.

Er hielt einen Beutel hoch. „Suppe.“

Ich schloss die Augen und trat einen Schritt zurück, um ihn hereinzulassen.

„Haben wir nicht Schluss gemacht? Oder habe ich das nur geträumt?“, fragte ich ihn, schloss die Tür und ging hinter ihm her.

Als Bonnie ihn sah, sprang sie auf die Hinterpfoten und wedelte mit dem Schwanz. Blöder Köter. Hatte ich mir nicht vorhin noch eine Stunde lang bei ihr wegen ihm die Augen ausgeheult? Und jetzt war sie so nett zu ihm?

„Mach es dir bequem, während ich sie warm mache“, meinte er, ging um meine Kücheninsel herum und öffnete den Beutel.

Ich sah ihn lange an, betrachtete sein Gesicht, nachdem

er die Kapuze abgenommen hatte: sein kantiges Kinn, der Dreitagebart, die hellbraunen Haare, die haselnussbraunen Augen, bei denen mir die Knie weich wurden, die langen Finger, die die Plastikdose öffneten. Mit jeder Sekunde tat es mir etwas mehr weh. Ich drehte mich um und ging aus der Küche ins Wohnzimmer, wo ich den Fernseher anstellte. Mit etwas Ablenkung würde ich vielleicht weniger darüber nachdenken, wie vorbei es nun zwischen uns war.

Victor kam mit einem Teller Suppe und einem Glas Orangensaft und setzte sich neben mich. Auf den Beistelltisch stellte er den Saft und legte eine Serviette mit zwei blauen Tabletten hin, dann sah er mich an. Er war zu nah.

Ich konnte sein Duschgel und das Shampoo riechen.

So nah.

Ich konnte die braunen Linien in seinen grünlichen Augen sehen.

Zu nah.

Ich konnte förmlich seine Lippen auf meinen spüren.

Ich schluckte, der Schmerz ließ mich zusammenzucken. Als er mir einen Löffel mit Suppe hinhielt, sah ich ihn mit großen Augen an.

„Du kannst mich doch nicht füttern", sagte ich leise. Die Bewegung seiner Augenbraue und sein Blick verrieten mir, dass er enttäuscht war.

„Bitte, Nic", flüsterte er, flehte er. Ich hatte ihn noch nie flehen hören. Mir schnürte es die Kehle zusammen, meine Augen wurden feucht.

„Victor, ich kann nicht. Entweder ganz oder gar nicht. Und du weißt, dass ganz nicht geht."

Der Löffel klirrte auf dem Teller, als er die Augen schloss.

„Doch“, sagte er und sah mich wieder an. „Nur noch nicht jetzt.“

„Ich hab’s verstanden.“

„Ich will … das … es war nicht nur Spaß“, erklärte er.

„Ich weiß.“ Ich schluckte. „Aber wir müssen trotzdem auf Abstand bleiben. Dass du hier bist, ändert nichts.“

Er nickte langsam. „Aber ich konnte nicht …“ Er seufzte. „Ich wollte sichergehen, dass es dir gut geht.“

„Tut es, Victor. Mir geht es gut. Ich komme schon klar, aber du kannst nicht hierbleiben. Du kannst dich nicht gegen mich entscheiden und mir sagen, dass es schlechtes Timing ist, und dann doch mit Suppe bei mir aufkreuzen. Ich bin zwar stark, aber ich habe dennoch Gefühle.“

Gefühle, die mich selbst überwältigten.

„Ich weiß. Tut mir leid“, sagte er seufzend. „Tut mir wirklich leid.“

„Danke für die Suppe.“

„Gern geschehen.“ Er sagte nichts, setzte mit einer Hand die Kappe ab und fuhr sich durch die Haare. „Dann gehe ich jetzt mal.“

Ich nickte. Er sah mich erneut an.

„Ich gehe, weil das vernünftig ist“, meinte er. „Wäre ich leichtsinnig, würde ich bleiben.“

„Das ist … gut zu wissen“, entgegnete ich. Und das war es auch. Vielleicht nicht jetzt, aber irgendwann gäbe es eine gemeinsame Zukunft. Irgendwann würde es mit uns vielleicht passen.

Wäre ich leichtsinnig, würde ich bleiben.

Nachdem er gegangen war, aß ich die Suppe, schnappte mir Bonnie und fuhr mit ihr zu meinem Vater. Ich hatte noch nicht einmal geklopft, da öffnete Meire schon die Tür und zog mich in ihre Arme.

„Dein Vater ist nicht gerade begeistert. Er geht morgen noch nicht einmal in die Kanzlei."

Mir blieb das Herz stehen. Das hatte ich befürchtet. Ich ließ Meire los und ging in sein Arbeitszimmer, weil ich wusste, dass er dort war.

„In der Küche habe ich noch Suppe für dich. Ich mach sie dir warm", rief Meire. Ich sagte ihr lieber nicht, dass ich gerade schon Suppe gegessen hatte. Einen Teller würde ich noch schaffen.

„Danke", rief ich zurück und verfluchte die Teenie-Nicole, die sich so oft beschwert hatte, dass Meire ihren Vater geheiratet hatte. Ich war niemand, der neue Leute mit offenen Armen empfing. Ich war immer skeptisch, denn ich kannte viele, die sich bei ihren Geliebten die Finger verbrannt hatten, und das wollte ich nie erleben. Ironie des Schicksals.

Ich klopfte einmal an, bevor ich ins Arbeitszimmer ging. Mein Vater saß hinter dem Schreibtisch, eine Hand an der Stirn.

„Hey, Dad."

Sein Kopf fuhr zu mir herum. Er lächelte liebevoll. „Wie fühlst du dich?"

Ich zuckte mit den Achseln. „Beschissen."

„Nicole."

„Bescheiden", korrigierte ich mich. Ich hatte nie verstanden, warum man nicht beschissen sagen durfte, bescheiden aber schon.

„Kannst du mir das bitte erklären? Ich verstehe es einfach

nicht", sagte er und wedelte mit den Fotos von Victor und mir herum. Ich atmete tief durch und setzte mich.

„Da gibt es nichts zu erklären. Es war windig, und wir wollten nicht so laut reden, damit der Immobilienmakler nicht hört, wie wir uns über das Haus unterhielten. Mehr nicht."

Er sah mich skeptisch an. „Sicher?"

„Ganz sicher", sagte ich, doch je länger mich seine blauen Augen musterten, umso unruhiger wurde ich. Immer wenn ich meinen Vater anlog, fühlte ich mich, als müsste ich mich direkt vor dem Obersten Gerichtshof verantworten. Im Prinzip war es ja keine Lüge. Zwischen Victor und mir lief nichts mehr.

„Gut", sagte er erleichtert. „Ich hatte schon Angst, dass ich ihn rauswerfen muss."

Mein Herz setzte einen Moment aus. Ich lehnte mich nach vorn und spürte, wie die Kraft wieder zu mir zurückkam. „Rauswerfen? Wieso denn?"

„Es wirft kein gutes Licht auf einen Anwalt, wenn er etwas mit einer Mandantin anfängt. Das muss ich dir sicherlich nicht weiter erklären."

Ich bemühte mich, nicht mit den Augen zu rollen. Er hatte Meire kennengelernt, als sie ihn nach dem Tod ihres Mannes mit den Erbschaftsangelegenheiten betraut hatte. Das war zwar nicht das Gleiche, aber doch ähnlich. Und Dad wies immer darauf hin, dass sie sich erst nähergekommen waren, nachdem alles geregelt und sie nicht länger seine Mandantin gewesen war.

„Ich weiß, Dad. Ich sagte doch, da läuft nichts. Wir sind bloß Freunde. Das verstößt ja wohl nicht gegen das Gesetz."

„Nein, aber du solltest dich von ihm fernhalten, bis alles vorbei ist. Victor liegt sehr viel an seiner Karriere, und ich möchte nicht, dass irgendetwas dazwischenkommt, wo ich ihn doch zum Partner ernennen will."

„Mach ich."

„Gehst du momentan mit jemandem aus?", fragte er unvermittelt.

„Nein", sagte ich, was mir selbst wehtat. Körperlich wehtat, als ich an Victor dachte, an sein Lächeln, an seine Miesepetrigkeit.

„Tja, dann such dir jemanden." Er machte eine kurze Pause. „Das ist wahrscheinlich das Gute daran, dass du gerade Single bist. Bestimmt auch gut für dich. In ein paar Wochen gibt es eine Feier, auf der ich Victors Ernennung zum Partner verkünde." Wieder machte er eine Pause. „Ich will dich nicht verkuppeln, Liebling, aber wenn du jemanden rein freundschaftlich mitbringen möchtest, mach das ruhig. Ich will nur, dass *das*", er hielt mir das Foto hin, „in Vergessenheit gerät. Er bringt mit Sicherheit eine Frau mit, also muss ich mir um ihn keine Sorgen machen. Wenn man euch mit anderen Partnern sieht, ist das alles schnell vergessen."

„Ich verstehe", sagte ich.

Und das war nicht gelogen. Ich verstand ihn klar und deutlich. Es änderte aber nichts an meinem Schmerz bei dem Gedanken, Victor mit einer anderen Frau zu sehen. *Eine, bei der er ohne Weiteres leichtsinnig sein konnte.* Ich entschuldigte mich, ging aus dem Arbeitszimmer und dachte gar nicht mehr an die Suppe, sondern ging direkt ins Gästehaus. Ich warf mich bäuchlings auf das vornehme französische Bett, schluchzte einmal und schlief ein.

Kapitel 26

VICTOR

„Warum lädst du sie denn zu deiner Geburtstagsfeier ein?“, fragte ich meine Schwester, die mich ansah, als wäre ich ein Volltrottel. Seit einigen Wochen hatte ich Nicole nicht mehr gesehen und nur einmal hatten wir miteinander kommuniziert, und zwar über Corinne. Dabei war es um die Scheidung und die Abmachung mit Gabriel gegangen, dass sie ihn bei einer Veranstaltung begleitete.

„Weil ich sie mag. Und außerdem habe ich die Einladungen an dem Tag verteilt, als ich mit ihr über Sunnys Hochzeitskleid gesprochen habe. Oder hast du vergessen, dass du mich förmlich angebettelt hast, ich solle sie anrufen, als sie krank war?“

Ich blinzelte. Das tat nichts zur Sache. Ich hätte sie ja schlecht anrufen können, nachdem ich ihr die Suppe vorbeigebracht hatte. Das war zwar feige von mir, aber ich war Manns genug, mir einzugestehen, dass es mich umgebracht hätte, zwar ihre Stimme zu hören, sie aber nicht berühren oder wenigstens sehen zu können. Estelle wedelte mit einem Briefumschlag mit meinem Namen darauf herum und riss mich so aus meinen Gedanken.

„Bist du etwa fünf? Ist das die Einladung zu deinem Kindergeburtstag? Wer zum Geier verteilt denn noch handschriftliche Einladungen?“

Sie verdrehte die Augen und warf den Umschlag über den Tisch. Bevor ich reagieren konnte, hatte sie mich damit an der Brust getroffen. „Wenn du sie nicht verlassen willst, dann tu es auch nicht. Niemand hat dir geraten, dich bei so einer Traumfrau wie der letzte Arsch zu benehmen."

Ich seufzte, schüttelte den Kopf und riss mich zusammen, um nicht auch die Augen zu verdrehen. Ich hatte Nicole erst seit ein paar Wochen nicht gesehen und gesprochen. Das war noch gar nichts. Eigentlich nicht einmal lange genug, um jemanden zu vermissen. Trotzdem vermisste ich sie wahnsinnig und dachte an sie, sobald ich meine Augen schloss.

„Wann gibt dein Chef noch mal diese Party für dich?", wollte sie wissen.

Ich fuhr mir durch die Haare. „Nachdem er allen davon erzählt hat, dass er mich zum Partner ernennt. Wann findet dein Kindergeburtstag für Große denn statt?"

Sie funkelte mich böse an. „Meinst du, Nicole kommt dann auch in die Kanzlei?"

„Glaub ich nicht." Hoffentlich nicht.

„Nimmst du eine Begleitung mit?"

Ich sah meine Schwester fragend an. „Worauf willst du hinaus?"

„Ich bin nur neugierig."

„Vielleicht. Die Leute sollen begreifen, dass die Fotos nicht das zeigen, was alle denken."

„Ach, nicht?"

„Bist du fertig?" Ich machte eine Pause. „Ich weiß, du kannst es nicht erwarten, bis ich endlich die Liebe meines Lebens finde, aber manche von uns sind der Meinung, dass Liebe nicht das A und O im Leben ist."

Zum Glück war ich ein guter Lügner.

„Dann sind manche eben Vollidioten."

„Na vielen Dank auch."

„Gerne doch." Sie schnaufte. Ich wusste, dass die ganze Sache sie nervte, ihre Ohren waren schon ganz rot geworden. Ich verkniff mir ein Lachen. Sie sah so lustig aus, wenn sie sauer war. „Ist ja auch egal. Selbst wenn sie dabei ist und du jemanden mitbringst, wäre das okay. Sie trifft sich ja auch mit diesem echt heißen Kerl."

Plötzlich sah sie gar nicht mehr so lustig aus. „Welcher Kerl?"

Sie zuckte die Schultern. „Irgendjemand aus der Nachbarschaft namens Brent. Ziemlich praktisch", erzählte sie und sah mich mit breitem Grinsen an. „Er war ein paarmal bei ihr. Sie hat erzählt, dass er einen echt unglaublichen Körper hat. Kann ich bestätigen. Sie hat mir ein Foto gezeigt."

Ich konnte gar nicht so viel atmen, wie ich nach Luft schnappen wollte. Ich biss die Zähne zusammen, um meinen Ärger herunterzuschlucken und auch das, was ich am liebsten gesagt hätte. Ich wollte ihr nicht noch mehr Munition geben. Ich dachte an die Fälle, die sich auf meinem Schreibtisch stapelten, und sah mich im Café um.

„Schön für sie", brachte ich endlich heraus, als ich mir sicher war, nicht so zu klingen, als würde ich diesen Heini am liebsten umbringen.

„Das habe ich ihr auch gesagt", meinte Estelle, nahm ihren Kaffeebecher und trank einen Schluck. Ich starrte auf ihre farbverschmierten Hände. Ich wollte hier nur noch weg. „Ich glaube, er ist Regisseur oder so was."

Ich blies die Luft aus. Nicole, was in aller Welt? *Was*

in aller Welt? Hatte sie den ganzen *Wir-können-jetzt-im-Moment-nicht-zusammen-sein*-Teil vergessen? Lebte sie ihr Leben wirklich weiter? Ich hatte ein Déjà-vu. Es war wie damals, als ich sie das erste Mal gebeten hatte zu gehen, und sie sich nur drei Wochen später verlobt hatte.

Scheiß.

Auf.

Dieses.

Leben.

„Tja, schön für sie", sagte ich noch einmal.

Estelle stand lächelnd auf. „In zwanzig Minuten fängt mein Kurs an. Gib Bescheid, ob du zu meinem Geburtstag kommst."

„Natürlich komme ich", sagte ich und gab ihr einen Kuss auf die Wange.

Im Gehen öffnete ich den Umschlag und las die Einladung, aber Estelle war schon weg, sodass ich nichts mehr dazu sagen konnte. Eine Kostümparty. Sie wurde 28 und gab eine Kostümparty. Ich hasste Mottopartys. Man musste dafür nach einem bestimmten Outfit suchen, Geld ausgeben und diese Klamotten auch noch den ganzen Abend anlassen, anstatt einfach nur irgendwas zu tragen. Und dann auch noch eine bescheuerte Piratenparty?

„Du willst mich wohl verarschen?", murmelte ich, steckte die Einladung wieder zurück und warf sie auf den Beifahrersitz. Oliver konnte sich am Sonntag auf etwas gefasst machen. Ich musste wohl online etwas bestellen. Wenn das erledigt wäre, könnte ich mir Gedanken machen, wen ich zu meiner Beförderungsfeier als Begleitung mitnehmen würde. Eine Feier mir zu Ehren, vor der mir jetzt schon graute. Normalerweise würde ich mich darauf freuen und mich bei allen bedanken, die mich auf den Weg dahin unterstützt hatten. Aber normalerweise wäre auch *Nicole* an meiner Seite, und wir könnten uns offen zusammen zeigen. Normalerweise würde sie keine Regisseure namens Brent treffen.

Einige Tage später wurde mir klar, dass ich kaum eine Alternative hatte. Und das hasste ich. Ich war kein Mann, der einfach nur dasaß und einsteckte. Ich wollte lieber austeilen. Das war zwar nicht die feine Art und auch nicht professionell, aber das war mir scheißegal. Wenn Nicole unbedingt mit anderen Männern ausgehen wollte, konnte ich sie nicht davon abhalten. Es kam mir sogar ganz gelegen. So würde ich nicht mehr im Rampenlicht stehen und konnte mich um die Dinge kümmern, die noch zu Ende gebracht werden mussten.

Zwei Wochen lang war es für mich okay gewesen, ins Büro zu kommen, mir von Will auf die Schulter klopfen zu lassen und zu behaupten, die Sache mit seiner Tochter und mir wäre erfunden. Es war einfach, in die Kanzlei zu gehen, mich in der Arbeit zu vergraben, Mandanten zu treffen, mir ihre Akten anzusehen, in den Gerichtssaal zu gehen, sie zu verteidigen und den Fall dann abzuschließen. Ich lief auf Autopilot. Nein. Eigentlich funktionierte ich so, wie ich es vor Nicole auch getan hatte. Ich war wieder ich. Nur war ich jetzt eine unglückliche Version meiner selbst. Ich hatte versucht, mit dem Arschloch Darryl Cusack Kontakt aufzunehmen, derjenige, den Quinn mir als seine Quelle für die ihm zugespielten Fotos genannt hatte, doch der hatte auf keine meiner Nachrichten reagiert. Er wollte ganz offensichtlich nicht, dass ich ihn ausfindig machte. Gabriel Lane war meine letzte Möglichkeit, aber die wollte ich möglichst nicht in Betracht ziehen. Meine vorletzte Möglichkeit war, einigen von Quinns Fotografen etwas anzubieten.

Sie würden mir sagen, wo ich diesen Mann finde, dafür würde ich ihnen ein paar Gelegenheiten für Fotos zukommen lassen, hinter denen sie her waren. Einen Tag nachdem ich dieses Tauschgeschäft vorgeschlagen hatte, rief mich einer von ihnen an und informierte mich, dass Darryl in einem bekannten italienischen Restaurant in West L. A. zu finden sei. Ich ging mit einer alten Bekannten, Jessica, dorthin. Sie war die Art Freundin, die ich auch zu offiziellen Veranstaltungen mitnahm. Meine Schwester fand sie schrecklich. Aber sie war immer zu allem bereit. Sobald ich ihr sagte, dass Paparazzi da sein würden, war sie dabei. Sie hatte einen eigenen Friseursalon und sah das wohl als kostenlose Werbung an. Ich rechnete damit, dass die Sache mit Nicole und mir vergessen wäre, sobald es Fotos von Jess und mir gab. Wer interessierte sich schon für Schnee von gestern? Jess und ich warfen uns ins Zeug, hielten Händchen, küssten uns direkt vor dem Restaurant, lachten darüber, dass sie wohl in einen Kaugummi getreten war, aber sich wegen ihres kurzen Kleides nicht bücken konnte, um nachzusehen, und machten auch sonst den ganzen Quatsch, den man nun mal bei Dates so macht. Es kotzte mich alles an. Ihre Lippen fühlten sich auf meinen so falsch an. Ihre Hand, die ich hielt, ebenso. Alles war einfach nur … falsch. Mir war nicht einmal in den Sinn gekommen, Nicole wegen der Fotos vorzuwarnen, aber ich hoffte, sie bekäme sie nie zu Gesicht, und falls doch, würde sie hoffentlich wissen, dass das alles nur zu ihrem Besten gespielt war.

Von meinem Platz aus konnte ich Darryl gut beobachten. Er war gemeinsam mit einer bekannten Schauspielerin und einigen ihrer Freunde hier. Als ich sah, wie er aufstand und zur Toilette ging, entschuldigte ich mich und folgte ihm. Dort gab mir mein Freund Sergio, einer der Kellner, ein Paar Handschuhe, und ich bat ihn, die Toilette durch ein Schild zu sperren. Ich wartete, bis die anderen Männer die Toilette verlassen hatten, zog die Handschuhe an, öffnete die Tür und ging hinein. Als Darryl mich erblickte, musste er zweimal hinsehen.

„Weißt du, was ich an dir schätze, Darryl? Du bleibst dir immer treu", redete ich los. Aus meiner Jackentasche holte ich einen Baseball und warf ihn hoch und fing ihn auf, immer wieder. „Ich weiß nicht, ob du das weißt, aber das müsstest du eigentlich, wo du dich doch so für mich interessierst." Ich zog eine Augenbraue hoch. „Ich fühle mich geschmeichelt, auch wenn ich nicht vom anderen Ufer bin." Ich schüttelte den Kopf. „Bevor ich Scheidungsanwalt wurde, war ich im Strafrecht. Nur zwei Jahre." Während ich darüber nachdachte, neigte ich den Kopf. „Aber in den zwei Jahren habe ich mir den Respekt etlicher Straftäter verdient. Leute, von denen du nicht glauben würdest, dass ich sie kenne. Ich muss dir ja nicht erzählen, wie finster manche Menschen sein können. Und wohl auch nicht, was manch einer tun würde, um nicht ins Gefängnis zu müssen." Ich machte eine dramatische Pause. Seine Augen waren nun etwas weiter aufgerissen, als er sich den Ball ansah, den ich warf.

„Woher hast du … ist das mein…", sagte er und sah skeptisch auf den Ball in meiner Hand, den er als seinen erkannte. Ich hatte ihn mir aus seinem Arbeitszimmer besorgt.

„Ich sage dir mal, was du jetzt tun wirst“, fuhr ich fort. Er sah den Ball eher besorgt als verängstigt an. Sehr gut. Ich wollte ihm keine Angst machen. Wer Angst hat, geht zur Polizei. Wer nervös ist, behält seine Geheimnisse für sich.

„Du pfeifst alle Fotografen zurück, die Nicole und mich beobachten, und du nennst mir die Namen. Das war’s. Um den Rest kümmere ich mich.“

Darryl lachte spöttisch und schob sich seine überdimensionale Brille auf die Nase. „Und was bekomme ich dafür?“

„Ich sorge dafür, dass dir ein paar meiner alten Freunde, die mir noch einen richtig großen Gefallen schulden, keinen Besuch abstatten.“

„Ich mache überhaupt nichts“, sagte er mit fester Stimme. Ich wusste, dass er mir nicht glaubte. Er dachte bestimmt, dass ein geschniegelter Kerl wie ich zwar im Gerichtssaal gnadenlos war, aber Gericht und wahres Leben nun mal zwei verschiedene Paar Schuhe waren. Ich ließ ihn weiter im Unklaren und sagte nichts, bis er plötzlich schrie: „Nicole ist ein Niemand. Niemand interessiert sich für sie. Verpiss dich. Du bist nur sauer, weil sie noch auf ihren Ex steht. Und weißt du, was? Das wird sich auch nicht ändern, denn du bist nun mal kein millionenschwerer Schauspieler.“ Mit knallrotem Gesicht fuhr er fort: „Und wenn du ein paar schlüpfrige Fotos sehen willst, kann ich dir ja die von ihr und ihrem neuen Freund zeigen. Dagegen sind eure Balkonfotos der reinste Kinderkram.“

Ich atmete erneut tief ein, doch in mir kochte es. Dann schleuderte ich den Ball so, wie ich es tat, wenn meine Jungs und ich mal Zeit zum Baseballspielen fanden. Ich traf den

Spiegel neben ihm, Glasscherben flogen herum. Eine traf mich am Gesicht. Ich spürte es, aber es war mir egal.

„Du bist ja vollkommen irre“, schrie er und hielt seinen Kopf. „Security!“

Ich stand mit vor der Brust verschränkten Armen da und wartete auf die Sicherheitsleute, von denen ich wusste, dass sie nicht kommen würden. Er trat gegen die Glasscherben am Boden, seine Augen funkelten, weitere Glasscherben fielen herab, er drehte den Kopf und sah sich überall um, als wüsste er nicht, wie ihm geschah. Schließlich erblickte er den Ball im Waschbecken und nahm ihn heraus.

„Wo zum Teufel …“ Er blickte zu mir. „Ist das der aus meinem Haus? Warst du etwa in meinem Haus?“, brüllte er.

„Ich würde nie einen Fuß auf deinen Grund und Boden setzen“, sagte ich ruhig und fühlte mich nach meinem Gefühlsausbruch viel besser. Das war nicht gelogen. Ich war nicht in seinem Haus gewesen und hatte auch niemanden angerufen und hingeschickt. Ich war sehr bedacht bei meinen Anweisungen gewesen und hatte darauf geachtet, dass sich die Spur nicht zur mir zurückverfolgen ließ.

„Was glaubst du eigentlich, wer du bist?“, fragte er mich. Ich grinste hämisch. Auf diese Frage hatte ich gewartet.

„Das wirst du schon noch herausfinden“, antwortete ich lapidar, drehte mich um und ging.

Ich schloss die Tür auf, sah ihn über die Schulter noch einmal an. Er stand da und hielt seinen Baseball von Babe Ruth in den Händen. „Willst du meinen fachlichen Rat? Leg dich nicht noch einmal mit mir an.“

Ich ging hinaus und bedankte mich bei Sergio und Lazaro, der nun auch vor der Tür stand.

„Sorry für das Chaos, Jungs. Der Mann ist ausgeflippt, weil der Seifenspender leer war", erklärte ich. Sie sahen einander an, dann mich, dann zuckten sie mit den Schultern. Ich reichte Sergio zwei Bündel Geldscheine. „Gib das bitte Ignazio. Das wird für den Schaden reichen. Der Rest ist für euch."

„Das liegt nur am Wein, Kumpel. Da drehen diese alten Herrschaften völlig durch", sagte Sergio und schnalzte mit der Zunge. Lächelnd zog ich von dannen. Ich ging zurück zu Jessica, die nach Luft schnappte.

„Ach du meine Güte. Was ist denn mit deinem Gesicht passiert?"

Ich tastete mit der Hand und bemerkte, dass mir etwas über die linke Wange lief. Ich blickte auf meine Hand, die nun blutverschmiert war.

„Ich glaube, wir sollten unser Date jetzt mal beenden."

Sie nickte mit aufgerissenen Augen. „Natürlich. Lass uns gehen. Das muss vielleicht genäht werden."

Als wir hinaustraten, waren wir sofort von Fotografen umzingelt. Dann bekamen sie also doch ihren Money Shot. Wenn ich ein Date hatte, waren das keine großen Schlagzeilen mehr. Aber mit blutigem Gesicht war das schon etwas anderes. Ich glaubte aber nicht, dass sie die Fotos überall zeigen würden. Ich war kein Promi.

„Hoffentlich denken die nicht, dass ich das war", sagte Jessica und kicherte nervös, während wir ins Auto stiegen. „Warte. Lass mich fahren."

Ich warf ihr einen Seitenblick zu. „Hast du sie noch alle? Ich lass dich doch nicht mein Auto fahren. Ich fahre dich nach Hause."

Sie meckerte den ganzen Heimweg und sagte, ich sei ein Idiot – ein Arsch – und dass sie nicht verstehen könne, warum ich mich nicht wie jeder normale Mensch von ihr ins Krankenhaus bringen ließe. Als ich endlich vor ihrem Haus angekommen war, hatte ich schreckliche Kopfschmerzen.

„Jess, ich hatte einen beschissenen Abend, also nimmst du es mir hoffentlich nicht übel, wenn ich dich jetzt verdammt noch mal rausschmeiße."

„Was ist mit der Party in der Kanzlei? Sollte es nicht Fotos geben, auf denen es so aussieht, als hättest du eine Freundin gefunden?"

Ich stöhnte. Sie hatte recht. „Lass uns uns dort treffen. Ich bezahl dich auch dafür. Ich schicke einen Promi in deinen Salon. Oder was auch immer. Wir treffen uns einfach in zwei Stunden dort."

Ich fuhr ins Krankenhaus, ließ mir die Wunde mit drei Stichen nähen und stand kurz nach 21 Uhr auf dem Parkplatz vor der Kanzlei. Als ich das mir bekannte weiße Auto sah, krampfte sich mein Herz zusammen. Würde sie da sein?

Kapitel 27

NICOLE

Als Victor hereinkam und unwiderstehlich aussah in seinem schwarzen Anzug und der blauen Krawatte, hatte ich bereits drei Gläser Champagner intus. Er kam allein. Ich freute mich, aber nur kurz, bis ich den Verband auf seinem Gesicht sah. Wie mechanisch zog es mich zu ihm hin, ich blieb nur deshalb stehen, weil mir einfiel, dass ich ja Abstand wahren sollte. Ich war wütend auf mich, meinen Dad, die Medien, auf Victor. Mein Zustand war von traurig und verständnisvoll zu wütend und verwirrt übergegangen; nun fühlte ich mich wie ein tollwütiger Hund an der Leine, der den Postboten angreifen will. Ich hasste das. Hasste ihn dafür, dass ich mich so schrecklich nach ihm sehnte. Hasste mich dafür, dass ich mich in diese Situation gebracht hatte. Hasste die Regeln, wegen deren wir nicht zusammen sein konnten.

„Ich habe dir ein Horsd'œuvre geholt", sagte Brent, als er zurückkam. Er sah fantastisch aus in Anzug und Krawatte, besonders im Vergleich zu den Shorts, in denen ich ihn sonst immer sah, aber er war einfach nicht Victor. Ich hatte ihn als Begleitung mitgebracht, weil ich leider niemand anderen hatte außer Marcus, von dem ja jeder wusste, dass er mein Bodyguard war. Er würde niemals als mein Freund durchgehen. Na ja, bei meinem Verschleiß vielleicht doch, aber das wäre für uns beide peinlich. Brent hielt mir den Tomate-Mozzarella-Spieß hin und führte ihn an meinem Mund. Gehorsam aß ich und bedankte mich bei ihm.

Als ich wieder aufsah, sah Victor genau zu mir hin, und mir blieb die Luft weg. Ich wollte wegsehen, aber es ging nicht, sein Blick hielt mich gefangen, bis ich Brents Finger an meinem Mundwinkel spürte und zusammenzuckte. Mein Blick schnellte zu Brent.

„Du hast da etwas Olivenöl", sagte er und wischte es mir weg.

Ich brachte kein Wort heraus, während ich sah, dass Victor mit zusammengekniffenen Augen und zusammengebissenen Zähnen auf uns zukam. Mir rutschte das Herz in die Hose, und als er direkt vor mir stand, konnte ich für mehrere Sekunden nur schlucken und ihn ansehen.

„Hallo. Herzlichen Glückwunsch", sagte ich schließlich.

„Danke." Mehr sagte er nicht, sondern sah zu Brent. „Ich glaube, wir kennen uns noch nicht. Ich bin Victor Reuben. Nicoles Anwalt." Er sagte das so, als könne er dieses Vorstellen nicht ausstehen, und mein Herz klopfte wie wild.

„Brent Thomas. Freut mich."

Sie gaben sich die Hand, ich starrte bloß Victors Gesicht an und fragte mich, was wohl jetzt käme.

„Bevor ich gehe, muss ich mit dir reden", sagte Victor leise zu mir. „Allein. In meinem Büro."

Ich hatte das Gefühl, jeder in diesem Raum wusste, wie das gemeint war, jeder hörte das Versprechen in seiner Aussage und spürte das Knistern zwischen uns. Sein Blick wanderte langsam über meinen Körper, als wäre gar nichts dabei und als würden uns nicht wenigstens zwanzig Augenpaare beobachten. Während wir noch so standen, kam eine große Blondine auf uns zu. Ich lächelte sie an, weil ich dachte, sie wäre die Ehefrau irgendeines Gastes, doch dann legte sie ihre rotlackierten Nägel auf Victors Wange, und mein Lächeln gefror.

Bei meinem Gesichtsausdruck kräuselten sich Victors Lippen, und mir wurde bewusst, dass wir miteinander spielten. Ein blödes, nerviges, kindisches Spiel, bei dem ich nicht mitspielen wollte. Mein Leben war so schon ein doofes Spiel mit all der Presse und mit Gabriel. Das musste ich nicht auch noch in diesem Teil davon haben. *Warum zum Teufel tat er mir das an?* Wie sehr ich all die Spiele gehasst hatte, die ich mit Gabe durchgemacht hatte.

„Tut es weh?", fragte die Blondine. Ihre Stimme klang, als würde man mit Fingernägeln über eine Tafel kratzen, aber ich wusste, dass nur ich das so empfand.

„Geht schon", sagte er. Am liebsten hätte ich ihm eine geknallt, weil er ihrer Berührung nicht auswich.

„Ich fasse es nicht, dass du mich nicht hast fahren lassen", meinte sie.

„Ich lasse niemanden mein Auto fahren", antwortete er. Ich versteckte mein Grinsen, indem ich einen Schluck Champagner nahm.

„Das kann ich gut verstehen", sagte Brent neben mir. „Es muss schon eine besondere Frau sein, der ich das erlaube."

„Sehe ich auch so. Mein Auto darf nur Marcus fahren", mischte ich mich ein.

Marcus, den ich würde anrufen müssen, damit er mit einem Taxi kam und mich und mein Auto hier abholte und nach Hause fuhr. Falls ich mir nicht direkt selbst ein Taxi bestellte. Brent lachte und legte seinen Arm um mich. So wie Victor ihn ansah, fehlte nicht mehr viel, und es wären Laserstrahlen aus seinen Augen geschossen. Vielleicht würde dieses Spiel doch noch ganz spaßig werden.

„Vielleicht habe ich ja heute Abend Glück", meinte Brent und stieß mit seinem Wasserglas an meine fast leere Sektflöte an. Skeptisch sah ich auf unsere Gläser.

„Vielleicht."

„Hat mich gefreut", sagte Brent zu Victor. „Glückwunsch. Nicky, willst du mich nicht deinem Vater vorstellen?"

„Na klar", sagte ich und schaute Victors Begleitung an, die er immer noch nicht vorgestellt hatte. Aber da sie mich anlächelte, fühlte ich mich gezwungen zurückzulächeln, als ich ging. Mein Blick fiel noch einmal auf Victor. „Wir sehen uns."

Während ich Brent meinem Vater vorstellte, sah ich auf mein Handy und ging etwas beiseite, um mir Chrissys Nachricht durchzulesen.

CC: Hast du das gesehen?!?!

Ich öffnete die Nachricht und klickte auf den Link. Mir drehte sich direkt der Magen um, als auf meinem Handy Fotos von Victor und der Blondine erschienen. Sie hielten Händchen, lachten, küssten sich und taten sehr vertraut. Heute. Erst wurden meine Ohren heiß, dann mein ganzer Körper. Ich hatte Brent ein paarmal vor dem Haus getroffen, mehr nicht. Einfach nur so. Wir hatten uns nie geküsst. Er hatte es versucht, aber ich hatte abgeblockt und gesagt, ich wäre in Gedanken bei einem anderen, was auch stimmte. Ich war damit beschäftigt gewesen, an Victor zu denken, doch dieser Idiot hatte anscheinend allzu sehr damit zu tun, sein Spiel gut zu spielen.

Falls das überhaupt gespielt war.

Ich sah in seine Richtung, und dort stand er und hielt mit seiner Blondine Händchen.

Er. Hielt. Mit. Dieser. Blondine. Händchen.

Ich starrte ihn an in der Hoffnung, sein Kopf würde explodieren und danach ihrer. Eine Kellnerin kam mit noch mehr Champagner vorbei. Ich stellte mein leeres Glas ab und nahm ein neues.

„Das wievielte ist das? Das vierte?", fragte Brent, der sich wieder zu mir gesellte. Ich war zu sauer, als dass ich hätte lächeln können, also nickte ich nur und trank. „Ich glaube, heute Abend könnte ich wirklich Glück haben, aber ich werde es nicht ausnutzen."

Wieder sah ich zu Victor, der mir seinen breiten Rücken zukehrte, eine Hand auf der Schulter der Blondine. In diesem Moment zerbrach etwas in mir. Ich atmete tief durch, ging in den schwach beleuchteten Flur und zog Brent an der Krawatte hinter mir her. Das Letzte, was ich sah, bevor mein Mund auf seinem landete, war sein verwirrter Blick. Zum Glück machte sich das nicht bei seinem Kuss bemerkbar. Ich hielt seine Krawatte etwas fester und hoffte, er würde seine Manieren mal einen Moment vergessen und mich küssen. So, wie ich es brauchte, aber er war vorsichtig, nett, seine Lippen weich und seine Zunge sanft. Ich löste mich aus diesem Kuss, er stellte sich wieder gerade hin, mit breitem Grinsen und strahlenden Augen.

„Das kam aber … überraschend."

Ich lächelte, versuchte, etwas Erregung herbeizuzaubern und nahm noch einen Schluck Champagner.

„Nicole."

Als ich Victors Stimme hörte, schnappte ich nach Luft. Brents Lächeln verschwand, als er sich umdrehte und sich den Lippenstift vom Mund wischte. Victors Blick wanderte zwischen Brent und mir hin und her.

„Störe ich gerade?", fragte er beängstigend ruhig.

„Nein, wir haben uns nur ... unterhalten", sagte Brent langsam. Er wandte sich wieder zu mir und strahlte mich an. Ich zwang mich dazu, seinem Blick nicht auszuweichen und auch noch zurückzulächeln. Scheiß auf Victor. Ich bekam das Bild von seinem Mund auf dieser Tussi nicht aus dem Kopf. Das machte mich wahnsinnig. Warum? Warum trieb mich so eine dumme Nuss in den Wahnsinn?

„Du musst noch was unterschreiben. Es dauert auch nicht lange", meinte Victor, um meine Aufmerksamkeit auf sich zu ziehen. Ich räusperte mich und ging an Brent vorbei.

„Du bringst mich noch zur Weißglut", sagte Victor gefährlich leise, als ich neben ihm ging. Ich lächelte gekünstelt, falls uns irgendjemand beobachtete.

„Ist dir andersherum schon gelungen", sagte ich und ging weiter in Richtung seines Büros. „Wo ist denn deine Freundin?"

„Geht es darum?", fragte er und schloss die Tür hinter uns. Ich atmete seinen Duft ein. Sein ganzes Büro roch nach ihm. Ich atmete wieder aus, ging zu seinem Schreibtisch, er trat hinter mich.

„Nein, ich benehme mich natürlich völlig grundlos so kindisch."

„Ich dachte, du bist nicht eifersüchtig", sagte er mit fester Stimme.

Wollte er, dass ich nicht eifersüchtig war? Ich sah auf den Schreibtisch zwischen uns, weil ich nicht ihn ansehen wollte. „Das Gleiche dachte ich von dir auch."

Er lachte spöttisch, und bei diesem Geräusch hob ich den Kopf. Wir sahen einander an. Mein Blick hielt seinem stand. Forderte ihn heraus, mich mit Brent nach Hause gehen zu lassen. Sein Blick schien das Gleiche zu sagen. Oder so. Ich wusste gar nichts mehr. Vielleicht hatte ich zu viel getrunken, doch ich wusste, dass kein Alkohol der Welt das Feuer in mir eindämmen konnte. Ich verzehrte mich nach seiner Berührung, seinem Kuss, nach *ihm*. Plötzlich schlug er auf den Tisch, und ich fuhr zusammen.

„Offensichtlich lagst du falsch", grummelte er, räusperte sich und schob mir zwei Blätter über den Tisch.

Ich stand mit offenem Mund da. Ich konnte nichts sagen. Ergriff nur die Zettel, sah ihn an, obwohl ich seine Worte gar nicht richtig verstanden hatte.

„Auf dem einen stehen noch mal alle Forderungen, das andere ist die Zustimmung, dass du mit Gabriel zu diesem Roten-Teppich-Ding gehst."

Ich legte meine linke Hand auf die Blätter und griff mit der rechten nach dem Stift, den er mir hinhielt. Er hielt ihn so lange fest, bis ich seinen Blick erwiderte. Unsere Gesichter waren sich nah. So nah. Zu nah. Mein Herz klopfte.

„Nic, geh nicht", sagte er so zärtlich, dass ich den Kloß in meinem Hals herunterschlucken musste.

„Ich habe die Fotos von dir und der Blondine gesehen", sagte ich und fuhr mir mit der Zunge über die Lippen. Sein

Blick fiel sofort auf meinen Mund, bevor er mir wieder in die Augen sah.

„Nicole." Seufzend strich er sich durch die Haare. „Du weißt, warum ich mit ihr hier bin."

„Wegen der Presse? Damit keiner denkt, wir wären zusammen? Damit keiner mehr an die Fotos denkt?", zählte ich auf, und mit jedem Wort wurde ich lauter. „Hast du vergessen, dass ich mit einem Promi verheiratet war?"

Er machte ein verbissenes Gesicht. Ich sah auf sein Pflaster. „Wie könnte ich das vergessen? Ich werde ja stets und ständig daran erinnert. Du bist nicht die Einzige, die von Paparazzi verfolgt wird."

„Ach, tut mir leid, dass dein Leben meinetwegen so kompliziert geworden ist", fauchte ich, riss ihm den Stift aus der Hand und unterschrieb beide Papiere. Dann legte ich ihn wieder hin und funkelte Victor an. „War's das?"

Wir standen beide auf, die Blicke ineinander verschränkt. Ich wusste, er wollte gern etwas sagen, aber er würde es nicht tun, und ich hatte die Schnauze voll. Trotz dieses dämlichen Zettels, den ich gerade unterschrieben hatte, hatte ich genug von Männern, die so taten, als müsse *ich* mich um ihre Bedürfnisse kümmern. Ich hatte kein Problem damit, jemandem entgegenzukommen, wenn er sich auch erkenntlich zeigte, aber nicht jemandem, der das nicht tat.

Er ging um den Schreibtisch herum und blieb vor mir stehen. Ich trat einen Schritt zurück, hielt ihn aber nicht davon ab, meine Handgelenke festzuhalten und mich zu küssen. Ich versank in diesem Augenblick, unsere Lippen aufeinander, unsere Herzen aneinander. Es war ein bedachter Kuss, kein hektischer, aber er entzündete Funken, die bei Brent nicht da gewesen waren. Victors Lippen passten so perfekt auf meine. Sie machten mich verrückt. Obwohl sie das nicht sollten. Nicht durften. *Wir* durften das nicht tun. Bei dieser Erkenntnis löste ich mich aus dem Kuss.

„Geh nicht zu dieser Premiere", sagte er und atmete schwer an meinen Lippen.

„Sagst du mir das als mein Anwalt?"

Er ging einen Schritt zurück, fuhr mir mit den Fingern durch die Haare und sah weg. Mir wurde schwer ums Herz, als ich seinem Blick folgte, vom Boden zum großen Fenster. In der Dunkelheit konnten wir das Meer nicht sehen, doch das Rauschen der Wellen war beruhigend.

„Nein", sagte er schließlich leise.

Erneut trafen sich unsere Blicke. „Bleibst du bei der Blondine?"

„Ich bin nicht mit ihr *zusammen*."

Ich rollte mit den Augen, nahm mein Handy und zeigte ihm das Bild, das Chrissy mir geschickt hatte. Er würde sicher verstehen, wie sehr mich dieser Anblick getroffen hatte. „Deine Zunge in ihrem Hals sagt da aber was anderes."

„Herrje, Nicole. Das ist doch nur ein Foto. Fotos lügen mehr, als dass sie die Wahrheit erzählen. Das solltest du doch am besten wissen."

„Ich kann nicht vergessen, was ich gesehen habe."

Er musste lachen und murmelte: „Das sagt ja die Richtige."

„Was soll das heißen?", fragte ich, obwohl mir klar war, dass er auf die Fotos von mir und Gabe anspielte. „Die sind *vor* unserer Zeit entstanden!"

„Und die da sind *wegen* uns entstanden“, rief er und zeigte auf die Tür.

Ich wusste, dass er recht hatte, aber das änderte nichts. Oder doch?

„Würde es irgendetwas ändern, wenn ich nicht zur Premiere gehe? Zwischen uns?“, fragte ich ihn. Er schloss die Augen und schüttelte langsam den Kopf. Auch ich schloss die Augen, um den Schmerz im Zaum zu halten. Ich gab mich in der Öffentlichkeit nicht dem Schmerz hin. Ich schluckte ihn herunter.

„Gut. Wir sehen uns, Vic“, sagte ich leise, verließ sein Büro und ging Richtung der Toiletten. Auf dem Weg dorthin sagte ich Brent, dass ich gehen wollte. Ich wollte mich auf der Toilette kurz fangen, doch dann traf ich zufällig auf Grace, die ganz überrascht war, mich zu sehen.

„Ich dachte, du wärst schon weg“, sagte sie. „Hast du zufällig meinen Dad gesehen?“

Ich überlegte angestrengt, wann ich mit meinem Onkel gesprochen hatte. Sehr wahrscheinlich bei meinem ersten Glas Champagner. Ich hatte mit diesem und jenem geredet und Brent vorgestellt, aber ich konnte mich an nichts mehr erinnern, sobald Victor aufgetaucht war. Das schien wohl immer so zu sein, wenn er mir begegnete.

„Ich glaube, er ist gegangen.“

Sie seufzte. „Mein Freund holt mich hier ab, aber Dad kann ihn nicht ausstehen.“

„Oh. Verstehe“, sagte ich und ging in eine Kabine.

„Was denkst du über Victors Begleitung?“

Ich blinzelte, um schnell wieder nüchtern zu werden. „Nichts. Was sollte ich denn denken?“

„Corinne kann sie nicht leiden."

Ich prustete vor Lachen, spülte ab und rückte mein kurzes schwarzes Kleid zurecht. Beim Händewaschen sah ich Grace im Spiegel an.

„Corinne kann niemanden leiden, der in Victors Nähe kommt. Ich wette, auch mich nicht."

Grace lächelte. „Ich kann mir nicht vorstellen, dass es jemanden gibt, der dich nicht leiden kann."

Sie war so jung und unschuldig, womöglich hielt sie mich für den nettesten Menschen auf Erden. Ich trocknete mir die Hände ab und sah noch einmal zu ihr. „Viel Spaß heute Nacht."

„Danke. Gehst du etwa?"

„Ja. Es wird Zeit. Ich kam, sah und erregte Aufmerksamkeit." Ich zuckte mit den Achseln. „Jetzt kann ich gehen."

Als ich den Waschraum verließ, kicherte Grace. Brent wartete im Flur auf mich.

„Bist du so weit?", fragte er und bot mir seinen Arm an, den ich nahm. Instinktiv hielt ich nach Victor Ausschau. Er stand am Rand der restlichen Gesellschaft und unterhielt sich mit der Blondine. Ich legte keinen Wert darauf, mit ihm unter vier Augen zu sprechen.

„So was von. Meine Füße bringen mich um."

„Ich kann dich tragen."

Ich lächelte, sagte aber nichts. Brent war heiß. Er hatte einen unglaublichen Körper, ein tolles Lächeln, war nett, aber wenn ich Absatzschuhe trug, waren wir gleich groß. Was nicht hieß, dass er mich nicht hätte tragen können. Er würde es bestimmt schaffen. Aber ich wollte gar nicht, dass er es versuchte. Ich seufzte. Vielleicht sollte ich einfach mit ihm schlafen und schauen, ob ich dann endlich mal nicht an Victor dachte. Zum großen Nachteil für mich, war ich nicht so eine. Wenn ich mich einmal auf einen Mann eingeschossen hatte, blieb das auch so, bis alles richtig vorbei war. Nach all den Jahren, in denen ich immer wieder in Gabes Arme geflüchtet war, musste ich nach vorn schauen. Ich wollte geschätzt werden, aber ich war nicht mehr die Frau, die das dringend nötig hatte. Ich *brauchte* keinen Mann, der mein Herz im Sturm eroberte. Vielleicht sollte ich einfach mal wieder nur ein bisschen Spaß haben.

Keine Ahnung, ob Victor über mich hinweg war oder nicht. Ich wusste nur, dass er nicht danach handeln würde, was er fühlte. Ich kannte ihn gut genug, um zu wissen, dass er wieder fest entschlossen war. Vielleicht weil er zum Partner ernannt worden war. Vielleicht weil ich ihm gegeben hatte, was er von mir wollte. Mir das einzugestehen tat weh. Weil es für mich mehr als nur unverbindlicher Sex gewesen war. Ich hatte mich ihm hingegeben, und er wusste das noch nicht einmal. Oder vielleicht war es ihm auch egal.

Ich sah wieder zu Brent, der hier war, greifbar und nur zu bereit, mich Dinge vergessen zu lassen, die ich zwar verdrängen, nicht aber vergessen konnte …

Kapitel 28

VICTOR

An der Tatsache, dass Nicole mit diesem Kerl namens Brent nach Hause gegangen war, störte mich am meisten, dass sie gar nicht nach Hause gegangen war. Das wusste ich, weil ich zu ihr gefahren war, aber ihr Auto nicht in der Auffahrt gestanden hatte und es im Haus dunkel gewesen war. Wenn sie nicht da war, konnte das nur bedeuten, dass sie noch mit ihm unterwegs war. Die Nacht mit ihm verbrachte. Die Vorstellung machte mich wahnsinnig. Vollkommen wahnsinnig. In dem Moment, als ich vor ihrem Haus stand und der Brandung lauschte, wusste ich, dass ich für ihre Liebe alles tun würde. Das war nicht nur Verlangen. Das ging tiefer, war ernster. Wenn ich sie mir mit einem anderen Mann im Bett vorstellte, war ich vor allem wütend auf mich selbst, weil ich so ein Idiot war. Weil ich nicht früher die Augen aufgemacht hatte. Den Fall nicht jemand anderem übertragen hatte. Nicht erkannt hatte, was für eine Frau ich da vor mir hatte, die nun wahrscheinlich für mich verloren war. Nein, das stimmte nicht, sie war noch nicht verloren. Noch nicht. Es war noch schlimmer, denn ich musste sie jetzt mit jemandem teilen. Und ich wollte sie nicht teilen. Niemals.

Kapitel 29

NICOLE

„Ja, Dad“, sagte ich zum zehnten Mal. Ich würde ganz sicher so schnell wie möglich nach Hause gehen. Ich war eine Woche länger geblieben als geplant, denn als ich am Tag nach der Feier in der Kanzlei shoppen gehen wollte, war mein Haus von Paparazzi umzingelt gewesen, und ich hielt das einfach nicht mehr aus. Warum interessierten sie sich noch immer für mich? Während der Woche, die ich bei meinem Vater verbracht hatte, war ich den Kameras entkommen, bis auf den Tag, als ich mit Gabe bei der Premiere war und er mich fragte, ob ich mit ihm nach Argentinien fliegen wollte. „Um deine Mutter zu besuchen“, hatte er gesagt. „Ich bezahle natürlich die Flüge. Das ist das Mindeste.“ Ich hatte zugesagt. Es war wirklich das Mindeste, was er tun konnte, und ich sehnte mich so danach, meine Mutter mal wieder zu sehen.

„Ich möchte nur, dass du dort unten auf dich aufpasst. Übernachtest du bei deiner Mutter?“, fragte mich Dad. Er wusste, dass ich das tun würde. In Argentinien übernachtete ich nie woanders. Dennoch antwortete ich. „Gut“, er klang erleichtert. „Wann holt dich Gabriel ab?“

„Um vier. Zu so einer unchristlichen Uhrzeit musst du nicht mit aufstehen“, sagte ich.

„Und du bist dir sicher, dass mit Gabriel nichts mehr laufen wird?“

„Ja, Dad. Das ist vorbei.“

Ich hatte Gabriel erklärt, dass ich mit ihm fliegen, nicht aber mit zu seinen Presseterminen gehen würde. Das schien für ihn okay zu sein. Gabriel war auf jeden Fall respektvoll im Umgang mit mir. Zum Glück, denn trotz der Vereinbarung hatte ich unser Erlebnis im Eiscafé nicht vergessen und auch nicht, was diese Frau alles enthüllt hatte. Aber deswegen würde ich mir doch keinen kostenlosen Besuch bei meiner Mutter entgehen lassen.

„Gut, mein Liebling. Schlaf gut und ruf an, wenn du gelandet bist“, bat mich Dad.

„Mache ich.“

Ich umarmte ihn und ging ins Gästehaus, um die letzten Sachen zu packen. Schlafen konnte ich sowieso nicht, also surfte ich im Internet und ging die Klatschseiten durch, weil ich wissen wollte, was gerade über mich geschrieben wurde. Seit Victors Beförderung hatte ich mich rar gemacht, also gab es eigentlich kaum etwas zu schreiben, es sei denn, Darryl hatte die Presse mit Fotos von Gabe und mir versorgt. Eines Tages würde ich gar keine Nachrichten mehr über mich lesen, keine Kamera würde mehr hinter mir her sein. Eines nicht mehr allzu fernen Tages. Ich musste nur noch ein einziges Mal den Presserummel über mich ergehen lassen.

Um drei stand ich auf und machte mich fertig. Gabriel hielt in dem Moment vor dem Tor, als ich meinen Koffer vor das Haus schleppte. Er öffnete den Kofferraum seines Cadillac Escalade und kam lächelnd auf mich zu. Er sah aus wie der Mann, den ich vor vielen Jahren kennengelernt hatte, hilfsbereit und gewillt, mit mir die Welt zu erobern. Gewillt, Zeit mit *mir* zu verbringen. Er beugte sich zu mir und gab mir einen Kuss auf die Wange, während er nach meinem Koffer griff.

„Danke, dass du mitkommst", sagte er.

„Danke für die Einladung", entgegnete ich. Ich musste lachen, als ich mir ansah, was er trug, weil es meinem Outfit sehr ähnlich war. Er musterte mich von oben bis unten, meine schwarze Sweatjacke und das weiße T-Shirt und lachte auch. Ich hatte ein ärmelloses Shirt an, das ich zusammengeknotet hatte, damit es besser saß, und er hatte ein normales weißes T-Shirt an. Wir hatten beide die gleichen schwarzen Nike-Jacken an. Gabe lachte.

„Zwei Dumme, oder?"

„Ganz genau."

Auf dem Weg zum Flughafen gähnten wir immer wieder, irgendwann schlief ich sogar kurz ein, mit meinem Kopf auf seiner Schulter. Als er sich bewegte, schreckte ich auf, Blitzlicht blendete mich.

„Scheiße", sagte ich, rieb mir die Augen und brachte meine Haare wieder in Ordnung. „Warum sind die denn so früh wach?"

Gabe stöhnte. „Keine Ahnung, aber Darryl hat denen bestimmt nicht Bescheid gesagt."

„Wo ist dieser Arsch überhaupt?"

„In Argentinien", war seine Antwort.

„Oh. Na toll."

Gabe lachte, sagte aber nichts. Als wir ausstiegen, die Sicherheitsleute im Schlepptau, wurden wir gleich von den Paparazzi umringt. Sie legten sofort mit ihren üblichen Fragen los, die wir ignorierten, beide mit gesenktem Kopf. In dem Moment, als wir das Gebäude betraten, zog mich Gabe an sich heran, und ich war dankbar für dieses bisschen Geborgenheit.

Dieser Moment dauerte genau zwei Sekunden. Sobald die Türen geschlossen und die Kameras hinter uns ausgesperrt waren, löste ich mich von ihm und wartete, dass er mir mein Ticket gab. Ich war überrascht, dass sein Manager uns nicht begleitete, und genau das sagte ich ihm auch auf der Rolltreppe. Während des Fluges schliefen wir beide und ließen uns nicht einmal vom vorbeigebrachten Essen stören. Als wir gelandet waren, kamen wir fast um vor Hunger. Meine Mutter hatte mir angeboten, das Essen schon fertig zu haben, und irgendwie fühlte ich mich genötigt, ihn auch einzuladen, wobei ich hoffte, dass er ablehnen würde. Tat er aber nicht.

„Ich denke, ich bin es ihr schuldig, noch einmal vorbeizukommen, bevor …“ Er brachte den Satz nicht zu Ende. Bevor wir geschieden sind, tippte ich. Bevor er sie nie wieder sah, nahm ich an. Es war mir nicht wichtig genug, um nachzufragen, und es war mir egal, ob er mitkam. „Weißt du, ich war noch nie ohne dich auf dem roten Teppich“, sagte er, als wir an der Sicherheitskontrolle warteten, um danach zum Wagen zu gehen.

Auch in Argentinien waren die Paparazzi nicht verschwunden. Sobald sie von uns Wind bekommen hatten, waren sie unerbittlich. Ich war mir sicher, dass Darryl daran nicht unschuldig war.

„Na ja, du hast ja auch viele andere Dinge ohne mich gemacht“, konterte ich und warf ihm einen Blick zu. Er zuckte zusammen.

„Das tut mir leid."

„Hör auf, dich zu entschuldigen. Es ist okay." Ich hielt inne. „Es ist nicht okay, aber es ist vorbei, und ich habe damit abgeschlossen. Ich bin nur froh, dass die Premiere in L. A. vorbei ist."

„Es tut mir wirklich leid, Nic. Ich fühle mich …" Er seufzte. „Das war etwas Besonderes zwischen uns. In meinem Leben warst du das einzig Normale. Und ich habe es vermasselt."

„Hast du definitiv. Vielleicht auch wir beide", sagte ich.

Er schüttelte den Kopf. „Es war alles meine Schuld."

„Aber vielleicht hattest du recht. Ich konnte einfach nicht bleiben, als es schwierig wurde. Das nehme ich auf meine Kappe."

„Es wurde meinetwegen schwierig", sagte er. „Mich hat das alles", sagte er und wedelte mit seinen Händen herum, „verändert. Ich habe zugelassen, dass es mich verändert. Jetzt erkenne ich das. Tut mir leid, dass mir das nicht früher bewusst gewesen ist."

Ich zuckte mit den Schultern. Es war, wie es war. Und es ließ sich nicht ungeschehen machen. „Ich wünsche dir nur das Beste, das weißt du, oder?"

„Ich dir auch." Lange sagte er nichts. Wir stiegen aus dem Wagen aus und wurden zum Hauseingang eskortiert. Er legte seinen Arm um mich, um mich vor den übereifrigen Kameras abzuschirmen, die mir fast ins Gesicht gehalten wurden. Als wir an der Haustür meiner Mutter ankamen, seufzte er und drehte sich zu mir um. „Ich wollte dich unbedingt noch etwas fragen. Läuft da wirklich was zwischen dir und deinem Anwalt?"

Mir blieb der Mund offen stehen. „Ich tue mal so, als hättest du mich das jetzt nicht gefragt."

Bevor er noch mehr sagen konnte, öffnete meine Mutter die Tür, und als ich sie sah, überströmte mich eine unglaubliche Erleichterung. Uns wurde immer wieder gesagt, wir sähen eher wie Zwillinge aus als wie Mutter und Tochter. Als ich jung war, hatte ich das gar nicht gut gefunden, weil mich die Jungs in der Schule damit aufzogen, dass sie auch gern meine Mutter flachlegen würden, doch heute gefiel mir dieser Vergleich. Wir hatten die gleichen Haare, dunkel und schnurgerade, wenn wir keinen Lockenstab benutzten, das Volumen ging immer schnell verloren. Wir hatten die gleichen blauen Augen und die gleichen Kurven. Sie war etwas fülliger als ich, sah für ihr Alter aber immer noch unglaublich gut aus.

„Hija", sagte sie und umarmte mich schwungvoll. Ich drückte sie so fest an mich, als wollte ich ihr das Rückgrat brechen. Sie trat einen Schritt zurück, nahm mein Gesicht in die Hände und sah mich an. „Te ves cansada", sagte sie. Ich sähe müde aus.

„Ich bin auch müde. Ich bin nachts um drei aufgestanden und zwölf Stunden geflogen", erklärte ich und trat zur Seite, damit sie Gabe begrüßen konnte.

Sie umarmten sich, als wäre die Scheidung nicht fast durch. Aber so war meine Mom eben. Nachsichtig, fürsorglich und immer bereit, Menschen eine zweite Chance zu gewähren, bis sie es so richtig verbockten und dann auf der schwarzen Liste standen. Aber bei Gabe war es anders. Sie hatte das Gefühl, dabei gewesen zu sein, als er richtig erwachsen geworden war, und er tat ihr leid. Ich hatte ihr allerdings auch nicht gesagt, mit wie vielen Frauen genau er mich betrogen hatte.

Wir saßen am Esstisch und unterhielten uns, während der Koch und die Angestellten uns bedienten. Ich spürte, wie ich mich entspannte. Und dann entdeckte ich die Fotos von Victor, wie er mit einer anderen Frau aus einem Klub kam. Sie machten mich stinksauer. Andererseits war ich jetzt wirklich froh, dass ich mit Gabe zu dieser Premiere gekommen und nicht zu Hause in L. A. geblieben war, wo mir diese Bilder die ganze Zeit vor die Nase gehalten worden wären. Ich sollte nicht immer nach Dingen Ausschau halten, die ich nicht sehen wollte. Damit rammte ich mir das Messer nur noch tiefer ins Herz, und das ertrug ich einfach nicht mehr. Den Schmerz versteckte ich hinter einem strahlenden Lächeln. Ich kannte nur diesen Weg, damit umzugehen. Verstecken. Aber innerlich weinte ich. Mein Herz war ein kleines Stückchen mehr zerbrochen. Als hätte es in den letzten zwei Jahren nicht schon genug mitgemacht. Victor schien nach vorn zu sehen. Trotz des Kusses in seinem Büro – unserem letzten Kuss – lebte er sein Leben weiter.

Zum Glück würde ich die kommende Woche mit meiner Mutter verbringen und nicht mit Gabe in der Öffentlichkeit. Mit diesem Leben hatte ich endlich abgeschlossen. Aber das hieß nicht, dass es mir nicht naheging, wenn Victor mir dann doch eine Textnachricht schickte. Dieses Spiel kannte ich bereits. Ich wusste, dass er es so aussehen lassen wollte, als hätte er nie etwas mit mir gehabt, aber diese Fotos taten weh. Sein Lächeln. Ihn zu sehen, wie er die Blondine mit seinem Arm vor den Kameras abzuschirmen versuchte. Es tat weh, und ich konnte einfach nicht mit ihm reden. Ich würde nicht mit ihm reden. Erst wenn er so weit wäre, wirklich mit mir zusammen sein zu wollen. Erst wenn das alles vorbei wäre. Ich hatte etwas Besseres verdient, als nur das schmutzige, kleine Geheimnis zu sein. Ich sollte die Nummer eins sein.

Kapitel 30

VICTOR

„Sieh dir das mal an", sagte Estelle.

Während wir uns das Spiel der Golden States anguckten, scrollte sie durch ihr Handy und zeigte Mia auf TMZ den neuesten Klatsch über Gabriel und Nicole. Merkte sie denn nicht, wie nah mir das ging? Begriff sie nicht, wie wütend mich die ganze Sache machte? Zum Glück hatte ich Greyson auf dem Arm, und man kann nur schwer wütend sein, wenn man so ein kleines, unschuldiges Ding auf dem Arm hält. Ich sah auf ihn herab und lächelte.

„Frauen sind ätzend, Grey. Wenn du älter bist, wirst du immer nur hören, wie ätzend Männer sind und wie schlimm, aber vergiss nicht, dass Frauen uns dazu bringen, so zu sein. Sie treiben uns in den Wahnsinn, bringen uns dazu, sie zu wollen, und dann versauen sie alles", erklärte ich ihm in einem Singsang, als erzählte ich ihm etwas ganz Wunderbares und drückte ihm sanft einen Kuss auf die Stirn. Er roch so verdammt gut.

„Was erzählst du meinem Kind da?", wollte Mia wissen. Ich hob den Kopf und schaute sie an.

„Nichts. Männergespräche."

Sie warf mir einen missfallenden Blick zu. „Ich will nicht, dass ihr Männergespräche führt."

„Warum nicht?"

„Du hast einen schlechten Einfluss."

„Wie bitte?" Ich runzelte die Stirn und rückte Grey in meinem Arm zurecht. „Ich habe keinen schlechten Einfluss."

„Immer wenn ich hier nachsehe", sagte sie und wedelte mit ihrem Handy, „hast du eine andere Frau an deiner Seite. Bist du nicht eigentlich mit Nicole zusammen?"

Ich stöhnte. „Ich bin mit keiner dieser Frauen *zusammen*."

„Viel Erfolg, wenn du versuchst, das Nicole weiszumachen", sagte Estelle.

„Das stört sie nicht. Siehst du dir nicht auch die Fotos von ihr und Gabriel an, auf denen es aussieht, als wären sie wieder zusammen und auf direktem Weg zum Standesamt?", fragte ich. Es war mir egal, wie angepisst ich klang. In meinen Armen meckerte Greyson, und ich schob ihm den Schnuller in den Mund.

„Geht das denn?", japste Mia. „Das wär ja ein Ding!"

„Das kannst du laut sagen", entgegnete ich. Allein der Gedanke machte mich fertig.

„Trägt sie da etwa ... einen Verlobungsring?", fragte Estelle langsam, leise, beinahe flüsternd.

Ich ging zu ihr und reichte Grey an Mia zurück, wobei ich einen Blick auf das Foto werfen konnte, das sie sich ansahen. Mia nahm ihren Sohn und ich ihr Handy. Ein Video von Nicole und Gabriel. Ich klickte darauf und hielt das Display näher an mein Gesicht. Sie gingen über einen Markt, und sie lächelte ihn an. Sein Arm lag lässig auf ihrer Schulter. Am Ende des Videos sah man ihre Hand in Großaufnahme und die Stimme aus dem Off erwähnte den Ring. Aber Nicole trug oft Ringe. Armbänder, Ringe und Ketten in allen möglichen Längen.

„Sie trägt oft Ringe“, sagte ich. Ich wusste, dass das nicht ihr Verlobungsring war, denn der war größer. Doch es tat nicht weniger weh, das Ding an ihrem Finger zu sehen.

„Lass mich mal schauen“, sagte Jensen und griff nach dem Handy. „Aber an dem Finger?“

Ich bemühte mich, gleichgültig zu wirken, doch der Kloß in meinem Hals sprach Bände. Ich sah zum Fernseher, damit ich ihre mitleidigen Blicke nicht ertragen musste. Ich hätte auch direkt hier im Wohnzimmer zusammenbrechen können. Als ich Nicole gesagt hatte, dass sie mir gehörte, hatte ich das auch so gemeint. Ich ertrug die Vorstellung nicht, dass Nicole irgendwie mit irgendwem zusammen war, erst recht nicht, wenn es so ernst aussah. Daran zu denken, tat mir körperlich weh.

„Wann gestehst du dir endlich ein, dass du sie liebst?“, fragte Estelle unvermittelt.

Ihre Worte trafen mich wie ein großer Felsbrocken an der Brust. *Liebe.* Als sie einmal in meinen Armen gelegen hatte, hatte ich ihr gesagt, dass ich glaubte, dabei zu sein, mich in sie zu verlieben. Auch die Zeit ohne sie hatte nichts an meinen Gefühlen geändert. Gar nichts. Eher noch machte es mir klar, wie sehr sie mir fehlte. Keine abendlichen Gespräche über unseren Tag. Keine witzigen Unterhaltungen. Keine Küsse. Kein Sex. Kein … Licht. Keine Nicole. Verdammt. Und ich sah ein, dass Estelle recht hatte. Wie hatte das passieren können? Es gab keinen Zweifel. Abstreiten war zwecklos. Ich liebte sie, und ich konnte nichts dagegen tun. Ich hatte es in dem Hotelzimmer gewusst. Vielleicht sogar schon vorher. Wer weiß? Liebe war seltsam. Aber je länger wir uns nicht sahen, je länger sie in Argentinien war, desto deutlicher wurde mir, dass ich sie verloren hatte. Wahrscheinlich für immer. Vielleicht sollte ich der Tatsache ins Auge sehen, dass ich die eine Frau hatte gehen lassen, mit der ich den Rest meines Lebens zusammen sein wollte.

„Ich …", begann ich, sagte dann aber nichts.

„Kumpel. Sie hat recht", meinte Oliver.

Ich schloss die Augen, doch das half nichts, denn vor mir sah ich nur Nicole, die mich anlächelte, die über mich lachte, deren blaue Augen strahlten, wenn sie mich erblickte. Und verdammt, für all das liebte ich sie. Ich liebte es, wie sie versuchte, ihre Gefühle vor der Welt zu verbergen, mir aber einen Einblick gewährte. Ich liebte es, wie sie mich alles sehen ließ, völlig ungefiltert. Meine Schwester hatte recht. Ich liebte sie.

„Gibst du es zu?", fragte mich Jensen grinsend. Ich öffnete die Augen, sah mich im Raum um, sah zu ihm, zu Mia, Oliver, Estelle und schließlich zu dem kleinen Greyson.

„Ich … ist doch egal. Ich kann nicht … es ist egal, was ich fühle", stammelte ich.

„Ach du Scheiße. Victor stottert und ihm fehlen die Worte. Das ist ja ein Ding", sagte Mia.

„Ich habe sie verloren", sagte ich leise. „Die eine Frau, bei der ich es ausgehalten habe, wenn sie beim Essen Geräusche von sie gab und emotional wurde … und ich habe sie verloren." *Schon wieder*, hätte ich gern ergänzt.

„Noch hast du sie nicht verloren", sagte Estelle lächelnd.

Ach, wie ich meine Schwester liebte. Die meiste Zeit nervte sie ohne Ende, aber wenn ich es nötig hatte, baute sie mich auf. Noch hatte ich Nicole nicht verloren … das änderte aber nichts an der Tatsache, dass sie gerade mit ihrem Ex in einem anderen Land war. Ich entschloss mich, sie anzurufen. Was hätte ich sonst tun sollen? Doch es ging sofort die Mailbox dran. Beim ersten Mal. Beim zweiten Mal. Beim dritten Mal. Schließlich schickte ich ihr eine kurze Textnachricht, nur drei Wörter, die hoffentlich ankommen würden. Zum Glück hatten meine Freunde mich nicht dazu gedrängt, noch mehr zu tun, denn mehr hätte ich auch nicht tun können. Ich wollte um sie kämpfen, wusste aber nicht, wie. Bislang hatte ich nur für meine Karriere kämpfen müssen. Mein Liebesleben hatte sich immer von selbst geregelt. So ein Mist.

Im Laufe der Woche wurde ich im Büro ungenießbar. Corinne zuckte jedes Mal zusammen, wenn sie hereinkam, um mir Unterlagen zu bringen, aber das konnte ich ihr nicht übel nehmen. Ich hatte die Schnauze voll von ihr, von William, Grace, Bobby und jedem, der mir über den Weg lief. Als es wieder an meine Tür klopfte, motzte ich laut: „Was?“

Bobby.

„Ist dir die Beförderung zu Kopf gestiegen?“, fragte er beim Hereinkommen.

Ich seufzte, legte den Stift weg und massierte mir die Schläfen. Als ich mich beruhigt hatte, hörte ich mit Massieren auf und sah ihn an.

„Was gibt’s?“

Er sah mich fragend an. „Willst du darüber reden?“

„Nein“, sagte ich und atmete hörbar aus. Das war das Letzte, was ich wollte. Erst war ich sauer auf mich gewesen, dass ich sie hatte gehen lassen, jetzt war ich sauer, dass sie immer noch mit ihm unterwegs war. *Mit ihm.* Dem Mann, der sie wie Dreck behandelt, sie betrogen und sich in der Öffentlichkeit mit anderen Frauen gezeigt hatte; nicht zu vergessen die Sache im Eiscafé ... ich ... ich verstand das einfach nicht. Wieso?

„Okay. Wollen wir uns das Spiel ansehen und was trinken? Vielleicht hilft dir das, dein Leben wieder in den Griff zu kriegen."

„Mir geht's gut", grummelte ich. „Ich hab alles im Griff."

„Kumpel. Jeder hier im Büro hat schon Angst, dich überhaupt anzusprechen. Seit einer Woche bist du so. Glaubst du ernsthaft, uns fällt nicht auf, dass du irgendwas hast?"

Ich ballte die Hände zu Fäusten. Um nicht auszuflippen, biss ich die Zähne zusammen. Als sich mein Herz verkrampfte und ich daran dachte, wie mein Vater vor ein paar Jahren einen Herzinfarkt als Warnschuss gehabt hatte, wusste ich, dass ich so nicht weitermachen konnte.

„Ich muss mit Will sprechen", sagte ich, stand auf und ging zu dessen Büro. Ich klopfte zweimal und wollte gerade das dritte Mal anklopfen, als er mich hereinrief. Er saß mit geschlossenen Augen am Schreibtisch, das Licht war gedimmt, und er hörte einen von diesen Entspannungs-Podcasts, die es ihm in letzter Zeit angetan hatten. Er hatte mir sogar mal einen Link dazu geschickt. Die E-Mail hatte ich direkt gelöscht.

„Hey. Was kann ich für dich tun?", fragte er mich, setzte sich aufrecht hin und drückte auf sein Handy, damit diese Zen-Tante die Klappe hielt.

Ich atmete tief durch und setzte mich ihm gegenüber. Dieser Mann hatte mir bereits zweimal die Chance meines Lebens gegeben. Einmal als ich mich bei ihm als Scheidungsanwalt beworben hatte und er mich fragte, warum ich glaubte, gut in diese Kanzlei zu passen. Das zweite Mal als er mich zum Partner ernannt hat. Zum *Partner*. Mein Name war gerade erst an die Hauswand gepinselt worden. Alessi, Cohen und Reuben, Rechtsanwälte. Ich schämte mich nicht, dass meine Augen bei diesem Anblick feucht geworden waren. Und jetzt saß ich hier, kurz davor, alles hinzuschmeißen. Oder genauer gesagt dafür zu sorgen, dass er mich genau dazu zwang, wenn er mir mitteilte, dass ich die Kanzlei verlassen müsste. Dann würde ich das tun und bei einer anderen Kanzlei ganz von vorn anfangen. Allein bei dem Gedanken wurde mir schlecht, aber der Gedanke an ein Leben ohne Nicole war schier unerträglich.

„Ich liebe deine Tochter", platzte ich heraus und war selbst ganz überrascht. So hatte ich das Gespräch eigentlich nicht beginnen wollen. So wie ihm fast die Augen aus dem Kopf fielen, war das wohl auch für ihn eine Überraschung. Er räusperte sich und blinzelte.

„Wie bitte?"

„Ich liebe deine Tochter", wiederholte ich. „Ich liebe sie, weiß selbst nicht, wann das passiert ist, aber ich weiß, dass ich ihren Fall hätte abgeben sollen, als es passierte. Das war mein Fehler, und ich übernehme die volle Verantwortung dafür."

Will sagte lange nichts, starrte mich bloß an. Er würde mir gleich sicher sagen, ich solle meinen Kram zusammenpacken und abhauen. Das wusste ich, denn er sah mich genauso an wie damals Roger Petit, als er ihn vor versammelter Mannschaft gefeuert hatte.

„Weiß sie das?"

Ich schluckte, nickte, schüttelte dann den Kopf. „Nein … nicht. Ich weiß nicht. Sie sollte es eigentlich wissen. Ist ja offensichtlich."

Seine Mundwinkel zuckten. „Für wen?"

„Für alle", sagte ich achselzuckend.

Er hob den Zeigefinger, damit ich wartete, drückte auf das Telefon und sagte: „Corinne, kommen Sie bitte in mein Büro."

Ich runzelte die Stirn. Vielleicht wies er sie an, meinen Kram zu packen. Wenigstens müsste ich das dann nicht machen. Gar keine schlechte Idee. Aber sie wüsste nicht, was wohin gehörte, würde vielleicht alles durcheinanderbringen, und dann hätte ich doppelte Arbeit. Auch blöd.

„Ja, Sir", hörte ich sie hinter mir sagen. Ich drehte mich gar nicht erst um.

Sie hatte bestimmt immer noch den Senffleck auf ihrem cremefarbenen Oberteil, auf den ich dann die ganze Zeit würde starren müssen, was sie vielleicht fehldeuten und glauben würde, ich starrte auf ihre Brüste.

„Kommen Sie einen Augenblick herein", winkte er sie herein. Als sie neben mir stand, sah ich sie an und natürlich war der Senffleck noch da. „Ist Ihnen zu Ohren gekommen, dass Victor in letzter Zeit etwas … neben der Spur ist?"

Ich betrachtete ihr Gesicht im Profil. Sie wurde rot. Erst warf sie mir einen verlegenen Blick zu, dann sah sie wieder zu Will. „Sie meinen, noch mehr als sonst?"

Mir klappte die Kinnlade runter. „Was soll das denn bitte heißen?"

Sie zuckte zusammen und sagte achselzuckend: „Nur … dass es Ihnen nicht gut ging."

„Behauptet wer?“, wollte ich wissen.

„Jeder“, sagte William. „Jeder hat sich über deine Laune beschwert, seit dem Tag nach deiner Beförderung.“ Er sah zu Corinne. „Danke. Sie können jetzt gehen.“

Sie huschte davon. Ich sah der Verräterin böse hinterher.

„Das ist doch Quatsch“, meinte ich.

„Ist es nicht. Und dann kommst du zu mir und sagst, dass du glaubst, Gefühle für meine Tochter zu haben“, sagte er und sah mich mit einem Blick an, der besagte *Was soll ich denn davon halten?*

„William, ich glaube nicht, dass ich Gefühle für sie habe. Ich weiß es. Wäre ich mir nicht sicher, säße ich nicht hier. Wüsste ich nicht, dass ich sie liebe, würde ich nicht meinen Job aufs Spiel setzen.“

Wenn ich schon gefeuert oder degradiert werden würde, dann aber wenigstens mit einem Knall.

Und genau so fing mein zweistündiges Meeting mit William an, das bekannt wurde als *Die große Aussprache …*

Kapitel 31

NICOLE

„Und du hast ihn einfach gehen lassen?“, fragte ich leise, mein Herz und mein Kopf pochten im Gleichtakt.

„Ich hatte keine andere Wahl“, sagte mein Vater.

Ich schloss die Augen und ließ mich auf den Wohnzimmerboden sinken. Bonnie kam auf meinen Schoß geklettert und machte es sich zwischen meinen Beinen bequem.

„Und es hat ihn nicht gestört?“, wollte ich wissen, während ich Bonnie streichelte.

„Er hatte keine andere Wahl.“

Leider war keine Wahl wohl unsere einzige Wahl.

„Okay, Dad. Ich muss auflegen. Bis bald.“

„Tut mir leid, mein Schatz. Ich hab dich lieb.“

„Ja. Ich dich auch.“

Ich legte auf und warf das Telefon hinter mich auf das Sofa. Mir war schlecht. Er hatte es zugegeben? Vor meinem Vater. Warum um alles in der Welt? Wie konnte er nur … Ich verstand es einfach nicht. Sicherlich hatte er es meinem Dad nicht gesagt, weil er mich zurückwollte. Er hatte es ihm gesagt, weil er ihm reinen Wein einschenken wollte, was die angeblichen Gefühle für mich betraf. Weil er selbst nicht damit zurechtkam, dass es gegen die firmeninternen Regeln verstieß und mein Vater nichts davon wusste. Aber nicht meinetwegen. Nicht, weil er mich wollte.

Ich drehte mich um und nahm mein Handy, um Estelle zu schreiben, dass ich leider nicht zu ihrer Party kommen konnte. Victor hatte mir eine Textnachricht geschickt, als ich in Argentinien war. Drei kleine Worte, die mein Herz in Aufruhr versetzt hatten.

Du fehlst mir.

Ich war so geschockt, dass ich gar nicht antworten konnte, besonders nicht, weil er ja so eine Angst hatte, dass alles gespeichert wurde. Ich hatte ihn nicht angerufen, denn was ich ihm sagen wollte, konnte ich nicht am Telefon sagen.

Ein paar Sekunden später klingelte mein Handy.

Estelle.

Am liebsten wäre ich nicht rangegangen, aber das wäre ihr gegenüber unfair gewesen. Sie plante immer alles durch und hatte sich bestimmt etwas für ihre Gäste überlegt.

„Warum kommst du nicht?“, fragte sie.

„Ich …“ Ich seufzte. Ich hatte zwei Möglichkeiten: Lügen oder gleich mit der Wahrheit herausrücken. Ich war eine schlechte Lügnerin, also sagte ich eben die Wahrheit.

„Es wäre mir unangenehm, deinen Bruder zu sehen. Ich will ihn zwar sehen, aber nicht gerade auf deiner Party.“

„Um den geht’s doch nicht. Ich habe dich eingeladen, nicht euch beide zusammen. Sondern dich. Bitte komm. Ich hab schon ein Herz für dich vorbereitet.“

Ich schloss die Augen, spürte die Tränen kommen. „Ein Herz aus Glas für mich?“

Sie hatte ein Herz für *mich* gemacht, aus Glasscherben, die für gebrochene Herzen standen und für den Schmerz und wie schön uns dieses innerliche Zerbrechen macht. Warum musste sie so lieb sein? Woher wusste sie, dass ich genau so etwas jetzt dringend brauchte?

„Natürlich. Du hast doch gesagt, dass sie dir gefallen", meinte sie.

Ich schluckte. „Okay. Dann komme ich zumindest kurz vorbei."

„Juchu. Dann bis morgen. Und denk dran, Piratenparty."

„Wie könnte ich das vergessen", sagte ich lächelnd, als wir auflegten.

Ich rief Marcus an und bat ihn, mich abzuholen, nicht wegen der Presse – die hatte ich schon länger nicht gesehen –, sondern weil er immer noch angestellt war und ich nicht irgendwo parken wollte. Er kam früher als erwartet.

„Du konntest unser Wiedersehen wohl nicht abwarten." Kopfschüttelnd lächelte er mich an. „Wenn Gabriel mich nicht so gut bezahlen würde, wäre ich erst zwanzig Minuten später gekommen."

Ich drehte mich um, damit er mein Grinsen nicht sah, und schloss die Tür. „Deine Witze werden immer besser", lobte ich.

„Ich weiß nicht, ob das ein Kompliment ist, wenn es von dir kommt."

„Es ist sogar ein großes Kompliment. Ich bin die witzigste Person, die du kennst."

„Ich habe schon für Martin Lawrence gearbeitet", sagte er und ließ den Motor an.

„Aha. Jetzt gibt er also an, für wen er alles gearbeitet hat."

Achselzuckend sagte er nichts mehr, während ich ein paar Skizzen von Piratenkostümen machte, die ich bis morgen schaffen würde. Schließlich entschied ich mich, das meiste fertig zu kaufen, eine weiße Rüschenbluse und schwere schwarze Stiefel. Ich überlegte, was sich aus schwarzem Chiffon, schwarzer Spitze, schwarzem Latex, eigentlich jedem schwarzen Stoff, den ich finden konnte, machen ließ. Ich kaufte, was ich gebrauchen konnte, ging zurück zum Auto und wurde wieder nervös. Ich würde auf die Party gehen und Victor sehen, mit dem ich nach meiner Rückkehr noch nicht einmal gesprochen hatte. Ich sollte ihn anrufen. Oder schreiben? Er hatte geschrieben, also würde ich zurückschreiben. Heute Abend. Oder vielleicht sobald ich zu Hause war.

„Marcus, stell dir mal vor, du bist zu einer Party eingeladen und dort wäre auch eine Frau, mit der du … mit der du mal was hattest … würdest du in Begleitung hingehen?“

„Vielleicht. Nimmst du jemanden mit?“

Ich blinzelte. „Es geht nicht um mich.“

Marcus sah mich an. „Sondern um eine Freundin?“

Ich schürzte die Lippen. „Ich habe extra nicht Chrissy mit zum Shoppen genommen, damit wir mal Zeit haben, uns näher kennenzulernen, aber wenn du nicht willst, kann ich sie auch anrufen …“

Er machte große Augen. „Nein.“

„Sie scheint dich aber zu mögen“, sagte ich grinsend.

„Nein. Ich meinte, ich würde allein hingehen“, sagte er.

„Oh.“ Ich dachte kurz nach. „Na ja, in letzter Zeit war er mit vielen Blondinen unterwegs.“

„Du warst auch mit mehr als einem Mann unterwegs.“

„Das ist was anderes.“

Marcus zuckte die Schultern.

„Ist es. Ich hab mit niemandem rumgemacht. Brent habe ich nur geküsst, weil ich angeheitert und sauer auf Victor war. Und mit Gabriel war ich unterwegs, weil ich musste", verteidigte ich mich und sah aus dem Fenster, während Marcus schwieg. „Und ich war in Argentinien, weil ich dringend mal raus musste. Also ernsthaft, wer erzählt denn schon einem Mann, dass man Gefühle für dessen Tochter hat, nachdem man von ihm zum Partner ernannt wurde? Mit dieser Dummheit habe ich nichts zu tun. Ich habe unser Geheimnis nicht ausgeplappert."

Marcus hielt vor meinem Haus und ließ den Wagen laufen. Einige Zeit sagten wir nichts. Es war so ruhig, dennoch hörte ich nur Lärm. Das Gespräch mit meinem Vater lief wieder und wieder in meinem Kopf ab, dazwischen tauchten Bilder von Victor auf …

„Geh allein", sagte er schließlich.

„Hä?"

„Geh allein zu der Party. Ohne Begleitung. Du bist doch witzig und brauchst niemanden, um Spaß zu haben, oder?"

„Natürlich nicht", höhnte ich. „Ich brauche keine Hilfe, um Spaß zu haben." Ich wartete kurz. „Kannst du nicht mitkommen?"

Marcus lachte. „Ganz bestimmt nicht."

„Ich hab Angst", sagte ich leise.

„Das ist meistens ein gutes Zeichen."

Ich verdrehte die Augen, nahm meine Taschen und stieg aus. „Hol mich morgen bitte um acht ab."

Sobald ich zu Hause war, machte ich mich an die Arbeit. Als ich eine Pause einlegte, um Bonnie zu füttern, zog es mich zu meinem Handy. Bevor ich es mir anders überlegte, tippte ich schnell etwas. Wahrscheinlich war er sowieso unterwegs. Es war ja schließlich Freitagabend.

Du mir auch. War meine Antwort an Victor.

Schnell legte ich das Handy zur Seite, als hätte ich mir die Finger verbrannt, und ging weg, um nicht noch irgendeine Dummheit zu tun, ihn womöglich anzurufen. Ein paar Sekunden später vibrierte es.

V: *Hattest du einen schönen Urlaub?*

Ich: *Ja.*

Danach kam keine Antwort mehr, und ich war enttäuscht. Also widmete ich mich wieder meinem Kostüm und versuchte, mein Handy zu ignorieren, das ohnehin stumm blieb.

19.50 Uhr klopfte Marcus an meine Tür und riss sich zusammen, um nicht auf das zu starren, was ich anhatte.

„Ist schon in Ordnung, du darfst mich ansehen. Heiß, oder?“, meinte ich. „Oder sieht das nuttig aus? Dann ziehe ich das andere Kostüm an.“

„Du siehst gut aus.“

„Nicht nuttig?“

Er zuckte die Schultern. „Ich dachte, es kümmert dich nicht, ob du nuttig aussiehst.“

Dieser Typ. Ich schüttelte den Kopf, nahm meine Handtasche und folgte ihm zum Auto. Zum Glück waren keine Fotografen in Sicht, aber gerade, als wir losfahren wollten, klopfte es an mein Fenster, und ich erschrak. Dort stand Brent.

„Hey“, sagte ich und ließ das Fenster herunter.

„Hey. Lange nicht gesehen. Bist du wieder mit Lane zusammen?“

Ich hatte Brent wohl zu oft als Zuhörer missbraucht. Zum Glück hatte ich nie Victor erwähnt, deshalb nahm er wohl an, dass es bei meinen Schimpftiraden über Männer um Gabe gegangen war. Bei diesem Gedanken musste ich mir ein Lachen verkneifen.

„Nein. Auf gar keinen Fall.“

„Ach, gut zu wissen“, sagte er grinsend. „Wir könnten uns ja mal wieder zum Essen treffen.“

„Klar. Aber ich bin spät dran. Ich melde mich bei dir.“

„Tu das“, sagte er und trat zurück. Wir winkten uns zu, und Marcus fuhr los.

„Zum Glück hast du den nicht mitgenommen.“

„Das wär’s gewesen.“

Wir schwiegen auf dem Weg zur Party, die in Victors Elternhaus stattfand. Auch das machte mich nervös. Ich würde sie wiedersehen. Und ich mochte sie wirklich. Irgendwie erinnerte mich das an eine Scheidung. Nur wollte ich nicht das geteilte Sorgerecht für den Hund, sondern für seine Familie. Das Tor stand offen, sodass wir direkt durchfahren konnten. Ich blieb noch eine Weile im Auto sitzen und sammelte mich.

„Ruf mich an, wenn ich dich fahren soll“, sagte Marcus.

Ich holte noch mal tief Luft und stieg dann aus. Mit der Weinflasche in der Hand ging ich die Stufen zur Eingangstür nach oben und klingelte. Mein Herz klopfte wie wild, und als Victor die Tür öffnete, fiel ich fast in Ohnmacht. Ich schluckte, bemerkte sein überraschtes Gesicht und wie sein Blick langsam über meinen Körper wanderte. Ich spürte ihn überall. Die Zeit ohne ihn hatte nichts an meinen Gefühlen für ihn geändert.

„Hi“, brachte ich schließlich mit krächzender Stimme heraus.

„Du siehst toll aus“, sagte er. Mein Herz machte einen Sprung. So wie er mich ansah, konnte ich kaum atmen.

„Ich … danke. Du siehst …“ Meine Augen wanderten über seinen Körper. Er trug ein echtes Piratenkostüm.

„Lächerlich aus“, sagte er. „Ich weiß.“

Ich grinste. „Ich wollte heiß sagen.“

Er neigte ein wenig den Kopf und lächelte. So ein sexy, echtes, unerwartetes Lächeln, dass sich mein Herz zusammenzog. „Zum Glück ist das trotz des lächerlichen Kostüms noch erkennbar.“

Ich lachte, er trat zur Seite und ließ mich herein. Das Haus war mit lauter Piratenkram dekoriert. Ich kam mir vor wie beim Set von Fluch der Karibik. „Ihr wisst wirklich, wie man eine Party schmeißt.“

„Ja, meine Mutter und meine Schwester haben ja auch sonst nichts zu tun.“

„Das hab ich gehört“, rief Estelle aus dem Esszimmer. Sie sah aus wie eine verführerische Variante von Captain Hook, mit einem Enterhaken am Arm und einem Papagei auf der Schulter. Sie kam zu mir und umarmte mich. „Hi. Oh mein Gott. Dein Kostüm ist ja der Hammer. Hast du das selbst gemacht? Ich freu mich so, dass du gekommen bist.“

Während sie redete, schürzte Victor die Lippen, und ich musste lächeln, während in meinem Magen Schmetterlinge flogen. Ich wollte von ihm wegsehen, aber es ging nicht. Mir war klar gewesen, dass er mir fehlte, aber bis ich ihn wiedergesehen hatte, hatte ich nicht gewusst, wie sehr.

„Das meiste", antwortete ich. „Dafür habe ich die Nacht durchgemacht."

„Vic, hilf mir mal", sagte eine Frau in einem ebenfalls aufreizenden Piratenkostüm. Es war die Blondine von den letzten Fotos. Sofort verschwand mein Lächeln, und ich kam mir vor, als würde ich ersticken.

„Victor", wiederholte sie fordernder.

„Bleib mal locker. Ich komm ja schon", sagte er und sah mich für einen Moment an. „Ich …" Er ging, ohne den Satz zu beenden, und ich wusste nicht, wie mir geschah. Mein Herz war zu schwer für mich geworden und würde wohl jeden Moment explodieren.

„Sie bereiten etwas für mich vor", sagte Estelle leise. „Die zwei glauben, sie wären besonders clever."

Ich versuchte zu lächeln, aber es wollte mir nicht gelingen, also nickte ich nur. „Hier sieht es super aus."

„Danke. Das meiste hat meine Mom gemacht", erzählte sie.

„Und ich", mischte sich die Blondine ein, die wieder zu uns kam. „Ich habe auch geholfen. Viel sogar."

„Hast du gut gemacht", sagte ich, mein Blick traf Victors Blick, als ich über ihre Schulter sah.

Er sah mich so intensiv an, wie es sich in der Öffentlichkeit nicht gehörte, erst recht nicht, wenn seine Freundin dabei war. Aber unter seinem Blick wurde mir am ganzen Körper heiß.

„Ach, entschuldige. Ich starre dich schon die ganze Zeit an und habe mich noch nicht mal vorgestellt. Ich bin Mia", sagte sie mit einem strahlenden Lächeln.

„Nicole. Freut mich", sagte ich und erwiderte ihr Lächeln, auch wenn meins nicht so strahlend, nicht so begeistert war.

„Kannst du mir helfen, die Getränke rauszubringen?", fragte Estelle Mia.

Mia sah sie scharf an. Sie tauschten Blicke aus und schließlich verstand Mia wohl, was Estelle ihr damit sagen wollte. Es stach mir wieder ins Herz. Sie waren wirklich sehr vertraut miteinander. Offenkundig gehörte Mia schon länger dazu oder war einfach mit Estelle auf einer Wellenlänge, viel mehr als ich.

„Bis später", sagte Mia und schenkte mir noch ein Lächeln, bevor sie sich umdrehte und Victor neckisch in den Arm kniff. Er verdrehte die Augen und sah dann zu mir.

„Sie ist sehr hübsch", sagte ich, nachdem die beiden außer Hörweite waren.

„Nicht so hübsch wie du." Er tat einen Schritt auf mich zu. Ich musste schlucken.

„So etwas solltest du nicht sagen", flüsterte ich und neigte meinen Kopf, um ihn anzusehen, als er direkt vor mir stand.

„Ich sage nur die Wahrheit", meinte er mit einer tiefen Stimme, die mein Herz berührte.

„Hör auf."

„Hey, ist das Nicole?"

Victor stöhnte. „Ich bin von lauter Nervensägen umgeben."

Ich wich ihm aus, und ging zu seiner Mom. Sie umarmte mich. „Hallo, Hannah."

„Ich habe mehrmals versucht, dich zu erreichen, damit du herkommst, um dir das Kleid anzusehen. Ich kann es gar nicht abwarten, es dir zu zeigen. Die Schneiderin war von deinem Entwurf äußerst angetan. Sie möchte dich unbedingt kennenlernen", plapperte sie drauflos.

„Mom, sie ist gerade erst wieder angekommen", sagte Victor.

„Ich war eine Weile in Argentinien."

„Ach, hast du deine Mutter besucht? Wie war's? Hattest du eine schöne Zeit?" Sie zog mich mit sich, und ich war froh, dass sie diesen seltsamen Moment zwischen Victor und mir unterbrochen hatte. Solche Augenblicke durften wir nicht mehr haben, besonders jetzt nicht mehr, da er sein Leben weiterlebte. Ich hasste meinen Vater. Warum hatte er mir am Telefon all das erzählt, wo Victor doch offensichtlich darüber weg war? Hätte er bloß den Mund gehalten, hätte ich nie erfahren, dass Victor überhaupt über mich nachgedacht hatte.

Hannah führte mich im Garten herum und stellte mich den Leuten vor, was an sich interessant war. Einige waren Künstler, Maler, andere Ärzte, Architekten, Hausfrauen, was auch immer. Oliver kannte ich bereits, also sagte ich ihm hallo, und er wiederum stellte mich auch einigen seiner Freunde vor. Wenigstens gab es ein paar gut aussehende Kerle hier. Vielleicht würden sie dafür sorgen, dass ich Victor nicht mehr hinterhersah.

Irgendwann entschuldigte ich mich und ging zum Getränketisch, um mir ein Glas Wein zu holen.

„Ich nehme an, dein Vater hat dir erzählt, dass wir miteinander gesprochen haben", hörte ich plötzlich Victors Stimme hinter mir, und sie jagte mir eine Gänsehaut über den Rücken. Ich nahm einen großen Schluck Wein, um meine Nerven zu beruhigen, bevor ich mich umdrehte.

„Hat er."

Er legte die rechte Hand auf den Griff des Piratenschwertes, das aus dem Halfter ragte. Wie konnte er nur denken, er würde lächerlich aussehen? Ich hatte noch nie so einen scharfen Piraten gesehen.

„Was hat er dir erzählt?", wollte er wissen. Ich wandte den Blick von seiner Hand, seinen langen Fingern, und sah ihm in die Augen. Schwerer Fehler.

„Schneidest du mir die Zunge ab, wenn ich es dir nicht verrate?", fragte ich feixend. Sein Blick wurde direkt intensiver, und ich konnte nicht mehr atmen.

„Mir fallen einige andere Dinge ein, die ich mit deiner Zunge machen würde, abschneiden definitiv nicht", konterte er und nahm seine Hand vom Schwert, führte sie an mein Haar und strich mir eine Strähne hinters Ohr. Ich schloss die Augen, während er mein Kopftuch zurechtrückte.

„Ich glaube wirklich nicht, dass du solche Sachen sagen solltest", flüsterte ich mit geschlossenen Augen.

„Warum nicht?"

„Weil du eine Freundin hast, und sie das bestimmt nicht toll findet", erklärte ich und sah ihn an. Er wirkte überrascht.

„Wen zum Teufel meinst du?"

„Ist nicht dein Ernst. Machst du jetzt einen auf ‚ich hab keine Freundin', obwohl sie hier ist?" Ich nahm noch einen Schluck Wein. „Da bist du bei mir an der falschen Adresse, Victor. Ich durchschaue das."

Er sah mich störrisch an. „Und du weißt, ich hab's nicht so mit der Geduld. Was redest du da für einen Müll, Nicole?"

„Mia", sagte ich etwas lauter als beabsichtigt. Er sah erst

verwirrt aus, dann belustigt, danach wütend und dann wieder belustigt, bevor er loslachte.

„Du bist ja verrückt."

„Tja, dann …", begann ich. Bevor ich den Satz zu Ende bringen konnte, nahm er meine Hand und zog mich zu Mia, die bei Oliver und seinen sexy Freunden stand. „Victor."

„Nein", sagte er und blieb in der Mitte des Gartens stehen, um mich anzusehen. „Wenn du mir schon etwas unterstellst, solltest du auch die Wahrheit ertragen. Weißt du eigentlich, wie verrückt ich nach dir bin? Weißt du eigentlich …?" Er holte tief Luft und zog mich weiter. „Darüber reden wir später. Komm einfach mit."

Oliver, Estelles Ehemann, drehte sich verdattert um. Er strich sich die langen Haare aus dem Gesicht und sah zwischen Victor und mir hin und her.

„Ist alles in Ordnung?", fragte der heiße Typ Nummer zwei rechts neben uns.

„Mia, warum bist du hier?", fragte Victor mit fester Stimme.

Mia zog eine Schnute. „Ich bin mir nicht sicher, ob ich die Frage richtig verstehe."

Der heiße Typ Nummer zwei, der wohl Jensen hieß, versteckte sein Grinsen hinter einer Bierflasche.

„Jensen, hör auf zu lachen. Sag Nicole, warum Mia hier ist", blaffte Victor.

Jensen prustete los und schüttelte den Kopf, dann fing Oliver an zu lachen, danach der andere Typ, der bei ihnen stand.

„Ich hab's dir ja gesagt", brachte Jensen schließlich heraus.

„Nein, ich hab's dir gesagt", meinte Oliver.

„Vergiss es. Ich hab's zuerst gesagt." Er wischte sich erst mal die Tränen aus den Augen und sah zu Mia. „Baby, was habe ich letzte Woche über Victor gesagt?"

Baby? Ich machte große Augen. Oh Scheiße. *Nein.*

Mia runzelte die Stirn. „Keine Ahnung, Jensen."

„Denk nach."

Sie rollte mit den Augen. „Sind wir fertig? Ich muss mal nachsehen, ob Grey noch schläft."

„Du hast das Babyfon an deinem Hintern. Da wirst du schon hören, wenn er wach ist", meinte Victor. „Kannst du mal meine verdammte Frage beantworten, bevor ich deinem Mann eine knalle?"

Ach du heilige Scheiße. Sie war *nicht* seine Freundin. Und sie hatte ein Kind?

„Estelle ist meine beste Freundin. Da lasse ich mir doch ihren Geburtstag nicht entgehen", sagte Mia.

„Gut. Und mit wem bist du hier?", hakte Victor nach.

„Lieber Gott. Mit diesem Idioten da", sagte sie und zeigte auf Jensen, der wieder lachte. „Wieso?"

„Sie hat gedacht, du wärst meine Freundin", erklärte Victor und sah mich schneidend an.

„Wie bitte?" Jetzt musste Mia lachen. „Du meine Güte. Allein die Vorstellung." Sie sah mich an. „Also, nichts für ungut."

Ich öffnete den Mund, aber es gab einfach nichts zu sagen.

„Keine Sorge. Die hier ist genauso durchgeknallt wie du", sagte Jensen und zeigt auf Mia. Sie schubste ihn.

„Klappe", meinte sie und sah wieder zu mir. „Wieso ... oh. Wegen unserer Fotos auf den Klatschseiten? Hab doch gesagt, dass wir berühmt sind. Ich bin ein großer Fan von euch. Na ja, ich war ein großer Fan von Gabriel, bis … all das passiert ist. Jetzt bin ich kein ganz so großer Fan mehr, aber ich mag ihn immer noch als Schauspieler, weil er wirklich gut ist."

Jensen legte ihr einen Arm auf die Schulter und zog sie an sich. „Baby."

„Was?"

„Da kommt der kreischende Fan in dir durch."

Sie schlug sich die Hände vors Gesicht, atmete ruhig durch und sah mich dann wieder an. „Wenn ich aufgeregt bin, rede ich immer so viel."

Ich lächelte. „Kein Problem. Tut mir leid, dass ich dich vorhin vielleicht fast mit meinen Blicken getötet hätte. Ich wusste nicht, dass ihr nur befreundet seid."

„Gar nicht schlimm. Alles gut", sagte Mia. Ich lächelte erst sie an, danach alle anderen und entschuldigte mich dann. Als ich ging, hörte ich Mia sagen: „Wir sind jetzt beste Freunde", und musste darüber lachen.

„Du hast gedacht, ich treffe mich mit einer anderen?", fragte mich Victor, als er mich eingeholt hatte. „Und du bist noch nicht mal auf die Idee gekommen nachzufragen?"

„Wie hätte ich denn nachfragen sollen?"

„Du hättest anrufen können."

„Du hast mit mir Schluss gemacht." Und das hatte mir das Herz gebrochen.

Er kniff die Augen zusammen, seine Kiefer waren angespannt. Ich hob eine Augenbraue und forderte ihn heraus. „Du kommst mit mir nach Hause."

„Wie bitte?"

„Heute Abend. Du kommst mit zu mir, und wir führen

dieses blöde Gespräch. Entweder bei mir oder bei dir. Du entscheidest, aber ich schwöre, wenn dieser Brent bei dir aufkreuzt, vergesse ich mich, und du musst mich aus dem Gefängnis holen."

Ich biss mir auf Lippe, um nicht loszulachen, aber es brachte nichts. „Du bist doch der Anwalt."

Er lachte spöttisch. „Wenn ich nicht meine Zulassung verliere."

Mir blieb das Lachen im Halse stecken. „Wie meinst du das?"

„Hat dein Dad das nicht erzählt?"

Ich kniff die Augen zusammen und schüttelte langsam den Kopf.

„Am Montag gibt es ein Treffen mit den anderen Partnern, und dann geht es darum, ob sie mich weiterhin dabeihaben wollen."

Mir wurde flau im Magen. „Was?"

„Was hat er dir denn erzählt?"

„Dass du ihm gesagt hast, du hättest Gefühle für mich."

„Er hat dir nicht gesagt, worüber wir uns gestritten haben?"

„Nein", sagte ich verwirrt. „Worüber denn?"

„Über dich."

„Über mich?", fragte ich nach. In meinem Kopf drehte sich alles. Ich musste mich erst einmal hinsetzen. Das hielt ich nur mit einer ganzen Flasche Wein aus.

„Komm mit zu mir", sagte er. „Dann erzähle ich dir alles."

„Gut." Ich hielt inne. „Aber ich muss Marcus anrufen."

Victor stöhnte. „Immer musst du irgendwelche Männer anrufen."

„Er ist mein Bodyguard. Und ein Freund“, erklärte ich und verdrehte dabei die Augen, während ich mein Handy nahm und seine Nummer wählte. „Marcus, du musst mich heute nicht abholen.“

Bevor ich das näher erklären konnte, hatte Victor mir das Telefon aus der Hand gerissen. „Marcus, hier ist Victor. Falls Sie das wissen müssen, sie kommt heute Nacht mit zu mir und bleibt so lange, bis ich sie gehen lasse. Falls ich sie gehen lasse, bringe ich sie nach Hause. Sollte sie Sie vor morgen 17 Uhr anrufen, gehen Sie einfach nicht ran. Danke schön. Tschüs.“

Er legte auf und hielt mir das Handy hin, ich konnte ihn nur entgeistert anstarren und meine Hand ausstrecken.

Dieser. Verdammte. Mistkerl.

Kapitel 32

NICOLE

Wir blieben lange genug auf der Party, um das Geburtstagslied mitzusingen. Lange genug, für Victors Freunde, um ihm zu sagen, er stünde unter meinem Pantoffel und ihn damit aufzuziehen. Lange genug für Victor, um sie zum Teufel zuschicken. Und lange genug für mich, um Victor dabei zu beobachten, wie er ein Baby so achtsam und liebevoll hielt, dass meine Eierstöcke beinahe explodierten. Auf der Fahrt zu ihm nach Hause schwiegen wir. Ich, weil ich Angst hatte, das Falsche zu sagen. Warum er schwieg, wusste ich nicht, aber es beunruhigte mich. Er hatte mich noch nicht einmal berührt. Nicht seitdem wir draußen gewesen waren und er mir hin und wieder über die nackte Schulter gestrichen hatte, um meine Aufmerksamkeit zu erlangen. Das hatte bei mir jedes Mal Schmetterlinge im Bauch fliegen lassen. Und auch wenn ich versucht hatte, mich auf den Wein zu konzentrieren, wollte ich nach zwei Gläsern einfach keinen mehr.

Bei ihm zu Hause war es dunkel, nur das Licht auf der Veranda ging an, als wir ankamen. Ich war so aufgeregt, dass ich vermutlich von meinem Sitz aufgesprungen wäre, wenn er mich nur berührt hätte. Er stellte den Motor aus und seufzte, als er zu mir sah.

„Lass uns reingehen."

Ich nickte, stieg aus und ging in meinen High Heels vorsichtig den Schotterweg in seiner Einfahrt lang. Entweder hatte er es bemerkt, oder er war schon mit vielen Frauen, die hohe Schuhe trugen, hier entlanggegangen, denn er kam zu mir und nahm meinen Arm, um mich zu stützen und mir zum Haus zu helfen. Dankbar nahm ich seine Hilfe an, ließ mir von ihm die Tür öffnen und drinnen das Licht anknipsen. Ich sah mich um und verschränkte die Arme vor der Brust, während er die Tür schloss. Als er hinter mich trat und mir einen Kuss auf die Schulter gab, schnappte ich nach Luft.

„Das wollte ich schon den ganzen Abend machen", sagte er, seine Stimme klang rau an meinem Ohr. Ich schloss die Augen, um diesen Moment zu genießen. „Dreh dich um."

Das Herz schlug mir bis zum Hals, als ich meine Augen wieder öffnete.

„Ich bin so verrückt nach dir, ich kann nicht …" Er seufzte. „Wir sollten uns besser in der Küche unterhalten."

Ich fühlte mich, als hätte man mich am ersten Tag in der neuen Schule direkt zum Direktor geschickt. Als hinge alles von diesem Gespräch ab. Meine Nerven waren zum Zerreißen gespannt, denn was auch immer ich getan hatte, wäre niemals ganz vergessen. Aber ich hatte ja gar nichts Falsches getan. Zumindest nicht wirklich. Ich hatte versucht, ihm den Job zu retten, und er war vermutlich trotzdem degradiert worden. Nachdem er uns beiden Wasser eingeschenkt hatte, saßen wir nebeneinander auf den Barhockern.

„Du triffst dich also mit meinem Vater und den anderen am Montag", nahm ich den Faden wieder auf.

„Genau."

„Wie kommt's?“

Victor sah lange auf den Boden, bevor er den Kopf hob und sich in meinen Augen verlor. „Ich glaube, mit dem Thema möchte ich nicht anfangen.“

„Okay“, sagte ich, nahm einen Schluck Wasser und stellte das Glas wieder ab. „Dann sag, womit du anfangen willst.“

Er verschränkte die Hände im Schoß, sein Bein wippte. „Was läuft da zwischen dir und Gabriel?“

„Nichts.“ Ich machte eine kurze Pause. „Du kümmerst dich doch um meine Scheidung. Dann müsstest du mir die Frage doch beantworten können.“

Er kniff die Augen zusammen. „Es wäre nicht das erste Mal, dass du mir etwas verschweigst.“

„Das war etwas anderes, und jetzt gibt es nichts mehr, was ich dir verschweigen könnte. Du hast ja alles schwarz auf weiß.“

„Dass er deine Hand hält, seinen Arm auf deine Schulter legt, dich umarmt, dich küsst und lauter so einen Mist habe ich schwarz auf weiß?“, sagte er mit lauter werdender Stimme.

„Er hat mich nicht geküsst“, sagte ich, aber darauf ging er gar nicht ein, sondern stand abrupt auf, die Lehne des Stuhls knallte gegen die Ecke des Tresens. Ich zuckte zusammen. Er ging hin und her, nahm das Piratenschwert ab und zog die Weste aus. Ich beobachtete ihn.

„Glaubst du ernsthaft, ich hätte dich diese Vereinbarung unterschreiben lassen, wenn ich gewusst hätte, dass dieser Mist dazugehört? Was eigentlich noch, Nicole? Hast du auch mit ihm geschlafen? Wie kommt man denn an so einen Vertrag mit dir ran? Indem man dich betrügt? Indem man drogensüchtig ist? Dich wie Dreck behandelt? Los, sag schon. Ich will wissen, was ich falsch mache."

Ich blinzelte. Blinzelte noch einmal. Wollte, dass die blöden Tränen verschwanden. Ich schluckte den Kloß in meinem Hals hinunter und schaukelte mit den Beinen vor und zurück, um mich vom Weinen abzuhalten, denn das wollte ich auf gar keinen Fall. Bloß nicht weinen.

„Sag schon", er kochte innerlich, kam zu mir, stützte sich mit seinen Armen rechts und links neben mir ab, sein Gesicht so nah an meinem, dass ich ihn hätte berühren können. Wieder schluckte ich.

„Wenn das die Voraussetzungen sind, erfüllst du zwei Punkte", flüsterte ich. Er riss die Augen auf, stellte sich aufrecht hin und rieb sich mit beiden Händen das Gesicht. „Weißt du was? Du kannst mich mal, Victor. Dafür, dass du mir etwas vorhältst, wozu du mich getrieben hast." Auch ich kochte, heiße Tränen brannten in meinen Augen.

„So wie ich dich vor fünf Jahren dazu getrieben habe, ihn zu heiraten?"

Wieder zuckte ich zusammen. Ich hatte Victor schon wütend erlebt. Auch gereizt. Und auch gut drauf. Ich dachte, ich würde bereits alle Gefühlslagen von Victor kennen, doch so hatte ich ihn noch nie gesehen. Ich hatte keine Ahnung, wie ich mit diesem Victor umgehen sollte, also sagte ich lieber nichts, sondern ließ ihn einfach machen. Wenn das seine schlechte Seite war, wollte ich sie kennenlernen. Ich wollte alle Seiten von ihm kennen, bevor ich mich für oder gegen ihn entschied. Er schloss die Augen, atmete durch und kam dann wieder zu mir. In etwas größerem Abstand als zuvor blieb er vor mir stehen, war aber immer noch nah genug, dass ich ihn berühren konnte. Oder ihm eine scheuern. Auch ich atmete durch. Lang und tief.

„Was ist mit deinem Gesicht passiert?"

Als wir uns das letzte Mal gesehen hatten, hatte ich nicht danach gefragt. Es war fast verheilt, doch die Narbe würde bleiben. Er lachte. Aber es klang alles andere als fröhlich.

„Ich hatte eine Meinungsverschiedenheit mit jemandem."

„Eine Meinungsverschiedenheit ... Erklärst du das genauer oder belassen wir es bei schwammigen Andeutungen?"

„Weiß ich nicht, Nicole. Sag du es mir."

„Ich bin mit Gabriel nach Argentinien geflogen, weil er dort Termine hatte und ich meine Mom besuchen wollte. Ich habe ihn nur an dem einen Tag gesehen. Die restliche Zeit habe ich bei meiner Mutter verbracht. Sieh dir doch mal diese dämlichen Fotos an. Auf allen haben wir die gleichen Klamotten an." Ich musste erst mal Luft holen, um mich zu beruhigen.

„Ich bin hier, weil du mich darum gebeten hast. Und weil ich wissen will, was mit dir, meinem Dad und deinem Job ist. Meine Schuld besteht nur darin, dir geholfen zu haben, dass dein Traum in Erfüllung geht."

Er kam näher und stellte sich zwischen meine Beine. „Mein Traum? Als ob du wüsstest, was mein Traum ist. Du hast mich ja nie gefragt."

„Du mich auch nicht. Du hast Schluss gemacht, weil du Angst um deine tolle Karriere hattest."

Mit geschlossenen Augen stieß er die Luft aus, die mein Gesicht streifte.

„Du hast doch gesagt, dass es gut wäre, sich mit anderen zu treffen, also habe ich das getan. So wie du auch", fügte ich hinzu.

„Ich habe keine andere getroffen, Nicole. Immer nur dich."

„Ich habe gesehen, wie du diese Blondine geküsst hast. Nicht Mia, sondern die andere, die du in der Kanzlei dabei hattest."

Er grummelte. „Scheiß auf die."

Ich drehte den Kopf und warf ihm einen Blick zu. „Hattest du etwa was mit der?"

„Nein! Herrje, Nicole. Wie kommst du überhaupt auf so eine Idee?"

„Wieso nicht?", meine Stimme zitterte. „Wieso nicht, Victor?"

Er legte seine Hand auf meine Wange und drehte meinen Kopf so, dass ich ihm in die Augen sehen musste. „Das würde ich dir niemals antun. *Niemals.* Ob ich sie geküsst habe? Ja. Für die Presse. Mehr nicht."

„Es hat mich verletzt", sagte ich und schluckte meine Gefühle herunter. „Sehr sogar."

Sein Blick wanderte über meine Gesichtszüge, er begutachtete mich eine gefühlte Ewigkeit. Währenddessen wurde sein Gesichtsausdruck weich, und seine Haltung entspannte sich. Er legte seine Stirn an meine.

„Es tut mir so leid, Süße", flüsterte er. „Es hat mich verletzt, als ich dich mit Brent in der Kanzlei gesehen habe. Und mit dem Dreckskerl Gabriel Lane. Als ihr in Argentinien wart, warst du in jeder Nachrichtensendung. Hast du geglaubt, für mich wäre das leicht?"

„Ich wusste gar nicht mehr, was ich denken sollte“, sagte ich leise, meine Wange in seiner Hand.

„Es war richtig schlimm“, sagte er und legte seine Hand auf mein selbst genähtes Stretch-Korsett. Er griff mit einem Finger hinein und ließ es schnipsen. „Ich bin nicht so“, erklärte er. „Ich bin nicht flexibel. Ich bin nicht beliebig formbar. Ich passe mich nicht an. Und auch wenn etwas anderes über meine beruflichen Erfolge erzählt wird, bin ich kein Lügner. Nicole, wenn ich dir sage, dass ich dich liebe, dann nur, weil ich dich verdammt noch mal liebe. Und wenn ich in das Büro deines Vaters hereinplatze und ihm sage, dass ich dich mehr liebe als meine Karriere, dann ist das auch so gemeint.“

Während er das sagte, blieb mir das Herz stehen. Ich konnte so viel blinzeln und schlucken, wie ich wollte, die Tränen würden sich sowieso nicht aufhalten lassen, also ließ ich sie laufen. Er nahm mein Gesicht in beide Hände und strich sie mir mit den Daumen weg.

„Das hast du meinem Dad gesagt?“, flüsterte ich. Er nickte, legte seinen Mund auf meinen und gab mir einen zarten Kuss. Ich lehnte mich vor, um noch einen zu erhaschen, doch er entwich mir. „Sie könnten dich also tatsächlich meinetwegen degradieren?“

„Nicht deinetwegen, Baby. Das hat nichts mit dir zu tun“, antwortete er.

„Aber du hast doch gesagt …“

Auf seinem Gesicht erschien ein Lächeln. „Gut, es hat natürlich mit dir zu tun, aber es ist nicht deine Schuld. Ich habe die Entscheidung getroffen. Wundert mich, dass dein Vater dir nichts davon gesagt hat.“

„Na ja", sagte ich mit großen Augen, „er wollte wissen, ob irgendwas zwischen uns läuft, ich habe es abgestritten. Er sagte, ihr hättet euch gestritten und dann wärst du gegangen … tja, keine Ahnung. Es klang zumindest nicht gut." Ich betrachtete sein Gesicht. „Es tut mir so leid."

„Es ist nicht deine Schuld."

„Ich könnte mir ihm reden."

„Am Montag ist das Treffen. Ich lege meinen Fall dar und warte, was sie sagen. Wenn sie mich nicht als Partner wollen, soll es eben nicht so sein."

„Wie kannst du so etwas sagen?"

Er gab mir keine Antwort. Stattdessen beugte er sich erneut zu mir und küsste mich dieses Mal auf die Schläfe. Nur einmal. Doch diese Geste war mir Antwort genug.

„Bleibst du?", fragte er. „Für immer?"

„Was heißt denn für immer?", fragte ich nach.

„Na eben für immer. Dass du zu mir gehörst und zu niemand anderem. Keine Spielchen mehr."

„Gehörst du denn zu mir und zu keiner anderen?"

Er lächelte, streichelte mein Gesicht mit seinem Daumen und küsste mich. „Für immer dein. Ich habe nie einer anderen gehört." Dieser Tonfall. Er erinnerte mich an neulich, als er wollte, dass ich ihm sagte, ich gehörte ihm. Als er so heftig in mich gestoßen hatte, wie es vor ihm noch keiner getan hatte. Allein der Gedanke daran ließ mein Herz schneller schlagen. Er liebte mich. Er liebte mich tatsächlich.

„Hmm", stöhnte ich, als ich seinen Mund auf meinem Hals spürte und seine Hand unter meinen Rock glitt. „Heißt das, ich habe den unbezähmbaren Victor Reuben gezähmt?"

Er lachte an meiner Brust, seine andere Hand griff nach

meinem Slip und riss mit aller Kraft daran, sodass er zerriss. Ich schnappte nach Luft, ein wenig überrascht. Und dann bewegten sich Finger in mir und sein Daumen an meiner empfindlichsten Stelle. Vor Erregung warf ich den Kopf in den Nacken.

„Der unbezähmbare Victor Reuben", sagte er und griff in meinen Ausschnitt. „Zeig mir deine Brüste, und ich zeige dir, wie zahm ich bin."

Ich zog die Spitze meines BHs nach unten. Als ich seinen Mund an meiner linken Brustwarze und seine Finger in mir spürte, war „Oh mein Gott" alles, was ich noch von mir geben konnte. Ich bestand nur noch aus Nervenenden und Gefühlen, es gab kein Halten mehr, als er meinen Körper mit seinen Fingern und seiner Zunge verwöhnte.

„Ich kippe gleich um", sagte ich und merkte einen Orgasmus heranrollen. „Ich kann nicht … oh mein Gott … das ist so gut … du bist so gut … oh mein Gott. Victor!"

„Sag meinen Namen. Oh ja", sagte er und biss mich in die andere Brustwarze.

„Fuck."

„Mach ich, Süße."

Und dann kam ich, auf seinem Barhocker, mit geschlossenen Augen, die Zehen um den Metallbügel geklammert und den Kopf im Nacken. Er zog mich vom Stuhl, drehte mich um, drückte meinen Oberkörper nach vorn, sodass meine Brüste auf dem kalten Granit lagen, während er meine Beine spreizte. Ich wollte mich zusammenreißen, aber es gelang mir nicht. Als er in mich eindrang, schnappte ich nach Luft. Er zog mir das Kopftuch herunter und warf es auf die Arbeitsplatte.

„Ich sollte dich damit fesseln." Seine tiefe Stimme war direkt an meinem Ohr, während er mich nahm. Hart. „Oder die Augen verbinden." Er lehnte sich nach hinten, schob meinen Rock hoch und gab mir einen kräftigen Klaps auf den Hintern. „Ich sollte jetzt noch nicht mal mit dir schlafen", sagte er und hörte auf.

„Nein. Nein. Nein", rief ich und drückte mich nach hinten. „Bitte nicht."

Er drang genauso unvermittelt und hart wieder in mich ein, wie er sich zurückgezogen hatte, und bei seiner Fülle und dem Schlag auf meine andere Pobacke schrie ich auf. „Ich sollte dich darum betteln lassen. Wenn ich dich selbst nicht so dringend brauchen würde, würde ich das tun."

„Oh Gott", brachte ich heraus, als ich auf einen weiteren Höhepunkt zusteuerte.

Er packte mich mit einer Hand an den Haaren, legte den anderen Arm um mich und rieb an meinem Kitzler. „Ich brauche dich so sehr, Nicole. Ich denke die ganze Zeit an dich. Ich ertrage es nicht, wenn du mit einem anderen zusammen bist."

Ich keuchte, verdrehte die Augen. „Du bist der Einzige." Ich schnappte nach Luft, seine Finger bewegten sich immer schneller und ich wusste, ich würde jeden Moment explodieren. „Kein anderer, niemals. Das schwöre ich."

„Gut", sagte er und drückte meinen Kopf nach unten, bis ich flach auf der Arbeitsplatte lag, dann bewegte er sich schneller und nahm mich wilder. Ich kniff die Augen zusammen und fing an zu schreien, als der Orgasmus schließlich durch meinen ganzen Körper rollte. Als er in mir kam und dabei dreimal langsam und tief zustieß, keuchte ich. „Oh, Baby."

„Hmm“, ich schnappte nach Luft. Mehr brachte ich nicht heraus.

Nach ein paar Sekunden half er mir auf, griff mir in den Nacken und zog mich an seine Brust. „Du hast mir so sehr gefehlt.“

Ich sah zu ihm auf. „Ich liebe dich auch.“ Sein Lächeln kam langsam, aber dann umso ehrlicher.

„Ich weiß.“

Ich lachte und schlug ihn gegen die Brust. *„Ich weiß?* Wir sind hier nicht bei Star Wars.“

Er zuckte lapidar mit den Schultern. „Stimmt, aber ich weiß es eben. Ich glaube, du hast dich in mich verliebt, als wir das letzte Mal in meinem Büro Sex hatten, bevor du geheiratet hast.“

„Das ergibt zwar absolut keinen Sinn, aber angenommen, du hättest recht, warum hast du dann so lange gebraucht?“, wollte ich wissen. Er ging in die Knie, hob mich hoch und trug mich in sein Zimmer.

„Ich war ein Vollidiot.“

Kapitel 33

VICTOR

Ich wachte auf die perfekte Art auf: Nicole lag tief und fest schlafend in meinem Bett, und das den zweiten Tag in Folge. Ich stand auf, putzte mir die Zähne, zog mir danach meinen kurzen Surfanzug an und ging nach draußen. Seitdem ich sie Freitagabend mit zu mir genommen hatte, war ich nicht mehr im Meer gewesen. Bevor ich zu dem Gespräch ins Büro ging, musste ich meine Gedanken ordnen. Wir hatten geredet, Sex gehabt, uns gestritten und das ein ganzes Wochenende lang. Für keine Beförderung und für kein Geld der Welt hätte ich darauf verzichten wollen. Ich ging mit meinem Surfbrett ins Wasser und ritt ein paar Wellen, bevor ich mich wieder auf den Weg zum Haus machte. Ich musste lächeln, als Nicole mit einer Tasse Kaffee draußen stand. Bonnie rannte über meinen Rasen und würde wohl einige Häufchen hinterlassen, aber das war okay. Um den Hund würde ich mich später kümmern. Wenigstens war er stubenrein. Ich öffnete meinen nassen Surfanzug und musste grinsen, als Nicoles Blick auf meine nackte Brust fiel und sie sich die Lippen leckte.

Ich zog den Anzug aus und warf ihn in den Korb, den ich vor dem Haus stehen hatte, legte das Surfbrett zur Seite, rannte zu ihr und umarmte sie stürmisch.

„Victor. Ich verbrühe dich noch“, sagte sie, während sie lachend ihre Tasse ausbalancierte.

„Da ist bestimmt eh nichts mehr drin“, sagte ich und sah hinein. Natürlich, alles ausgetrunken.

„Hätte aber sein können“, sagte sie, als ich sie losließ. Meine Augen wanderten ihr weißes Shirt herab, das nun komplett nass und durchsichtig war. Sie trug keinen BH. Als sie mir gegen die Brust schlug, wanderten meine Augen wieder zu ihrem Gesicht.

„Was?“

„Hör auf, auf meine Brüste zu starren.“

Ich streckte die Hände nach ihnen aus und fummelte über dem T-Shirt an ihren Nippeln. Sie stöhnte. „Soll ich aufhören?“

„Nein“, sagte sie und sog scharf die Luft ein, als ich sie kniff. „Lass uns reingehen.“

Wir gingen hinein und zogen uns aus. Ich drängte sie gegen die Wand, und während ich sie küsste, schloss ich die gläserne Schiebetür. Sie löste sich von mir und keuchte: „Bonnie ist noch draußen.“

Natürlich. Der Hund.

„Bonnie. Komm verdammt noch mal rein“, rief ich. Nicole lachte, bis ich sie mit meinem Blick fixierte und in sie drang. Ihr Lachen wandelte sich in ein Keuchen und in ein Oh Gott. Das mochte ich am meisten.

„Du musst bald los“, sagte sie und stöhnte, als ich ihren Hintern mit beiden Händen packte und massierte. Gott. Sie fühlte sich so gut an. Sie war so verdammt feucht. So. Verdammt. Feucht. Ich warf den Kopf in den Nacken und legte an Geschwindigkeit zu.

„Ich weiß.“

„Ich komme gleich. Oh. Victor. Victor“, rief sie. „Ich komme … oh mein …“

Und dann kam ich in ihr. Ich schnappte nach Luft und ließ auch sie erst wieder zu Atem kommen, bevor ich sie zu Boden ließ.

„Ich wette, man hat uns am ganzen Strand gehört“, meinte sie.

„Gut so.“

Sie lachte und ging wieder in die Küche, während ich unter die Dusche sprang. Ich hatte noch 35 Minuten, bis ich in der Kanzlei sein musste. Verdammter Mist.

Ich band mir gerade die Krawatte, als Nicole hereinkam.

„Hier ist Kaffee für dich. Hast du noch Zeit zum Essen?“

Über die Schulter sah ich zum Wecker auf dem Nachttisch. Achtzehn Minuten. „Nein. Ich lasse mir was von Corinne besorgen.“

„Du siehst scharf aus.“

„Danke.“

„Richtig scharf“, sagte sie leiser. Ich schloss die Augen.

„Das wird wohl ein Problem werden“, meinte ich und sah sie an.

„Was?“

„Dass ich zur Arbeit muss, aber dich lieber zu Hause vernaschen würde.“

Sie lächelte und sah auf den Boden. Ich ging zu ihr und hob ihr Kinn.

„Egal was heute dabei herauskommt, ich liebe dich. Daran wird sich nichts ändern. Und es wird sich auch nichts daran ändern, dass ich will, dass du hierbleibst.“

Sie schluckte und sah mich an. „Marcus muss mich abholen. Ich sollte besser ein paar Tage drüben sein. Schließlich bezahle ich ja dafür."

Ich ließ ihr Kinn los. Die Vorstellung gefiel mir zwar nicht, aber ich verstand, warum sie gehen wollte. Ich musste schnell jemanden finden, der ihren Mietvertrag übernahm, damit sie bei mir einziehen konnte. Darüber hatten wir noch gar nicht gesprochen, aber das würden wir bald tun, und diesen Kampf würde ich gewinnen.

Im Büro wurde ich von allen misstrauisch gegrüßt, weil ich den letzten Wochen ein richtiges Arschloch gewesen war. Ich fragte mich, ob sie irgendetwas wussten. Im Konferenzraum war nur William, er saß am Kopfende des Tisches. Als er mich hereinkommen hörte, sah er von seinem Telefon auf.

„Setz dich."

„Wo ist Bruce?", fragte ich, während ich mein Sakko aufknöpfte und mich auf meinen üblichen Platz setzte, neben ihm. Bruce war der andere Partner.

„Ich habe mich entschieden, niemanden zu diesem Gespräch dazuzuholen." Er legte sein Handy weg. Ich sah auf das Telefon und fragte mich, ob er das Gespräch aufzeichnete. Als könne er meine Gedanken lesen, lachte er, hob es hoch und zeigte mir den Startbildschirm. „Bei einigen Dingen bist du so übervorsichtig, bei anderen gar nicht."

Ich entspannte mich etwas. Er hatte recht.

„Wie geht es Nicole? Hast du mit ihr über … deine Situation gesprochen?"

Ich bemühte mich, keine Miene zu verziehen, aber auf meine Lippen stahl sich ein Lächeln. Wenn er wüsste, in welchen Situationen und Positionen ich das Wochenende mit seiner Tochter verbracht hatte … „Habe ich."

„Und?"

„Habe ich doch schon gesagt. Ich hätte mir den ganzen Ärger nicht angetan, wenn es mit ihr nichts Ernstes wäre."

„Und woher weißt du, dass es etwas Ernstes ist? Woher willst du wissen, dass du nicht in fünf Jahren wieder hier sitzt und mit mir über deine eigene Scheidung sprichst? Ich kenne deinen Frauenverschleiß."

Ich zog die Augenbrauen hoch. Gute Frage. Berechtigte Frage. Woher wollte ich das wissen … wie konnte ich es erklären?

„Keine Ahnung", sagte ich. „Ich weiß nicht, was in fünf Jahren ist. Ich bin hergekommen in dem Wissen, dass die Chancen nicht schlecht stehen, dass ich gefeuert oder degradiert werde, und trotzdem kann ich nicht aufhören zu lächeln – das ist der Grund, warum ich es weiß. Ach, wer weiß." Ich zuckte die Achseln. „Vielleicht klappt es nicht so, wie ich es mir vorstelle, aber ich will es verdammt noch mal versuchen. Und wenn ich mir mein Leben in fünf Jahren vorstelle, ist das Einzige, was ich dort ganz sicher sehe, Nicole."

Will neigte den Kopf, er taxierte mich. „Wann kommen die endgültigen Papiere?"

„Sie müssten bald da sein. Wahrscheinlich nächste Woche. Ich habe Richter Matthews gesagt, er soll mal etwas Gas geben."

Will nickte. „Du weißt, wie ich über dich als Mensch und als Anwalt denke. Du bist wie der Sohn, den ich nie hatte. Das ist ein Grund, warum ich bei diesem Thema so streng mit dir bin. Ich mag dich zwar sehr, aber meine Tochter mag ich noch mehr."

Er nahm das Telefon, drückte auf ein paar Knöpfe und stellte die Freisprechanlage an. Nach dreimal Klingeln erfüllte Nicoles Stimme den Raum. Mir blieb die Luft weg. Ich sah ihn an, er zuckte die Schultern, als wolle er sagen: Hören wir mal, was sie dazu sagt.

„Hallo, Dad", sagte sie. Beim Klang ihrer Stimme war ich wie gebannt.

„Hallo, Liebling. Ich möchte dich etwas fragen, und ich möchte eine ehrliche Antwort."

Nicole stöhnte. „Was kommt jetzt?"

„Ehrliche Antwort, versprochen?"

Einen Moment sagte sie nichts. „Versprochen."

„Hast du noch Kontakt zu Gabriel?"

Wieder sagte sie zunächst nichts. Mein Herz zog sich zusammen. „Nein. Die Argentinienreise war der letzte Kontakt. Warum?"

„Ich meine eher zwischenmenschlichen Kontakt, Nicole."

„Nein."

„Ein klares Nein? Auch nicht in Argentinien?"

Wieder verkrampfte sich mein Herz. Ich wollte das gar nicht hören. Gar nicht wissen. Was man nicht weiß, macht einen nicht heiß. Das war meine Devise.

„Nein, Dad. Warum stellst du mir so komische Fragen?"

„Was ist mit Victor Reuben?"

„Was soll mit ihm sein?", fragte sie tonlos.

„Als ich dich das letzte Mal gefragt habe, meintest du, da wäre nichts zwischen euch. War das gelogen?"

Man hörte sie atmen.

„Ehrliche Antwort, Nicole."
Wieder hörte man sie atmen. „Ja."
„Ja, es war gelogen?"
„Ja."
„Wieso?"
„Weil ich dachte, du wirfst ihn raus, wenn ich dir die Wahrheit sage", erklärte sie, und ich wusste, dass sie dabei weinte. Ich hatte sie bereits weinen sehen, aber sie jetzt zu hören und nicht trösten zu können, tat mir in der Seele weh.

„Warum sollte ich ihn rauswerfen?"

„Weil er mein Anwalt ist", sagte sie und weinte nun frei heraus. „Dad, bitte. Kündige ihm nicht. Es ist meine Schuld. Ich habe ihn gedrängt."

Ich schloss die Augen und vergrub das Gesicht in meinen Händen. Ich konnte nicht mehr. Ich konnte nicht hier sitzen und mit anhören, wie sie mich verteidigte.

„Ich werde ihm nicht kündigen", sagte Will. Mein Kopf fuhr ruckartig hoch.

„Oh, Gott sei Dank", sagte sie schniefend. „Bin ich erleichtert!"

„Er meinte, er habe dir gesagt, dass er dich liebt."

„Hat er." Wieder schniefte sie. „Und ich liebe ihn."

Einen Augenblick sagte Will gar nichts, sondern sah mich nur eindringlich an. Ich bewahrte einen neutralen Gesichtsausdruck, weil ich nicht wollte, dass er meine Erleichterung sah. Ich wollte nicht, dass er sah, wie ich innerlich jubelte. Dann lächelte er. „Okay, Liebling. Dann lasse ich dich jetzt wieder in Ruhe."

„Gut. Wir sprechen später."

Er beendete das Telefonat und trommelte auf den Tisch. „Also … so ist das."

„Wie gesagt, als ich dich kennenlernte, habe ich mich selbst vor zwanzig Jahren gesehen. Ich hatte keinen Mentor, niemanden, der mir alles Schritt für Schritt gezeigt oder mir geholfen hat, wenn ich alles versemmelt hatte. Und genau so jemand wollte ich für dich sein", erklärte er. „Dann habe ich dich eingestellt und musste nichts von all dem tun. Du warst wie ein Neugeborenes, das keine Windeln braucht. So etwas habe ich noch nie erlebt. Ich habe dir nicht die Scheidung meiner Tochter anvertraut, damit du Partner wirst. Das wärst du sowieso geworden. Das stand bereits fest, als du das erste Mal dieses Büro betreten hast." Er machte eine Pause.

Es war ein unglaubliches Gefühl zu wissen, dass er mich weiterhin in dieser Position haben wollte. Nicole war zwar ein viel größerer Gewinn, doch auch seine Worte lösten in mir etwas aus.

„Ich wollte, dass du sie vertrittst, weil ich wusste, dass du der Richtige dafür bist. Und ich weiß, das bist du auch jetzt."

Ich atmete erleichtert aus. „Danke. Das bedeutet mir viel." Mehr, als er jemals erahnen konnte.

„Willst du wissen, warum ich glaube, dass du der Richtige für sie bist?"

Ich schluckte. „Ja."

„Weil ich dich noch nicht mal vorwarnen oder dir sagen musste, was passiert, wenn du es vermasselst. Allerdings hätte ich dich warnen sollen, dass sie ein wenig anstrengend sein kann."

Ich lachte. „Das habe ich schon herausgefunden."

„Dann bist du der Richtige“, stellte er lächelnd fest. „Ich hätte keinen besseren Mann für sie aussuchen können.“

„Ich danke dir“, sagte ich, weil ich nicht wusste, was ich sonst sagen sollte, denn ich war echt ganz schön gefühlsduselig. „Ich werde sie immer gut behandeln, Will.“ Ich atmete erleichtert auf. „Heißt das, ich werde nicht degradiert?“

Will lachte. „Korrekt. Aber du wirst dir eine Auszeit nehmen müssen, bis Nicoles Scheidungspapiere da sind.“

„Und nicht arbeiten?“

„Und nicht arbeiten.“

Ich starrte ihn entsetzt an. „Was soll ich denn dann die ganze Zeit machen?“

„Dir wird schon was einfallen.“

Ich seufzte. Dann würde ich mir wohl wirklich was einfallen lassen müssen.

Als ich ging, machte ich kurz in Corinnes Büro Halt, um sie zu informieren. Sie sah mich an, als wüsste sie nicht, was sie dazu sagen sollte.

„Ist das Ihr Ernst?“

„Ja. Warum sollte ich denn darüber Witze machen?“

„Aber Sie nehmen sich nie frei.“

„Vielleicht habe ich ja auch nur meine Urlaubstage angespart, um dann richtig lange wegbleiben zu können.“

Sie sah mich skeptisch an. „Den Urlaub von sechs Jahren?“

„Corinne“, sagte ich leicht genervt. Sie hielt den Mund, als ihr klar wurde, dass sie mich in Rage brachte.

„Entschuldigung. Ich bin nur … verblüfft. Heißt das etwa, dass wir gleichzeitig Urlaub nehmen? Heißt das, ich darf dann keinen Urlaub nehmen?“

Warum musste sie denn so schrill werden? Ich ließ ihr etwas Zeit, doch anstatt sich zu beruhigen, sah sie mich weiterhin so an, als stünde mir die Antwort auf der Stirn geschrieben. Schließlich räusperte ich mich.

„Sie haben Ihren Urlaub eingereicht und werden ihn auch nehmen. Corinne, es gibt hier noch fünf andere Anwälte. Verloben Sie sich oder heiraten Sie oder was auch immer Sie geplant haben", meinte ich.

„Was machen Sie denn?"

Ich verzog das Gesicht. Was ging sie das an. „Zumindest keine Verlobung und keine Hochzeit", erwiderte ich. Sie lächelte.

„Ich habe gehört", sagte sie flüsternd und beugte sich über den Schreibtisch, als ginge es um ein großes Geheimnis, „dass Sie eine feste Beziehung haben."

Ich öffnete den Mund, schloss ihn jedoch gleich wieder. Alles, was ich sagen würde, würde in dieser Kanzlei für den Rest meines Lebens gegen mich verwendet werden. Eine Auszeit wäre für die meisten eine sehr milde Strafe. Auch wenn ein paar Tage ohne Arbeit für mich wie die Hölle waren, sollte ich für diese Strafe dankbar sein. Nichtsdestotrotz wäre es nicht die beste Idee, mich jetzt auch öffentlich zu Nicole zu bekennen. Anstatt ihre Frage also so zu beantworten, wie ich gern gewollt hätte – nämlich mit: Ja, in einer sehr festen Beziehung – zuckte ich nur mit den Achseln.

„Wenn irgendetwas ist, erreichen Sie mich über mein Handy", sagte ich im Gehen. „Einen schönen Urlaub!"

„Ebenso!"

Ich wusste, dass Nicole nicht mehr bei mir zu Hause war, aber ich vermisste sie trotzdem, als ich durch die Wohnung ging und nach Hinweisen Ausschau hielt, dass sie hier gewesen war. Doch da war nur die blaue Decke auf dem Wohnzimmerboden, auf der der Hund geschlafen hatte. Hunde hatten mich nie interessiert, aber jetzt sollte ich mich an ihn gewöhnen. Ich sah die Decke lange an und überlegte, ob ich sie aufheben sollte oder nicht. Mir juckte es in den Fingern, es zu tun. Schließlich atmete ich tief durch und ging nach oben. Dort zog ich mir etwas Bequemes an und lächelte, als ich die noch feuchte Dusche sah und den beschlagenen Spiegel, auf dem sie mit dem Finger *Ich liebe dich* geschrieben hatte. Ich machte mit meinem Handy ein Foto davon und rief dann Quinn an, um ihn um einen riesengroßen Gefallen zu bitten. Danach machte ich mich auf den Weg zu ihr. Ich hoffte, dass mein Plan aufgehen würde und sie Zeit und Lust hatte mitzukommen.

Kapitel 34

NICOLE

Ich saß mit Bonnie draußen und aß gerade eine Schüssel Müsli, als Brent angejoggt kam. So sehr ich diesen Augenschmaus genoss, fragte ich mich doch so langsam, ob er überhaupt einen Job hatte.

„Hi, wollen wir heute Mittag was zusammen essen?", fragte er und blieb vor meiner Veranda stehen, um durchzuschnaufen. Ich schirmte mein Gesicht mit einer Hand gegen die Sonne ab und sah ihn an.

„Eher nicht. Ich habe …"

„… einen Freund", sagte Victor, und ich schreckte zusammen.

Brents Kopf und meiner fuhren herum. Mein Herz machte einen Sprung, als ich ihn dort sah, in Jeans und Poloshirt. Es war kein gutes Zeichen, dass er nicht bei der Arbeit war und keinen Anzug trug.

„Was machst du denn hier?", fragte ich überrascht.

„Bist du nicht ihr Anwalt?", fragte Brent skeptisch.

„War ich."

Mir wurde flau im Magen. *War?*

„Ja. War ich. Noch weitere Fragen, oder rennst du endlich weiter?", fragte Victor. Ich wäre am liebsten im Erdboden versunken.

„Vielleicht ein anderes Mal“, sagte ich zu Brent, der langsam nickte.

„Ich melde mich später“, sagte er und joggte weiter.

„Das war richtig gemein“, sagte ich, als er weit genug weg war. Ich stopfte mir einen Löffel Müsli in den Mund und kaute.

Victor beäugte meine Müslischale, setzte sich auf den Stuhl neben meinem und tätschelte Bonnies Kopf. „Scheiß auf den Typen.“

Ich sah ihn entsetzt an. „Er ist nett.“

„Ein netter Typ, der dich flachlegen will.“

Ich schüttelte grinsend den Kopf. „Kannst du ihm das verübeln?“

Er hatte diesen schelmischen Blick, als er mich langsam von oben bis unten musterte. „Nein. Was aber nicht heißt, dass ich zusehen will, wie er es versucht.“

„Jetzt weiß ich, warum du nie eine Freundin hast“, meinte ich und zog eine Augenbraue hoch. Er nahm meinen Fuß vom Beistelltisch, legte ihn auf seinen Schoß und massierte meine Ballen. Ich stellte die Müslischale auf den Boden schloss die Augen und lehnte den Kopf zurück.

„Was hast du gesagt?“

„Hm?“, fragte ich und sah ihn wieder an. Er grinste weiter, als er meinen Fuß nahm und mir in einen Zeh biss. „Aua! Verdammt!“

Er lachte. „Du meintest, du weißt, warum ich nie eine Freundin habe.“

„Ach.“ Ich setzte mich etwas aufrechter hin. „Dein Hang zur Kontrolle. Ich weiß nicht, ob eine Frau mit so was zurechtkommt.“

„Kommst du damit zurecht?“, wollte er wissen und sah mich forschend an.

Einen Augenblick sah ich ihn an, nahezu unfähig, mich nicht in seinem intensiven Blick zu verlieren. Eine Herausforderung. Ich liebte Herausforderungen. Liebte *ihn*. Jetzt wo er meinen Fuß massierte und offenkundig nicht arbeiten war, wie er es gewesen wäre, wenn er meinen Vater und wer auch immer noch bei dem Treffen dabei gewesen war, um den Finger gewickelt hätte, wurde mir etwas klar. Nämlich dass in einer Welt voller Gabriels Männer wie Victor wie die Nadel im Heuhaufen waren.

„Ich glaube schon“, sagte ich leise. Ich lächelte, als er meinen Fuß losließ, aufstand und sich mit beiden Händen links und rechts auf der Armlehne meines Stuhls gestützt vor mir aufbaute.

„Wenn es jemand kann, dann du“, flüsterte er, legte seine Lippen auf meine und küsste mich innig. Seine Zunge erkundete meinen Mund auf eine Art, dass mir Hören und Sehen vergingen. Er löste sich von mir und richtete sich langsam wieder auf, ohne die Hände von der Lehne zu nehmen. „Ich habe eine Überraschung für dich, aber ich bin mir nicht sicher, ob ich sie dir wirklich geben soll, wo du so frech geworden bist.“

„Was hast du vor? Mich zu bestrafen?“, fragte ich keck.

Sein Blick wurde sofort erregter. „Führe mich nicht in Versuchung.“

„Vielleicht will ich ja genau das“, sagte ich und strich mit meinem Fuß über seinen Schritt, und spürte, dass er bereits hart war. Er atmete scharf aus.

„Du spielst gern mit dem Feuer, Nicole“, sagte er mit rauer Stimme und legte seine Stirn an meine.

„Ich spiele gern mit dir“, antwortete ich und küsste ihn.

Er umfasste meine Oberschenkel zog mich an sich und aus dem Stuhl hoch, sodass ich meine Beine um seine Hüften schlingen konnte. Der Stuhl quietschte über den Boden, als Victor ihn beiseitekickte.

„Haben sie dich gefeuert?“, fragte ich jetzt endlich, während er mich ins Haus trug und darauf achtete, dass Bonnie hinter uns durch die Tür schlüpfen konnte.

Er lachte und setzte mich auf der Couch ab. „Das fragst du erst jetzt?“

„Ich war abgelenkt.“

„Davon, wie gut ich aussehe und wie sehr ich mich im Griff habe?“, fragte er grinsend.

„Du bist so eingebildet.“

„Das habe ich schon öfter gehört“, raunte er und rieb sich im Schritt. Bei diesem Anblick musste ich mir ein Stöhnen verkneifen.

„Haben sie?“

„Nein, ich muss mir nur freinehmen, bis deine Scheidungspapiere da sind.“

„Also … bist du weiterhin Partner?“, fragte ich leise.

Seufzend nahm er neben mir auf der Couch Platz und legte einen Arm um mich. Ich legte meine Beine auf seinen Schoß und rutschte näher an ihn heran.

„Bin ich“, sagte er und strich mir durch die Haare. Wenn er so weitermachte mit dem Massieren und Streicheln, würde ich ihn auf jeden Fall behalten. „Ich war dabei, als dein Vater dich angerufen hat.“

Ich riss die Augen auf, unsere Blicke trafen sich. „Hast du … na ja, da er dich nicht rausgeworfen hat, habe ich es wohl nicht versaut, aber …“ Ich stöhnte. „Ich hasse es, wenn er mich ungefragt auf laut stellt.“

„Du hast das toll gemacht, Nic.“ Er zog mich näher zu sich. „Will möchte nur kein Aufheben um die Sache, bis die Scheidung durch ist. Ich könnte wirklich meine Zulassung verlieren. Das ist kein Spiel.“

Ich blinzelte. „Wir haben uns ja auch nur in der Öffentlichkeit geküsst. Brent hast du gesagt, dass du mein Anwalt bist, und ihm zu verstehen gegeben, dass wir zusammen sind.“

„Ach, scheiß auf Brent. Der ist keine Gefahr.“

„Das kann man nie wissen.“

Es sah mich an. „Wenn er eine wird, kümmere ich mich schon drum.“

„So wie um Darryl?“, fragte ich skeptisch. Damit hatte ich ihn eiskalt erwischt, denn er riss die Augen auf und rutschte etwas zurück. „Ich habe ihn in Argentinien gesehen. In derselben Woche, in der du das Pflaster auf dem Gesicht hattest, war sein Gesicht voller Schnittwunden. Zufall?“

„Wahrscheinlich. Ich wette, es gibt genügend Leute, die sich an seinem Gesicht austoben wollen“, sagte er.

„Du setzt dich neben mich und erzählst mir Lügengeschichten?“

Er seufzte und fuhr sich durch die Haare. Das sagte alles.

„Du kannst doch nicht einfach meinetwegen irgendwelche Leute zusammenschlagen“, meinte ich. „Das ist doch noch schlimmer, als wenn man uns zusammen in der Öffentlichkeit sieht.“

Victor lachte gequält. „Nicht in Kalifornien.“

„Er kann dich anzeigen.“

„Soll er es doch versuchen", spottete er und sah mich an. „Mach dir darüber keinen Kopf, Nicole. Vertrau mir."

„Tu ich. Ich will nur nicht der Grund dafür sein, dass du all das durchmachst und auch noch einen super Job verlierst."

Er sah mich so ernst an, dass mir schwer ums Herz wurde. Statt etwas zu erwidern, nahm er meine Hand und führte sie an seinen Mund. Ich legte meinen Kopf auf, seine Schulter und eine Weile saßen wir nur da. In völliger Stille. Einer schönen, beruhigenden Stille.

„Ich habe dir etwas mitgebracht", sagte er noch einmal, stand auf und zog etwas aus seiner Gesäßtasche. Er reichte mir einen gefalteten Umschlag. Ich setzte mich auf nahm ihn ihm aus der Hand, öffnete die Lasche und schnappte nach Luft. Mein Herz schlug wie wild. In meinen Augen standen Tränen, dabei hatte ich noch nicht einmal zu Ende gelesen.

„Wir fliegen nach Island?", fragte ich ungläubig.

Victor lächelte zärtlich. „Wir fliegen nach Island."

„Du weißt, dort drehen sie …", begann ich, doch er riss mir den Zettel aus der Hand und drehte ihn um, bevor ich alles gelesen hatte. Ich schrie auf. Laut. Und sprang vom Sofa. „Oh mein Gott! Oh mein Gott! Wir gehen dorthin? Wir gehen wirklich dorthin? Wie hast du das gemacht?"

Victor lachte und zog mich wieder zu sich auf die Couch. „Ich habe Kontakte."

„Hast du deiner Schwester davon erzählt?", fragte ich nach einer quälend langen Zeit, in der ich alles gelesen hatte.

„Natürlich nicht. Sie würde mich umbringen. Aber wir können ihr von dort ein Foto schicken. Übrigens geht es in einer Woche los", sagte er und gab mir einen Kuss auf die Stirn.

„In einer Woche.“ Ich ließ das sacken und sah ihn mit großen Augen an. „Ich muss erst mal fragen, ob wir noch Drehpause haben.“

„Habt ihr.“

„Woher weißt du das?“, wollte ich wissen, immer noch im Adrenalinrausch.

„Von deiner Freundin Talon.“

„Wie bitte?“ Mir klappte die Kinnlade runter. „Wie bist du denn an die gekommen?“

Lachend hob er mich so auf seinen Schoß, dass ich breitbeinig auf ihm saß. „Ich sagte doch, ich habe Kontakte.“

Ich verschränkte meine Hände in seinem Nacken und strahlte. „Ich liebe dich wirklich.“

„Solltest du auch“, sagte er. „Ich schau mir diese beknackte Serie ja noch nicht mal an.“

Kapitel 35

VICTOR

In Island war es arschkalt, aber Nicoles beständiges Lächeln machte das wett. Wir waren am Set. Obwohl sie behauptete, ein großer Fan der Kostümbildnerin zu sein, interessierte sie sich doch irgendwie nur für die Männer.

„Du sabberst schon wieder", flüsterte ich ihr ins Ohr. Sie schauderte und schlang sich die Arme um den Körper.

„Tut mir leid. Ich weiß, es gehört sich nicht, anderen Männern hinterherzustarren, wenn der eigene Freund dabei ist, aber oh mein Gott", sagte sie zähneklappernd. Ich lachte und nahm sie in die Arme.

„Ich mach mir keine Sorgen."

Sie lächelte und neigte den Kopf, um mich anzusehen. „Du bist ja so was von eingebildet."

Ich zuckte mit den Schultern. Leugnen war zwecklos. Sie würde sich keinen anderen suchen, und ich mir auch keine andere. Auch würde meine Familie mich mittlerweile wohl verstoßen, wenn ich beschließen sollte, sie zu verlassen. In der Woche zwischen unserer Versöhnung und der Reise waren wir unzertrennlich gewesen. Wohin ich ging, Nicole war bei mir und umgekehrt. An einem Abend waren wir zum Essen bei meinen Eltern eingeladen gewesen. Auch Mia, Jensen, Oliver und Estelle waren dort. Immer wenn Nicole aus dem Raum ging, hieß es sofort „kauf einen Ring“ und „die solltest du aber wirklich heiraten“. Wenn ich sie daran erinnerte, dass sie noch nicht einmal offiziell geschieden war, schüttelten sie die Köpfe, als läge das an mir. Und als ich zugab, dass ich sie eines Tages gern heiraten würde, bekamen Jensen und Oliver sich gar nicht mehr ein darüber, dass ich nun tatsächlich verliebt war.

Ich ließ ihnen den Spaß, denn jedes Mal, wenn sie darauf zu sprechen kamen, stritten sie sich, wer nun die Wette gewonnen hatte. War witzig anzusehen.

„Wie schön, dass ihr euch so für mein Privatleben interessiert“, sagte ich, als wir mit unseren Drinks draußen saßen.

„Wir haben um 500 Dollar gewettet, und dieser Idiot will nicht zugeben, dass er verloren hat“, erklärte Jensen mit einer Kopfbewegung zu Oliver. Ich starrte sie an. 500 Dollar?

„Worum habt ihr denn gewettet?“

„Dass du etwas mit einer Mandantin hast“, erklärte Oliver.

„Falsch. Dass du etwas mit einer Mandantin haben würdest und dich wirklich in sie verliebst“, verbesserte ihn Jensen.

„Falsch. Er musste nur eine Mandantin flachlegen. Und er hat dir gesagt, dass er Nicole vertritt, bevor wir die Wette abgeschlossen haben. Also zählt das nicht“, sagte Oliver angriffslustig.

„Hättet ihr mal lieber darum gewettet, dass Jensen sich den Hintern tätowieren lässt und du dir die Zotteln abschneidest“, meinte ich.

Sie lachten spöttisch.

„Ich sag ja nur, dass ich die Wette gewonnen habe“, meinte

Oliver. „Hattet ihr Sex, bevor du ihr Anwalt wurdest, oder nicht?"

Mein Kiefer zuckte. Ich wollte nichts über mein Liebesleben mit Nicole erzählen, und ich konnte auch keine Scherze über sein eigenes machen, schließlich war er ja mit meiner Schwester verheiratet. Ich nahm einen Schluck Jameson und sah ihn über meine Brille hinweg an. „Halt die Klappe, Rapunzel."

Jensen brach in schallendes Gelächter aus. „Du musst dir echt mal die Haare schneiden."

„Ihr könnt mich mal", konterte Oliver und fuhr sich durch die Haare. „Den Kindern gefällt's."

Bestimmt. Ich hatte über Freunde von Freunden gehört, dass die Kinderarztpraxis boomte, seitdem er dort arbeitete. Meine Schwester schien die ganze Sache mit dem sexy Arzt witzig zu finden. Ich schüttelte den Kopf.

„Ihr seid beide Idioten", sagte ich, stand auf und reckte mich. „Ich mach mich mal fertig. Ich habe einen langen Flug vor mir, und ich habe gehört, dass die Dreharbeiten zu *Game of Thrones total geil* sind, also sollte ich lieber ausgeschlafen dort ankommen."

Sie hielten volle drei Sekunden die Klappe, bevor sie auf mich einredeten: „Du Drecksack. Ich fasse es nicht, dass du dorthin fliegst. Hoffentlich stellen sie dich als Komparsen ein und bereiten dir einen qualvollen Tod."

Ich lachte, zeigte ihnen den Mittelfinger und ging. „Die bringen nur Muggel um."

„Du bist im falschen Film!", riefen sie.

„Wettet einfach weiter gegen mich. Ihr werdet sowieso nie gewinnen", rief ich zurück.

„Du bist so ein Arsch. Schick Fotos."

„Vielleicht."

Und jetzt, wo wir hier waren und ich sah, wie beeindruckend das Set war, schickte ich ihnen Tausende Fotos. Nicole stand nur ehrfürchtig staunend da. Hätte ich vielleicht auch gemacht, wenn ich diese Serie gekannt hätte. Ich hatte solche Treffen mit meinen Mandanten immer vermieden, wenn sie an Serien oder Filmen mitarbeiteten, die ich mochte, weil ich dachte, das würde meine Fantasie beim Gucken des fertigen Films stören, aber dies war schon eine große Sache. Die Serie wurde in Island gedreht, und Island war einfach atemberaubend. Ich würde wahrscheinlich nie wieder hierherkommen, also versuchte ich, jede Sekunde zu genießen und ganz bewusst mit Nicole zusammen zu sein.

In meiner Tasche vibrierte mein Handy, und ich zog es heraus. Nicole verdrehte die Augen.

„Ich dachte, du hättest dir freigenommen. Alle paar Sekunden siehst du auf dein Handy."

„Süße, manche von uns brauchen auch nach dem Urlaub noch einen Job", sagte ich und überflog die E-Mail. Mir blieb das Herz stehen, denn sie war von Will, mit einem Smiley im Betreff. Ein lachender Smiley von Will konnte nur eines bedeuten. Ich tippte auf die Mail und sah, dass sie einen Anhang hatte. Darüber stand: *Schön, dich wieder als Partner zu haben.*

Mein Herz machte einen Freudensprung, und mein Puls raste, wie es sonst nur passierte, wenn Nicole mich ansah.

„Deine Hände zittern ja. Du brauchst dickere Handschuhe", sagte Nicole neben mir. Ich schüttelte den Kopf.

„Nein. Mir ist nicht kalt", entgegnete ich, und das stimmte.

Als ich den Anhang öffnete, wurde mir noch wärmer. Ich atmete lang und erleichtert die eisige Luft aus. „Gott. Sei. Dank."

„Was ist?", fragte sie. Ich hielt ihr das Handy hin und lächelte, als sie nach Luft schnappte. Sie sagte so lange gar nichts, dass ich sie ansehen musste. Sie hatte Tränen in den Augen – die wohl gefrieren würden, bevor sie über ihre Wange liefen. Ich nahm ihren Kopf und legte ihn auf mein klopfendes Herz. „Vorbei", flüsterte sie. „Es ist wirklich vorbei."

Ich war mir nicht sicher, ob sie traurig war oder glücklich oder erleichtert, und ich wusste nicht, ob ich das Recht hatte, sie danach zu fragen. Ich war immer für ehrliche Worte, aber wenn sie mir sagen würde, sie wäre traurig, dass die Scheidung nun wirklich durch war, wüsste ich nicht, wie es mir gehen würde. Vielleicht wäre ich niedergeschlagen. Vielleicht am Boden zerstört. Ich riss mich zusammen, atmete tief durch, beugte mich etwas zurück und drehte ihren Kopf so, dass ich ihr in die Augen sehen konnte.

„Alles okay?"

Sie nickte und blinzelte langsam. „Ja." Ihr Lächeln kam zaghaft, aber aus vollem Herzen. „Ich glaube ... ja." Beherzt stieß sie die Luft aus, und ihr Atem bildete eine Wolke in der kalten Luft. „Ich fühle mich ... frei."

Ich lächelte und küsste sie sanft, keusch. „Tut mir leid, aber ich muss dir das sagen: Jetzt hast du mich am Hals."

Sie lachte. „Stört mich nicht."

„Gute Antwort. Sonst hätte ich den Typ mit dem schwarzen Federumhang gefragt, ob er mir mal seine Waffe leiht", sagte ich. Sie machte große Augen und erstarrte vollkommen.

„Steht er hinter uns?"

Ich sah über ihren Kopf. „Nicht direkt, aber ja."

„Oh mein Gott. Ich falle gleich in Ohnmacht."

Ich lachte. „Du hast ihn noch nicht mal gesehen. So toll ist der gar nicht."

Ihre Augen wurden noch größer, wenn das überhaupt möglich war. „Jon. Snow. Ist. Total. Toll."

Ich stöhnte und erinnerte mich daran, dass Mia und Estelle und quasi jeder von ihm redete. „Das ist dieser ominöse Jon Snow?"

Nicole drehte sich um und gab ein kleines, aufgeregtes Quieken von sich. „Ja."

Ich legte einen Arm um sie und zog sie an mich. Wir standen auf einem Hügel und beobachteten ihn, wie er neben einem stämmigen Mann herging. So toll war der wirklich nicht. Er sah klein aus. Aber jede Wette Oliver würde ihn um seine Haare beneiden, also schoss ich ein Foto und schickte es meinem Freund.

„Bist du glücklich?", fragte ich mit meinem Mund an ihrem Ohr. Sie nickte.

„Überglücklich", war ihre Antwort. Sie drehte sich in meinen Armen zu mir und legte ihre Hände in meinen Nacken. „Ich liebe dich wirklich so verdammt heftig, Victor Reuben. Trotz deiner Abneigung gegen die Ehe."

Ich grinste. Sie hatte ja keine Ahnung. „Ich habe gar keine Abneigung dagegen."

„Ich habe mal gehört, wie du dich mit deinen Eltern darüber unterhalten hast." Sie hielt kurz inne, ihre blauen Augen beobachteten mein Gesicht. „Das ist okay für mich. Ich muss nicht noch mal heiraten. Den Film kenne ich schon. Muss ich nicht noch mal sehen."

„Scheiß auf den Film."

„Das sagst du zu allem, was nichts mit dir zu tun hat", sagte sie lachend. „Ich mein ja nur, du hast ein echt tolles, durchgeplantes, akkurates Leben, und ich will das nicht durcheinanderbringen. Mir reicht es, ein Teil davon zu sein."

Seufzend ging ich in die Knie und zog sie auf die warme Decke, die man uns gegeben hatte. Während ich mit ihr redete, hielt ich den Blickkontakt. Ich musste sichergehen, dass sie mir genau zuhörte und wirklich verstand, was ich ihr sagen wollte.

„Du hast mal gesagt, das hier wäre ein Ziel von dir", sagte ich und deutete mit der Hand auf das Set. „Meine Ziele hatten alle etwas mit meiner Karriere zu tun. Und als ich sie erreicht hatte, wurde mir klar, dass ich mir nun neue Ziele suchen, sie ändern muss. Irgendwo auf dem Weg wurdest du zu meinem Ziel. Ich liebe dich. Mit meinen 31 Jahren habe ich viel erreicht und darauf bin ich stolz. Aber kein Erfolg macht mich so glücklich wie du. Wenn wir wieder zu Hause sind, wird mein nächstes Ziel sein, dass du bei mir einziehst. Und irgendwann später, dass du meinen Antrag annimmst. Ich liebe dich und ich will nie mehr ohne dich sein."

Einen Moment sah sie mich nur an, bis meine Worte wirklich zu ihr durchdrangen, dann blinzelte sie mehrmals und Tränen liefen ihr über die Wangen. Ich wischte sie weg.

„*Ich* bin eines deiner Ziele?", fragte sie leise und lächelte.

„Du bist *das* Ziel, von dem ich nicht wusste, dass ich es hatte."

Unsere Lippen berührten sich für einen sanften, sinnlichen, langen Kuss. Am liebsten hätte ich sie direkt ins Hotel gezerrt, um mit ihr in unserem Whirlpool Sex zu haben. Als wir uns wieder voneinander lösten, lächelten wir beide.

„Du weißt, dass du das Thema jetzt schon zum zweiten Mal angesprochen hast“, sagte ich. „Rekord für jemanden, der behauptet, die Ehe sei ihm nicht wichtig und der gerade frisch geschieden ist.“

Sie wurde rot und sah zur Seite. „Ich habe nie gesagt, dass ich gegen die Ehe bin, nur weil es bei mir nicht funktioniert hat.“

Ich hielt ihr Kinn fest und zwang sie, mich anzusehen. „Gut, weil ich dich nämlich heiraten werde.“

„Du sagst das so, als wüsstest du, dass ich Ja sage.“

„Hast du es denn immer noch nicht begriffen?“, fragte ich, nahm ihre Unterlippe sanft zwischen meine Zähne, saugte daran und ließ sie dann wieder los. „Ich bekomme immer, was ich will.“

Sie war die eine für mich. In meinem ganzen Leben hatte ich noch nie etwas so sehr gewollt wie die schöne, resolute, sexy Nicole Alessi. Und ich wusste, dass ich auch keine andere Frau mehr wollen würde.

Epilog

NICOLE

Zwei Jahre später

„Du solltest deinen Job hinschmeißen und hauptberuflich Hochzeitskleider entwerfen“, sagte Talon, während sie mich schminkte.

„Vielleicht mache ich das irgendwann“, antwortete ich und sah nach oben, damit sie mir den Eyeliner auftragen konnte.

„Du wirst atemberaubend aussehen. Victor wird sich wünschen, er hätte dich acht Jahre früher gefragt.“

Ich grinste. „Damals war ich nicht bereit für ihn.“

„Er kann einen ganz schön einschüchtern“, sagte sie lächelnd.

„Ein bisschen.“ Ich sagte kurz nichts. „Sind die Mädchen fertig?“

„Wenn du mit fertig angezogen meinst, dann ja. Mike hat erzählt, dass sie gerade die ganzen Blumen aufsammeln, die sie bei der Probe herumgeworfen haben.“

Ich lachte.

„Nicht bewegen.“

„Tut mir leid.“

Es klopfte an der Tür, danach hörte man die lauten Stimmen von Hannah, meiner Mutter, Mia, Estelle und Chrissy.

Seitdem sich Mia und Chrissy vor einer Woche beim Junggesellinnenabschied kennengelernt hatten, waren sie unzertrennlich. Es war sehr unterhaltsam, sie dabeizuhaben. Da gab mir bestimmt jeder recht. Jeder bis auf Victor, der jedes Mal genervt war, wenn sie zusammen irgendwo hereinkamen.

„Ich hoffe *so* sehr, dass ihr ein Mädchen bekommt", sagte Estelle. Ich lächelte und berührte ihren Babybauch, als sie neben mir stand.

„Damit dein Bruder mit vierzig einen Herzinfarkt bekommt?", fragte ich.

Estelle lachte.

„Er wird ein toller Vater sein", meinte Hannah. Da stimmte ich ihr vollkommen zu.

„Genau. Und sie werden wunderschöne Kinder haben", sagte meine Mutter. Als ich ihr erzählt hatte, ich würde keine neue Wohnung suchen, nachdem mein Mietvertrag ausgelaufen war, sondern bei Victor einziehen, war sie zunächst vollkommen ausgeflippt. Doch dann hatte sie uns in Amerika besucht, ihn kennengelernt, und die beiden hatten sich von Anfang an prächtig verstanden.

„Da stimme ich vollkommen zu, und das wirst du auch", sagte Meire, als sie hereinkam.

Der Kopf meiner Mutter schnellte herum. Wir waren alle gemeinsam schon mehrmals essen gewesen, sodass Mom und Meire Gelegenheit gehabt hatten, einander kennenzulernen. Ich bezweifelte, dass meine Mutter irgendeine Frau gutgeheißen hätte, die mein Vater geheiratete, aber sie schien Meire zu respektieren.

„Du siehst klasse aus", sagte Chrissy.

„Ja, wirklich. Ich würde dich vom Fleck weg heiraten", meinte Mia.

Ich lachte. Ich war schon so überglücklich, aber dass all diese Menschen an diesem Tag bei mir waren, setzte dem Ganzen die Krone auf. Diesmal hatte ich eigentlich keine große Hochzeit gewollt, doch als wir all unsere Verwandten und Freunde aufgelistet hatten, waren wir schnell bei 200 Personen gewesen. Ich hatte die Idee in den Raum geworfen, heimlich woanders zu heiraten, aber da war Victor strikt dagegen gewesen. Er hatte es zwar nicht explizit gesagt, aber er wollte nicht, dass ich diese Hochzeit mit meiner Hochzeit mit Gabe verglich. Nicht dass ich das je getan hätte. Victor gab mir ein Gefühl von Stabilität, von Dauer, davon, dass er mich schätzte, mich liebte. Auch wenn es unzählige Vergleichspunkte gab und Gründe, warum diese Ehe halten würde, verglich ich nicht. Es wäre nicht fair gewesen, die guten Zeiten mit Gabe kleinzureden, nur weil es am Ende nicht gereicht hatte.

Wir hatten uns ein paarmal wegen Bonnie im Park getroffen. Die Paparazzi spekulierten dann immer gern, sehr zu Victors Leidwesen, aber es war für ihn in Ordnung, dass wir befreundet blieben.

„Ich erwarte nicht, dass du mit jemandem, mit dem du so lange zusammen warst, keinen Kontakt mehr hast. Ich mag nur nicht den Trubel, der darum gemacht wird", hatte Victor erklärt. „Und außerdem bleibe ich dabei: Er ist ein Arschloch."

Dennoch hatte er Gabriels Geschenk zu unserer Hochzeit zu schätzen gewusst: eine Kiste kubanischer Zigarren und eine Flasche Johnnie Walker Blue Label.

„Wie nett von ihm. Das war aber auch das Mindeste dafür, dass er dich jahrelang von mir ferngehalten hat", hatte er schließlich gesagt, als Marcus das Geschenk bei ihm zu Hause vorbeigebracht hatte, wo wir seit unserer Rückkehr aus Island zusammen wohnten.

Marcus war nicht mehr mein Chauffeur. Zumindest nicht die ganze Zeit. Ich brauchte wirklich keinen Bodyguard mehr, aber wir hatten den Kontakt aufrechterhalten, und so musste er nun mit dem Geschimpfe von Victor und mir klarkommen. Tat er beides, aber Victors Meckern war für ihn erträglicher, vielleicht weil es dabei meistens um Basketball, Baseball oder Fußball ging, was in unserem Haus großgeschrieben wurde. Ich konnte Sport nicht ausstehen, also war es wirklich verrückt, dass ich jetzt jemanden heiratete, der so … besessen davon war. Aber ich liebte es. Ich liebte es, dass unser Haus immer voller Menschen war.

Er hatte das Thema Hochzeit ein paarmal angesprochen, aber ich hätte nie damit gerechnet, dass er vor mir auf die Knie gehen würde. Dass er mich eines Abends, als ich nach einem langen Arbeitstag nach Hause kam, in die Arme nehmen und mich so lange festhalten würde wie noch nie. Er hielt mich einfach nur und atmete in mein Haar. Als er sich dann ganz leicht von mir löste und, ohne etwas zu sagen, mein Gesicht betrachtete, machte ich mir langsam Sorgen. Ich wollte gerade fragen, was los sei, was passiert war, als er es tatsächlich tat, das Auf-die-Knie-gehen, eine kleine schwarze Schachtel aus seiner Tasche holte und zu mir aufsah.

„Ich habe diesen Ring seit einigen Monaten, aber es hat sich nie der richtige Moment ergeben. Wir hatten mit der Arbeit so viel zu tun und mit allem, was wir um die Ohren haben. Aber es gibt im Leben nicht den richtigen Moment. Das Leben ist immer chaotisch, hektisch, die Arbeit nimmt kein Ende, und all das möchte ich mit dir teilen. Ich möchte nach Hause kommen, zu dir, zu meiner Zuflucht. Du hast das für mich erschaffen, mit mir, und ich möchte, dass wir das ein Leben lang teilen. Ich möchte mir gar kein Leben ohne dich vorstellen, Nicole Alessi. Willst du meine Frau werden?“

Allein wenn ich daran dachte, bekam ich feuchte Augen. Estelle bemerkte es und schlug mir spielerisch gegen den Arm, um mich aus meinen Gedanken zu holen.

„Hör auf. Du kannst jetzt nicht weinen“, sagte sie.

„Ich weiß. Ich musste gerade an Victor denken.“

„Bäh. Da müsste ich auch weinen“, meinte Mia und brachte uns alle zum Lachen.

„Bist du so weit?“, fragte meine Mutter.

Ich nickte. „Ja.“ Und das war ich auch.

Als mein Vater mich erblickte, fielen ihm fast die Augen aus dem Kopf, und er strahlte wie ein Honigkuchenpferd. Ich dachte daran, wie ernst er bei meiner ersten Hochzeit ausgesehen hatte. Heute wirkte er unbekümmert und zufrieden, als hätte er sein ganzes Leben darauf gewartet, mich zum Traualtar zu führen und mich nicht etwa in meinem Zimmer einzusperren. Ich fragte ihn, was diesmal anders war, und er lachte.

„Ich kann es dir nicht sagen. Vielleicht der Unterschied, dass du das hier schon mal gemacht hast?“, grübelte er und sah mir fest in die Augen. „Oder vielleicht liegt es auch am Bräutigam. Ich sehe, wie seine Augen strahlen, wenn er deinen Namen hört, wie er sich um dich kümmert und du für ihn an erster Stelle stehst. Es gibt nicht viel, was ihn aus seinem Büro lockt. Du hast das gut gemacht, Nic. Und er ist ein Guter."

Ich lächelte und war schon wieder den Tränen nahe. Mist. Ich musste damit aufhören. „Ich weiß."

Als sich die Kirchentüren öffneten, standen unsere Freunde im Seitenschiff auf, aber ich hatte nur Augen für Victor, der in seinem eleganten Smoking zum Anbeißen aussah. Victor, der mich nicht so ansah, als wäre ich das Ende von etwas, sondern der Anfang von allem. Ich liebte diesen Mann. So sehr. Als ich bei ihm angelangt war und er meinem Vater die Hand gab, sprang mir fast das Herz aus der Brust. So fühlte es sich also an, komplett zu sein. So fühlte es sich an, wenn ein Märchen wahr wurde. Genau so wie jetzt. Das Ziel. Das war der Moment.

Lange sahen wir uns an, ohne etwas zu sagen. Ein Moment voller endloser Möglichkeiten, so fühlte sich unsere gemeinsame Zukunft an.

„Du siehst wunderschön aus", flüsterte er mir zu, als der Priester mit der Messe begann.

„Du auch", erwiderte ich. Seine Mundwinkel wanderten nach oben.

„Ich weiß."

Ich schüttelte den Kopf und verdrehte die Augen.

„Du hast bereits unterschrieben, Nicole Reuben. Jetzt gibt es kein Zurück mehr", sagte er zwinkernd.

Seit unserer standesamtlichen Heirat musste er das alle paar Minuten erwähnen. Sein Blick war unbezahlbar gewesen, als ich beantragt hatte, seinen Nachnamen anzunehmen. Gabes Namen hatte ich nicht angenommen. Hatte meinen eigentlich nicht ablegen wollen, weil ich Alessi so mochte, aber ich wusste, wie viel es Victor bedeutete, und je länger ich darüber nachgedacht hatte, umso mehr gefiel mir der Name. Nicole Reuben klang gar nicht mal so schlecht.

„Daran würde ich noch nicht mal denken", sagte ich.

„Auch nicht für einen reicheren Mann?", fragte er. „Oder einen berühmteren?"

„Keine Chance. Den Film kenne ich schon. Muss ich nicht noch einmal sehen."

Sein Blick verfinsterte sich. „Diesen scheiß Film habe ich gelöscht."

„Victor", sagte ich entsetzt und warf ihm einen pikierten Blick zu. Wir waren schließlich in einer Kirche.

„Ich mein ja nur, dass der Film mit mir besser wird", flüsterte er achselzuckend und grinste. „Um Längen besser."

– ENDE –

Hinweis der Autorin:

Vielen, vielen Dank fürs Lesen!

Die Figuren aus dieser Romanreihe werden immer einen Platz in meinem Herzen haben. Sie waren für mich da, als ich mich in meinem Leben auf die lichteren Dinge konzentrieren und daran glauben musste, dass die Liebe so stark ist, dass sie einen aus allem herausholt, egal was das Leben für einen bereithält. Ich hoffe, sie haben auch Ihnen geholfen!

Alles Liebe
Claire

Danksagung

Ich werde mich nicht bei jedem bedanken, denn es braucht ein ganzes Dorf, um ein Buch herauszubringen, und in meinem Dorf gibt es so viele wunderbare Menschen, dass ich Angst habe, jemanden zu vergessen, wie zum Beispiel die Blogger, die meine Artikel teilen, Autoren, die mich unterstützen, und natürlich die Leser, die ihren Freunden immer wieder ans Herz legen, meine Bücher zu kaufen. Ihr zählt am meisten. Ich danke euch aus tiefstem Herzen.

An meine Truppe. Hab euch lieb. #SQUADGOALS

An meine FYW-Bande. Ohne euch wäre ich verloren.

An B.B.F.T. und die tollen Frauen in meiner Facebook-Gruppe. Ihr rockt!

Willow A., Jenn W., Rachel K., Yvette V., Tiffany C., Michelle K., Lisa C., Julie V., Clarissa L., Sandra C., Priscilla P., Jen G., Jessica S., Katie R., Bridget P., Toski C., Karinna B., Anabelle, Diana, Barbie, Mimi, und die Liste ließe sich noch fortsetzen! – Ihr seid unglaublich und verdient einen Orden dafür, dass ihr mich ertragt.

Jeder einzelne Blog, der das Cover gepostet hat, meine Bücher gelesen, eine Rezension geschrieben und darüber berichtet hat – Ich bin euch unglaublich dankbar.

TRSOR – danke für die Organisation meiner Lesereisen.

Sarah von Okay Creations – danke, dass du meine Sorgen

ertragen und das tollste Cover in meinem ganzen Bücherregal entworfen hast.

Marion Making Manuscripts & Karen Lawson – Das dynamische Duo! Ich liebe euren Blick, dem nichts entgeht.

Stacey Blake – du bist eine Königin. Ich liebe dich.

Deutsche Erstveröffentlichung

Claire Contreras

Kein Tag mehr ohne dich

Das Leben ist schmerzhaft und viel zu kurz. Aber es kann auch wunderschön sein, weiß Elle und beginnt ein Jahr nach dem Tod ihres Verlobten, die Scherben ihres Lebens zusammenzusetzen. Nur um sich gleich vor neuem Schmerz schützen zu müssen, als plötzlich ihre erste Liebe Oliver wieder vor ihr steht und eine zweite Chance will. Das letzte Mal brach er ihr das Herz. Diesmal werden nicht einmal mehr Scherben übrig bleiben, wenn er sie erneut verlässt. Und doch fühlt Elle sich in seinen Armen etwas weniger zerbrochen ...

ISBN: 978-3-95649-630-1

9,99 € (D)

Deutsche Erstveröffentlichung

Claire Contreras

Mit jedem Wort von Dir

ISBN: 978-3-95649-699-8

9,99 € (D)

Fünf Jahre lang hat Mia versucht, ihn zu vergessen. Damals fühlte es sich an, als hätte Jensen ihr das Herz aus der Brust gerissen, als er ihr erzählte, er würde eine andere heiraten – eine andere, die sein Kind erwartete. Als Mia ein Jobangebot aus New York bekommt, kann sie nicht widerstehen anzunehmen, obwohl sie weiß, dass er es ist, der für den Zeitungsartikel die Texte zu ihren Fotos schreibt. Je häufiger sie sich sehen, desto stärker werden die Gefühle, die noch immer in Mia brodeln. Aber wie kann sie ihn nach all dem noch einmal in ihr Herz lassen?